ORANGE AMÈRE

DU MÊME AUTEUR

BEL CANTO (PEN/Faulkner Award 2002, Orange Prize 2002), Rivages, 2002 ; Rivages poche n° 517.
DANS LA COURSE, Jacqueline Chambon, 2010 ; Babel n° 1648.
ANATOMIE DE LA STUPEUR, Jacqueline Chambon, 2014 ; Babel n° 1590.
ORANGE AMÈRE, Actes Sud, 2019 ; Babel n° 1724.
LA MAISON DES HOLLANDAIS, Actes Sud, 2021.

Titre original :
Commonwealth
Éditeur original :
Harper/HarperCollins Publishers, New York

ISBN 978-2-330-14323-7

ANN PATCHETT

ORANGE AMÈRE

roman traduit de l'anglais (États-Unis)
par Hélène Frappat

BABEL

pour Mike Glasscock

1

L'ambiance de la fête de baptême a changé quand Albert Cousins a fait son apparition avec du gin. Fix souriait en ouvrant la porte, et il souriait toujours en s'efforçant de faire le lien : c'était Albert Cousins, du bureau du procureur, qui se tenait sur la dalle en ciment de son perron. Il avait ouvert la porte vingt fois au cours de la dernière demi-heure – à des voisins, à des amis, à des paroissiens de l'église, à la sœur de Beverly, à tous ses frères et à leur famille, et à pratiquement assez de flics pour remplir un commissariat – mais Cousins était le seul invité-surprise. Deux semaines plus tôt, Fix avait demandé à sa femme pourquoi elle se sentait obligée d'inviter la planète entière à une fête de baptême, et elle lui avait proposé d'examiner la liste des invités pour retirer des noms. Il n'avait pas contrôlé la liste, mais si Beverly s'était trouvée devant la porte d'entrée en ce moment, il aurait tendu le doigt en disant : *Lui*. Il ne détestait pas Albert Cousins, non, il était tout juste capable d'associer un nom à sa tête, mais il ne comprenait pas pourquoi elle avait invité un parfait inconnu. Fix fut traversé par l'idée que Cousins s'était peut-être pointé chez lui pour parler d'une affaire : certes, cela n'était jamais arrivé auparavant, mais quelle autre raison pouvait bien expliquer sa présence ? Les invités grouillaient dans le jardin à l'avant. Ils venaient d'arriver ? Ils s'apprêtaient à partir ? Ou juste ils se réfugiaient dehors parce que la maison était bien trop bondée pour n'importe quel capitaine des pompiers ? Fix n'en avait aucune idée. La seule chose dont il était sûr, c'était que Cousins s'était incrusté, seul, sans être invité, avec une bouteille dans un sac.

"Fix", dit Albert Cousins. La haute silhouette de l'adjoint du procureur en costume-cravate lui tendit la main.

"Al", dit Fix. (Est-ce qu'on l'appelait Al ?) "Heureux que vous ayez pu venir." Il lui donna deux vigoureuses poignées de main avant de lâcher prise.

"J'arrive à la dernière minute", dit Cousins, en contemplant la foule à l'intérieur comme s'il risquait de ne pas y avoir de place pour lui. La fête était déjà clairement très avancée – la plupart des petits sandwichs triangulaires avaient disparu, ainsi que la moitié des cookies. La nappe sous le bol à punch était rose et humide.

Fix s'écarta pour le laisser passer. "L'essentiel, c'est que vous soyez là", dit-il.

"J'aurais raté ça pour rien au monde." Sauf qu'évidemment, il l'avait raté. Il n'avait pas assisté au baptême.

Dick Spencer était le seul membre du bureau du procureur que Fix avait invité. Dick aussi avait été flic, il avait suivi les cours du soir en droit, il avait réussi son ascension tout seul sans jamais faire sentir aux autres sa supériorité. Que Dick conduise une voiture de police ou se tienne en face d'un juge, ses débuts comme flic sautaient aux yeux. Cousins, lui, était un juriste identique à tous les autres – procureurs, policiers, témoins véreux –, de ceux qui sympathisaient du bout des lèvres quand ils avaient besoin de quelque chose, mais n'auraient jamais invité un agent de police à boire un verre, à moins qu'ils ne pensent que le flic leur cachait quelque chose. Les procureurs étaient le genre de types qui fument vos clopes parce qu'ils essayent d'arrêter. Les flics qui remplissaient le salon, la salle à manger et se déversaient dans le jardin, sous la corde à linge et les deux orangers, eux, n'essayaient pas d'arrêter. Ils buvaient un mélange de thé glacé et de limonade en fumant comme des pompiers.

Albert Cousins tendit le sac et Fix regarda à l'intérieur. C'était une bouteille de gin, une grosse. D'autres invités avaient offert des cartes de prière, des chapelets en nacre, une bible de poche reliée en chevreau blanc avec des pages dorées sur tranche. Cinq flics, ou leurs cinq femmes, s'étaient cotisés pour acheter une croix bleue émaillée sur une chaîne, avec une perle minuscule au centre, ravissante, un bijou pour plus tard.

"Ce qui fait un garçon et une fille ?"

"Deux filles."

Cousins haussa les épaules. "Qu'est-ce que vous pouvez y faire ?"

"Pas grand-chose", répondit Fix, en fermant la porte. Beverly lui avait demandé de la laisser ouverte pour aérer un peu, ce qui montrait l'étendue de sa méconnaissance de l'inhumanité de l'homme à l'égard de son semblable. Peu importe la foule qui s'amassait à l'intérieur. On ne laisse pas une fichue porte ouverte.

Beverly passa la tête par la porte de la cuisine. Il y avait facilement trente personnes entre eux – le clan Meloy dans son intégralité, tous les DeMatteo, une poignée d'enfants de chœur ratissant les derniers cookies –, mais impossible de rater Beverly. Cette robe jaune.

"Fix ?" dit-elle, en haussant la voix dans le vacarme.

C'est Cousins qui tourna la tête en premier, et il lui fit un signe de tête.

Par réflexe, Fix se redressa, mais il laissa le moment passer. "Faites comme chez vous", dit-il à l'adjoint du procureur en désignant, à travers la porte vitrée coulissante, un petit groupe d'agents de police qui n'avaient pas tombé la veste. "Vous connaissez plein de gens ici." C'était peut-être vrai, ou peut-être pas. En tout cas une chose était sûre, Cousins ne connaissait pas son hôte. Fix se retourna pour se frayer un chemin à travers la foule, et la foule s'écarta pour le laisser passer, tapotant son épaule et lui serrant la main, en le félicitant. Il essaya de ne pas marcher sur les gosses, parmi lesquels sa fille de quatre ans, Caroline, occupés à une espèce de jeu sur le sol de la salle à manger, où ils rampaient comme des tigres entre les pieds des adultes.

La cuisine était pleine à craquer d'épouses, toutes riant et parlant trop fort, aucune d'entre elles ne donnant un coup de main, excepté la voisine Lois qui sortait des bols du frigidaire. La meilleure amie de Beverly, Wallis, se servait du côté chromé du grille-pain pour rectifier son rouge à lèvres. Wallis était trop mince et trop bronzée et quand elle se redressa, elle portait trop de rouge à lèvres. La mère de Beverly était assise à la table du petit-déjeuner, avec le bébé sur les genoux. Ils lui avaient enlevé la robe de baptême en dentelle pour lui mettre une robe blanche amidonnée, avec des fleurs jaunes brodées sur le col, on aurait dit une mariée ayant enfilé sa tenue de voyage de noces à la fin de la fête. Les femmes dans la cuisine se relayaient pour bêtifier avec le bébé, comme si leur boulot consistait à l'amuser jusqu'à l'arrivée des Mages. Mais le bébé n'avait pas l'air de s'amuser. Ses yeux bleus étaient écarquillés. Elle avait le regard fixé à mi-distance, et tout semblait l'épuiser. Toute cette agitation pour faire des sandwichs et recevoir des cadeaux pour une fille qui n'avait même pas un an.

"Regardez comme elle est jolie", dit sa belle-mère dans le vide, en caressant la joue ronde du bébé avec l'arrière d'un doigt.

"De la glace, dit Beverly à son mari. On n'a plus de glace."

"C'est ta sœur qui devait s'en charger", répondit Fix.

"Eh bien elle ne l'a pas fait. Tu peux demander à un des gars d'aller en prendre ? Il fait trop chaud pour une fête sans glaçons."

Elle avait noué un tablier autour de son cou mais pas de sa taille, dans une tentative pour ne pas froisser sa robe. Des mèches de cheveux blonds s'étaient échappées de son chignon torsadé et lui tombaient dans les yeux.

"Si elle a oublié la glace, elle pourrait au moins t'aider à faire les sandwichs." Fix regardait Wallis en parlant, mais Wallis, qui se remettait du rouge à lèvres, l'ignora. Il avait voulu se rendre utile car à l'évidence, Beverly était débordée. À la voir, tout le monde aurait pensé que Beverly était du genre à donner des fêtes organisées clé en main, le genre d'hôtesse qui reste assise sur son canapé pendant que les autres font passer les plateaux.

"Bonnie est tellement contente de voir tous ces flics dans une même pièce. Tu ne veux quand même pas qu'elle pense aux sandwichs", dit Beverly, puis elle s'arrêta pendant un instant d'assembler du fromage à tartiner et des concombres, et baissa les yeux sur le sac. "C'est quoi ?"

Fix tendit le gin, et sa femme, surprise, lui offrit son premier sourire de la journée, de la semaine peut-être.

"Dis à celui que tu envoies acheter de la glace", dit Wallis, en montrant un soudain intérêt pour la conversation, "de prendre du tonic."

Fix proposa d'y aller. Il y avait un magasin plus haut dans la rue et il n'avait rien contre s'échapper une minute. La tranquillité relative du voisinage, les rangées de pavillons avec leurs pelouses vertes étroites, les ombres minces que projetaient les palmiers et le parfum des orangers, le tout combiné avec la cigarette qu'il fumait avaient un effet apaisant. Son frère Tom l'accompagna et ils marchèrent dans un silence agréable. Tom et Betty avaient trois enfants désormais, que des filles, et ils vivaient à Escondido, où il travaillait à la caserne des pompiers. Fix commençait à comprendre que c'était comme ça que la vie fonctionnait, quand on vieillissait et qu'on avait des enfants ; on n'avait pas autant de temps qu'on se l'était imaginé dans sa jeunesse. Les frères ne s'étaient pas revus depuis la réunion familiale chez leurs parents avant la messe de Noël, et la fois précédente, c'était probablement quand ils avaient conduit jusqu'à Escondido pour le baptême d'Erin. Une Sunbeam rouge décapotable passa et Tom dit : "Celle-là." Fix hocha la tête, en regrettant de ne pas l'avoir vue en premier. Maintenant il n'avait plus qu'à attendre de voir passer un objet de désir.

Au magasin ils achetèrent quatre sacs de glace et quatre bouteilles de tonic. Le gamin à la caisse leur demanda s'ils avaient besoin de citrons verts et Fix secoua la tête. On était à Los Angeles, en juin. Pas besoin de citrons verts.

Fix n'avait pas regardé sa montre en partant mais il avait une bonne notion du temps, comme la plupart des flics. Ils étaient partis vingt minutes, vingt-cinq au maximum, pas assez longtemps pour que la fête se métamorphose, mais à leur retour la porte d'entrée était grande ouverte, et le jardin désert. Tom ne remarqua pas la différence, mais en même temps, à moins qu'une pièce ne sente la fumée, un pompier ne voyait jamais de problème. La maison était toujours pleine de monde mais le bruit s'était calmé. Fix avait allumé la radio avant le début de la fête, et pour la première fois, il discernait quelques notes de musique. Les gosses avaient cessé de ramper dans la salle à manger et personne n'avait l'air de remarquer leur absence. Toute l'attention était concentrée sur la porte de la cuisine grande ouverte, vers laquelle les deux frères Keating se dirigeaient avec la glace. Le coéquipier de Fix, Lomer, les attendait, et il inclina la tête en direction de la foule. "Vous arrivez juste à temps", leur dit-il.

La cuisine avait beau avoir été pleine à craquer avant leur départ, trois fois plus de gens s'y entassaient désormais, principalement des hommes. La mère de Beverly avait disparu, tout comme le bébé. Beverly était debout devant l'évier, un couteau de boucher dans la main. Elle prenait des oranges sur une énorme pile qui débordait du plan de travail et les tranchait, pendant que les deux avocats du bureau du procureur du comté de Los Angeles, Dick Spencer et Albert Cousins

– ils avaient enlevé leurs vestes et leurs cravates, et roulé leurs manches de chemise au-dessus des coudes –, pressaient les moitiés d'oranges sur deux presse-agrumes en métal. Leurs fronts étaient rouges et humide de sueur, leurs cols ouverts commençaient à noircir, ils travaillaient comme si la sécurité de leur ville reposait sur la confection de jus d'orange.

La sœur de Beverly, Bonnie, enfin prête à aider, retira les lunettes de Dick Spencer pour les essuyer avec un torchon, même si Dick possédait une épouse compétente quelque part dans la foule. C'est alors que Dick, une fois ses yeux libérés du rideau de sueur, aperçut Fix et Tom et les appela pour qu'ils apportent la glace.

“Glace !” hurla Bonnie, parce que c'est vrai, il faisait atrocement chaud, et tout le monde avait envie de glace. Elle posa son torchon pour soulever les deux sacs de Tom et elle les installa dans l'évier au-dessus des petites coupelles vides que formaient les demi-oranges pressées. Puis elle prit les sacs des mains de Fix. La glace, c'était sa responsabilité.

Beverly arrêta de trancher les oranges. “Timing parfait”, dit-elle, et elle enfonça un gobelet en carton dans le sac en plastique grand ouvert, où trois modestes cubes s'entrechoquèrent, comme si elle savait doser son effort. Elle versa un verre – moitié gin, moitié jus d'orange – du pichet plein à ras bord. Elle en prépara un autre, puis un autre encore, et encore, au fur et à mesure que les verres circulaient à travers la cuisine, en passant par la porte, et jusqu'aux mains impatientes des invités.

“J'ai le tonic”, dit Fix, en regardant le seul sac qu'il tenait encore. La seule chose qui l'ennuyait, c'était cette impression que son frère et lui, le temps d'aller au magasin et de revenir, avaient raté un truc.

"C'est meilleur avec du jus d'orange", dit Albert Cousins, en s'arrêtant seulement le temps de vider le verre que Bonnie lui avait préparé. Bonnie, qui encore récemment n'avait d'yeux que pour les flics, venait de basculer dans le camp des deux procureurs.

"Uniquement avec la vodka", dit Fix. Vodka orange. Tout le monde savait ça.

Mais Cousins inclina la tête en direction de l'incrédule, et voilà que Beverly avait surgi, tendant un verre à son mari. À croire qu'elle et Cousins avaient un code secret. Fix leva le verre en fixant l'invité-surprise. Ses trois frères étaient là, ainsi qu'une quantité innombrable d'hommes valides du département de police de Los Angeles, et un prêtre qui organisait des cours de boxe le samedi pour les gamins perturbés : tous l'aideraient à se débarrasser d'un seul et unique adjoint du procureur.

"Santé", dit Beverly à voix basse, moins pour trinquer que pour donner un ordre, et Fix, toujours avec le sentiment d'être lésé, leva son verre.

Profitant d'une parcelle d'ombre, le père Joe Mike s'assit par terre, adossé à la façade arrière de la maison des Keating. Il posa son verre de gin orange sur le genou de son pantalon noir réglementaire. Un pantalon de prêtre. C'était son quatrième ou troisième verre, il avait oublié, et d'ailleurs il s'en fichait parce que c'étaient vraiment des tout petits verres. Il s'efforçait de rédiger mentalement son sermon pour dimanche prochain. Il voulait expliquer à la congrégation, aux rares personnes qui ne se trouvaient pas actuellement dans le jardin des Keating, de quelle manière le miracle des pains et des poissons venait de se rejouer ici, aujourd'hui, mais il avait du mal à produire une version non alcoolisée de l'histoire. Il ne croyait pas qu'*il* avait assisté à un miracle, personne ne croyait à ce genre de trucs, mais il avait vu une explication parfaite de la manière dont le miracle avait pu être conçu à l'époque du Christ. Albert Cousins était venu à la fête avec une grosse bouteille de gin, ça d'accord, mais en aucun cas assez grosse pour remplir tous ces verres, dans certains cas plusieurs fois d'affilée, pour la centaine d'invités, et même plus, dont certains dansaient à un mètre de lui. Et comme les orangers de Valence du jardin avaient été récemment dépouillés de leurs nombreux fruits, ils n'auraient jamais pu fournir assez de jus pour assouvir la soif de toute l'assemblée. Traditionnellement on ne mélange pas le gin au jus d'orange, mais de toute façon, qui se serait attendu à picoler lors d'une fête de baptême ? Personne n'aurait été étonné que les Keating rangent le gin dans leur bar. Mais Fix Keating avait tendu la bouteille à sa femme, et sa femme, stressée à mort par la réussite de sa fête, s'était servi un verre, et si elle se servait un verre, alors tous les invités, bon Dieu, étaient les bienvenus. À tout point de vue c'est Beverly Keating qui avait accompli le miracle. Albert Cousins, l'homme qui avait apporté le gin, avait également suggéré le mélange. Il y a à peine deux minutes, Albert Cousins était assis à côté de lui, et il racontait au père Joe Mike qu'il venait de Virginie, et que même après trois ans à Los Angeles, l'abondance d'agrumes suspendus aux arbres l'impressionnait toujours. Bert

– il demanda au prêtre de l'appeler Bert – avait grandi avec du jus concentré congelé, mélangé à des bouteilles d'eau, qui, même s'il l'ignorait à l'époque, n'avait rien à voir avec une orange pressée. Désormais ses enfants buvaient du jus fraîchement pressé avec la même légèreté que lui avait bu du lait quand il était petit. Ils pressaient les fruits qu'ils avaient cueillis aux arbres de leur propre jardin. Il avait remarqué que de nouveaux muscles durcissaient dans l'avant-bras droit de sa femme, Teresa, à force de presser constamment des oranges sur la centrifugeuse pendant que leurs enfants tendaient leurs verres pour qu'elle les remplisse à nouveau. Ils étaient obsédés par le jus d'oranges, lui dit Bert. Ils en buvaient chaque matin avec leurs céréales, Teresa le congelait dans des moules à esquimaux Tupperware puis elle donnait les esquimaux aux enfants en guise de goûter, et le soir, lui et Teresa en buvaient sur des glaçons, avec de la vodka, du bourbon ou du gin. Personne n'avait l'air de comprendre – l'important, c'était le jus d'orange lui-même, pas ce que vous mettiez dedans. "Les Californiens sont trop gâtés, alors ils oublient", dit Bert.

"C'est vrai", admit le père Joe Mike, parce qu'il avait grandi à Oceanside, et qu'il trouvait incroyable l'étendue du raisonnement auquel ce type se livrait à propos du jus d'orange.

Le prêtre, dont l'esprit errait comme les Juifs dans le désert, tenta de se concentrer à nouveau sur son sermon : Beverly Keating inspecta le bar, qu'elle n'avait pas réapprovisionné pour la fête de baptême, et elle y trouva un tiers de bouteille de gin, une bouteille de vodka presque pleine, et une bouteille de tequila que le frère de Fix,

John, avait rapportée du Mexique en septembre dernier, et qu'ils n'avaient jamais ouverte parce que ni l'un ni l'autre ne savaient exactement quoi faire de la tequila. Elle rapporta les bouteilles dans la cuisine, et c'est alors que les voisins des deux maisons mitoyennes, et ceux du trottoir d'en face, plus trois invités qui habitaient près d'Incarnation proposèrent de faire un saut chez eux pour rapporter de quoi boire, et à leur retour ils n'avaient pas seulement de l'alcool mais aussi des oranges. Bill et Susie revinrent avec une taie d'oreiller pleine de fruits qu'ils avaient cueillis chez eux à toute vitesse, expliquant qu'ils pouvaient faire un autre aller-retour et rapporter trois taies d'oreiller supplémentaires : ce qu'ils offraient pour la fête n'avait presque pas entamé leur réserve d'oranges. D'autres invités les imitèrent et se précipitèrent chez eux, pillant leurs arbres et l'alcool stocké sur les étagères supérieures du garde-manger. Ils déversèrent leur butin dans la cuisine des Keating jusqu'à ce que la table ressemble à l'arrière-salle d'un bar, et le plan de travail à un camion à fruits.

N'était-ce pas cela le vrai miracle ? Non que le Christ ait déroulé une table de buffet de Sa sainte manche, et invité tout le monde à se joindre à Lui pour déguster un festin de pains et de poissons, mais que les gens qui avaient apporté leur casse-croûte dans des sacs en peau de chèvre, prévoyant peut-être un petit supplément pour leur famille, mais rien de suffisant pour nourrir les masses, soient incités à une intrépide générosité par l'exemple de leur professeur et de Ses disciples. Les invités de la fête de baptême avaient été pareillement émus par la générosité de Beverly Keating, à moins qu'ils n'aient été émus par la vision d'elle dans cette robe jaune, ses cheveux pâles épinglés en un chignon torsadé dévoilant sa nuque douce, cette nuque disparaissant dans l'arrière de la robe jaune. Le père Joe Mike but une gorgée. Et quand le festin s'acheva, les gens ramassèrent douze corbeilles de restes. Il regarda autour de lui tous les verres abandonnés sur les tables et les chaises, par terre, la plupart contenant une ou deux gorgées au fond. S'ils avaient collecté tous les restes, combien auraient-ils réuni ? Le père Joe Mike se sentit mesquin de ne pas avoir proposé de faire un saut au presbytère. Il avait eu peur que ses fidèles le trouvent bizarre, en découvrant les quantités de gin qu'il avait amassées, alors qu'il aurait dû saisir cette chance de participer aux liens de camaraderie d'une communauté.

Il sentit qu'on tapotait doucement son orteil. Le père Joe Mike, qui fixait son genou en méditant sur le contenu de son verre, leva la tête et vit Bonnie Keating. Non, elle ne s'appelait pas comme ça. Sa sœur était mariée à Fix Keating, ce qui faisait d'elle une Bonnie-Quelque-Chose-d'Autre. Bonnie-du-Nom-de-Jeune-Fille-de-Beverly.

"Hé, mon père", dit-elle, un verre pareil au sien tenu vaguement entre un doigt et le pouce.

"Bonnie", dit-il, en essayant de prendre la voix de quelqu'un qui n'est pas assis par terre en train de boire du gin. Même s'il n'était pas sûr de boire encore du gin. Il était peut-être passé à la tequila.

"Je me demandais si vous accepteriez de danser avec moi."

Bonnie X portait une robe avec des marguerites bleues, assez courte pour qu'un prêtre se demande où il était censé poser les yeux, même si, quand elle s'était habillée ce matin, elle n'avait probablement pas considéré qu'il y aurait des hommes assis par terre tandis qu'elle-même serait debout. Il voulait faire une réponse avunculaire, du genre qu'il avait perdu l'habitude de danser, mais il n'était pas assez vieux pour être son oncle, ou son père, même si c'est comme ça qu'elle l'avait appelé. Et donc il se contenta de répondre : "Pas une très bonne idée."

À propos d'idées pas très bonnes, Bonnie X se laissa tomber et elle se retrouva assise sur ses talons, en se disant que, pas de doute, elle et le prêtre seraient plus proches, à hauteur d'yeux, et qu'ils pourraient avoir une conversation plus privée, sans penser à jusqu'où ça ferait remonter son ourlet. Sa culotte aussi était bleue. Assortie aux marguerites.

"Bon, le truc, c'est que tout le monde est marié, dit-elle, sans moduler sa voix pour exprimer ce qu'elle voulait dire. Et alors que moi, ça me dérange pas de danser avec un homme marié, parce que je vois pas le mal qu'il y a à danser, tous ces types sont venus avec leurs femmes."

"Et leurs femmes ne voient pas ça d'un bon œil." Il prenait garde à ne pas plonger ses yeux dans les siens.

"Exactement", dit-elle tristement, en coinçant une mèche de cheveux raides auburn derrière son oreille.

C'est alors que le père Joe Mike eut une espèce de révélation : Bonnie X devrait quitter Los Angeles, ou du moins s'installer dans la Vallée, à un endroit où personne ne connaîtrait sa sœur aînée, parce que quand elle n'était pas à côté de cette sœur, Bonnie était une fille parfaitement séduisante. Si vous mettiez les deux côte à côte, Bonnie devenait un poney Shetland comparé à un cheval de course, mais il prit soudain conscience que s'il n'avait pas connu Beverly, le mot "poney" ne lui serait jamais venu à l'esprit. Par-dessus l'épaule de Bonnie, il voyait que Beverly était en train de danser dans l'allée avec un agent de police qui n'était pas son mari, et que l'agent de police avait l'air d'un homme heureux de sa chance.

"Allez, dit Bonnie, sur un ton à mi-chemin entre la supplication et la pleurnicherie, je pense qu'on est les deux seules personnes ici à ne pas être mariées."

"Si ce que vous recherchez, c'est quelqu'un de disponible, je n'ai pas le profil."

"Je veux juste *danser*", dit-elle, en posant sa main libre, celle qui ne tenait pas de verre, sur son genou.

Comme le père Joe Mike venait de se reprocher de faire passer les convenances avant la vraie bonté du cœur, il hésita. Aurait-il pris en compte les convenances, ne serait-ce que deux secondes, si la maîtresse des lieux l'avait invité à danser ? Si c'était Beverly Keating, et non sa sœur, qui était en ce moment accroupie devant lui, ses yeux bleus écartés aussi proches des siens, sa robe relevée assez haut pour dévoiler la couleur de sa culotte – il s'arrêta, en secouant la tête d'un geste imperceptible. Pas une bonne pensée. Il tenta de revenir aux pains et aux poissons, mais comme c'était impossible, il leva l'index en disant : "Une seule."

Bonnie X lui adressa un sourire rayonnant d'une telle gratitude que le père Joe Mike se demanda si ce n'était pas la première fois qu'il rendait un être humain heureux. Ils posèrent leurs verres et s'efforcèrent de s'aider à se relever, opération plutôt délicate. Avant même de s'être totalement redressés, ils étaient déjà dans les bras l'un de l'autre. À partir de là, il n'y eut qu'un pas pour que Bonnie étreigne la nuque de Joe Mike, et s'y accroche comme l'écharpe qu'il portait pour écouter les confessions. Il posa une main embarrassée de chaque côté de sa taille, ses pouces se rejoignant à l'endroit étroit où les côtes s'incurvaient. Il n'était pas conscient des éventuels regards que les invités posaient sur eux. En fait, il était submergé par une sensation d'invisibilité, dissimulé du monde par le mystérieux nuage de lavande qui s'élevait de la chevelure de la sœur de Beverly Keating.

En réalité, Bonnie avait déjà obtenu une danse avant d'enrôler le père Joe Mike, même si ça s'était fini en moins d'une demi-danse. Elle avait détourné Dick Spencer de son dur labeur pendant une minute, en lui disant qu'il devrait faire une pause, et que les règlements syndicaux s'appliquaient aux hommes qui pressaient les oranges. Dick Spencer portait des lunettes à monture d'écaille épaisse qui lui donnaient un air intelligent, bien plus intelligent que le coéquipier de Fix, Lomer, qui avait refusé de lui prêter attention, en dépit du fait qu'elle s'était appuyée deux fois contre lui en riant. (Dick Spencer *était* intelligent. Il était aussi tellement myope qu'à chaque fois qu'il avait perdu ses lunettes pendant une bagarre avec un suspect, il s'était retrouvé quasiment aveugle. À l'idée qu'il risquait de se battre contre un homme armé d'un revolver ou d'un couteau invisibles, il s'était inscrit aux cours du soir, puis en fac de droit, avant de réussir l'examen du barreau.) Bonnie prit la main poisseuse de Spencer et elle l'entraîna dans le patio à l'arrière. Ils se retrouvèrent aussitôt à faire un large cercle, en se cognant à d'autres gens. Avec ses bras autour de son dos, elle pouvait sentir combien il était mince sous sa chemise, mince au bon sens du terme, un mince capable de faire deux fois le tour d'une fille. L'autre adjoint au procureur, Cousins, était plus beau, carrément splendide même, mais il était narcissique, ça se voyait. Dick Spencer, lui, était adorable dans ses bras.

Voilà où en étaient arrivées ses pensées quand elle sentit une main agripper vigoureusement le haut de son bras. Elle avait essayé de toutes ses forces de se concentrer sur les yeux de Dick Spencer derrière ses lunettes, et l'effort lui donnait le tournis, ou bien quelque chose lui donnait le tournis. Elle se collait à lui. Elle n'avait pas vu la femme approcher. Si elle l'avait vue, Bonnie aurait peut-être eu le temps d'esquiver le coup, ou du moins de trouver un truc intelligent à dire. La femme parlait fort, et vite, et Bonnie prit soin de s'écarter d'elle. Voilà comment Dick Spencer et sa femme quittèrent la fête.

"Vous partez ?" demanda Fix, quand ils passèrent près de lui dans le salon.

"Surveille ta famille", dit Mary Spencer.

Fix était assis sur le canapé, sa fille aînée Caroline étalée sur ses genoux, dormant à poings fermés. Il crut à tort que Mary le félicitait de s'occuper de sa fille. Il était sans doute à moitié endormi lui-même. Il donna une tape légère au creux des reins de Caroline et elle ne bougea pas.

"Donne un coup de main à Cousins", dit Dick par-dessus son épaule, et ils avaient déjà disparu, sans veste ni cravate, et sans saluer Beverly.

Albert Cousins n'avait pas été invité à la fête. Il avait croisé Dick Spencer à l'entrée du tribunal le vendredi, en train de parler à un flic, un flic que Cousins ne connaissait pas mais qui avait ce genre d'air familier qu'ont les flics. "À dimanche", avait dit le flic et, après son départ, Cousins avait demandé à Spencer : "Qu'est-ce qui se passe dimanche ?" Dick Spencer avait expliqué que Fix Keating venait d'avoir un enfant, et qu'il donnait une fête pour le baptême.

"Son premier ?" avait demandé Cousins, en regardant Keating disparaître dans son uniforme bleu.

"Deuxième."

"Ils font tout ça pour un deuxième ?"

"C'est ça les catholiques, avait dit Spencer avec un haussement d'épaule. Ils s'en lassent jamais."

Cousins ne cherchait pas à s'incruster dans une fête, mais sa question n'était pas non plus totalement innocente. Il détestait les dimanches, et comme les dimanches étaient censés être une journée en famille, on était rarement invité. En semaine, il sortait de chez lui le matin juste au moment où ses enfants se réveillaient. Il leur faisait une gratouille sur la tête, laissait quelques instructions à sa femme et disparaissait. Le soir, à son retour, ils dormaient déjà, ou presque. Avec leurs petits visages pressés contre leurs oreillers, il trouvait ses enfants charmants, évidemment, et c'est l'image qu'il gardait d'eux du lundi matin jusqu'au samedi à l'aube. Les samedis matin, les enfants refusaient de continuer à dormir. Cal et Holly se jetaient dans ses bras avant que la lumière du jour ne soit complètement entrée par les stores en vinyle baissés, et ils étaient déjà en train de se disputer à propos d'un truc qui s'était produit dans les trois minutes suivant leur réveil. Dès qu'elle entendait que son frère et sa sœur étaient réveillés, le bébé commençait à se hisser au-dessus des barreaux de son berceau – sa dernière ruse en date – et elle compensait son manque de vitesse par sa ténacité. Elle se jetterait par terre si Teresa ne se précipitait pas à temps pour l'attraper, mais Teresa était déjà debout, en train de vomir. Elle ferma la porte de la salle de bains de l'entrée et fit couler l'eau, mais le bruit régulier des haut-le-cœur envahit la chambre. Cousins repoussa ses deux aînés, leurs corps légers atterrissant dans l'enchevêtrement du couvre-lit répandu au pied du lit. Ils se ruèrent à nouveau sur lui, hurlant de rire, mais il ne pouvait pas jouer avec eux, et il ne voulait pas jouer avec eux, et il ne voulait pas se lever, et il ne voulait pas prendre le bébé, mais il était obligé.

Et la journée continua comme ça, Teresa disant qu'elle devait absolument être en état d'aller au supermarché toute seule, ou que les voisins au coin de la rue faisaient un barbecue, et qu'ils n'y étaient pas allés la dernière fois. À chaque seconde un enfant hurlait, d'abord tout seul, puis en duo, le troisième attendant son tour avant de joindre sa voix, puis le duo se calmant afin que le cycle recommence. Le bébé tomba la tête la première sur la porte vitrée coulissante du salon et s'ouvrit le front avant le petit-déjeuner. Teresa était par terre, décollant des minuscules pansements adhésifs en demandant à Bert si, selon lui, elle avait besoin de points de suture. La vue du sang mettait toujours Bert mal à l'aise, donc il détourna le regard, en disant que non, pas besoin de points de suture. Holly pleurait parce que le bébé pleurait.

Holly disait que sa tête lui faisait mal. Cal avait disparu – alors que les hurlements de ses sœurs ou de ses parents le faisaient généralement rappliquer en courant. Cal aimait quand ça dégénérait. Teresa leva les yeux vers son mari, ses doigts barbouillés du sang du bébé, et elle lui demanda où était Cal.

Pendant toute la semaine, Cousins pataugeait au milieu des souteneurs, des maris qui battaient leurs femmes et des petits délinquants. Il offrait le meilleur de lui-même aux juges partiaux et aux jurés endormis. Il se disait qu'à l'arrivée du week-end, il tournerait le dos à toute la criminalité de Los Angeles, et reviendrait à ses enfants en pyjamas et à sa femme fraîchement enceinte, mais il tenait seulement jusqu'au samedi midi, et alors il disait à Teresa qu'il avait du travail à finir au bureau avant la première audience du lundi. Chose étrange, il partait réellement travailler. Les quelques fois où il avait tenté de filer à Manhattan Beach pour manger un hot-dog et draguer les filles en hauts de bikini et shorts ras les fesses, il avait attrapé un coup de soleil que Teresa n'avait pas tardé à commenter. Alors il allait au bureau et s'asseyait au milieu des hommes au milieu desquels il était assis toute la semaine. Ils se saluaient de la tête, l'air sérieux, et abattaient plus de travail en trois ou quatre heures un samedi après-midi que tous les autres jours.

Mais le dimanche, impossible de refaire la même chose et, accablé à l'idée de retrouver ses enfants, sa femme, son boulot, il se souvint d'une fête de baptême à laquelle il n'avait pas été invité. Teresa le regarda, son visage fugitivement illuminé. Trente et un ans, et elle avait toujours des taches de rousseur sur l'arête du nez et les joues. Elle disait souvent qu'elle aurait aimé qu'ils emmènent leurs enfants à l'église, même si elle ne croyait ni en l'Église, ni en Dieu, ni en rien de tout ça. Elle pensait que ce serait une bonne chose à faire en famille, et qu'ils pourraient commencer avec cette fête. Et s'ils y allaient tous ensemble ?

"Non, dit-il, c'est un truc de boulot."

Elle cligna des yeux : "Une fête de baptême ?"

"Le type est flic." Il espéra qu'elle ne demanderait pas le nom du flic parce qu'à ce moment précis, il était incapable de s'en souvenir. "Une sorte d'accord entre nous, tu vois ? Tout le bureau y sera. Je dois juste passer pour saluer."

Elle lui avait demandé si le bébé était un garçon ou une fille, et s'il avait un cadeau. La question fut suivie par un grand fracas de saladiers en métal dans la cuisine. Il n'avait pas pensé au cadeau. Il ouvrit le bar et prit une bouteille de gin non entamée. C'était une grande bouteille, plus grande que celle qu'il aurait voulu offrir, mais à peine vit-il qu'elle était encore scellée que l'affaire était réglée.

C'est ainsi qu'il se retrouva dans la cuisine de Fix Keating à presser des oranges, Dick Spencer ayant abandonné son poste pour le prix de consolation de la sœur quelconque de la blonde. Lui-même serait patient, il montrerait comme il pouvait être serviable dans l'espoir de choper la blonde. Il presserait chaque orange du comté de Los Angeles s'il le fallait. Dans cette ville qui avait inventé la beauté, elle était peut-être la plus belle femme à laquelle il ait jamais parlé, et certainement la plus belle femme qu'il ait jamais côtoyée dans une cuisine. C'était sa beauté qui l'attirait, sans aucun doute, mais aussi quelque chose de plus : chaque fois qu'elle lui tendait une autre orange, il sentait une petite secousse entre leurs doigts. Il la sentait chaque fois, cette étincelle électrique aussi réelle que l'orange elle-même. Tenter sa chance avec une femme mariée était une mauvaise idée, il le savait, surtout quand vous vous trouviez chez elle, en présence du mari, et que son mari était flic, et qu'on fêtait la naissance du deuxième enfant du flic. Cousins savait tout cela mais au fur et à mesure que les verres s'accumulaient, il se disait que des forces plus vastes opéraient. Le prêtre auquel il avait parlé plus tôt, dans le patio à l'arrière de la maison, n'était pas aussi soûl que lui, et ce prêtre lui avait indiscutablement dit qu'il était en train de se passer quelque chose qui sortait de l'ordinaire. Dire que quelque chose sortait de l'ordinaire revenait à dire que tous les paris étaient ouverts. Cousins attrapa son verre de sa main gauche et s'arrêta pour faire tourner son poignet droit en cercle, comme il avait vu Teresa le faire. Il avait une crampe.

Fix Keating se tenait dans l'embrasure, et il l'observait comme s'il savait exactement ce qu'il avait en tête. "Dick a dit que j'étais de service", dit Fix. Le flic n'était pas si costaud que ça, mais il était évident qu'il était prêt à bondir, et qu'il passait ses journées à chercher la bagarre. Tous les flics irlandais étaient comme ça.

"C'est vous l'hôte, dit Cousins. Pas besoin de rester coincé ici à faire des jus d'orange."

"Et vous l'invité, dit Fix, en attrapant un couteau. Vous devriez être dehors à faire la fête."

Mais Cousins détestait la foule. Si c'était une fête dans laquelle Teresa l'avait traîné, il ne serait pas resté plus de vingt minutes. "Je connais mes compétences", répondit-il, et il souleva le couvercle de la centrifugeuse, s'arrêtant pour rincer l'accumulation de pulpe dans les sillons métalliques profonds du couvercle avant de verser le contenu du jus dans un pichet vert en plastique. Pendant un moment ils travaillèrent côte à côte en silence. Cousins rêvassait à la femme de l'autre. Elle se penchait sur lui, posait sa main sur son visage, et lui remontait sa main sur sa cuisse, quand soudain Fix dit : "Je crois que je viens de comprendre."

Cousins se figea. "Quoi ?"

Fix était en train de découper des oranges et Cousins remarqua qu'il tirait le couteau vers lui au lieu de l'éloigner. "C'était un vol de voiture."

"Comment ça, un vol de voiture ?"

"C'est là qu'on s'est rencontrés. J'arrête pas d'essayer de me souvenir depuis votre arrivée. Il y a deux ans, je dirais. J'ai oublié le nom du type mais il volait uniquement des El Camino rouges."

Cousins n'aurait jamais mémorisé les détails d'un vol de voiture, à moins qu'il n'ait eu lieu un mois avant, et quand il était vraiment débordé, sa mémoire ne remontait pas plus loin qu'une semaine. Le vol de voiture était leur gagne-pain. S'il n'y avait pas eu de vols de voitures à Los Angeles, alors les flics et les adjoints du procureur auraient passé leurs journées à faire des parties de cartes à leurs bureaux, en attendant des nouvelles d'un meurtre. Les vols de voiture se ressemblaient tous – certaines voitures étaient revendues telles quelles, d'autres passaient par un garage clandestin –, et aucun n'était mémorable, à part le type qui volait exclusivement des El Camino rouges.

“D’Agostino”, dit Cousins, et il répéta le nom parce qu’il ne savait absolument pas d’où lui était venue cette mémoire inhabituelle. C’était juste un de ces jours miraculeux, pas besoin d’explication.

Fix secoua la tête, l’air approbateur. “J’aurais pu rester assis là toute la journée sans retrouver son nom. Pourtant je me souviens de lui. Il croyait avoir de la classe en se limitant uniquement à cette marque.”

Pendant un instant, Cousins se sentit presque extralucide, comme si le dossier était ouvert devant lui. “L’avocat commis d’office a plaidé une perquisition irrégulière. Les voitures étaient toutes parquées dans une espèce d’entrepôt.” Il arrêta de tourner l’orange d’avant en arrière et ferma les yeux pour essayer de se concentrer. Terminé. “Impossible de me rappeler.”

“Anaheim.”

“J’aurais jamais pu retrouver le nom.”

“Bah voilà, dit Fix. C’était votre affaire.”

Mais désormais le souvenir s’était évanoui et Cousins ne parvenait même pas à se rappeler le verdict. Il oubliait les accusés, et les crimes, et les flics évidemment, mais il connaissait les verdicts aussi clairement qu’un boxeur savait qui l’avait mis au tapis et qui l’avait démoli. “Il est passé en procès”, dit Cousins, en décidant de parier sur lui-même, convaincu que n’importe quel escroc assez stupide pour voler exclusivement des El Camino rouges était passé en procès.

Fix fit oui de la tête, en essayant de ne pas sourire, sans y arriver. Évidemment qu’il était passé en procès. Si l’on poussait l’imagination un peu loin, ils avaient collaboré sur ce dossier.

“Et donc c’était vous l’inspecteur”, dit Cousins. Il le revoyait maintenant, dans le costume marron que tous les détectives portent au tribunal, comme s’ils partageaient l’unique costume disponible.

“L’agent qui a procédé à l’arrestation, dit-il. J’ai été nommé inspecteur depuis.”

“Vous avez une liste des morts ?” Cousins posa la question pour l’impressionner, sans avoir aucune idée de la raison qui le poussait à le faire. Il avait beau débuter comme adjoint du procureur, il savait que les flics comptaient les points. Mais Fix prit la question au pied de la lettre. Il se sécha les mains et sortit son portefeuille de sa poche arrière, fouillant au milieu des billets.

“Encore quatorze.” Il tendit sa liste à Cousins, qui se sécha les mains avant de la prendre.

Il y avait bien plus de quatorze noms sur la feuille de papier pliée, et la liste approchait probablement des trente, avec “Francis Xavier Keating” imprimé en bas, mais la moitié des noms étaient barrés d’un seul trait, signifiant que Fix Keating montait en grade. “Bon Dieu, dit Cousins. Tous ceux-là sont morts ?”

“Pas morts.” Fix reprit la liste pour examiner les noms sous les traits noirs. Il la leva à la lumière de la lampe de la cuisine. “Bon, disons quelques-uns. Les autres ont déjà eu une promotion, ou bien ils sont partis, ils ont laissé tomber. Ça change rien – ils sont plus là.”

Deux femmes d’un certain âge, dans leurs plus belles robes du dimanche, sans chapeaux, étaient appuyées l’une contre l’autre dans l’embrasure de la porte de la cuisine grande ouverte. Quand Fix leur jeta un coup d’œil, elles le saluèrent à l’unisson.

“Toujours ouvert, le bar ?” demanda la plus petite. Elle voulait avoir l’air sérieuse mais elle hoqueta en disant sa blague, et alors son amie se mit à rire elle aussi.

“Ma mère, dit Fix à Cousins, en désignant celle qui venait de parler, puis il désigna l’autre, une blonde décolorée avec un visage joyeux et avenant. Ma belle-mère. Al Cousins.”

Cousins se sécha la main pour la deuxième fois et il la tendit à l’une, puis à l’autre. “Bert, dit-il. Que buvez-vous, mesdames ?”

“Ce qu’il reste”, dit la belle-mère. À la manière dont elle tenait ses épaules en arrière, à la longueur de son cou, on devinait une vague trace de sa fille. Le temps était criminel avec les femmes.

Cousins attrapa une bouteille de bourbon, la bouteille la plus proche de sa main, et il prépara deux verres. “Très réussie, cette fête, dit-il. Et dehors, tout se passe bien ?”

“Je trouve qu’ils ont attendu trop longtemps”, dit la mère de Fix, en prenant son verre.

“Tu es morbide”, lui dit la belle-mère affectueusement.

“Je ne suis pas morbide, rectifia la mère. Je suis prudente. Il faut être prudent.”

“Attendu quoi ?” demanda Cousins, en tendant le deuxième verre.

“Le baptême, dit Fix. Elle avait peur que le bébé meure avant son baptême.”

“Votre bébé était malade ?” demanda Cousins. Il avait été élevé dans l’Église épiscopalienne, mais il s’en était éloigné. À sa connaissance, les bébés épiscopaliens morts allaient au ciel sans problème.

“Elle va bien, dit Fix. Parfaitement bien.”

La mère de Fix haussa les épaules. “Qu’est-ce que tu en sais ? Qu’est-ce que tu sais de ce qui se passe à l’intérieur d’un bébé ? Toi et tes frères, je vous ai fait baptiser à moins d’un mois. Je me suis occupée de tout. Cette enfant, dit-elle en tournant son attention vers Cousins, a presque un an. Elle ne rentrait même plus dans la robe familiale de baptême.”

“Eh oui, voilà le problème”, dit Fix.

Sa mère haussa les épaules. Elle descendit entièrement son verre et puis elle agita le gobelet vide en carton, comme si quelque chose ne tournait pas rond. Ils avaient manqué de glace, et la glace avait été la seule chose qui avait ralenti les buveurs. Cousins lui prit le gobelet des mains et il le remplit à nouveau.

“Quelqu’un a le bébé”, dit Fix à sa mère, pas une question, juste une confirmation factuelle.

“Le quoi ?”

“Le bébé.”

Elle réfléchit une minute, yeux mi-clos, et elle fit oui de la tête, mais c’est l’autre qui parla, la belle-mère. “Quelqu’un”, dit-elle, pas du tout sûre d’elle.

“Comment ça se fait, dit la mère de Fix, totalement indifférente à la question du bébé, que les hommes sont capables de passer la journée entière dans une cuisine à doser des cocktails et à presser des oranges, alors qu’ils franchiront jamais le seuil d’une cuisine pour préparer à manger ?” Elle fixait ostensiblement son fils.

“Aucune idée”, dit Fix.

Alors sa mère se tourna vers Cousins qui se contenta de secouer la tête. Mécontentes, les deux femmes leur tournèrent le dos pour rejoindre la fête, gobelets à la main.

"Elle a raison", dit Cousins. Il ne serait jamais resté ici à faire des sandwichs, même s'il avait l'impression qu'un sandwich lui serait utile, qu'il en avait envie même, alors il se versa un autre verre.

Fix retourna à son couteau et à ses oranges. C'était un homme prudent, qui prenait son temps. Même soûl, il n'allait pas se trancher un doigt. "Vous avez des gosses ?"

Cousins fit oui de la tête. "Trois et demi."

Fix siffla. "Vous n'arrêtez pas."

Cousins se demanda s'il voulait dire : *Vous n'arrêtez pas de courir après les gosses*, ou bien *Vous n'arrêtez pas de baiser votre femme*. Peu importe. Il posa une autre écorce d'orange vide dans l'évier qui débordait d'écorces d'oranges vides. Il fit tourner son poignet.

"Faites une pause", dit Fix.

"Déjà fait."

"Eh bien recommencez. On a des réserves de jus, et si ces deux-là nous indiquent la tendance générale, la plupart des gens ici vont pas tarder à plus trouver le chemin de la cuisine."

"Où est Dick ?"

"Parti en courant avec sa femme."

Tu m'étonnes, pensa Cousins, une vision de sa propre femme surgissant devant lui, et tout le chahut et les braillements de sa maisonnée. "Quelle heure il est, au fait ?"

Fix regarda sa montre, une Girard-Perregaux, une montre bien plus belle que celle qu'un flic devrait porter. Il était quatre heures moins le quart, largement deux heures de plus que ce que les deux hommes auraient imaginé dans leur plus folle estimation.

“Nom de Dieu, faut que j’y aille”, dit Cousins. Il était quasiment sûr d’avoir dit à Teresa qu’il serait rentré au plus tard à midi.

Fix opina de la tête. “Toute personne dans cette maison qui n’est ni ma femme ni mes filles devrait y aller. Mais d’abord rendez-moi un service – allez chercher le bébé. Trouvez-moi avec qui elle est. Si je sors de la cuisine maintenant, tout le monde va vouloir commencer à discuter avec moi et je l’aurai pas retrouvée avant minuit. Vous voulez bien faire un tour rapide ? Histoire de s’assurer qu’un invité bourré l’a pas laissée sur une chaise.”

“Comment je saurai que c’est votre bébé ?” demanda Cousins. À y repenser, il n’avait vu aucun bébé à la fête, et pas de doute qu’avec tous ces Irlandais, il devait y en avoir plein.

“C’est la nouvelle”, dit Fix, prenant soudain un ton brusque, comme si Cousins était un idiot, et que ça expliquait que certains types deviennent avocats plutôt que flics. “Celle dans la robe de princesse. C’est sa fête.”

La foule se déplaçait autour de Cousins, s’ouvrant devant lui, se refermant autour de lui, le laissant passer. Dans la salle à manger, chaque plateau était vide, plus un seul cracker ni un bâton de carotte. Les conversations, et la musique, et les rires soûls fusionnaient en un seul bloc sonore indéchiffrable d’où, par instants, un mot ou une phrase reconnaissables s’échappaient – *En fait elle était dans le coffre tout le temps qu’il lui parlait.* Quelque part au loin, dans un couloir invisible, une femme riait si fort qu’elle s’étouffait, criant : *Assez ! Assez !* Il vit des enfants, plein d’enfants, plusieurs d’entre eux retirant les gobelets des doigts des adultes, à leur insu, et vidant le contenu. Il ne vit aucun bébé. Il faisait une chaleur insupportable dans la pièce et les inspecteurs de police avaient désormais ôté leurs vestes, dévoilant les armes de service accrochées à leurs ceintures ou rangées dans un étui sous le bras. Cousins se demanda comment il avait pu ne pas remarquer plus tôt que la moitié de la fête était armée. Il traversa les portes vitrées grandes ouvertes sur le patio et leva les yeux sur la lumière de fin d'après-midi qui inondait la banlieue de Downey, vide de tout nuage présent, passé et futur. Il vit son ami le prêtre, aussi immobile qu'une pierre, qui tenait la petite sœur dans ses bras, comme s'ils dansaient depuis si longtemps qu'ils s'étaient endormis debout. Des hommes assis sur des chaises de jardin parlaient à d'autres hommes, dont beaucoup avaient des femmes sur les genoux. Les femmes, toutes celles qu'il vit, avaient retiré leurs chaussures à un moment donné et filé leurs bas. Aucune d'entre elles ne tenait un bébé, et il n'y avait aucun bébé dans l'allée. Cousins entra dans le garage et alluma la lumière. Une échelle était suspendue à deux crochets et des pots de peinture propres étaient alignés sur une étagère, rangés par taille. Il y avait une pelle, un râteau, des rouleaux de câbles, un établi plein d'outils, une place pour tout et tout à sa place. Au centre du sol en ciment impeccable se trouvait une Peugeot bleu marine impeccable. Fix Keating avait moins d'enfants, une plus belle montre, une voiture étrangère et une femme bien plus séduisante. Le type n'était même pas inspecteur. Si quelqu'un avait pris la peine de lui poser la question, Cousins aurait dit que c'était louche.

À peu près au moment où il se plongea dans la contemplation de la voiture, qui tenait son apparence sexy de son origine française, il se souvint que le bébé avait disparu. Il pensa à son propre bébé, Jeanette, qui venait d'apprendre à marcher. Elle avait un bleu sur le front à l'endroit où elle s'était cognée contre la vitre hier, les pansements adhésifs étaient toujours en place et il avait paniqué à l'idée qu'il était censé la surveiller. Petite Jeanette, il n'avait aucune idée de l'endroit où il l'avait laissée ! Teresa aurait dû savoir qu'il n'était pas bon pour garder le bébé. Elle n'aurait pas dû lui faire confiance. Mais quand il sortit du garage pour partir à sa recherche, son cœur cognant contre ses côtes comme pour s'échapper, il vit la foule qui se pressait à la fête de Fix Keating. L'ordre du jour lui revint et il resta encore un moment à la porte, se sentant à la fois ridicule et soulagé. Lui n'avait rien perdu.

Il leva la tête vers le ciel et vit que la lumière était en train de changer. Il dirait à Fix qu'il devait partir pour s'occuper de ses gosses. Il rentra dans la maison et, en cherchant une salle de bains, il tomba d'abord sur deux placards. Dans la salle de bains, il prit le temps de s'asperger le visage d'eau avant de ressortir. De l'autre côté du couloir, il y avait encore une porte. Ce n'était pas une grande maison mais elle semblait composée entièrement de portes. Il ouvrit la porte devant lui et il se trouva face à une pièce faiblement éclairée. Les stores étaient baissés. C'était une chambre de petite fille – un tapis rose, une frise de papier peint rose avec un motif de gros lapins. Sa propre maison comportait une chambre dans le même style que Holly partageait avec Jeanette. Dans un coin, il vit trois petites filles qui dormaient sur des lits jumeaux, leurs jambes entremêlées, leurs doigts entortillés dans les cheveux l'une de l'autre. Étonnamment, la seule chose qu'il ne vit pas, ce fut Beverly Keating, debout devant la table à langer avec le bébé. Beverly le regarda, et quand elle le reconnut, son visage s'éclaira d'un sourire.

"Je vous connais", dit-elle.

Elle l'avait surpris, ou plutôt sa beauté le surprit à nouveau. "Je suis désolé", dit-il. Il posa la main sur la porte.

"Vous ne risquez pas de les réveiller." Elle inclina la tête vers les filles. "Je crois qu'elles sont soûles. Je les ai portées ici l'une après l'autre sans qu'à aucun moment elles ne se réveillent."

Il regarda à nouveau les filles. La plus grande avait cinq ans. Il ne pouvait pas s'empêcher d'aimer l'air qu'ont les enfants quand ils dorment. "L'une d'entre elles est à vous ?" Toutes les trois se ressemblaient vaguement. Aucune ne ressemblait à Beverly Keating.

"La robe rose", dit-elle, concentrée sur la couche dans sa main. Les deux autres sont ses cousines. Elle lui sourit. "Vous n'êtes pas censé vous occuper des boissons ?"

"Spencer est parti", dit-il, même si ça ne répondait pas à la question. Il ne se souvenait pas de la dernière fois où il avait été nerveux, pas en face de criminels ou de jurys, et certainement pas en face de femmes tenant des couches. Il reprit. "Votre mari m'a demandé de trouver le bébé."

Quand elle eut fini de la changer, Beverly réarrangea la robe du bébé et la souleva de la table. "Eh bien, la voilà", dit-elle. Elle colla son nez contre celui du bébé et le bébé sourit puis bâilla. "Quelqu'un est resté réveillé très longtemps." Beverly se tourna vers le berceau.

"Laissez-la-moi une minute que j'aille la montrer à Fix, dit-il. Avant que vous ne la couchiez."

Beverly Keating pencha légèrement la tête d'un côté et lui lança un drôle de regard. "Pourquoi est-ce que Fix a besoin d'elle ?"

C'était tout, le rose pâle de sa bouche dans la chambre rose sombre, la porte qui maintenant était fermée alors qu'il ne se rappelait pas l'avoir fait, l'odeur de son parfum qui était miraculeusement parvenu à flotter doucement au-dessus de la puanteur familière de la poubelle à couches. Est-ce que Fix lui avait demandé de ramener le bébé ou juste de la trouver ? Ça revenait au même. Il lui dit qu'il ne savait pas, et puis il fit un pas vers elle, vers sa robe jaune qui était sa propre source de lumière. Il tendit les bras et elle s'y jeta, tenant toujours le bébé.

"Alors prenez-la, dit-elle. Vous avez des enfants ?" Mais à ce moment-là elle était très proche et elle leva son visage vers lui. Il plaça un bras sous le bébé, ce qui voulait dire qu'il posait le bras sous ses seins. Elle avait accouché moins d'un an auparavant, et alors qu'il ignorait à quoi elle ressemblait avant, il était difficile d'imaginer qu'elle ait pu être encore plus belle qu'à cet instant. Teresa n'avait jamais retrouvé sa ligne. Elle disait que c'était impossible, avec les bébés qui arrivaient l'un après l'autre. Est-ce qu'il n'aimerait pas la présenter à sa femme, histoire de lui montrer ce qui était possible, si on essayait vraiment ? Non. Il n'avait aucune envie que Teresa rencontre Beverly Keating. Il enlaça son dos de son autre bras, et pressa ses doigts sur la ligne droite de sa fermeture éclair. C'était la magie du gin et du jus d'orange. Le bébé se balançait entre eux et il l'embrassa. Voilà le tour que cette journée prenait. Il ferma les yeux et l'embrassa jusqu'à ce que l'étincelle qu'il avait sentie dans ses doigts en touchant sa main dans la cuisine parcoure toute la longueur de sa colonne vertébrale frissonnante. Elle posa sa main libre au creux de ses reins tandis que le bout de sa langue s'introduisait entre ses dents entrouvertes. Il y eut un mouvement presque imperceptible entre eux. Il le sentit, mais elle recula. Il tenait le bébé. Le bébé pleura pendant une seconde, un seul hurlement de son visage cramoisi, puis elle émit un petit hoquet et se pressa contre la poitrine de Cousins.

"On va l'étouffer", dit-elle en riant. Elle baissa les yeux sur le joli visage du bébé. "Désolée pour ça."

Le corps léger de la fille Keating dans ses bras était une sensation familière. Beverly prit un linge tout doux sur la table à langer et elle essuya sa bouche. "Rouge à lèvres", dit-elle, avant de se pencher pour l'embrasser à nouveau.

"Vous êtes…", il commença, mais trop de choses lui passèrent par la tête pour en dire une seule.

"Ivre, dit-elle, et elle sourit. Je suis ivre morte. Allez montrer le bébé à Fix. Dites-lui que j'arrive dans une minute pour le prendre." Elle pointa un doigt vers lui. "Et ne lui dites rien d'autre, monsieur." Elle rit à nouveau.

Il comprit alors ce qu'il avait su dès l'instant où il l'avait vue se pencher par la porte de la cuisine pour appeler son mari. Sa vie venait de commencer.

"Allez-y", dit-elle.

Elle lui laissa le bébé. Elle alla de l'autre côté de la chambre et entreprit d'installer les filles endormies dans des positions plus confortables. Il demeura une minute encore devant la porte de la chambre fermée pour la contempler.

"Quoi ?" demanda-t-elle. Elle n'était pas en train de le draguer.

"Quelle fête", dit-il.

"Ne m'en parlez pas."

Sur un point seulement Fix avait eu raison de l'envoyer chercher le bébé : personne ne le connaissait dans cette fête et il avait traversé facilement la foule. Il ne s'en était pas rendu compte jusqu'à ce que maintenant tout le monde tourne la tête dans sa direction. Une femme aussi svelte et brunie qu'un bout de bois se planta juste devant lui.

"La voilà !" hurla-t-elle, et elle se pencha pour embrasser les boucles blondes qui voletaient autour de la tête du bébé. Son rouge à lèvres laissa une tache couleur vin. "Oh, dit-elle, je suis désolée." Elle essaya d'essuyer la tache avec son pouce et le bébé se crispa comme si elle allait pleurer. "J'aurais pas dû faire ça." Elle regarda Cousins et lui sourit. "Vous direz pas à Fix que c'est moi qui ai fait ça, hein ?"

La promesse était facile à tenir. C'était la première fois de sa vie qu'il voyait la femme bronzée.

"Voilà notre petite fille", dit un homme, en souriant au bébé tout en tapotant le dos de Cousins. Qui était-il, d'après eux ? Personne ne lui posa la question. Dick Spencer était la seule personne qui le connaissait et il était parti depuis longtemps. En avançant lentement vers la cuisine, il ne cessa d'être arrêté et encerclé. *Oh le bébé*, disaient-ils de leurs voix douces. *Coucou, jolie petite fille.* Les compliments et les mots gentils l'étouffaient. À la lumière, il voyait que c'était un ravissant bébé. Celle-là ressemblait plus à la mère, peau claire, yeux écartés, *Le portrait de Beverly*, comme tout le monde disait. Il la bouscula légèrement au creux de son bras. Ses yeux s'ouvrirent et se refermèrent à nouveau, deux balises bleues vérifiant si elle était toujours bien installée. Elle se sentait aussi à l'aise avec lui que n'importe lequel de ses propres enfants. Il savait tenir un bébé.

"Ça se voit qu'elle vous aime bien", dit un homme qui portait une arme dans un harnais à l'épaule.

Dans la cuisine, un groupe de femmes étaient assises à fumer. Elles tapotèrent la cendre dans leurs verres, signifiant qu'il était l'heure de rentrer. Elles n'avaient rien d'autre à faire, à part attendre leurs maris pour le leur dire. "Coucou, bébé", dit l'une d'entre elles, et toutes levèrent les yeux sur Cousins.

"Où est Fix ?" demanda-t-il.

Une des femmes haussa les épaules. "J'en sais rien, dit-elle. Vous devez partir ? Laissez-la-moi." Elle tendit les mains.

Mais Cousins n'allait pas l'abandonner à des inconnus. "Je vais le trouver", dit-il en reculant.

Cousins avait l'impression de tourner en rond à l'intérieur de la maison de Fix Keating depuis une heure, d'abord à la recherche du bébé, maintenant de Fix. Il le trouva qui parlait avec le prêtre dans le patio à l'arrière. La copine du prêtre avait disparu. Il y avait moins de monde dehors désormais, moins de monde en général. L'angle de la lumière qui perçait à travers les orangers avait considérablement baissé. Il aperçut une orange isolée tout en haut, au-dessus de sa tête, une orange épargnée par les jus frénétiques, il se dressa sur la pointe des pieds, le bébé en équilibre sur son bras, et la cueillit.

"Bon Dieu, dit Fix, en levant la tête vers lui. Vous étiez où ?"

"Je vous cherchais", dit Cousins.

"J'ai pas bougé d'ici."

Cousins faillit faire une blague sur le fait que Fix n'avait pas fait beaucoup d'efforts pour le chercher, mais il se ravisa. "Vous n'étiez pas là quand je suis parti."

Fix se leva et lui prit le bébé, sans témoigner aucune gratitude ni faire de manières. Elle poussa un petit cri de déplaisir au moment du transfert, puis s'installa contre la poitrine de son père et se rendormit. Le bras de Cousins était devenu tout léger et il n'aimait pas ça. Il n'aimait pas ça du tout. Fix contempla la tache au sommet de sa tête. "Quelqu'un l'a fait tomber ?"

"C'est du rouge à lèvres."

"Bon, dit le prêtre en repoussant sa chaise. Je vais rentrer. Dîner à l'église dans une demi-heure. Tout le monde est le bienvenu autour d'un plat de spaghetti."

Ils se dirent bonsoir et, en chemin, le père Joe Mike embarqua une file de paroissiens qui le suivirent dans l'allée, saint Patrick traversant Downey. Ils saluèrent Fix de la main en criant bonne nuit. Ce n'était pas encore la nuit, mais plus tout à fait le jour. La fête avait duré beaucoup trop longtemps.

Cousins attendit encore une minute, dans l'espoir que Beverly revienne prendre le bébé comme elle l'avait dit, mais elle ne vint pas, et il était temps qu'il y aille. "Je sais pas comment elle s'appelle", dit-il.

"Frances."

"Vraiment ?" Il reporta ses regards sur la jolie petite fille. "Vous lui avez donné votre nom ?"

Fix fit oui de la tête. "Je m'en suis pris plein la gueule quand j'étais gosse parce que je m'appelais Francis. Tous les mômes du quartier se foutaient de mon prénom de fille, alors je me suis dit, pourquoi pas appeler ma fille Frances ?"

"Et si ç'avait été un garçon ?" demanda Cousins.

"Je l'aurais appelé Francis", dit Fix, en donnant à nouveau l'impression à Cousins qu'il avait posé une question stupide. "Quand on a eu une fille, la première fois, on lui a donné le prénom de la fille de Kennedy. Je me suis dit, c'est bon, j'attendrai, mais maintenant..." Fix se tut, le regard baissé sur sa fille. Il y avait eu une fausse couche entre les deux filles, assez tard. Ils avaient eu de la chance d'avoir la deuxième, c'est ce que le docteur avait dit, même si ça ne servait à rien de le raconter à l'adjoint du procureur. "C'est comme ça."

"C'est un beau prénom", dit Cousins, mais en fait il pensait : *Vous avez eu de la chance de ne pas avoir attendu.*

"Et vous ? dit Fix. Vous avez un petit Albert à la maison ?"

"Mon fils s'appelle Calvin. On l'appelle Cal. Et les filles, non. Aucune Alberta."

"Mais vous en avez un en route."

"Pour décembre." Cousins se rappela la période qui avait précédé la naissance de Cal. Avec Teresa ils se récitaient des prénoms au lit, la nuit, dans le noir. À elle, tel prénom rappelait un gamin qui avait été harcelé à l'école primaire, un gamin qui portait des chemises tachées et suçait son pouce. À lui, tel autre prénom rappelait un garçon qu'il avait toujours détesté, un tyran, mais quand ils trouvèrent Cal, ils se réjouirent tous les deux. À peu près la même chose s'était produite quand ils cherchaient des prénoms pour Holly. Ils y avaient peut-être passé moins de temps, ils n'en avaient peut-être pas discuté au lit, la tête de Teresa sur son épaule, sa main sur le ventre de Teresa, mais ils avaient trouvé ensemble. Elle ne tenait son prénom de personne, juste d'elle-même, parce que ses parents l'avaient trouvé beau. Et Jeanette ? Il ne se souvenait même pas d'avoir cherché un prénom pour Jeanette. Il était arrivé en retard à l'hôpital cette fois-là, et si sa mémoire était bonne, il était entré dans la chambre et Teresa avait dit : *Je te présente Jeanette.* Sinon, si quelqu'un lui avait demandé son avis, elle se serait appelée Daphné. Ils devraient discuter du prénom de celui qui était en route. Ça leur donnerait un sujet de conversation.

"Appelez-le Albert", dit Fix.

"Si c'est un garçon."

"Ça sera un garçon. C'est obligé."

Cousins contempla Frances qui dormait dans les bras de son père. Ce ne serait pas grave s'ils avaient encore une fille, mais si c'était un garçon, alors peut-être qu'ils l'appelleraient Albert.

"Vous croyez ?"

"Absolument", dit Fix.

Il n'en parla jamais avec Teresa mais il était dans la salle d'attente à la naissance du bébé et il remplit le certificat de naissance – Albert John Cousins – en reprenant son propre prénom. Teresa n'avait jamais beaucoup aimé le prénom de son mari mais quand avaient-ils eu l'occasion d'en parler ? Ils étaient à peine rentrés à la maison qu'elle commença à l'appeler Albie, Al-*bee*. Cousins lui demanda d'arrêter de l'appeler comme ça, mais il n'était jamais là. Qu'est-ce qu'il aurait pu faire, l'en empêcher ? Les autres gosses adoraient. Ils appelèrent le bébé Albie, eux aussi.

2

"Donc tu es en train de me dire que c'est toi qui as choisi le prénom d'Albie ?" dit Franny.

"J'ai pas choisi son prénom, dit son père, alors qu'ils suivaient tous les deux l'infirmière le long d'un interminable couloir lumineux. Sinon j'aurais jamais eu une idée aussi stupide. Une grande partie des problèmes de ce gosse remontent à son prénom."

Franny pensa à son demi-frère. "C'était probablement pas le seul problème."

"Tu savais que je l'avais sorti du centre de détention pour mineurs une fois ? Quatorze ans et il avait essayé de foutre le feu à son école."

"Je me souviens", dit Franny.

"Ta mère a appelé et elle m'a demandé de le sortir de là." Il tapota sa poitrine. "Elle a dit que je lui rendrais service, comme si j'y tenais tellement. Quand tu penses à tous les flics que connaissait Bert à L.A., on se demande pourquoi ils sont venus m'emmerder."

"Tu as aidé Albie, répondit-elle. Il était gosse et tu l'as aidé. Y a pas de mal à ça."

"Il savait même pas allumer un feu correctement. Après l'avoir fait sortir, je l'ai emmené voir ton oncle Tom à la caserne. À l'époque, Tom était revenu s'installer à L.A. J'ai dit au gosse de Bert : « Puisque tu veux mettre le feu à une école pleine d'enfants, voilà les types qui peuvent t'apprendre à le faire. » Tu sais ce qu'il m'a répondu ?"

"Oui", dit Franny, sans mentionner qu'il n'y avait pas d'enfants dans l'école quand Albie avait mis le feu, et qu'il avait plutôt bien réussi. On peut dire ce qu'on veut d'Albie, c'était un bon pyromane.

"Il a dit que ça ne l'intéressait plus." Fix s'arrêta, et du coup Franny aussi, et puis l'infirmière qui les attendit.

"Les gens ont arrêté de l'appeler comme ça, pas vrai ?" demanda Fix.

"Albie ? J'en sais rien. Je l'ai toujours appelé comme ça."

"J'essaie de ne pas écouter votre conversation", dit l'infirmière, qui s'appelait Jenny. Elle portait un badge avec son prénom mais de toute façon ils la connaissaient.

"Vous pouvez écouter tout ce que vous voulez, dit Fix. Mais on devrait raconter de meilleures histoires."

"Comment vous sentez-vous ce matin, monsieur Keating ?" demanda Jenny. Fix était venu faire sa chimio au centre médical de UCLA, si bien que la question n'était pas de pure politesse. Si vous ne vous sentiez pas bien, ils vous renvoyaient chez vous et tout le processus était repoussé à une plus lointaine échéance, dans un avenir inconnu.

"Je me sens bien, dit-il, son bras accroché à celui de Franny. Aussi léger que la lumière sur l'eau."

Jenny rit et tous trois s'arrêtèrent dans une grande salle ouverte au bout du couloir, où deux femmes portant des turbans étaient assises, avec des thermomètres numériques dans la bouche. L'une adressa aux nouveaux venus un salut fatigué de la tête, tandis que l'autre regardait droit devant elle. Tout autour d'eux les infirmières allaient et venaient dans leurs blouses acidulées. Fix s'assit, Jenny lui donna un thermomètre et enroula un tensiomètre autour de son bras. Franny prit la chaise vide à côté de son père.

"Pour en revenir juste une minute à ton histoire, avec Bert vous avez parlé du prénom qu'il devrait donner à son fils, avant la naissance d'Albie ?"

Franny avait entendu une centaine de fois l'histoire de l'incendie et du coup de téléphone qui s'était ensuivi, mais étrangement, l'histoire du prénom d'Albie n'avait jamais été mentionnée auparavant.

Fix retira le thermomètre.

"C'est pas comme si on en avait parlé après."

"Hé !" dit Jenny, en désignant le thermomètre, et Fix le remit dans sa bouche.

Franny secoua la tête.

"C'est juste pas croyable."

Fix leva les yeux vers Jenny, qui déroula le brassard.

"Qu'est-ce qui est pas croyable ?" demanda-t-elle à sa place.

"Toute l'histoire." Franny ouvrit les mains. "Toi et Bert en train de préparer les boissons, toi et Bert en train de discuter, toi qui as connu Bert avant maman."

"36,7 à vue de nez", dit Jenny, et elle jeta l'étui du thermomètre en plastique à la poubelle. Puis elle sortit un garrot et le noua en haut du bras de Fix.

"Bien sûr que je connaissais Bert, dit-il, comme si on mettait son histoire en doute. Comment tu crois que ta mère l'a rencontré ?"

"J'en sais rien." Elle n'avait jamais pensé à poser la question. Elle n'avait pas de souvenirs avant Bert. "J'imagine que je croyais que Wallis les avait présentés. Tu détestais tellement Wallis."

Jenny malaxait l'intérieur du coude de Fix du bout des doigts, à la recherche d'une veine encore utilisable.

"J'ai connu des junkies qui se piquaient entre les doigts de pied", dit Fix, sur un ton où perçait la nostalgie.

"Une raison de plus de ne pas vouloir d'un junkie pour infirmière." Elle tapota encore une minute la peau parcheminée et sourit, en tenant la veine en place d'un doigt. "C'est bon, monsieur, on y va. Ça va piquer un peu."

Fix ne tressaillit même pas. Elle avait réussi à enfoncer l'aiguille du premier coup.

"Oh Jenny, dit-il, en regardant ses cheveux tandis qu'elle se penchait sur lui. Si ça pouvait être toujours vous."

"Vous détestiez Wallis tant que ça ?" demanda Jenny. Elle brancha une fiole en caoutchouc et l'observa se remplir de sang, puis elle en remplit une autre.

"Oui."

"Pauvre Wallis." Elle sortit l'aiguille de la veine et tapota une boule de coton dessus.

"Allez, il vous reste plus qu'à grimper sur la balance et je vous libère."

Fix monta sur la balance et l'observa faire descendre le poids métallique d'un coup d'ongle. Tap-tap vers le bas, un poids, puis un autre, jusqu'à ce que la balance affiche soixante kilos. "Vous buvez votre Boost ?"

Quand ils eurent terminé ce qu'on appelait les préliminaires, ils s'engagèrent à nouveau dans le couloir, dépassant le bureau des infirmières, où les médecins lisaient les rapports sur des écrans d'ordinateurs ou leurs téléphones. Ils entrèrent dans la vaste salle ensoleillée où les patients étaient allongés sur des fauteuils inclinables, prisonniers de produits chimiques ruisselant goutte à goutte. Quelqu'un avait éteint le son de toutes les télévisions, ce qui les libérait des publicités mais les abandonnait au bip discordant des moniteurs. Jenny conduisit Franny et Fix jusqu'à deux fauteuils dans le coin. C'était un cadeau, vu que la salle de chimio était bondée. Toute personne qui avait assez d'énergie pour manifester une préférence choisissait les fauteuils dans le coin.

"J'espère que vous passerez une bonne journée quand vous aurez fini", dit Jenny. Elle n'administrait pas la chimio. Son travail consistait uniquement à préparer le diagramme pour l'infirmière qui prendrait le relais.

Fix la remercia puis il s'installa, s'aidant de ses deux mains pour s'allonger sur le fauteuil inclinable. Une fois que sa tête reposa en arrière et que ses pieds se soulevèrent, il poussa le léger soupir d'un flic qui vient de s'asseoir à la fin d'une longue journée en patrouille. Il ferma les yeux. Pendant cinq minutes entières il resta tellement immobile que Franny pensa qu'il s'était endormi avant même le début. Elle regretta de ne pas avoir pensé à prendre un magazine dans la salle d'attente et elle commençait à peine à parcourir la salle des yeux, parce qu'il arrivait que des magazines y traînent, quand son père reprit son récit.

"Wallis avait une mauvaise influence, dit-il, sans ouvrir les yeux. Elle passait sa vie assise dans notre cuisine à blablater sur la libération des femmes et l'amour libre. Oublie pas que ta mère était très influençable. Elle se rangeait à l'avis du premier venu assis à côté d'elle. Quand elle était assise à côté de Mademoiselle Amour Libre, l'amour libre avait l'air d'une idée géniale."

"C'étaient les années soixante, dit Franny, heureuse qu'il soit réveillé. Tu peux pas tout mettre sur le dos de Wallis."

"Je mettrai ce que je veux sur le dos de Wallis."

Ce n'était probablement pas une mauvaise idée. Wallis était morte dix ans plus tôt d'un cancer du côlon, et en dépit de son blabla sur l'amour libre et la libération, elle avait passé toute sa vie avec Larry, qu'elle avait épousé en première année de fac. Larry accompagna aussi patiemment sa mort qu'il avait accompagné sa vie – faisant sa toilette dans le lit, comptant ses pilules, changeant sa poche de colostomie. Larry et Wallis avaient déménagé dans l'Oregon après que Larry avait vendu son cabinet d'optométrie. Ils cultivèrent des myrtilles et reportèrent toute leur attention sur leurs chiens parce que leurs enfants et petits-enfants n'avaient que très rarement le temps de leur rendre visite. Wallis et Beverly avaient réussi à rester amies alors qu'elles vivaient chacune à l'autre bout du pays depuis leurs vingt-neuf ans, depuis que Beverly s'était installée en Virginie pour épouser Bert Cousins, et par conséquent l'ultime déménagement de Wallis à la fin de sa vie n'avait rien changé entre elles. Los Angeles, l'Oregon, quelle différence cela faisait quand vous viviez en Virginie ? Elles étaient même plus proches après le déménagement parce que Wallis n'avait plus que Larry et ses chiens à qui parler. Beverly et Wallis échangeaient des mails et des appels longue distance gratuits. Elles bavardaient pendant des heures. Elles s'envoyaient des cadeaux d'anniversaire, des cartes rigolotes. Quand Beverly épousa son troisième mari, Jack Dine, Wallis fit le trajet en avion entre l'Oregon et Arlington pour être dame d'honneur, comme elle avait été demoiselle d'honneur au mariage de Beverly avec Fix, mais pas à celui de Beverly avec Bert, qui s'était déroulé en privé, en l'absence de leurs amis, dans la maison des parents de Bert près de Charlottesville. Plus tard, quand Wallis tomba malade, Beverly prit l'avion pour l'Oregon et elles restaient assises au lit côte à côte en lisant les poèmes de Jane Kenyon à haute voix. Elles parlaient des choses de la vie qui les avaient déconcertées – essentiellement leurs enfants et leurs maris. Wallis n'avait pas plus aimé Fix qu'il ne l'aimait, et elle ne s'était jamais souciée qu'il lui attribue la pleine responsabilité de choses qui ne pouvaient pas être sa faute. Si elle était capable d'endosser le fardeau de sa réprobation de son vivant, il était difficile d'imaginer qu'elle s'en souciait désormais.

"Tu as froid ? demanda Franny à son père. Je peux t'apporter une couverture."

Fix secoua la tête. "Je n'ai pas froid. Ça vient après. Ils m'apporteront une couverture en temps voulu."

Franny parcourut la salle des yeux à la recherche de l'infirmière, sans laisser son regard s'attarder sur aucun patient – la femme endormie, bouche ouverte, aussi chauve qu'une souris qui vient de naître, l'adolescent pianotant sur son iPad, la femme dont l'enfant de six ans restait assis sagement à côté d'elle en faisant des coloriages. Comment la chimio s'était-elle passée pour Wallis ? Larry se contentait-il de la déposer ou s'asseyait-il avec elle ? Leurs fils venaient-ils de L.A. ? Il faudrait qu'elle pense à demander à sa mère.

"Ils mettent du temps à commencer aujourd'hui", dit Franny, même si ça n'avait aucune importance. La soupe et le pain que Fix ne mangerait pas étaient déjà prêts à la maison. Marjorie les attendrait. Ils regarderaient *Jeopardy !* Franny dormirait dans la chambre des invités à l'étage.

"Ne jamais être pressé qu'on t'empoisonne. C'est ma devise. Je peux rester assis ici toute la journée."

"Quand est-ce que tu as appris la patience ?"

"Le patient patient", dit-il, content de lui. Et donc tu as gardé le contact avec Albie ?"

Franny haussa les épaules. "J'ai de ses nouvelles." Franny avait beaucoup trop parlé d'Albie dans sa vie, et maintenant, comme pour compenser, elle tenait à ne jamais en parler.

"Et le vieux Bert ? Comment va-t-il ?"

"Ça a l'air d'aller."

"Tu lui parles souvent ?" demanda Fix sur un ton innocent.

"Pas aussi souvent qu'à toi."

"C'est pas un concours."

"En effet."

"Et il est marié maintenant ?"

Franny secoua la tête.

"Célibataire."

"Mais il en avait une troisième."

"Ça n'a pas marché."

"Mais il a pas eu une fiancée ? Quelqu'un d'autre, après la troisième ?" Fix savait parfaitement que Bert avait eu un troisième divorce mais il ne se lassait jamais de l'entendre.

"Ça a duré un moment."

"Et avec la fiancée, ça a pas marché non plus ?"

Franny secoua la tête.

"Eh bien c'est dommage", dit Fix, sur un ton qui semblait sincère, et il l'était peut-être, mais il lui avait posé les mêmes questions un mois plus tôt et il les lui reposerait dans un mois, en faisant semblant d'être vieux et malade et d'avoir oublié leur dernière conversation. Fix *était* vieux et malade, mais il se souvenait de tout. Interroge les témoins – c'est ce qu'il lui avait dit au téléphone, quand elle était gosse et que sa gourmette avait disparu de son casier. Elle l'avait appelé de Virginie à cinq heures, à la seconde où le tarif des communications diminuait, deux heures en Californie. Elle l'appelait à son boulot pour la première fois, elle avait sa carte de visite. Il était inspecteur à l'époque, et c'était son père, donc elle s'était imaginé qu'il saurait comment trouver la gourmette.

"Demande autour de toi, lui avait dit son père. Trouve qui changeait de classe et où ils allaient. Pas la peine d'en faire toute une histoire, ne donne l'impression à personne que tu les accuses, mais parle à chaque gosse qui a emprunté ce couloir et puis reparle-leur ensuite, parce que soit ils te cachent quelque chose, soit il y a un truc qui ne leur est pas encore revenu en mémoire. Faut que tu sois prête à y passer du temps, si tu veux vraiment la retrouver."

Aujourd'hui il avait Patsy comme infirmière, une femme vietnamienne de la taille d'une enfant qui nageait dans ses blouses lavande XXS. Elle le salua de la main, depuis l'autre côté de la salle bondée, comme s'ils étaient au milieu d'une fête et qu'elle venait tout juste d'attirer son attention. "Vous voilà !" dit-elle.

"Me voilà", dit-il.

Elle vint vers lui, ses cheveux noirs tressés et la tresse serrée dans une double boucle, comme une corde à utiliser en cas d'urgence. "Vous avez bonne mine, monsieur Keating", dit-elle.

"Les trois étapes de la vie : jeunesse, cinquantaine, et « Vous avez bonne mine, monsieur Keating »."

"Tout dépend de l'endroit où je vous vois. Si je vous vois à la plage allongé sur une serviette en maillot de bain, je ne vous trouve pas bonne mine. Mais ici..." Patsy baissa la voix et parcourut la salle des yeux. Elle se pencha vers lui. "Ici vous avez bonne mine."

Fix déboutonna les premiers boutons de sa chemise et l'écarta, pour lui présenter le cathéter dans sa poitrine. "Vous connaissez ma fille Franny ?"

"Je connais Franny", dit Patsy, en levant imperceptiblement le sourcil, geste signifiant universellement : *Le vieil homme perd la mémoire.* À l'aide d'une grosse seringue elle injecta du sérum physiologique pour nettoyer le cathéter. "Dites-moi votre nom complet."

"Francis Xavier Keating."

"Date de naissance."

"20 avril 1931."

"Bingo, dit-elle, et elle sortit trois poches en plastique transparent des poches de sa blouse. Oxaliplatine, 5FU, et celle-là, la petite, c'est juste un antiémétique."

"Bien, dit Fix, avec un signe de tête approbateur. Branchez-les."

Le matin clair de Los Angeles entrait obliquement par la fenêtre du septième étage, éclairant le linoléum. Patsy regagna le bureau des infirmières pour saisir les détails du traitement tandis que Fix s'absorbait dans la contemplation de la publicité silencieuse à la télévision suspendue au plafond. Une femme marchait sous un orage, trempée et dégoulinante. Des éclairs s'abattaient autour d'elle. Puis un séduisant inconnu lui tendit son parapluie et aussitôt la pluie s'arrêta. La rue ressemblait maintenant au fantasme de l'au-delà d'un jardinier anglais : toute en soleil et en roses. Les cheveux de la femme étaient secs et ondulés, et sa robe traînait derrière elle comme des ailes de papillon. Les mots "Demandez à votre médecin" s'affichèrent en haut de l'écran, comme si les publicitaires savaient que tout le monde éteignait le son. Franny se demanda s'il s'agissait d'un médicament contre la dépression, l'hyperactivité de la vessie ou la chute des cheveux.

"Tu sais à qui cet endroit me fait toujours penser ?" demanda Fix à Franny.

"À Bert."

Il fit la grimace. "Si je te demande des nouvelles de Bert ou de son fils pyromane, c'est par politesse, pour faire la conversation. Je pense jamais à eux."

"Papa, à qui tu penses, ces derniers temps ?"

"*À Lomer*. Tu l'as pas connu, je me trompe ?"

"Non."

Mais elle connaissait aussi cette histoire, ou l'une de ses versions. Sa mère la lui avait racontée il y a longtemps.

Fix secoua la tête. "Non, tu peux pas te souvenir de Lomer. La dernière fois qu'il est passé à la maison, t'étais assise sur ses genoux. Il te portait partout. Il t'a même pas reposée pendant le dîner. C'était environ deux mois après ta fête de baptême, je m'en souviens maintenant. T'étais un très beau bébé, Franny, et adorable avec ça. Les gens arrêtaient pas de bêtifier avec toi, ça rendait ta sœur dingue. Avant ta naissance, Caroline monopolisait l'attention de Lomer, et elle adorait ça. Je me souviens que Lomer lui a dit : « Allez Caroline, viens sur mes genoux, il y a de la place pour deux », mais elle a refusé. Elle supportait pas de vous voir ensemble."

"Typique", dit Franny. Dans ses souvenirs, les seuls genoux où sa sœur avait envie d'être étaient ceux de son père, même après leur déménagement à l'autre bout du pays.

Fix approuva de la tête. "Les enfants adoraient Lomer, absolument tous. Il les laissait toujours monter dans la voiture, mettre en route la sirène, jouer avec les menottes. Est-ce que t'as une idée des procès que les gens feraient de nos jours, si quelqu'un menottait un gosse tout petit au rétroviseur pour rigoler ? Ils devaient se mettre debout sur le siège avant, ils adoraient ça. Lomer donnait une bonne image des flics. Après ce dîner à la maison, je me souviens que quand il est parti, avec ta mère on s'est dit que c'était vraiment triste qu'il ait pas d'enfants. On le trouvait très vieux, alors qu'à l'époque, il avait quoi ? Vingt-huit, vingt-neuf ans !"

"Il était marié ?"

Fix secoua la tête. "Il avait pas de copine, en tout cas pas au moment de sa mort. Il avait eu le nez cassé dans la marine et son nez était dans un sale état mais malgré ça, c'était un type séduisant. Les gens disaient souvent qu'il ressemblait à Steve McQueen, ce qui était un peu exagéré, vu son nez. Ta mère voulait toujours le caser avec Bonnie, et moi j'étais pas d'accord, parce que je pensais que Bonnie était une idiote. Dommage que je me sois planté sur ce coup-là. Ça nous aurait épargné un prêtre."

"Peut-être qu'il était homosexuel", dit Franny.

Fix tourna la tête, et l'ombre d'une telle perplexité le traversa qu'il était clair qu'il pensait qu'il y avait eu un malentendu. "Joe Mike était pas homosexuel."

"Je parlais de Lomer."

Là-dessus Fix ferma à nouveau les yeux et il ne les rouvrit pas. "Je sais pas ce qui te pousse à faire ça."

"Il n'y aurait eu aucun mal à ça", dit Franny, mais elle regrettait déjà. Il était une fois, dans la ville de Los Angeles, un élégant flic hétérosexuel qui adorait les gosses, ressemblait à Steve McQueen et n'avait pas de copine ; qu'elle y croie ou pas, quelle importance ça avait ? Homo ou hétéro, ça faisait cinquante ans que Lomer était mort. La poche de chimio venait tout juste de monter et il leur restait une nouvelle phase d'une heure et demie à rester assis dans cette salle en parlant, ou pas. "Je suis désolée, dit-elle, et comme il ne répondait pas, elle tapota doucement son bras. J'ai dit que j'étais désolée. Parle-moi de Lomer."

Fix attendit pendant une minute, en se demandant s'il allait lui en vouloir ou pas. À vrai dire Franny l'agaçait, avec sa manière de ressembler à Beverly, sans posséder comme sa mère le don de s'arranger – cette queue de cheval, ce jogging, ce baume à lèvres en guise de maquillage. Il connaissait des gens ici, il arrivait que le médecin fasse un saut pendant son traitement. Elle aurait pu faire un effort.

Et puis qu'est-ce qu'elle en savait, de Lomer ? La relation la plus intime qu'elle avait eue avec un homme du calibre de Lomer, c'était à l'âge d'un an, quand elle était assise sur ses genoux. Le vieux type dont elle avait été dingue quand elle était jeune, le type qui l'avait pillée, et même son mari, qui était peut-être gentil mais qui l'avait clairement épousée parce qu'il avait besoin d'une baby-sitter pour ses gosses – Franny ne savait pas choisir les hommes. Fix avait espéré qu'un jour ses filles rencontrent un homme qui ressemble à Lomer, mais pas de chance. L'image dans son esprit – son coéquipier à la table du dîner tenant Franny dans ses bras, Beverly dans la cuisine, habillée comme si elle dînait dehors, et pas comme si elle était en train de cuisiner elle-même – suffisait à le convaincre de garder les yeux fermés. Mais à cet instant, il sentit une unique secousse électrique parcourir son œsophage, comme si le poison qui courait dans ses veines venait brusquement de déferler contre le côté de sa tumeur, et Fix se rappela ce qu'il n'arrêtait pas d'oublier : ce truc allait le tuer.

"Papa ?" Franny posa sa main très légèrement sur son sternum, exactement à l'endroit sensible.

Fix secoua la tête. "Va me chercher un autre coussin."

Quand elle apporta le coussin et l'installa derrière son dos, il commença son récit. Franny avait fait tout le trajet depuis Chicago pour le voir. Elle avait laissé son mari et les garçons pour lui.

"Ce que tu dois savoir sur Lomer, c'est que c'était un fils de pute hyper drôle. Y avait rien de mieux que d'aller en planque avec lui." Il trouva que sa voix était trop faible et il s'éclaircit la gorge avant de reprendre. "J'avais hâte de me retrouver dans une bagnole pourrie jusqu'à quatre heures du mat dans South Central juste pour écouter Lomer raconter des blagues. Je riais à m'étouffer, au point que je finissais par lui dire d'arrêter, sinon on allait foutre en l'air tout le travail d'une nuit."

Le père de Franny avait un air fragile et menu. Le cancer avait désormais atteint son foie.

"Alors raconte-moi une blague", dit Franny.

Fix sourit en regardant le plafond. Il revoyait Lomer assis à côté de lui dans la voiture. Il demeura ainsi plusieurs minutes, les gouttelettes argentées de chimio descendant le long du tube en plastique jusque dans le trou dans sa poitrine, et puis il secoua la tête. "Je me souviens d'aucune."

Ce qui n'était pas tout à fait vrai. Il en avait gardé une en mémoire.

"Et donc c'est une femme qui est chez elle quand un flic frappe à la porte", racontait Lomer. Au tout début, Fix ne savait jamais si c'était une blague. Lomer était comme ça : on ne savait jamais à quoi s'en tenir. "Le flic a un chien avec lui, du genre beagle, peut-être un peu plus gros qu'un beagle, et le chien a l'air ultra coupable. Le beagle essaie de lever les yeux vers la femme, mais il y arrive pas, il peut pas croiser son regard, alors il baisse la tête vers l'herbe, comme s'il voulait récupérer une pièce tombée par terre."

Une blague. Fix conduisait et les vitres étaient baissées. La radio était en train de brailler des ordres en code numérique et Fix baissa le volume jusqu'à ce que les mots et les chiffres se réduisent à un léger grésillement parasite. Lomer et Fix n'allaient nulle part en particulier. Ils patrouillaient. Attentifs.

“Le flic, dit Lomer, il fait de son mieux. C’est pas facile. « M’dame, il dit, c’est votre chien ? » Et elle lui dit que oui. « Eh bien je suis désolé de vous informer qu’il y a eu un accident. Votre mari a été tué. » Bon, après, tu connais l’histoire, elle est sous le choc, elle pleure, etc. Le chien évite toujours de la regarder. « Mais m’dame, le flic dit, et il a pas envie de le dire, je dois vous dire autre chose. » Il va se jeter à l’eau. « Le corps de votre mari, quand on l’a trouvé sur les lieux, il était nu. » Et la femme répète le mot : *« Nu ? »* Et le flic fait oui de la tête, avant de s’éclaircir la gorge. « Y a autre chose, m’dame. Il y avait une femme avec lui dans la voiture, et la femme aussi est morte. » L’épouse fait une espèce de bruit, un petit hoquet, ou peut-être qu’elle dit : *Oh.* Alors le flic en finit. Il a pas le choix. « Votre chien était dans la voiture avec eux. On dirait bien que c’est le seul survivant. » Et le chien fixe ses pattes avant comme s’il avait vraiment envie qu’ils aient tous été tués ensemble.”

Fix avait tourné dans Alvarado. On était le 2 août 1964, et il avait beau être presque neuf heures du soir, il ne faisait pas encore totalement nuit. Los Angeles sentait le citron et l’asphalte et, en arrière-plan, les gaz d’échappement d’un million de voitures. Sur le trottoir, des gosses s’aspergeaient avant de s’enfuir, un grand jeu, mais la vermine nocturne commençait aussi à ramper : membres des gangs, prostituées, junkies avec leurs besoins insatiables, et tous ensemble, ils créaient un marché des changes. Car toute personne ici était à vendre, à acheter, à voler. La nuit commençait tout juste à chauffer. La nuit commençait à peine.

“Et donc c’est toi qui inventes ces trucs ? demanda Fix. Ça fait trois heures que tu inventes ce truc dans ta tête ou bien tu lis des blagues dans les magazines de blagues et tu les mémorises pour pouvoir les sortir au bon moment ?”

“C’est pas une blague, dit Lomer, en enlevant ses lunettes de soleil maintenant que le soleil était presque couché. Je te dis ce qui est arrivé.”

“À toi ?” demanda Fix.

“À quelqu’un que je connais. Le cousin de quelqu’un que je connais.”

“Putain. Sérieux.”

“Tais-toi et écoute, pour une fois. Alors le flic présente ses condoléances, il tend la laisse à la femme et il s’en va. C’est le moment où le chien doit rentrer dans la maison. Pendant tout ce temps, le chien se retourne pour regarder le flic, qui remonte dans sa voiture. À peine la femme a fermé la porte qu’elle se met à hurler sur le chien : « Il était *nu* ? Il était dans la voiture et il était *nu* ? »” Lomer n’imitait pas la voix d’une veuve éplorée mais d’une épouse enragée. “Et le chien se retourne pour regarder la porte, avec une envie désespérée d’être ailleurs, n’importe où, tu comprends ?” Pendant une minute, Lomer contempla par la fenêtre passager un gosse avec un ballon de basket sous le bras qui rentrait chez lui de l’entraînement, un type au coin d’une rue, bourré ou défoncé, la tête rejetée en arrière et la bouche ouverte, attendant la pluie. Quand il se retourna vers Fix, il était devenu le beagle le plus triste, le plus coupable de l’histoire des beagles, et le beagle qui était Lomer fit oui de la tête.

"« Et la femme ? dit Lomer en imitant la voix de l'épouse. Elle aussi elle était nue ? »"

Et en un éclair il redevint un beagle, à peine capable de lever les yeux vers Fix. Il fit oui de la tête.

"« Et donc qu'est-ce qu'ils *faisaient* ? »"

Cette question était presque insupportable pour Lomer le beagle, le souvenir était trop douloureux, mais il unit le pouce et les doigts d'une main pour former un cercle, puis il y enfonça l'index de son autre main. Fix mit le clignotant et il gara la voiture de patrouille au bord du trottoir. Il avait arrêté de regarder la rue.

"« Ils faisaient *l'amour ?* » demanda la femme."

Lomer fit oui tristement de la tête.

"« Dans la *voiture* ? »"

Le beagle ferma les yeux et, très lentement, acquiesça à nouveau.

"« Où ? »"

Lomer leva le menton imperceptiblement pour indiquer le siège arrière. C'était le beagle le plus triste que la terre eût porté.

"« Et *toi*, tu faisais quoi ? »"

Avant même la chute de la blague, Fix riait déjà, à la vue de Lomer qui posait les mains sur un volant imaginaire en regardant nerveusement, nerveusement mais avec un grand intérêt, dans le rétroviseur pour voir le siège arrière de la voiture, où Lomer le beagle contemplait son maître en train de baiser une autre femme.

"D'où tu sors des trucs pareils ?" demanda Fix en appuyant son front pendant une seconde sur le volant. Lomer n'avait jamais répondu à cette question, mais Fix se souvenait de s'être étouffé de rire. C'est alors que sous le rire, et le bruit des voitures qui les dépassaient à toute vitesse, et la musique latino qui résonnait bruyamment d'un endroit invisible, une série les sépara du barrage de nombres que la radio crachait en continu – c'étaient leurs nombres. Lomer et Fix les entendirent tous les deux, alors que le son était au minimum, et ils s'en réjouirent, pas la peine de le préciser. Jusqu'alors la nuit avait été trop calme, et le calme leur donnait des démangeaisons. Ils savaient qu'il se passait toujours quelque chose à Los Angeles, il suffisait d'être au courant. Maintenant les phares étaient allumés et la sirène hurlait en boucle. Lomer indiqua la direction et Fix accéléra au milieu de la voie centrale de l'avenue soudain vide. Les piétons s'immobilisèrent sur le trottoir, le regard fixé sur la voiture de patrouille. Les deux agents de police sentirent comme un coup dans le ventre, qui déclenchait toujours la même fièvre. L'appel concernait un trouble de voisinage, ce qui pouvait aussi bien signifier un match à fond qui dérange les voisins ou un mari qui bat sa femme à coups de ceinture, ou des gosses sur le toit qui explosent des rats dans les palmiers avec une carabine à plomb. Il ne s'agissait ni d'un vol à main armée ni d'un meurtre. La plupart du temps, les gens étaient juste gênés et ça retombait sur celui qui avait appelé les flics. Mais pas toujours.

Ils prirent Alvarado vers Olympic et se glissèrent dans le labyrinthe des rues transversales. Ils fonçaient dans la nuit noire et Fix arrêta la sirène mais il laissa les phares, si bien que dans chaque maison, les rideaux s'écartèrent imperceptiblement, et les occupants jetaient un coup d'œil en se demandant qui pouvait bien avoir des ennuis, et qui pouvait bien être assez idiot pour rameuter les flics dans leur quartier tranquille, où chacun avait au moins une chose à cacher. La maison où ils allaient était plongée dans le noir. Quand les habitants d'une maison savent que c'est pour eux que vous venez, ils prennent la peine de se lever pour éteindre les lumières. La routine.

"On dirait qu'on arrive trop tard, dit Lomer. Ils sont déjà allés se coucher."

"Bah, on va les réveiller", dit Fix.

Est-ce qu'il leur arrivait d'avoir peur ? Fix se poserait la question plus tard. Dans les années qui suivirent, Fix Keating connut la peur à fond, même s'il finit par apprendre à la dissimuler sur son visage. Mais à l'époque où il avait pour coéquipier Lomer, il passait le seuil de chaque porte, convaincu qu'il en ressortirait vivant.

C'était une petite maison en forme de boîte avec un petit jardin carré. Elle ressemblait à toutes les autres maisons de la rue, sauf qu'elle était bordée d'une haie de bougainvilliers dont les fleurs avaient le même rose flamboyant que les comprimés antihistaminiques. "Comment un truc comme ça a fait pour arriver jusqu'ici ?" demanda Lomer en caressant les feuilles de la main. Fix frappa à la porte, d'abord avec l'articulation de ses doigts, puis avec sa torche. Sous la lumière bleue étincelante de la voiture, il voyait qu'il faisait des petites éraflures dans la porte. Il cria "Police !" mais ça, les gens dedans le savaient déjà.

"Je vais vérifier à l'arrière", dit Lomer, et il s'éloigna en sifflotant à travers le jardin étroit, braquant sa torche sur les fenêtres pendant que Fix attendait. Il n'y avait pas d'étoiles dans le ciel de Los Angeles, ou alors la ville projetait trop de lumière pour qu'on les voie. Fix était absorbé dans la contemplation du fin quartier de lune lorsqu'il vit une lumière forte traverser la maison plongée dans l'ombre. Lomer alluma la lumière du perron et ouvrit la porte. "C'était ouvert à l'arrière".

"La porte était ouverte à l'arrière", dit Fix.

"Quoi ?" demanda Franny. Elle posa son magazine et remonta la couverture sur ses épaules. Il avait eu raison pour la couverture. Patsy lui en avait apporté une.

"Je dormais."

"C'est le Benadryl. Ça t'empêche de te gratter ensuite."

Il essayait de tout assembler – cette pièce, cette journée, sa fille, Los Angeles, la maison juste après Olympic. "La porte à l'arrière était ouverte et la porte principale fermée. Tu aurais pris le temps d'y penser, non ?"

"Papa, de quelle maison tu parles ? De la maison où tu vis ? Celle de Santa Monica ?"

Fix fit non de la tête. "De celle où on est allés, la nuit où Lomer s'est fait descendre."

"Je croyais qu'il s'était fait descendre dans une station-service", dit-elle. C'est ce que sa mère lui avait dit, et même si c'était il y a quarante ans, plus même, elle s'en souvenait encore. Sa mère s'était disputée avec Caroline. Chaque fois que Caroline rentrait après le couvre-feu, ou disait un truc vraiment horrible à Bert, ou donnait à Franny une si grosse baffe que son nez saignait, elle en profitait pour rappeler à leur mère que si elle avait été une épouse digne de ce nom, et si elle était restée avec leur père, alors rien de tout ça ne serait arrivé. Si Beverly était restée mariée à Fix, alors Caroline aurait été une citoyenne modèle ; son bon comportement avait entièrement dépendu de sa mère, et elle l'avait foutu en l'air en choisissant de s'enfuir avec Bert Cousins, si bien que personne ne devrait reprocher à Caroline la nouvelle tournure que prenait sa vie. Ça n'était pas nouveau. Quand cette dispute-là avait éclaté, ils vivaient en Virginie depuis plus longtemps qu'aucune des deux filles n'avait vécu à Los Angeles, mais l'histoire de son existence alternative était la carte maîtresse de Caroline et elle la sortait à la moindre occasion. Franny se souvenait de l'époque où elles rentraient toutes les trois de l'école en voiture, elle et Caroline dans le même uniforme du Sacré-Cœur, jupe écossaise et chemisier blanc toujours impeccablement repassé. Elle était incapable de se rappeler ce que Caroline avait bien pu faire pour démarrer la bagarre, ou pourquoi cette bagarre semblait plus sérieuse que les autres. Mais une phrase avait été prononcée, qui avait conduit leur mère à leur raconter la mort de Lomer.

"C'est vrai, lui dit son père. Il a été tué à la station du Golfe sur Olympic."

Franny se pencha sur son fauteuil et elle posa sa main sur le front de son père. Ses cheveux, qui dans son souvenir étaient éternellement gris, avaient repoussé en brosse d'un blanc lumineux après les dernières séances de chimio. Tout le monde parlait des cheveux de son père. Elle les balaya en arrière de la paume. "J'ai vraiment envie de connaître l'histoire", dit-elle en baissant la voix, même si personne n'écoutait. Dans cette pièce, personne ne leur prêtait la moindre attention.

Fix, qui n'avait jamais été du genre à partager des confidences, ressentait soudain le besoin de lui expliquer ce qui s'était passé. Il voulait que Franny comprenne. "La maison était tellement petite qu'on savait qu'on les trouverait en un rien de temps. Il y avait trois portes après l'entrée – deux chambres, une salle de bains. Tous ces endroits étaient identiques. Ils étaient dans la première chambre. Il y avait un père, une mère, quatre gosses. Tous ensemble sur le lit dans le noir. On a allumé les plafonniers et on les a vus, tous assis bien droit, même le plus petit. C'est le père qui avait pris des coups. C'est pas habituel. Généralement c'est la femme qui encaisse, mais ce type avait l'air de s'être fait traîner sur l'autoroute, sa lèvre était grande ouverte et elle découvrait ses dents, un de ses yeux était déjà fermé, son nez avait explosé partout. Je revois son visage aussi clairement que je te vois. C'est dingue comme je me souviens de cette maison et de ces gens dans les moindres détails – ils avaient les pieds nus, et ils avaient tous les pieds sur le lit. On a commencé à leur poser des questions et eux, ils répondaient absolument rien. Le père me regardait avec son seul œil et je me demandais comment il faisait pour tenir droit. Il y avait du sang sur son cou, qui coulait de ses deux oreilles. J'aurais pensé que le passage à tabac aurait fait exploser ses tympans, mais de toute façon aucune personne sur ce lit n'avait l'air de nous entendre. Lomer a lancé un appel radio pour une ambulance et du renfort. J'ai continué à leur parler, et finalement la plus grande fille, dix ans peut-être, m'a dit qu'ils parlaient pas anglais. La mère et le père parlaient pas anglais mais les enfants, si. Il y avait trois filles et un garçon. Le garçon avait environ sept ou huit ans. J'ai demandé : « Celui qui a fait ça, il est allé où ? » Et alors ils sont tous redevenus muets, la fille regardait droit devant elle, exactement comme ses parents, jusqu'à ce que la petite, qui avait dans les cinq ans, pas tellement plus grande que Caroline à l'époque, regarde le placard. C'était clair comme le jour. Elle a pas tourné la tête mais elle a été très claire. Le type était enfermé dans le placard. La fille aînée a agrippé son poignet et elle l'a serré à mort, mais Lomer et moi on s'est retournés et Lomer a ouvert la porte du placard, et il était là, enfoncé dans les vêtements. C'était un petit placard, comme on en faisait avant, et tout ce qu'ils possédaient sur terre était là-dedans, y compris le type. Il a pigé la situation. Impossible de nous éviter. Il avait du sang sur son tee-shirt et il s'était cassé la main à force de tabasser le pauvre bougre sur le lit. Je crois pas qu'il parlait plus anglais que celui qu'il était venu foutre en l'air. Il avait coincé son flingue dans la poche d'une robe du placard. Il s'imaginait peut-être que personne le trouverait et qu'il repasserait le récupérer plus tard. Juste à ce moment les renforts sont arrivés, et ensuite l'ambulance. C'était avant les droits Miranda, à l'époque on passait pas de coup de fil à un type qui parle espagnol. La famille sur le lit, ils s'étaient tous mis à trembler, et les gosses pleuraient, comme si tant qu'il était dans le placard et qu'ils étaient pas obligés de le regarder, ça allait, mais maintenant qu'il était à nouveau dans la chambre, ils étaient dans tous leurs états. Il s'appelait Mercado. On l'a su après. Son boulot régulier consistait à tabasser les Mexicains qui avaient emprunté de l'argent pour entrer clandestinement dans le pays, et qui avaient pas gagné assez pour rembourser leur dette. Si vous aviez un peu de fric ou le moyen d'en trouver, c'était impossible d'arnaquer ces types. Ils tabassaient les gens devant leur famille, devant leurs voisins. C'était la piqûre de rappel, et si vous aviez toujours pas payé une semaine plus tard ou deux, ils repassaient pour vous coller une balle dans la tête. Tout le monde le savait."

"Vous êtes réveillé !" dit Patsy, en faisant sursauter Franny. Patsy récupéra la plus petite poche, l'antiémétique, qui était déjà vide. Les autres étaient encore bien remplies. "Vous vous êtes un peu reposé ?"

"Je me suis reposé", dit Fix, mais il avait l'air épuisé, par la chimio, ou par son récit, ou les deux. Franny se demanda si Patsy s'en rendait compte, mais peut-être qu'il n'avait pas l'air très différent des autres patients dans la salle.

Patsy bâilla à l'évocation du sommeil, et elle couvrit sa bouche d'une petite main gantée. "Un de ces jours je vais m'allonger sur un de ces fauteuils. Je vais tirer la couverture sur ma tête et dormir. Les gens font comme ça, vous savez, la lumière leur fait mal aux yeux. Qui saura que c'est moi sous une couverture ?"

"Je dirai rien", dit Fix, et il ferma les yeux.

"Vous avez soif ?" Patsy tapota la couverture au-dessus de son genou. "Je pourrais vous apporter de l'eau, ou un soda si vous en avez envie. Vous voulez un Coca ?"

Franny s'apprêtait à répondre qu'ils n'avaient besoin de rien quand Fix fit oui de la tête. "De l'eau. De l'eau ce serait bien."

Patsy la regarda. "Et vous ?"

Franny secoua la tête.

Patsy s'éloigna pour aller chercher de l'eau et Fix attendit, en ouvrant les yeux juste pour la regarder partir.

"Et ensuite, qu'est-ce qu'il s'est passé ?" demanda Franny. C'était à ça que ça servait d'accompagner son père en chimio, alors qu'aucun médecin n'évoquait un traitement curatif : à passer le temps qu'il lui restait avec lui, en recueillant toutes ses histoires. Voilà pourquoi Caroline et Franny prenaient un avion pour Los Angeles à tour de rôle, parce qu'elles n'avaient jamais passé beaucoup de temps avec lui. Ça permettait à Marjorie de faire une petite pause, parce qu'elle se coltinait tout le boulot, mais surtout ça leur donnait une chance de découvrir les histoires qu'il allait emporter avec lui. Ce soir, quand son père serait allé se coucher, elle appellerait Caroline pour lui raconter ce qui était arrivé à Lomer.

"La maison s'est remplie de gens – des flics, les ambulanciers qui bossaient. Lomer a trouvé une enveloppe dans la poubelle et il a dessiné une souris au verso pour la gosse la plus petite. C'était évident que ses parents lui en voulaient à mort et Lomer avait mal pour elle. Le père est allé à l'hôpital en ambulance, la mère et les gosses, mon Dieu, on a dû les laisser chez eux pour terminer un autre truc, je sais même plus. Je crois qu'il a bien fallu deux ans pour que je repense à eux. On a embarqué le type au poste, Mercado, et on a dressé son procès-verbal. À la fin il était presque une heure du matin et on mourait d'envie d'un café. Au commissariat le café n'était pas convenable. C'est ce que Lomer disait – *« pas convenable »*. Après je me suis répété en boucle que s'ils avaient pris la peine d'avoir du café correct, alors Lomer aurait bu une tasse au commissariat, mais c'est le genre de pensées qui rendent dingue. On est allés dans une station-service sur Olympic. Pas si près, mais pas trop loin quand même. Le propriétaire mégotait pas sur le prix à payer pour avoir du bon café et il apprenait à tous les gamins qui bossaient pour lui que c'est important de jeter le vieux café pour en préparer un frais. Les gens faisaient deux pâtés de maisons supplémentaires en voiture pour acheter leur essence à un type qui faisait du bon café. C'était pas comme aujourd'hui, où plus personne remplit ton réservoir mais tu peux boire un foutu cappuccino. Une cafetière dans une station-service, surtout si le café est bon, c'était une innovation totale. Le type préparait le café et les flics débarquaient et s'installaient dans le parking pour boire leur tasse, et ensuite les flics attiraient encore plus de gens qui se sentaient en sécurité grâce à eux. C'était un petit écosystème fondé sur le café, et donc c'est là qu'on est allés. Je conduisais. Le type qui conduit, il conduit toute la nuit, et le type qui conduit pas, il va chercher le café, donc Lomer est entré. Je me dis qu'il a pas vu ce qui se passait. Il était à environ trois mètres de la porte avant de se faire descendre. Et moi, je voyais pas ce qui se passait parce que j'étais en train d'écrire dans le registre. J'ai entendu la fusillade et j'ai levé les yeux mais Lomer avait disparu. Ce que j'ai vu, c'est le gosse derrière la caisse qui levait les mains, paumes en l'air, et puis ce type, Mercado, qui s'est retourné et qui l'a tué lui aussi."

"Attends, dit Franny. Mercado ? Le type de la maison ?"

Fix fit oui de la tête. "C'est ce que j'ai vu. La station-service était comme toutes les stations-services de l'époque – on aurait dit un aquarium placé sous une lumière forte –, et donc j'ai tout vu très clairement : Latino, vingt-cinq ans, 1,80 mètre, tee-shirt blanc, pantalon bleu, du sang sur le tee-shirt. Je venais de passer deux heures à regarder ce type. Il avait été assis à mon bureau. Je le connaissais, il me connaissait. Il a tiré encore un coup de feu, mais il devait perdre son sang-froid parce que la balle a même pas effleuré la voiture. Elle s'est contentée de perforer la vitre de la devanture. Mercado s'est éloigné de la porte en courant et il s'est réfugié à l'arrière. J'ai entendu une voiture sans la voir. Je suis entré dans la station-service, et là j'ai trouvé Lomer étendu par terre." À ce moment, Fix se tut pour réfléchir une minute. "Bon", dit-il enfin.

"Quoi ?"

Fix secoua la tête. "Il était mort."

"Et l'autre type, celui de la station-service ?"

"Il a survécu peut-être une heure, le temps d'arriver sur la table d'opération. C'est là qu'il est mort. C'était un lycéen qui avait un boulot d'été. Tout ce qu'on lui demandait, c'était de faire le café et de garder la station-service ouverte."

Patsy revint avec deux gobelets en polystyrène remplis d'eau, chacun avec une paille recourbée. "On croit toujours qu'on ne veut rien jusqu'à ce qu'on l'ait sous les yeux. C'est comme ça que ça marche ici."

Franny la remercia et elle prit les gobelets. Patsy avait raison, l'eau lui faisait envie.

"Mais c'est incroyable", dit Franny à son père, même si elle se souvenait que sa mère lui avait raconté cette partie-là de l'histoire dans la voiture : son père était devenu dingue après que son coéquipier s'était fait descendre, et il n'avait pas été capable d'identifier l'homme qui avait tué Lomer. "Comment Mercado a fait pour s'enfuir du commissariat ? Comment il savait où vous étiez ?"

"C'était une bizarrerie du cerveau, ou du moins c'est l'explication qu'ils m'ont donnée plus tard. Trop de choses s'étaient passées, et en quelque sorte j'ai mélangé les images, en prenant un suspect pour un autre. Mais encore aujourd'hui je peux affirmer une chose : je sais ce que j'ai vu. Mon coéquipier était là, mort. Je savais pas comment c'était arrivé mais le type était debout sous une lumière forte, à environ cinq mètres de moi. On s'est regardés droit dans les yeux, exactement comme tu me regardes en ce moment. Quand les flics sont arrivés sur la scène de crime, je l'ai décrit à la lettre. Putain, je leur ai donné son nom. Mais Jorge Mercado était dans une cellule de détention à Rampart. Il y avait passé toute la nuit."

"Et le type qui avait tué Lomer ?" demanda Franny.

"Il s'est avéré que je l'avais jamais vu."

"Donc ils n'ont jamais trouvé le coupable ?"

Fix pencha le bec de la paille et but. Il avait du mal à boire à cause du rétrécissement de son œsophage. "Non, finit-il par dire, ils l'ont trouvé. Ils ont tout reconstitué."

"Mais tu avais identifié un autre homme."

"J'ai identifié un autre homme pour la police. J'ai pas identifié un autre homme devant un jury. Ils ont trouvé quelqu'un qui avait vu une voiture foncer à toute blinde près de la station-service. Ils ont mis un point d'honneur à trouver le conducteur et ensuite ils ont mis un point d'honneur à trouver le flingue qu'il avait balancé par la vitre de la voiture. Tu descends un gosse dans une station-service et la police va sincèrement s'efforcer de te retrouver. Tu descends un flic dans une station-service, c'est une autre histoire."

"Mais ils n'avaient pas de témoin", dit Franny.

"C'était moi le témoin."

"Mais tu viens de dire que tu n'avais pas vu le type."

Fix leva un seul doigt entre eux. "À ce jour, je l'ai pas vu. Même quand j'étais assis en face de lui au tribunal. Ça s'est jamais arrangé. Le psychiatre a dit que quand je verrais le type, je le reconnaîtrais, et quand je l'ai pas reconnu, le psychiatre a dit que ça pourrait revenir avec le temps, que si ça se trouve je me réveillerais un jour en me souvenant de tout." Il haussa les épaules. "C'est pas arrivé."

"Et donc comment tu as fait pour être témoin ?"

"Ils m'ont dit qui était le type et j'ai dit oui, c'est lui." Fix adressa un sourire épuisé à sa fille. "T'inquiète pas. C'était lui le coupable. Tu dois pas oublier que lui aussi m'avait vu. Il a regardé hors de l'aquarium juste avant d'essayer de me descendre. Il savait qui j'étais. Il a tué Lomer et il a tué le gosse et il savait que j'étais le type qui l'avait vu faire." Fix secoua la tête. "J'aimerais me rappeler le nom de ce gosse. Au funérarium, sa mère m'a dit que c'était un excellent nageur. « Très prometteur », c'est ce qu'elle a dit. J'aimerais me rappeler la moitié de ma vie, et oublier l'autre moitié."

Beverly était encore restée deux ans après la mort de Lomer, même si elle avait déjà promis à Bert de partir. Elle était restée parce que Fix avait besoin d'elle. Le jour de la sale bagarre de retour de l'école, en Virginie, elle avait garé la voiture sur le bas-côté et elle avait dit à Caroline et Franny qu'elles devaient arrêter de penser qu'elle avait laissé tomber leur père, parce que c'était faux. Elle était restée.

“J’ai fini par réussir à me sortir Lomer de la tête, dit Fix. Je me le suis trimbalé pendant des années, mais un jour, je sais pas, je l’ai laissé partir. J’avais arrêté de rêver de lui. J’avais arrêté de me demander ce qu’il avait envie de manger chaque fois que je déjeunais, j’avais arrêté de regarder le type qui conduisait la voiture en pensant à celui qu’il était pas. Je me suis senti coupable, mais je dois te dire que ça a été un soulagement.”

“Mais maintenant tu repenses à lui ?”

“Bah oui, évidemment, dit Fix, tout ça.” Il leva la main vers le tube en plastique qui le rattachait à la vie. Il sourit. “Il aura jamais à faire ça. Il sera jamais vieux et malade. Je suis sûr que si on lui avait posé la question, il aurait répondu qu’il avait envie de vieillir et de tomber malade. Je suis sûr que tous les deux, on aurait dit oui, s’il vous plaît, donnez-moi le cancer quand j’aurai quatre-vingts ans. Mais maintenant…” Fix haussa les épaules. “Je vois les deux côtés du manche.”

Franny secoua la tête. “C’est toi qui t’en tires le mieux.”

“Attends de voir, dit son père. Tu es jeune.”

3

La veille du jour où Bert et sa bientôt deuxième femme, Beverly, devaient faire le trajet en voiture depuis la Californie jusqu'en Virginie, Bert rendit visite à sa première femme, Teresa, dans leur maison de Torrance, pour suggérer qu'elle déménage avec eux.

"Pas *avec* nous, évidemment, dit Bert. Tu devrais d'abord faire les cartons, vendre la maison. Je sais que ça prendrait un peu de temps, mais si tu y penses, est-ce que ça ne serait pas mieux que tu retournes en Virginie ?"

Autrefois Teresa avait vu en son mari l'homme le plus séduisant du monde, alors qu'en réalité il ressemblait à l'une de ces gargouilles perchées sur une corniche au sommet de Notre-Dame, destinées à effrayer le diable et à le chasser. Elle garda cette pensée pour elle, mais il était clair qu'elle était inscrite sur son visage, car Bert changea de ton.

"Écoute, dit Bert, tu n'as jamais voulu t'installer à Los Angeles de toute façon. Tu l'as fait uniquement pour moi, et encore, souviens-toi, tu n'arrêtais pas de râler. Alors pourquoi tu voudrais y rester maintenant ? Ramène les enfants chez tes parents, inscris-les à l'école, et ensuite, quand tu te sentiras prête, je peux t'aider à trouver une maison."

Au milieu de la cuisine qu'ils partageaient encore très récemment, Teresa resserra la ceinture de son peignoir. Cal était en deuxième année d'école primaire, et Holly était entrée en maternelle, mais Jeanette et Albie étaient encore à la maison. Les enfants s'accrochaient aux jambes de Bert en poussant des cris aigus comme s'il les emmenait faire un tour à Disneyland : *Papaaa ! Papaaa !* Il tapota leurs têtes comme s'il jouait de la batterie. Il les tapota en rythme.

"Pourquoi tu veux que je vienne en Virginie ?" Elle savait pourquoi, mais elle voulait l'entendre le dire.

"Ce serait mieux", dit-il, et il baissa les yeux sur ces chères têtes ébouriffées, une sous chaque main.

"Mieux pour les enfants si leurs deux parents habitent à côté ? Mieux pour les enfants de ne pas grandir sans père ?"

"Bon Dieu, Teresa, la Virginie c'est là d'où *tu viens.* C'est pas comme si je te proposais de déménager à Hawaii. Toute ta famille vit là-bas. Tu serais *plus heureuse* là-bas."

"Je suis touchée d'apprendre que tu te soucies de mon bonheur."

Bert soupira. Elle lui faisait perdre son temps. Elle n'avait jamais eu le moindre respect pour son temps. "Tout le monde va de l'avant, sauf toi. Toi tu es déterminée à rester bloquée."

Teresa se versa une tasse de café de la cafetière électrique. Elle en offrit à Bert, qui refusa d'un geste de la main. "Tu proposes aussi au mari de Beverly de venir avec vous ? Histoire qu'il passe plus de temps avec ses filles ? Ça serait mieux pour elles si ça se passait comme ça." Teresa avait entendu dire par un ami commun que si Bert et la bientôt deuxième Mme Cousins revenaient s'installer en Virginie, c'était parce que Bert avait peur que le premier mari de sa nouvelle femme essaye de le faire tuer, et qu'il trouve un moyen de déguiser son meurtre en accident pour ne jamais se faire prendre. Le premier mari était flic. Les flics, enfin certains d'entre eux, se débrouillaient bien dans ce genre de trucs.

Cette brève conversation s'acheva sur l'irritation manifeste de Bert à son égard, celle qu'il lui avait toujours témoignée, mais elle suffit à convaincre Teresa de passer le reste de sa vie à Los Angeles.

Teresa avait trouvé un boulot de secrétaire au bureau du procureur du comté de Los Angeles. Elle mit les deux plus petits en garderie et elle inscrivit les deux aînés à l'étude. Les avocats du bureau du procureur partageaient une petite culpabilité à l'idée d'avoir couvert Bert pendant sa longue liaison. Maintenant qu'il était parti, ils pensaient qu'ils devaient un peu de répit à Teresa, et ils lui offrirent le poste. Mais très vite ils lui proposèrent de suivre des cours du soir pour devenir auxiliaire juridique. Teresa Cousins était épuisée, en colère et sous-employée, mais ils avaient découvert qu'elle était tout sauf bête.

Bert Cousins avait très mal gagné sa vie comme adjoint du procureur, si bien qu'il ne versait qu'une très modeste pension alimentaire pour elle et les enfants. La richesse de ses parents ne lui appartenait pas et par conséquent ne fut pas prise en compte lors du divorce.

Il demanda la garde de ses enfants pour tout l'été, de la fin de l'école jusqu'à la rentrée, et sa requête fut acceptée. Teresa Cousins s'était battue durement pour lui accorder uniquement deux semaines, mais Bert était avocat et ses amis, avocats eux aussi, étaient amis avec le juge. En plus ses parents lui envoyèrent une réserve d'argent suffisante pour que le procès dure éternellement, s'il le fallait.

Quand on annonça à Teresa qu'elle avait perdu les étés, elle ne manqua pas d'éclater en malédictions et en pleurs, mais elle se demanda en silence si on ne venait pas de lui offrir l'équivalent, en termes de divorce, de vacances aux Caraïbes. Elle aimait ses enfants, sans aucun doute, mais elle devinait, même si elle ne l'aurait jamais admis, qu'elle survivrait à une saison chaque année sans eux, une saison sur quatre passée sans devoir gérer chaque mal de gorge et chaque bagarre, les supplications pour des cours de danse classique au-dessus de ses moyens, où elle n'avait pas le temps de les déposer, les excuses qu'elle devait constamment adresser à son travail pour ses arrivées trop tard le matin et ses départs trop tôt le soir, alors que sa vie tenait à un fil. La pensée d'un samedi matin sans Albie sautant sur elle dans son lit, dans un sens, dans l'autre, comme s'il skiait un slalom imaginaire, n'était pas désagréable. La pensée de son fils sautant sur la deuxième femme de Bert, qui sans aucun doute dormait dans un déshabillé en soie crème bordé de dentelle noire, une chemise de nuit qui exigeait un lavage à sec, la pensée d'Albie réellement en train de sauter *sur* elle, était carrément agréable.

Les premières années, les enfants étaient trop jeunes pour voyager seuls et des dispositions furent prises pour les accompagner. Une année, la mère de Beverly fit le trajet en avion avec eux, et l'année suivante, c'est la sœur de Beverly qui s'en chargea. Bonnie était angoissée et contrite en présence de Teresa, et jamais vraiment capable de la regarder dans les yeux. Bonnie avait épousé un prêtre et était capable de culpabiliser pour des choses qui n'avaient rien à voir avec elle. Une autre année, l'amie de Beverly, Wallis, joua le rôle de chaperon. Wallis avait une grosse voix et un grand sourire pour tous. Elle portait une robe en coton vert vif. Wallis adorait les enfants.

"Oh, mes chéris, dit-elle aux quatre petits Cousins. On va manger toutes les cacahuètes de l'avion." Wallis fit comme si elle devait justement prendre l'avion pour la Virginie ce jour-là, et est-ce que ça ne serait pas marrant si elle et les enfants s'asseyaient tous ensemble ? Elle avait rendu les choses tellement faciles que Teresa n'eut même pas l'idée de pleurer avant son retour, seule, à la maison.

Un proche de Teresa accompagnait les enfants au retour : une année sa mère, une autre année son cousin préféré. Bert payait un billet à toute personne prête à affronter six heures d'avion avec ses enfants.

Mais en 1971, il fut décidé que les enfants étaient assez grands pour voyager tout seuls, ou que Cal, douze ans, et Holly, dix, étaient assez grands pour se disputer la garde de Jeanette, qui à huit ans était absolument autonome, et d'Albie, qui à six ans était totalement dépendant. À l'aéroport, Teresa leur tendit les billets que Bert avait envoyés et elle mit ses enfants dans l'avion pour la Virginie sans bagages, une manœuvre audacieuse qu'elle n'aurait jamais tentée quand Bonnie ou Wallis étaient de corvée. Que Bert se mette immédiatement au boulot, pensa-t-elle. Ils avaient besoin de tout : il pourrait commencer par les brosses à dents et les pyjamas avant de gravir les échelons. Elle confia à Holly une lettre pour son père. Les quatre enfants devaient bien se laver les dents. Jeanette, elle le savait, avait des caries. Elle y joignit leurs certificats de vaccination, en soulignant tous les rappels qui devaient être faits. Elle ne pouvait plus continuer à sécher le travail pour se ruer à des rendez-vous médicaux. Les médecins étaient toujours en retard, et parfois elle devait attendre des heures avant de pouvoir retourner au bureau. La deuxième Mme Bert Cousin ne travaillait pas. Elle aurait tout son temps pour emmener les enfants chez le médecin et faire des achats. Holly s'évanouissait à chaque piqûre. Albie mordait l'infirmière. Cal refusait de sortir de la voiture. Elle avait lutté avec lui mais il avait coincé un pied contre chaque portière pour ne pas sortir et ils avaient raté son dernier rappel. Elle ne savait plus si Jeanette avait reçu ses dernières injections parce qu'elle n'arrivait pas à remettre la main sur son carnet de santé. Elle précisa tout cela dans la lettre. Beverly Cousins voulait sa famille ? Eh bien qu'elle l'ait !

Les enfants étaient assis de part et d'autre de l'allée centrale, les garçons à gauche et les filles à droite, et on donna à chacun un jeu d'insignes de pilote junior, que seul Cal refusa d'accrocher. Ils étaient contents d'être dans l'avion, contents de voyager tout seuls pendant six heures. Ils avaient beau détester quitter leur mère – leur loyauté envers leur mère était incontestable –, les quatre enfants Cousins se considéraient comme originaires de la Virginie, même les deux plus jeunes, qui étaient nés après l'installation de la famille à l'Ouest. Tous les petits Cousins haïssaient la Californie. Ils en avaient marre d'être traînés dans les couloirs du secteur scolaire de Torrance. Ils en avaient marre du bus qui les prenait au coin de la rue chaque matin, et marre du chauffeur de bus qui ne leur accordait aucun délai, même pas trente secondes, s'ils étaient en retard à cause d'Albie qui lambinait. Ils en avaient marre de leur mère, en dépit de tout l'amour qu'ils lui portaient, parce qu'il lui était arrivé de pleurer quand ils étaient rentrés à la maison après avoir raté le bus. À cause d'eux elle serait en retard au travail. Elle n'arrêtait pas de le répéter dans la voiture, en les conduisant à l'école à une vitesse terrifiante – elle était obligée de travailler, ce que leur père leur donnait n'était pas suffisant pour vivre, elle ne pouvait pas se permettre de perdre ce travail juste parce qu'ils n'étaient pas assez responsables pour se rendre à ce fichu arrêt de bus à l'heure. Ils la réduisirent au silence en pinçant Albie, dont les hurlements remplirent la voiture comme du gaz moutarde. Mais plus que tout, ils en avaient marre d'Albie, qui avait renversé son Coca partout et qui, juste à ce moment-là, donnait des coups de pied dans le siège de l'avion devant lui. Tout ce qui arrivait était sa faute. Mais ils en avaient marre de Cal aussi. Il portait la clé de la maison accrochée à un cordon crasseux autour de son cou parce que leur mère lui avait dit que son boulot consistait à ramener tout le monde après l'école et leur préparer un goûter. Cal en avait marre d'être obligé de le faire, et la plupart du temps, il enfermait ses frère et sœurs dehors pendant au moins une heure pour pouvoir se vider la tête en regardant ses émissions préférées à la télé. Il y avait un tuyau d'arrosage sur le côté de la maison et de l'ombre sous l'auvent à voitures. Ils n'allaient pas en mourir. Quand leur mère rentrait du travail, ils l'attendaient à la porte en hurlant pour se plaindre de la tyrannie qu'ils subissaient. Ils mentaient en prétendant avoir fait leurs devoirs, sauf Holly, qui ne manquait jamais de les faire, parfois assise en tailleur sous l'auvent à voitures avec ses livres sur les genoux, parce qu'elle vivait pour les encouragements dont ses enseignants la couvraient. Ils en avaient marre de Holly et de la supériorité de ses bonnes notes. Pour de vrai, la seule personne dont ils n'avaient pas marre était Jeanette, et c'est parce qu'ils ne pensaient jamais à elle. Elle s'était enfermée dans un silence que n'importe quel parent attentif aurait soumis à l'avis d'un enseignant ou d'un pédiatre, mais personne ne l'avait remarqué. Et c'est de ça que Jeanette avait marre.

Ils inclinèrent leur siège autant qu'ils le purent. Ils demandèrent un jeu de cartes et de la limonade. Ils se délectèrent du sanctuaire que constituait un avion qui n'était, à ce moment, ni en Californie ni en Virginie, les deux seuls endroits où ils étaient allés de toute leur vie.

Fix prenait sa semaine de vacances pour être avec Caroline et Franny quand elles venaient en Californie l'été, alors que quand les enfants de Bert arrivaient en Virginie, Bert disait à Beverly que le nombre de ses dossiers au travail avait mystérieusement doublé. Bert travaillait en droit successoral et fiduciaire à Arlington, car il avait décidé que la vie d'un adjoint du procureur était trop stressante. Un nombre de gens inimaginable avaient besoin qu'on leur établisse un nouveau testament précisément le jour de l'arrivée de ses enfants. Il envoya Beverly à l'aéroport seule en break. Il avait pensé qu'il pourrait aller les prendre lui-même, mais à la toute dernière minute, une requête que personne n'attendait avait été déposée, et non seulement il ne pouvait pas se rendre à l'aéroport, mais il semblait bien qu'il ne rentrerait pas à temps pour le dîner. Ce n'était pas la première fois que Beverly allait prendre les enfants de Bert à l'aéroport, mais en réalité, c'était sa mère, ou Bonnie, ou Wallis, qui avaient gentiment accepté de lui rendre visite en échange d'un billet gratuit, qu'elle était allée chercher les fois précédentes. La vision de l'une ou de l'autre, à sa descente de l'avion, lui avait procuré une telle joie qu'elle en avait presque oublié les enfants. Elle avait enlacé sa mère, ou sa sœur, ou sa meilleure amie, et ensemble elles avaient guidé le troupeau à travers le tapis des bagages et jusqu'au parking. Elle avait attendu ce jour avec impatience.

Mais maintenant Beverly se sentait bizarrement paralysée alors qu'elle attendait, toute seule, au bout de la passerelle. Lorsque tous les autres passagers eurent fini de débarquer, l'hôtesse sortit avec les enfants Cousins et elle signa pour eux. Quatre petites marches d'escalier, garçon-fille-garçon-fille, quatre réfugiés au regard perdu. Les filles lui donnèrent une accolade déçue à la porte d'embarquement, et les garçons la suivirent, réticents, jusqu'au tapis des bagages. Albie chantait une chanson indéchiffrable, Cal aussi, peut-être, elle n'était pas sûre, tellement ils restaient loin d'elle. L'aéroport était bruyant et bondé, avec toutes ces familles heureuses réunies. Elle avait déjà du mal à s'entendre penser.

Ils attendirent devant le tapis roulant en regardant les bagages tourner devant eux. “Comment s’est passée l’école cette année ? Vous avez eu de bonnes notes ?” Beverly lança la question au groupe mais Holly était la seule qui la regardait. Holly avait eu 19 dans toutes les matières, sauf en lecture où elle avait eu un 20. Beverly demanda s’ils avaient eu beau temps en quittant Los Angeles, s’ils avaient mangé dans l’avion, si le vol s’était bien passé. Holly répondit à tout.

“Le vol a eu trente minutes de retard dès le départ à cause de la circulation sur la piste. On était vingt-six à attendre de pouvoir décoller, dit-elle, son petit menton relevé, mais on avait un bon vent arrière, et le pilote a pu rattraper presque tout le retard pendant le voyage.” La raie divisant ses nattes était totalement inégale, comme si elle avait été tracée par un doigt ivre au lieu d’un peigne.

Les garçons s’étaient éloignés dans des directions opposées. Pendant une seconde elle aperçut Cal debout sur le tapis roulant des bagages, trois convoyeurs plus loin, avançant avec les bagages en provenance de Houston. À peine l’eut-elle vu qu’il sauta du tapis pour éviter un porteur arrivant droit sur lui.

“Cal !” appela Beverly au milieu de la foule. Elle ne pouvait pas le gronder, pas publiquement, pas d’aussi loin, alors elle dit : “Va chercher ton frère !” Mais Cal lui rendit son regard comme si, par une étrange coïncidence, il s’appelait Cal lui aussi, et qu’une inconnue avait dit quelque chose à quelqu’un qui se trouvait s’appeler Cal aussi. Il lui tourna le dos. Jeanette était juste à côté d’elle, absorbée dans la contemplation de la sangle de son petit sac à dos. Quelqu'un avait-il emmené cette enfant chez le médecin pour faire des tests ?

Enfin, tous les bagages en provenance du vol TWA direct de Los Angeles à Dulles glissèrent sur le tapis roulant où les voyageurs en attente les récupérèrent, jusqu'au dernier. Il ne restait plus rien à réclamer. La foule se dispersa et elle aperçut Albie qui essayait d'arracher un vieux bout de chewing-gum collé au sol. De loin, on aurait presque dit qu'il avait un couteau. Elle se détourna.

"Bon, dit-elle, en calculant l'heure qu'il était et la circulation du trajet retour jusqu'à Arlington. Je suppose qu'ils ont oublié d'embarquer les bagages. C'est pas grave. Il suffit qu'on aille remplir un peu de paperasse dans un bureau. Vous avez gardé les formulaires de réclamation ?" demanda-t-elle à Holly. Le mieux était de tout adresser directement à Holly, qui semblait animée par un désir naturel de plaire. Holly était sa seule vraie chance.

"On n'a pas de formulaires de réclamation", dit Holly. Elle avait une peau très pâle, des cheveux raides très noirs, et le visage couvert de taches de rousseur. Elle avait quelque chose de Fifi Brindacier, un style que les adultes trouvent charmant et les autres enfants ridicule.

"Mais vous avez dû les avoir, à un moment. Votre mère ne vous a pas donné les formulaires de réclamation ?"

Holly reprit. "On n'a pas de formulaires de réclamation parce qu'on n'a pas de bagages."

"Comment ça, vous n'avez pas de bagages ?"

"On n'en a pas, c'est tout." Holly ne voyait pas comment elle aurait pu le formuler plus clairement.

"Tu veux dire que vous les avez oubliés à Los Angeles ? Vous les avez perdus ?" Beverly était distraite. Elle cherchait

Cal qui était invisible. Il y avait des panneaux tous les trois mètres interdisant aux gens de s'asseoir ou de monter sur les tapis roulants.

La lèvre de Holly trembla légèrement mais sa belle-mère ne s'en aperçut pas. Holly avait pensé qu'il y avait quelque chose de louche à voyager sans bagages, mais sa mère lui avait assuré que c'était ce que son père souhaitait. Il voulait que toutes leurs affaires soient neuves – vêtements neufs, jouets neufs, bagages neufs pour rapporter leur butin à la maison. Peut-être qu'il avait simplement oublié de le dire à Beverly. "On n'en a pas apporté", dit-elle calmement.

Beverly baissa les yeux sur elle. Foutu Bert qui avait prétendu qu'elle s'en tirerait sans problème. "Quoi ?"

C'était terrible d'avoir dû le dire la première fois, impardonnable de devoir le répéter. Les yeux de Holly se remplirent de larmes qui commencèrent à dévaler les taches de rousseur. "On. N'a. Pas. De. Bagages." Voilà qu'elle avait des ennuis avec son père avant même de l'avoir vu. Le pire, c'est que son père allait se remettre à hurler contre sa mère. Depuis toujours il la traitait d'irresponsable, ce qui était faux.

Beverly lança un regard panoramique sur la salle de livraison des bagages. Les passagers et les gens venus les chercher se dispersaient, deux de ses beaux-enfants avaient disparu, la troisième pleurait et la quatrième était tellement obsédée par la sangle de son sac à dos qu'il était difficile de ne pas en conclure qu'elle était handicapée. "Alors pourquoi on attend depuis une demi-heure devant le tapis roulant ?" Beverly n'éleva pas la voix. Elle n'était pas encore furieuse. Elle le serait plus tard, quand elle prendrait le temps d'y repenser, mais pour l'instant elle trouvait juste la situation incompréhensible.

"Je sais pas !" hurla Holly, les yeux ruisselants. Elle remonta le bas de son tee-shirt pour s'essuyer le nez. "C'est pas ma faute. C'est toi qui nous as emmenés ici. J'ai jamais dit qu'on avait des bagages."

Jeanette défit la fermeture éclair de son petit sac, fouilla dedans, et tendit un mouchoir à sa sœur.

Chaque année, le second voyage de Beverly à l'aéroport était pire que le précédent, parce qu'elle pensait toujours qu'il se passerait mieux. Elle laissa ses beaux-enfants à la maison (la première fois avec sa mère, ensuite avec Bonnie, puis Wallis, et cette fois-là sous la garde de Cal. Après tout, il leur arrivait de rester seuls chez eux à Torrance, et Arlington était moins dangereux que Torrance), et elle fit le trajet en voiture jusqu'à Dulles pour récupérer ses filles. Alors que les enfants de Bert passaient tout l'été sur la côte Est, Caroline et Franny passaient seulement deux courtes semaines sur la côte Ouest : une avec Fix, puis une avec les parents de Beverly, juste assez de temps pour rappeler aux filles qu'elles préféraient de loin la Californie à la Virginie. Elles descendaient de l'avion en traînant les pieds, l'air d'être en état de déshydratation avancée à force d'avoir pleuré pendant tout le voyage. Beverly s'agenouillait pour les embrasser, mais c'étaient deux petits fantômes qu'elle serrait dans ses bras. Caroline voulait habiter avec son père. Elle plaidait, elle suppliait, et chaque année elle essuyait un refus. La haine de Caroline envers sa mère irradiait à travers le tissu de sa chemisette rose tandis que sa mère la pressait contre sa poitrine. Franny, elle, se contentait de rester debout à tolérer l'embrassade. Elle n'avait pas encore appris à haïr sa mère, mais chaque fois qu'elle quittait son père en larmes à l'aéroport, elle savait un peu plus comment faire.

Beverly embrassa leurs têtes. Elle embrassa une nouvelle fois Caroline au moment où celle-ci la repoussait. "Je suis tellement contente que vous soyez rentrées."

Mais Caroline et Franny n'étaient pas contentes d'être rentrées. Elles n'étaient pas contentes du tout. C'est dans cet état d'abattement que les filles Keating rentrèrent à Arlington pour retrouver leurs demi-frères et sœurs.

Holly se montra sans aucun doute amicale. Elle sautilla et applaudit carrément en les voyant franchir la porte. Elle déclara qu'elle voulait organiser un nouveau spectacle de danse au salon cet été. Mais Holly portait aussi le tee-shirt rouge de Caroline, avec le petit ruban blanc sur l'encolure, que sa mère l'avait obligée à mettre dans le sac des œuvres de charité avant son départ, parce qu'il était à la fois décoloré et trop petit. Holly n'était pas une œuvre de charité.

Caroline avait la plus grande chambre avec quatre lits superposés, et Franny, qui était plus jeune, la plus petite avec des lits jumeaux. Le lien entre les deux sœurs n'était fait ni d'amour ni d'affinités particulières, mais d'une toute petite salle de bains qui communiquait avec leurs deux chambres. Une salle de bains pour deux, de début septembre à fin mai, était une situation gérable, mais en juin, à leur retour de Californie, Caroline et Franny découvrirent que Holly et Jeanette avaient envahi deux des lits superposés, tandis que Franny avait totalement perdu sa chambre qu'occupaient désormais les garçons.

Il y avait une chambre pour quatre filles et l'autre pour les deux garçons, avec une salle de bains de la taille d'une cabine téléphonique que les six enfants devaient partager.

Caroline et Franny traînèrent leurs bagages en haut de l'escalier comme s'il s'agissait d'un lourd fardeau. Et un fardeau, c'est fait pour être traîné, non ? Elles franchirent la porte ouverte de la chambre des parents, où Cal, allongé en travers du lit de leur mère, les pieds sales en chaussettes sales posés sur les oreillers, regardait un match de tennis, volume à fond. Ils n'avaient *jamais* le droit d'entrer dans la chambre des parents, ni de s'asseoir sur le lit, même s'ils posaient les pieds par terre, ni de regarder la télé sans y être expressément autorisés. Cal ne leva pas les yeux de l'écran ni n'accorda la moindre attention à leur passage.

Holly les suivait d'assez près pour buter contre elles quand elles s'immobilisèrent. "Je me disais que pour le spectacle de danse, on pourrait s'habiller toutes les quatre en chemises de nuit blanches. Ça vous irait ? On pourrait commencer les répétitions cet après-midi. J'ai déjà des idées pour la chorégraphie, je peux vous montrer."

Seules trois sur les quatre filles du spectacle étaient visibles. Jeanette était portée disparue. Personne n'avait remarqué sa disparition, mais le chat de Franny, Bouton d'Or, avait disparu aussi. Bouton d'Or n'était pas venu à la porte saluer Franny, ce qui était totalement inhabituel après deux semaines d'absence. Bouton d'Or, la planche de salut de la normalité, avait disparu. Beverly, se noyant dans l'océan de la vie des enfants, ne retrouva pas un souvenir précis de la dernière fois où elle avait vu le chat, mais les sanglots qui paralysèrent soudain Franny la poussèrent à explorer aussitôt la maison de fond en comble. Beverly retrouva Jeanette sous un édredon, par terre, au fond de l'armoire à linge (Jeanette avait disparu depuis combien de temps ?). Elle caressait le chat endormi.

"Elle a pas le droit de prendre mon chat !" hurla Franny, et Beverly se pencha et reprit le chat à Jeanette, qui s'y accrocha pendant une demi-seconde avant de le lâcher. Pendant tout ce temps, Albie suivit Beverly à travers la maison en faisant ce que les enfants appelaient "la bande-son de la strip-teaseuse" :

"*Boom* chicka-boom, *boom boom* chicka-boom."

Quand leur mère s'arrêtait, la bande-son s'arrêtait aussi. Si elle faisait un seul pas, Albie accompagnait ce pas avec un seul "boum", prononcé d'une voix bizarrement sexuelle pour un enfant de six ans. Elle essaya de l'ignorer, mais au bout d'un certain temps, ça devint insupportable. Quand elle finit par craquer, hurlant "Arrête ça !", il se contenta de la regarder. Avec ses yeux bruns absolument énormes et ses boucles brunes qui tombaient sur ses épaules, il ressemblait à un animal de dessin animé.

"Je suis sérieuse, dit-elle en faisant un effort pour calmer sa respiration. Il faut que tu arrêtes de faire ça." Elle tenta de trouver, à l'intérieur de sa propre voix, un son raisonnable, parental, mais quand elle se retourna pour s'éloigner, elle entendit le petit halètement tranquille, "*Boom* chicka-boom".

Beverly eut envie de le tuer. Elle eut envie de tuer un enfant. Ses mains tremblaient. Elle se dirigea vers sa chambre, désireuse de fermer la porte à clé pour dormir, mais depuis le couloir, elle entendit le choc d'une balle de tennis et le rugissement d'une foule. Elle colla sa tête contre le chambranle de la porte. "Cal ? demanda-t-elle, en retenant ses larmes. J'ai besoin de ma chambre maintenant."

Cal ne fit pas un seul geste. Son regard resta fixé sur l'écran. "C'est pas fini", dit-il, comme si elle n'avait jamais vu un match de tennis avant et ne comprenait pas que quand la balle bougeait, cela signifiait que la partie continuait.

Bert ne croyait pas en la télévision pour les enfants. Sous sa forme la plus inoffensive, il la voyait comme un truc qui fait plein de bruit. Sous sa forme la plus nuisible, il se demandait si ça ne retardait pas le développement du cerveau. Il pensait que Teresa faisait une énorme erreur en laissant les enfants passer autant de temps devant. Il lui avait demandé de ne pas le faire, mais elle n'écoutait jamais ses conseils parentaux, ni ses conseils en général. Voilà pourquoi lui et Beverly n'avaient qu'une seule télévision à la maison, et elle était dans leur chambre, qui n'était pas ouverte aux enfants, ou qui n'était pas ouverte à ses enfants à elle pendant l'année scolaire. Maintenant Beverly voulait débrancher la télévision et la transférer dans ce que l'agent immobilier avait appelé "la pièce familiale", même si aucun membre de la famille ne semblait allumer la lumière pour s'y installer. Elle descendit le corridor, Albie la suivant à bonne distance, en produisant toujours sa musique en rythme. Est-ce que sa mère lui avait appris ça ? Quelqu'un avait bien dû le faire. Les enfants de six ans ne traînaient pas dans les bars de strip-tease, même cet enfant-là. Beverly entra dans la chambre des filles mais Holly y était, en train de lire *Rebecca*.

“Beverly, tu as lu *Rebecca* ? demanda-t-elle, à peine Beverly fut-elle entrée dans la chambre, son petit visage vif, vif, vif. Mme Danvers me terrifie à mort mais je vais continuer. Je m’en ficherais d’avoir la chance de vivre à Manderley, je partirais si quelqu’un me terrifiait comme ça.”

Beverly approuva d’un signe léger de la tête et elle sortit de la chambre. Elle envisagea d’aller s’allonger dans la chambre des garçons, la chambre qui appartenait avant à Franny, mais il y flottait une vague odeur de noisette qui évoquait un mélange de chaussettes, de sous-vêtements et de cheveux sales.

Elle redescendit à nouveau et trouva Caroline farfouillant comme une enragée dans toute la cuisine, en disant qu’elle allait préparer des brownies pour son père et les lui envoyer pour qu’il ait quelque chose à manger.

“Ton père n’aime pas les noix dans ses brownies”, dit Beverly. Elle ne savait pas pourquoi elle avait dit ça. Elle essayait de rendre service.

“Si, il aime ça ! dit Caroline, en tournant le dos à sa mère à une telle vitesse qu’elle renversa la moitié d’un sac de farine sur le plan de travail. Peut-être qu’il aimait pas ça quand il était avec toi, mais tu le connais plus, et maintenant, il aime les noix partout !”

Albie était dans la salle à manger. Elle l’entendait chanter à travers la porte de la cuisine. Son obsession monomaniaque était stupéfiante. Franny était au salon, glissant les pattes avant du chat dans les emmanchures d’une robe de poupée, et pleurant si doucement que sa mère fut certaine de s’être trompée dans l’intégralité des choix de son existence jusqu’à présent.

Il n'y avait aucun endroit où aller, aucun endroit où se réfugier, pas même l'armoire à linge, parce que Jeanette n'en était toujours pas sortie depuis qu'elle avait dû rendre le chat. Beverly prit les clés de voiture et sortit de la maison. À l'instant où elle ferma la porte derrière elle, elle se sentit sous l'eau, l'air d'été chaud et solide comprimant ses poumons. Elle repensa aux après-midi qu'elle passait assise dans le patio, à l'arrière de sa maison à Downey, Caroline sur son tricycle, Franny heureuse sur ses genoux, le parfum bouleversant des fleurs d'oranger. Fix avait dû vendre la maison pour lui rembourser la moitié du petit capital qu'ils possédaient et payer la pension des enfants. Pourquoi l'avait-elle obligé à vendre la maison ? Personne ne pouvait s'asseoir dehors en Virginie. Elle eut cinq nouvelles piqûres de moustique rien qu'en rejoignant l'allée, et chacune enfla à la taille d'une pièce de vingt-cinq cents. Beverly était allergique aux piqûres de moustique.

Il faisait plus de quarante degrés dans la voiture. Elle démarra le moteur, alluma l'air conditionné, éteignit la radio. Elle s'étendit en travers de la banquette en vinyle vert brûlante, en sorte que personne ne puisse la voir par la fenêtre à l'avant de la maison. Une pensée la traversa : si elle était en ce moment dans le garage, et pas sous l'abri des voitures, elle serait en train de se tuer.

Comme l'année scolaire était légèrement plus longue dans les écoles publiques de Californie que dans les écoles catholiques de Virginie, Beverly et Bert avaient eu cinq jours à la maison, rien que pour eux, entre le départ de ses enfants à elle et l'arrivée de ses enfants à lui. Un soir, après le dîner, ils firent l'amour sur le tapis de la salle à manger. C'était inconfortable. Beverly n'avait pas arrêté de maigrir depuis leur arrivée en Virginie, et ses vertèbres et ses clavicules étaient devenues si saillantes qu'elle aurait pu être embauchée dans un cours d'anatomie. Chaque poussée l'enfonçait d'un demi-centimètre, frottant sa peau contre la laine mélangée. Mais peu importait la brûlure du tapis, ça leur donnait un sentiment d'audace et de passion. Ils ne s'étaient pas trompés, lui répéta Bert, alors qu'ils étaient allongés sur le dos après l'amour, en contemplant le plafond. Beverly compta cinq breloques de cristal qui manquaient au lustre. Elle ne s'en était jamais rendu compte.

"Tout ce qui nous est arrivé dans la vie jusqu'à maintenant, tout ce qu'on a fait, devait se produire exactement comme ça pour aboutir à notre rencontre." Bert prit sa main et il la serra.

"Tu y crois vraiment ?" demanda Beverly.

"On est magiques", répondit Bert.

Plus tard dans la nuit, il frictionna sa colonne vertébrale avec de la Neosporin. Elle dormit sur le ventre. Ce furent leurs vacances d'été.

Voilà ce qu'il y avait de plus remarquable chez les petits Keating et les petits Cousins : ils ne se haïssaient pas, ni ne possédaient la moindre parcelle de loyauté tribale. Les Cousins ne préféraient pas la compagnie des Cousins et les deux Keating auraient pu se passer l'une de l'autre. Les quatre filles étaient énervées de devoir s'entasser dans une seule chambre, mais elles ne s'en voulaient pas. Les garçons, qu'un rien énervait, n'avaient pas l'air de se soucier de se retrouver en compagnie d'une bande de filles. Les six enfants partageaient un principe fondamental, qui renvoyait leurs potentielles antipathies réciproques en ligues mineures : ils détestaient les parents. Ils les haïssaient.

La seule que ce fait dérangeait était Franny, parce que Franny n'avait jamais cessé d'aimer sa mère. Pendant l'année scolaire, il leur arrivait de faire la sieste ensemble l'après-midi après l'école, tellement collées l'une à l'autre qu'elles s'endormaient en faisant les mêmes rêves. Le matin, Franny s'asseyait sur le couvercle des toilettes pour regarder sa mère se maquiller, et le soir, elle s'asseyait à nouveau sur le couvercle des toilettes pour bavarder avec sa mère qui prenait son bain. Non seulement Franny ne doutait pas d'être la fille préférée de sa mère, mais elle était sûre d'être sa personne préférée. Sauf l'été, quand sa mère la regardait comme la quatrième sur six enfants, et rien de plus. Quand sa mère en avait marre d'Albie, elle déclarait que tous les enfants devaient sortir de la maison, et "tous les enfants" incluait Franny. Il fallait manger les glaces dehors. La pastèque – dehors. Depuis quand avait-on cessé de la juger digne de confiance de manger sa pastèque à la table de la cuisine ? C'était insultant, et pas seulement pour elle. Peut-être qu'Albie était incapable de manger une assiette de glace sans la renverser par terre, mais les autres enfants en étaient parfaitement capables. Ils sortaient de la maison docilement. Ils sortaient de la maison et claquaient la porte et descendaient la rue, traversant le trottoir brûlant comme une meute de chiens sauvages.

Les quatre enfants Cousins ne rendaient pas Beverly responsable de leurs étés déprimants. C'est à leur père qu'ils en voulaient, et ils le lui auraient dit en face s'ils avaient eu l'occasion de le croiser. Cal et Holly n'avaient pas l'air de trouver le comportement de Beverly inexcusable (Jeanette ne disait jamais rien, et Albie, bon, qu'est-ce qu'il pouvait bien penser ?), mais Caroline et Franny étaient horrifiées. Leur mère alignait tout le monde par âge dans la cuisine et chacun devait aller se servir à la cuisinière avec son assiette, alors que chaque autre soir de l'année, elle posait la nourriture dans des plats au milieu de la table. Les étés, ils erraient en dehors du monde civilisé et menaient une vie digne des scènes d'orphelinat au début d'*Oliver Twist*.

Un jeudi soir de juillet, Bert réunit la famille dans le salon et annonça que le lendemain matin ils iraient au lac Anna. Il leur dit qu'il avait pris une journée de congé et loué trois chambres au motel Pomme de Pin. Le dimanche matin ils iraient voir ses parents à Charlottesville avant de rentrer à la maison. "Des vraies vacances, dit Bert. J'ai tout prévu."

Les enfants clignèrent des yeux, vaguement émus à l'idée d'une journée différente de toutes les autres, et Beverly cligna des yeux parce que Bert ne lui en avait pas parlé avant. Les enfants se rendaient compte que Beverly essayait de capter le regard de Bert, mais le regard de Bert ne pouvait pas être capté. Un motel, un lac, des repas au restaurant, une visite aux parents extrêmement peu accueillants de Bert, qui avaient des chevaux et un étang, et une fabuleuse cuisinière noire nommée Ernestine qui, l'été dernier, avait appris aux filles à faire des tartes. Si les enfants avaient eu envie de parler aux parents, ils auraient pu dire que ça avait l'air marrant, mais ils n'en avaient pas envie, alors ils ne dirent rien.

Le lendemain matin il faisait aussi chaud que dans un marécage. Les oiseaux se taisaient pour économiser leurs forces. Bert dit aux enfants de monter dans la voiture, même si tout le monde savait que ça n'était pas aussi simple que ça. D'abord il y aurait nécessairement une horrible bagarre pour éviter d'être assis à côté d'Albie, et ils rôdaient tous dans l'allée en attendant que la bagarre commence. Le siège à l'avant, réservé aux parents, leur était interdit, même si Caroline et Franny l'occupaient avec leur mère le reste de l'année. Ce qui laissait le siège arrière, les sièges encore derrière, et la banquette tout à l'arrière du break. Les enfants finissaient toujours par être classés par genre ou par âge, ce qui signifiait que Cal et Jeanette se retrouvaient collés à Albie, à Franny parfois, Caroline et Holly jamais. Albie chantait une version passionnée de "Quatre-vingt-dix-neuf bouteilles de bière sur le mur", dans laquelle les nombres ne diminuaient pas graduellement – cinquante-sept bouteilles, soixante-dix-huit bouteilles, quatre, cent quatre. Il racontait qu'il allait avoir mal au cœur et faisait des bruits convaincants de haut-le-cœur qui obligeaient Bert à s'arrêter sans aucune raison sur la bande d'arrêt d'urgence de l'autoroute, même si celle qui, inévitablement, vomissait, c'était Jeanette, sans avoir jamais prévenu avant. À chaque panneau indiquant une sortie, Albie demandait si c'était la sortie qu'ils allaient prendre.

"On est arrivés ?" disait-il, avant d'exploser de rire, enchanté par tout ce cirque. Personne ne voulait s'asseoir à côté de lui.

Juste au moment où ils s'apprêtaient à se bousculer dans l'allée, Bert surgit en portant un sac en toile de la taille d'une boîte à chaussure. Bert voyageait léger. "Cal, dit-il, tu t'assois à côté de ton frère."

"J'étais déjà à côté de lui la dernière fois", répondit Cal. Personne ne savait si c'était vrai, et d'ailleurs que signifiait "la dernière fois" ? La dernière fois dans la voiture ? La dernière fois qu'ils étaient partis en voyage ? Ils ne partaient jamais en voyage.

"Eh bien cette fois aussi tu seras à côté de lui." Bert balança son sac à l'arrière et claqua la portière.

Cal regarda autour de lui. Albie se précipitait sur les filles, les poussant légèrement de l'index pour les faire crier. Cal était incapable de distinguer les quatre filles les unes des autres : ses propres sœurs, ses demi-sœurs, c'était dur d'en choisir une qui puisse porter le chapeau. Alors Cal regarda Beverly, son tee-shirt violet à rayures, ses longs cheveux blonds bouclés et coiffés dans un style sophistiqué, ses lunettes de soleil aussi grandes que celles d'une star de cinéma. "Fais-la", dit-il à son père.

Bert regarda son aîné, puis sa femme. "Fais-la quoi ?"

"Fais-la s'asseoir à côté de lui. Fais-la s'asseoir à l'arrière."

Bert gifla Cal de sa paume ouverte. Ça fit un bruit, même si le coup, pas sérieux, dévia sur le côté de sa tête. Cal chancela en arrière pour dramatiser. Il avait pris des coups bien pires à l'école, mais celui-là valait la peine, rien qu'à voir la façon dont Beverly avait blêmi. Cal en était sûr, pendant une fraction de seconde elle avait douté du parti que Bert allait prendre, et elle s'était déjà vue faisant tout le trajet jusqu'au lac Anna à l'arrière avec Albie, et rien que l'idée l'avait tuée. Bert dit qu'il en avait ras le bol de toute cette merde. Il leur demanda de monter dans la voiture. Ce qu'ils firent, y compris Beverly, en silence, et avec un grave sentiment d'amertume.

Pendant le trajet Bert laissa la vitre ouverte, son coude pointant à l'extérieur en direction des collines, sans dire un mot. Trois heures plus tard, quand ils s'arrêtèrent au restauroute Pointe de Flèche, il avait aligné tout le monde en leur attribuant un numéro, Cal un, Caroline deux, Holly trois.

"On est pas la famille Trapp, nom de Dieu", dit Cal à voix basse.

Franny leva les yeux vers lui avec un mélange de peur et d'incrédulité. Il avait offensé Dieu sans raison. C'était grave. "C'est interdit de jurer", dit-elle. Bert avait le droit de jurer, même si c'était une mauvaise idée, mais les enfants, eux, non. Elle en était sûre. Elle n'arrêtait jamais d'être une élève du Sacré-Cœur, même l'été.

Cal, qui était à la fois le plus vieux et le plus grand des enfants, posa sa main droite au sommet de la tête de Franny et, arrondissant ses doigts en direction de ses oreilles, il serra. Pas aussi fort qu'avec la tête d'une de ses sœurs, mais quand même, il garda le contrôle.

Il revenait à Caroline, l'aînée des filles, de décider qui partagerait le lit de qui au motel, et au dîner elle annonça qu'elle dormirait avec Holly. Cela signifiait que Franny se retrouvait avec Jeanette. Franny aimait Jeanette. Elle aimait aussi Holly à cet égard, juste elle refusait de dormir avec Caroline, qui était capable d'essayer de l'étouffer avec un oreiller au milieu de la nuit. Les garçons avaient leur chambre à eux, et chacun son propre lit. À sept heures du soir, les parents commencèrent à s'agiter et à bâiller avant d'annoncer qu'ils étaient épuisés, qu'il était l'heure de se coucher, et qu'on s'amuserait demain matin.

Mais le lendemain matin, les enfants trouvèrent un message glissé sous la porte de la chambre des filles. *Prenez le petit-déjeuner au café. Vous pouvez le mettre sur notre compte. On fait la grasse matinée. Ne frappez pas à la porte.* C'était l'écriture de leur mère mais la note n'était pas signée *Bisous*, ni même *Maman*. Elle n'était pas signée du tout. Un nouveau document s'ajoutant à la montagne croissante de preuves qu'ils étaient abandonnés.

Chaque porte de l'interminable rangée de portes bleu vif du Pomme de Pin était fermée, et les rideaux de chaque fenêtre étaient tirés. Les voitures garées devant les chambres étaient humides de rosée, à moins qu'il n'ait plu pendant la nuit. Depuis l'extérieur les filles frappèrent à la porte de Cal, à droite de leur chambre. Cal entrouvrit la porte. Il laissa la chaîne et passa une tête en la regardant d'un œil. "On va prendre le petit-déjeuner, dit Holly. Fais comme tu veux."

Cal ferma la porte, ôta la chaîne et l'ouvrit à nouveau. Derrière lui ils virent Albie, assis sur son lit double, qui regardait des dessins animés, son pied tapant en rythme l'extrémité du matelas. À chaque fois qu'une des filles avait envie de se plaindre d'être à quatre dans une chambre à deux lits, elles pensaient à Cal, obligé de partager une chambre avec Albie. Cal partageait déjà une chambre avec Albie à la maison, donc il y était peut-être habitué, mais ça les aurait étonnées.

"Allons-y", dit Cal.

Cal était construit sur le modèle de son père. C'était un garçon au teint brun avec des cheveux bruns, et l'été, le garçon et ses cheveux prenaient une teinte dorée. Cal avait les yeux bleus de son père, alors que les trois autres avaient les yeux sombres de leur mère. Albie aurait pu ressembler vaguement à Holly, avec ses taches de rousseur, mais le bon sens de Holly et le manque total de bon sens d'Albie effaçaient toute ressemblance entre eux. Les quatre enfants étaient minces mais Jeanette était trop mince pour leur ressembler. Pour la décrire, on n'évoquait jamais son joli visage ni ses cheveux brillants, couleur miel foncé, mais ses coudes et ses genoux, qui ressemblaient vraiment à des poignées de porte. À les voir ensemble tous les six, on pensait plutôt à une colonie de vacances qu'à une famille, à des enfants que seul le hasard avait déposés sur le même trottoir. Il était très difficile de deviner la relation qui les unissait, même ceux qui étaient du même sang.

"Ils vont dormir jusqu'à midi", dit Holly, en parlant des parents. Au restaurant, elle repoussa les œufs en cercle autour de l'assiette avec sa fourchette.

"Et quand ils finiront par se lever, ils nous diront qu'ils doivent faire la sieste", dit Caroline. C'était vrai. Les parents faisaient la sieste comme les bébés qui ont de la fièvre. Tous les enfants approuvèrent de la tête. Dans l'alcôve, Cal avait la place près de la fenêtre et il se détourna pour contempler la route. Albie frappait le fond d'une bouteille de ketchup de la paume de sa main jusqu'à ce que le ketchup gicle sur ses pancakes.

"Bon Dieu, dit Cal, en éloignant la bouteille. Tu peux pas rester assis là sans faire un truc répugnant ?"

"Regarde", dit Albie en levant le pancake dégoulinant de ketchup devant son visage.

Jeanette coinça sa tartine sur son assiette avec deux doigts et elle ôta la croûte à l'aide d'un couteau.

"Je vais pas passer la journée assise ici à les attendre", dit Caroline.

"Qu'est-ce qu'on peut faire d'autre ?" demanda Franny, parce qu'il n'y avait rien à faire. Voir si le motel avait des jeux de société ? Un jeu de cartes ? Il était encore très tôt, à peine sept heures, et le soleil entrait par la fenêtre du restaurant comme une invitation qu'on déposait à leur table sur un plateau d'argent. Ç'aurait été une journée géniale pour nager.

"On est venus ici pour le lac, alors on devrait aller au lac", dit Caroline en lisant dans les pensées de sa sœur, ou à moitié. Elle portait son maillot de bain sous ses vêtements. Comme tous les autres. Caroline était beaucoup plus en colère que le reste de la troupe. On entendait constamment la colère dans sa voix. À moins que Cal n'ait été le plus en colère, mais que sa colère se soit manifestée différemment.

Jeanette leva les yeux de sa tartine. "Allons-y", dit-elle. C'était la première parole qu'elle prononçait depuis leur départ d'Arlington la veille, et par conséquent elle eut le dernier mot. Pourquoi devraient-ils attendre le réveil des parents ? Quand ils sortaient avec les parents, les enfants étaient divisés en deux groupes – les grands (Cal, Caroline et Holly) et les petits (Jeanette, Franny et Albie). Les grands avaient le droit de partir en vadrouille, de nager en eau profonde sans gilet de sauvetage, de faire des excursions en solitaire, et de choisir le menu du déjeuner. Les petits, eux, auraient aussi bien pu être attachés à un arbre et partager la même assiette. Les petits, on ne leur faisait jamais confiance. Sans épiloguer, tous les six décidèrent que c'était mieux de voir ça comme une chance.

À la caisse, ils ajoutèrent à la note de leur petit-déjeuner un pack de six canettes de Coca et douze barres chocolatées, assez pour se passer de déjeuner au cas où.

"C'est loin le lac ?" demanda Holly à la serveuse qui enregistrait leurs achats.

"Trois kilomètres, un peu moins peut-être. Il suffit de reprendre la Route 98."

"Et à pied ?"

La serveuse étudia les enfants pendant une minute. Il y en avait trop qui avaient exactement la même taille dans le groupe. Franny et Jeanette avaient trente-huit jours de différence. "Où sont vos parents ?"

"En train de s'habiller, répondit Caroline d'une voix d'enfant blasé. Ils veulent qu'on y aille à pied ensemble. Ils ont dit que ça serait une aventure. On est censés savoir s'orienter."

Les autres enfants lui firent un grand sourire de gratitude pour son adresse à mentir. La serveuse prit un napperon en papier sur le tas et le retourna. "Il y a un raccourci à pied." À un bout du napperon, elle dessina un rectangle représentant le motel (qu'elle désigna par "P"), et à l'autre extrémité, un cercle pour le lac ("L"). La ligne discontinue qu'elle dessina pour les relier était leur ticket gagnant.

Dans le parking, Cal essaya d'ouvrir toutes les portes du break fermé à clé. Franny lui demanda de quoi il avait besoin et il dit : "Un truc. Ça te regarde pas." Il mit ses mains en coupe autour de ses yeux pour regarder à travers la vitre, en essayant de voir le truc qu'il voulait.

“Je peux forcer la porte, dit Caroline. Si c’est un truc dont t’as vraiment besoin.”

“Menteuse”, dit Cal, sans même lui accorder un regard.

“Je suis cap, dit-elle, avant de pointer un doigt en direction de Jeanette : Va me chercher un cintre dans le placard.”

C’était vrai. Leur père leur avait appris au début de l’été. Leur oncle Joe Mike avait oublié ses clés dans la voiture de Tante Bonnie, quand ils étaient tous chez leurs grands-parents le dernier week-end, et leur père avait crocheté la portière avec un cintre pour faire économiser à Joe Mike les douze dollars d’un serrurier. Après quoi, Fix avait entraîné les deux filles, parce que ça les intéressait. Il disait que c’était une bonne chose à savoir.

“L’erreur que les gens font, c’est qu’ils croient qu’ils doivent faire un mouvement vers le haut, alors qu’en fait c’est vers le bas”, avait-il dit.

Caroline leur expliqua que le plus difficile, c’était de détordre le cintre.

“Tu perds du temps”, dit Cal.

“Le temps de qui ? demanda Holly. Si t’es tellement pressé, t’as qu’y aller.” Elle était curieuse, et il était clair pour tout le monde que Cal aussi l’était.

Albie faisait des grands cercles autour de la voiture, ondulant des hanches, tout en chantant le truc du boum-boum en rythme.

“La ferme ! lui dit Cal. Si tu réveilles papa, il va t’exploser la tête.” À ce moment-là, les autres enfants se souvinrent de la chambre devant laquelle la voiture était garée et ils se turent aussitôt.

De l'index, Caroline souleva le joint en caoutchouc en bas de la fenêtre et elle y coinça le cintre pendant que les autres enfants s'approchaient pour regarder. Caroline était un peu préoccupée à l'idée que chaque voiture possède une serrure différente. Le break était une Oldsmobile, alors que la voiture de Tante Bonnie était d'une autre marque, une Dodge peut-être. Le bout de sa langue pointait au coin de sa bouche tandis qu'elle guidait le cintre à l'aveuglette en direction de ce que son père appelait le sésame, situé à environ vingt-cinq centimètres sous le loquet. C'est alors qu'elle eut la sensation du fil de fer contre la serrure. Elle ne tenta pas de la crocheter, même si la tentation était forte. Ça faisait juste une petite bosse, et elle exerça une poussée vers le bas, exactement comme on lui avait appris.

La serrure s'ouvrit.

C'était une victoire pour toutes les filles qui se souvinrent de ne pas pousser de cris de triomphe. Caroline retira le cintre et elle ouvrit la porte comme si c'était la chose la plus naturelle du monde. Même Albie mit ses bras autour de sa taille. "T'as braqué la voiture !" dit-il, dans un chuchotement bruyant digne d'un gangster de cinéma.

"Parfaitement", dit-elle, en lui offrant le cintre en souvenir de son exploit matinal. Aussitôt Albie se rapprocha de la voiture voisine et essaya de forcer la fenêtre avec le cintre. Oh, Caroline aurait tout donné pour appeler son père du téléphone du motel ! Elle voulait qu'il sache qu'elle avait fait du bon boulot.

Cal reprit le cintre des mains de son frère et il l'étudia sous ce nouveau jour. "Tu peux m'apprendre à le faire ?" demanda-t-il, en s'adressant autant à Caroline qu'au cintre.

"Seuls les agents de police ont le droit de le faire, dit Franny. Et leurs enfants. Sinon t'es un criminel."

"Alors je serai un criminel", dit Cal. Il se glissa sur le siège avant du break et ouvrit la boîte à gants. Il attrapa un revolver et une petite bouteille de gin, encore scellée.

Personne ne fut surpris de découvrir qu'il y avait un revolver dans la voiture, même si Cal était le seul à le savoir, et il le savait parce qu'en fouinant dans la boîte à gants quelques jours plus tôt, pendant que Beverly était au supermarché, il l'avait trouvé, prouvant, une fois de plus, qu'il suffit parfois qu'une personne cherche un peu. Mais ils furent quand même tous surpris, Cal compris, que Bert l'ait laissé dans la voiture. Ils en déduisirent qu'il devait avoir un autre revolver dans sa chambre d'hôtel. Bert aimait avoir un revolver dans sa mallette, un dans sa table de nuit, un dans le tiroir de son bureau. Il aimait parler des criminels qu'il avait enfermés, du fait qu'on ne savait jamais à quoi s'attendre, qu'il devait protéger sa famille, et qu'il n'allait pas laisser le type en face tirer le premier, mais la vérité, c'est que Bert aimait les revolvers, voilà tout.

L'élément fascinant, c'était le gin. Les parents aimaient bien boire un verre de temps en temps, mais ils n'étaient pas du genre à trimbaler de l'alcool avec eux. C'était la première fois qu'ils voyaient du gin dans la voiture. C'était un truc spécial.

"Tu sais que t'as pas le droit de le prendre", dit Holly, en se retournant pour regarder la porte des parents. Elle parlait autant du revolver que du gin.

"Juste au cas où", dit Cal. Il fourra le revolver dans le sac en papier brun avec les barres chocolatées et les Coca. Jeanette avait déjà sorti son Coca et ses deux barres chocolatées pour les ranger dans son sac. Elle prit la bouteille des mains de son frère et entreprit de décoller le sceau en le grattant tellement doucement que ses petits ongles finirent par avoir le dessus, le détachant en un seul morceau. Elle glissa le sceau dans son porte-monnaie et rendit la bouteille à son frère. Puis ils se mirent en route pour le lac, Caroline tenant la carte.

La chaleur les surprit, même s'il ne faisait pas plus chaud que la veille ou l'avant-veille. Le ciel blanchissait déjà, imprégnant le paysage tout entier d'un sentiment d'ennui. Holly se grattait les bras en se plaignant des moustiques. Comme sa belle-mère, elle était particulièrement sensible aux piqûres. L'herbe du champ de l'autre côté du motel, le champ que la serveuse leur avait dit de traverser pour prendre un raccourci, leur arrivait jusqu'à la taille, jusqu'à la poitrine pour Albie mais, étant en plein milieu, ils distinguaient les petites taches des fleurs jaunes en haut des tiges. "Tu vois le lac ?" demanda Albie. Le tee-shirt à rayures bleues et jaunes que Beverly lui avait acheté était maculé de ketchup. Ses mains étaient poisseuses.

"Stop", dit Cal, et il mit sa main en visière vers le ciel. Ils s'immobilisèrent tous comme des soldats, d'un même mouvement. "Tournez-vous", dit-il, et ils se retournèrent.

"C'est quoi ce bâtiment juste en face ?" Cal parlait à son frère, en désignant quelque chose de l'autre côté de la rue.

"Le Pomme de Pin", dit Albie.

"Elle a dit que le Pomme de Pin était à quelle distance du lac ?"

Dans l'air calme, ils entendaient le défilé des voitures. Enfouis dans l'herbe, les crickets frottaient leurs ailes, et les oiseaux lançaient des appels au-dessus de leurs têtes. "Trois kilomètres, un peu moins peut-être", dit Franny. Elle savait que ce n'était pas à elle de répondre, mais elle ne pouvait pas s'en empêcher. Elle se sentait mal à l'aise debout dans ce champ, les mauvaises herbes sèches piquant ses tibias. Il n'y avait aucun chemin.

Cal désigna son frère du doigt. C'était marrant comme il ressemblait à son père tout en n'étant absolument pas comme lui. "Albie ?"

"Trois kilomètres", dit Albie. Il commença à trancher les herbes de la main, avant de balancer son bras d'avant en arrière comme une faux.

"Et donc maintenant tu sais qu'on n'est pas encore arrivés, et tu sais que je ne peux pas voir le lac." Cal se remit en marche et le reste de la troupe derrière lui. Le champ était plus grand qu'il ne paraissait de loin, et au bout d'un moment le Pomme de Pin devint invisible, comme d'ailleurs le reste du paysage, à part l'herbe et le ciel délavé. Plusieurs membres du groupe se demandèrent s'ils se dirigeaient toujours dans la bonne direction.

"On est arrivés maintenant ?" demanda Albie.

"La ferme", dit Holly. Une sauterelle de la taille d'un poing de bébé sauta de l'herbe sèche et se posa sur son tee-shirt, Holly hurla. Franny et Jeanette se décalèrent vers la gauche du groupe, et quand elles se baissèrent vivement, elles étaient quasiment sûres que personne ne pouvait les voir. Elles étaient très proches, presque nez à nez, et Jeanette lui sourit avant qu'elles ne remontent d'un bond.

"Et *maintenant*, on est arrivés ?" Albie sauta en avant, d'un bond de ses deux pieds, mais il fut freiné par l'épaisseur de l'herbe. Il regarda à nouveau son frère. "Et *maintenant*, on est arrivés ?"

À nouveau, Cal s'arrêta. "Je peux te renvoyer à l'hôtel." Il regarda derrière eux. La trace du chemin qu'ils avaient tracé dans l'herbe se voyait encore.

"Où on est ?" demanda Albie.

"En Virginie, dit Cal, d'une voix aussi lasse que celle d'un adulte. La ferme."

"Je veux porter le revolver", dit Albie.

"En enfer, les gens veulent de l'eau glacée", dit Caroline. C'était une expression de son père.

"Cal a un flingue, chanta Albie, d'une voix qui résonna étonnamment fort sous le vaste ciel. *Cal a un flingue !*"

Ils s'arrêtèrent encore. Cal coinça le sac en papier brun un peu plus haut sous son bras. Deux hirondelles surgirent de nulle part et passèrent près d'eux. Albie n'arrêtait pas de chanter. Jeanette sortit la canette de Coca de son sac.

"C'est trop tôt pour le boire", dit Holly. Elle était en première années chez les Éclaireuses et elle avait lu le chapitre du manuel sur les tactiques de survie. "Tu dois le faire durer."

Mais Jeanette ouvrit la canette. En la voyant boire, tous décidèrent qu'ils avaient soif. Il y aurait d'autres Coca à l'arrivée au lac.

"Cal a un flingue", lança Albie, mais avec moins d'enthousiasme.

Holly leva les yeux pour regarder le ciel. Il était totalement blanc, sans un seul nuage pour leur offrir sa protection. "J'adorerais avoir un Tic Tac", dit-elle.

Cal réfléchit une minute, puis il fit un signe approbateur de la tête. Il fouilla dans sa poche arrière et en sortit un petit sac en plastique de la taille de trois timbres-poste où il gardait les comprimés de Benadryl que sa mère l'obligeait à transporter avec lui pour son allergie. Tous s'assirent, en repoussant l'herbe, et Caroline ouvrit le sac en papier brun. D'une manière très cérémonieuse, elle attrapa le revolver et le posa près d'elle, avant de leur tendre les Coca. Cal arriva derrière elle et donna à chacun deux comprimés d'un rose criard. "Je devrais pas t'en donner, dit-il à Albie, vu que t'arrêtes pas de me faire chier aujourd'hui."

Mais Albie laissa sa paume levée, en signe de prière silencieuse, jusqu'à ce que Cal, en soupirant, lui donne ses deux comprimés.

"C'est exactement ce qu'il me fallait", dit Holly, en portant les comprimés à sa bouche, avant de les baisser à nouveau, pressés sous son pouce. Elle sortit la bouteille de gin du sac et le descendit comme un Coca, mais le goût la surprit. Pendant une seconde elle faillit le recracher mais elle parvint à ne pas desserrer les lèvres. Elle tendit la bouteille à sa sœur et puis elle s'étendit sur le dos. "Maintenant ça sera facile de marcher jusqu'au lac", dit Holly.

Jeanette but une gorgée du gin et elle toussa, puis elle se pencha et donna ses comprimés à Albie. "Prends les miens."

Il contempla les deux comprimés supplémentaires dans sa paume. Il en avait quatre. Ils étaient si roses dans la lumière éblouissante, avec en arrière-plan une étendue infinie d'herbe décolorée. "Pourquoi ?" demanda-t-il, soupçonneux, ou peut-être pas.

Jeanette haussa les épaules. "Les Tic Tac me donnent mal au ventre." C'était possible. Tout donnait mal au ventre à Jeanette. C'est pour ça qu'elle était si mince.

Franny observa Caroline, sa manière de pousser les comprimés dans sa paume avec son pouce, et de rejeter la tête en arrière pour les avaler avec une grande lampée de Coca. Caroline était toujours convaincante. Franny se rendit bien compte qu'elle n'avalait pas le gin non plus. Elle ferma la bouche en inclinant la bouteille. Mais quand ce fut son tour de boire, Franny décida de se compromettre – d'avaler le gin et de prendre les comprimés. Le gin n'aurait pu la surprendre davantage. Elle suivit la sensation de brûlure qui descendait le long de sa gorge, à travers sa poitrine et son estomac. C'était aussi brûlant et éblouissant que le soleil, qui se posait entre ses jambes – une sensation magnifique, comme si la brûlure avait apporté une sorte de clarté physique. Elle prit une seconde gorgée avant de tendre la bouteille à Albie. C'est lui qui but presque tout.

Ça ne dérangeait pas les enfants d'attendre. Ils avaient l'habitude. Il faisait chaud dehors et le Coca était encore froid. C'était agréable de rester allongés là pendant un moment en contemplant le ciel vide, sans devoir écouter Albie raconter toujours les mêmes trucs en boucle. Quand ils finirent par se relever, Cal posa sa canette de Coca vide juste à côté de la jambe d'Albie.

"Il faut la jeter à la poubelle", dit Franny.

"On la ramassera plus tard, dit-il. On devra repasser le prendre."

Et ainsi, tous posèrent leurs canettes à côté d'Albie, qui dormait du sommeil hypnotique de quatre Benadryl et d'une grosse lampée de gin sous un brûlant soleil matinal. Cal récupéra les comprimés restants de Holly et de ses demi-sœurs et il les remit dans le sachet, puis il remit le sachet dans sa poche. Les barres chocolatées commençaient à fondre et le revolver était chaud, à force d'être resté au soleil. Ils les fourrèrent dans le sac avant de prendre la direction du lac.

À leur arrivée, les cinq enfants nagèrent plus loin que ce que les parents leur auraient permis. Franny et Jeanette partirent à la recherche de grottes et deux hommes, rencontrés dans un bosquet sur la rive, leur apprirent à pêcher. Cal vola un paquet de biscuits Ho-Ho's au magasin de pêche et il n'eut pas besoin du revolver dans le sac car personne ne le surprit. Caroline et Holly grimpèrent au sommet d'une haute roche et elles n'arrêtèrent pas de sauter dans le lac en dessous jusqu'à ce qu'elles soient trop épuisées pour grimper et nager encore. Tous avaient attrapé des coups de soleil mais ils s'allongèrent dans l'herbe pour se sécher parce que personne n'avait pensé à apporter une serviette. Ils en eurent vite marre et ils décidèrent de rentrer.

Tout se déroula selon un timing parfait. Albie était réveillé mais il était encore assis dans le champ, tranquille, l'esprit confus parmi les canettes de Coca, faisant des efforts désespérés pour ne pas pleurer. Sans leur demander où ils étaient passés ni où il était, il se contenta de se lever et de les suivre à leur passage. Lui aussi avait pris des coups de soleil. Il était tout juste deux heures de l'après-midi. Le plus stupéfiant de toute l'histoire fut que quelques minutes après leur retour au Pomme de Pin, alors qu'ils s'étendaient en travers des lits dans la chambre des filles, dans leurs maillots de bain humides, pour regarder la télé, les parents frappèrent à la porte, embarrassés et contrits. Ils n'en revenaient pas d'avoir dormi aussi longtemps. Ils ne s'étaient pas rendu compte de leur état d'épuisement. Ils allaient emmener tout le monde au cinéma et manger une pizza pour se faire pardonner. Les parents ne donnèrent pas l'impression de remarquer les maillots de bain, les coups de soleil, les piqûres de moustiques. Les petits Cousins et les petits Keating leur adressèrent un sourire de pardon béat. Ils avaient fait tout ce dont ils rêvaient depuis toujours, ils avaient eu la plus merveilleuse journée du monde, et personne ne s'était aperçu de leur disparition.

Le reste de l'été se déroula exactement de la même manière. Chaque été qu'ils passèrent ensemble tous les six se déroula exactement de la même manière. Ce n'était pas tous les jours la fête, la plupart du temps ils s'ennuyaient, mais ils firent des trucs, des vrais trucs, sans jamais se faire prendre.

4

La musique était toujours la même, une cassette de deux heures qui tournait indéfiniment en boucle. La direction imaginait que le client aurait payé et quitté les lieux avant le retour des mêmes chansons, ou qu'il serait trop ivre pour faire attention. Il faudrait qu'un individu reste au bar, sobre et attentif, pendant plus de deux heures, avant de prendre conscience que George Benson chantait *This Masquerade* pour la deuxième fois. En d'autres termes, les seules personnes susceptibles d'être dérangées par la répétition étaient les employés travaillant au bar, et le critère de sobriété et d'attention en mit un grand nombre hors jeu. Tout au long d'un service de huit heures, un employé pouvait s'attendre à entendre quatre fois la cassette dans son intégralité, quatre fois et demie pour celui qui faisait la fermeture. Franny en parla à Fred à la fin de son premier mois. Fred, le meilleur des deux responsables de nuit, supervisait le bar ainsi que le plus grand, le plus fréquenté et le moins rentable restaurant de l'hôtel. Il lui répondit que ça n'avait pas d'importance.

"Ça a de l'importance, dit Franny. Ça me rend dingue." Elle portait une robe noire moulante, sans manches et courte, sur un chemisier blanc ajusté, et des chaussures noires à talons hauts. Avec ses cheveux blonds raides coiffés en une seule natte un peu lâche, elle ressemblait à la version vidéoclip de l'écolière catholique d'autrefois. Avant d'être embauchée, elle n'était pas certaine d'être capable de supporter l'affront de l'uniforme, mais finalement cela ne la dérangea pas. C'était la musique qu'elle n'arrivait pas à supporter. C'était Sinatra chantant *It Was a Very Good Year* qui lui donnait l'impression qu'elle pourrait franchir la porte tambour à l'entrée du hall, un plateau de cocktails balançant sur sa paume ouverte, et basculer dans la froide nuit d'hiver.

Fred fit oui de la tête. Il n'était ni paternaliste ni méprisant, même s'il avait la tête d'un père de famille et que sa réponse ne lui fut en rien utile. "Fais-moi confiance. Ça fait presque cinq ans que je travaille là. On s'y habitue."

"Mais je ne veux pas travailler là dans cinq ans. Je ne veux pas m'y habituer." Un minuscule éclair d'embarras passa dans les yeux du responsable de nuit. Franny refit une tentative. "Vous ne pourriez pas avoir d'autres cassettes ? Ça pourrait être les mêmes chanteurs. Je me plains pas du genre de musique. Je veux dire, ça pourrait être bien de mélanger les genres, mais c'est pas mon problème. Mon problème, c'est la répétition. Ces gens-là ont chanté d'autres chansons."

"On a d'autres cassettes quelque part", dit Fred, en parcourant du regard le minuscule bureau sans fenêtre, "mais personne ne les change."

"Je pourrais le faire."

Il se redressa dans son bureau encombré et exerça une légère pression conciliante sur son épaule. Cet endroit était plein de tripoteurs : on embrassait les serveuses à la fin de leur service, les managers posaient leurs mains sur vos épaules, un commis, s'il n'était pas satisfait de son pourboire, pouvait vous donner un coup de hanche énergique en se serrant contre vous à la plonge. Et les clients, bon Dieu, les clients adoraient tripoter. En deux ans de fac de droit, personne n'avait posé un seul doigt sur elle, mais c'était la fac de droit, où toute personne qui était allée au-delà des deux premières semaines comprenait le concept de responsabilité. Vu comme Fred était proche, elle sentait jusqu'au moindre effluve de vodka qu'il diffusait, et elle était surprise d'être encore capable de remarquer l'odeur de l'alcool. “Attends un peu, dit-il, d'une voix pleine de réconfort. On finit par ne plus entendre.”

Franny parcourut péniblement l'étroit couloir menant du bureau à la cuisine, où les cuisiniers écoutaient des cassettes de contrebande de NWA sur un ghetto-blaster couvert de graisse, le volume si bas qu'on entendait à peine chuchoter, par-dessus le fracas métallique des casseroles, *Nique la police*. Les hommes marmonnaient les paroles en balançant la tête, le tout dans le respect des étroites limites tolérées par la direction.

“Little House !” Jerrell criait son surnom. “Sois sympa, va me chercher de la limonade.” Il tendit la main par-dessus la plaque de cuisson brûlante et à travers la vitre du passe-plat pour lui tendre son maxi-gobelet en polystyrène avec son couvercle et sa paille.

“Pas de problème”, dit Franny. Elle prit le gobelet. Les cuisiniers, tous sans exception des grands Noirs, dépendaient des serveuses, toutes sans exception des petites Blanches, pour qu'elles leur rapportent à boire du bar et qu'elles les sauvent d'une mort au Sahara du poste de friture.

"Je compte sur toi", dit Jerrell en tendant une main qui tenait un steak cru avant de balancer la viande sur la surface incandescente devant lui.

Mais Franny n'oubliait jamais la limonade, ni tous les morceaux de sucre supplémentaires qu'il aimait, ni les bretzels du bar qui les aidaient à compenser la perte du corps en sel, éliminé dans les rivières de sueur qui tombaient sur la plaque de cuisson dans un grésillement explosif avant de disparaître. Elle savait ce que chaque homme travaillant à la cuisine désirait dans son gobelet. Franny était une pro. Elle se souvenait des commandes d'une table de dix, mémorisant celui qui voulait de la Ketel One, et celui qui voulait de l'Absolut. Elle était capable de calmer un homme d'affaires célibataire sans le laisser monopoliser son temps. Quand elle marchait dans les rues de Chicago à l'aube, giflée par le froid glacial, il ne lui échappait pas qu'il aurait bien mieux valu qu'elle soit une mauvaise serveuse de cocktails et une bonne étudiante en droit. Elle avait décroché de la fac de droit au milieu (enfin, plutôt au début) du premier semestre de sa troisième année. Elle avait accumulé une énorme dette calculée sur le salaire du statut d'associé qu'elle n'obtiendrait jamais. Pour quelqu'un qui n'avait pas de compétences particulières, et aucune idée de ce qu'elle voulait faire de sa vie, à part lire, servir des cocktails lui permettait de gagner le maximum d'argent qu'elle pouvait espérer sans se déshabiller. À ce stade, elle n'avait plus que deux critères : ne pas être juriste et ne pas se déshabiller. Elle avait essayé de faire la serveuse de base, celle qui hisse des plateaux de nourriture sur son bras, en baskets noires, mais elle ne gagnait pas assez pour couvrir les traites minimales de son emprunt. Dans l'obscurité luxueuse et veloutée du bar du Palmer House, les hommes, avec une régularité inexplicable, laissaient deux billets de vingt pour une addition de dix-huit dollars.

Elle remplit le gobelet en polystyrène de glace pilée et de limonade et, voyant que Heinrich, le barman, était en train d'écouter un client qui lui exposait en détail toutes les souffrances du monde, elle arrosa le liquide glacé d'une rasade de Cointreau. Le Cointreau était la bouteille tout au bout du bar, près des sodas, par conséquent c'était la plus facile à attraper, sans compter qu'elle se dit que ça allait bien avec la limonade. Elle aurait volontiers payé pour le shot, mais les employés n'avaient pas le droit d'acheter de l'alcool durant leur service, et encore moins le droit d'acheter de l'alcool pour les hommes qui travaillaient avec des couteaux et des surfaces chauffantes. Jerrell lui avait dit qu'il lui filerait dix dollars chaque fois qu'elle pourrait mettre un extra dans son gobelet, mais elle n'aurait pas accepté son argent. Cela, aussi, faisait d'elle une sorte de créature mythique aux yeux des membres de l'équipe de cuisine, parce que même si les autres serveuses prenaient les commandes des cuisiniers, elles oubliaient souvent de les servir, et quand elles s'en souvenaient, elles ne refusaient jamais un pourboire.

Franny se repassa mentalement le droit de la responsabilité délictuelle pour tenter de bloquer la musique, en couvrant la chose qu'elle haïssait avec la chose qu'elle méprisait. Les éléments de l'assaut : l'acte avait pour intention de causer la crainte d'un contact nuisible ou offensif ; et l'acte, en effet, a fait naître chez la victime la crainte qu'un contact nuisible ou offensif se produise. La nuit tirait à sa fin. La marée haute de gin tonic avait diminué jusqu'au reflux paisible des digestifs : verres de cognac et petits verres sirupeux de Frangelico, commandés par des clients qui se rendaient compte qu'ils n'étaient pas assez soûls pour remonter dans leurs chambres. Franny faisait la fermeture ce soir-là, et jusqu'à présent elle avait supervisé seule la salle : deux tables de deux et une âme solitaire au bar. Les deux autres serveuses étaient parties, la première pour récupérer son enfant qui dormait chez son ex-mari, l'autre pour boire des verres avec un serveur du Palmer House dans un bar moins cher. Toutes deux avaient embrassé Franny avant leur départ, puis elles s'étaient embrassées pour se dire au revoir. Elle supposait que Heinrich était sorti fumer dans le couloir à l'extérieur de la cuisine, ce qui lui donnait une chance de se glisser de l'autre côté du bar et de retirer ses chaussures. Elle étira ses doigts de pied avant de les frotter contre l'alvéole humide du tapis du bar en plastique noir, puis elle mangea trois cerises au marasquin des bacs à garnitures avec une tranche d'orange, parce qu'elles avaient meilleur goût dans la même bouchée. Voilà ce qu'elle était en train de faire, la bouche pleine de fruits chimiquement modifiés, quand elle vit Leon Posen. Elle aurait dû juste l'apercevoir, mais quand il leva les yeux, elle n'eut ni l'occasion ni le désir de se détourner.

"Salut", dit-il. Leon Posen, assis à deux sièges d'elle. Il portait un costume gris foncé et une chemise blanche, dont seul le premier bouton était défait. Il aurait pu avoir une cravate pliée dans sa poche. S'il avait tendu la main, et si elle avait tendu la main, leurs doigts auraient pu facilement se toucher. Franny avait pour règle de ne pas prêter attention aux clients du bar. Certains avaient choisi de ne pas prendre de table, et par conséquent ils n'étaient pas sous sa responsabilité. Depuis combien de temps était-il assis là ? Dix minutes ? Une heure ? Elle n'en avait pas la moindre idée.

"Salut", dit-elle.

"Vous êtes plus petite que tout à l'heure."

"Vraiment ?"

"Vous avez enlevé vos chaussures."

Franny baissa les yeux sur la courbe rouge douloureuse incrustée sur le dessus de chacun de ses pieds, clairement visible à travers ses bas. Cette marque restait pendant des heures après son retour à la maison. "Oui."

Il hocha la tête. Ses cheveux étaient gris acier, bouclés. Il avait dû avoir du mal à les peigner. "Ça vous va bien mais je pense qu'au bout d'un moment, ça finirait par détruire vos pieds."

"On s'y fait", dit Franny, en pensant à Fred, et à la manière dont il lui avait dit qu'elle s'y ferait. À ce moment elle se força à écouter, comme une manière de s'orienter dans le monde, dans le bar où elle était face à Leon Posen. Lou Rawls chantait *Nobody But Me*, ce qui était drôle car c'était la seule chanson de la boucle dont elle ne se lassait jamais, une union parfaite de noms et de verbes. *I've got no chauffeur to chauffeur me. I've got no servant to serve my tea**.

* "J'ai pas de chauffeur pour me conduire. J'ai pas de serviteur pour me servir le thé." *(Toutes les notes sont de la traductrice.)*

Leon Posen approuva de la tête, ses doigts posés sur un verre où ne restaient que des glaçons. Franny se racontait toute l'histoire dans sa tête, alors même qu'il était assis devant elle. Elle s'imaginait, à peine rentrée chez elle, ressortant ses exemplaires de *First City* et de *Septimus Porter*. Elle retrouverait les passages qu'elle avait soulignés à l'université et les relirait. Puis elle réveillerait Kumar pour lui dire qu'elle avait parlé avec Leon Posen au bar, et lui raconter qu'il s'était intéressé à ses chaussures. Kumar, dont le désintérêt à l'égard de tout confinait au génie, voudrait connaître chaque détail, et quand elle aurait fini, il lui demanderait de recommencer. Même s'il ne s'était quasiment rien passé, elle savait qu'elle raconterait encore longtemps l'histoire de sa rencontre avec Leon Posen au Palmer House. *Si j'avais pas été en fac de droit à Chicago, et si j'avais pas laissé tomber, j'aurais même pas travaillé au bar.* Elle le dirait à son père et à Bert.

Mais Leon Posen n'avait pas fini. Il était toujours en face d'elle, à attendre qu'elle fasse attention à lui alors qu'elle était en train de le recréer dans son imagination. "Pourquoi s'y faire ?"

"Quoi ?" Elle avait perdu sa place dans la conversation.

"Aux chaussures." Il ressemblait aux portraits de lui, le nez prenant vraiment possession des lieux, et puis les doux yeux tombants. Son visage était une caricature de son visage, un visage destiné à être un croquis à côté de la recension d'un livre dans le *New Yorker*.

"Eh bien, il le faut, les chaussures font partie de l'uniforme, et on porte l'uniforme parce qu'avec on gagne plus d'argent." Même si elle n'en fit pas mention, l'uniforme était en polyester, dont on peut se moquer autant qu'on veut, mais qui se lave très facilement et n'a pas besoin d'être repassé. Franny ne devait jamais se demander ce qu'elle était censée mettre au travail, ce qui avait été aussi le grand avantage de l'école catholique.

"Vous voulez dire que je vous donnerai un plus gros pourboire parce que vous portez des chaussures inconfortables ?"

"Exactement, dit-elle, parce qu'elle était là depuis suffisamment longtemps pour savoir comment les choses marchent. C'est comme ça."

Il la regarda tristement, ou peut-être qu'il regardait toujours les gens comme ça, comme s'il ressentait la souffrance de chaque femme qui a coincé ses pieds dans des talons. C'était irrésistible. "Eh bien je ne vous ai pas encore donné de pourboire, donc si c'est la raison, vous feriez mieux de remettre vos chaussures. On verra ce qui se passe."

"Je ne suis pas votre serveuse", dit-elle, en le regrettant profondément. *Leon Posen, éloignez-vous du bar ! Venez vous asseoir à l'une des petites tables aux bougies vacillantes. Mettez-vous à votre aise dans les fauteuils en cuir rouge matelassé.*

"Vous pourriez l'être si je commandais autre chose." Il leva son verre, en agitant le glaçon solitaire. "Comment vous appelez-vous ?"

Elle lui dit son nom.

"Je ne rencontre jamais de Franny." Il le dit comme si elle lui faisait une faveur avec son prénom. "Franny, je voudrais un autre whisky."

Son boulot consistait à lui servir un verre s'il était assis à une table mais pas s'il était assis au bar. Il n'y avait pas de syndicats au Palmer House, mais une division du travail à toute épreuve. Elle savait où était sa place. “Quel genre de whisky ?”

Il lui sourit à nouveau. Deux sourires ! “Je vous laisse le choix. Et n’oubliez pas, je fais peut-être partie de ces rares individus qui calculent le pourboire sur un pourcentage de l’addition, et pas sur la hauteur de vos talons, donc faites-vous plaisir.”

Elle venait de remettre péniblement son pied gauche dans la chaussure quand Heinrich, rafraîchi par une cigarette et une pastille à la menthe, tourna au coin du bar et se dirigea vers eux. Il avait levé deux doigts à l’intention de Leon Posen, un geste demandant s’il voulait un autre verre, sans se fatiguer à formuler la question, comme s’ils entretenaient une relation tellement sacrée qu’elle transcendait le langage. Franny perdit sa chaussure gauche en se précipitant pour l’interrompre, et elle se cogna dans le barman, qui du coup fut contraint de la rattraper. Il baissa les yeux sur ses pieds en collants. Heinrich avait l’âge de Leon Posen, l’âge de son père, autrement dit quelque part au milieu des bois sombres de la cinquantaine. Il était issu d’une époque plus convenable. En premier lieu, elle n’avait rien à faire derrière le bar. C’était son territoire.

“Rendez-moi service”, dit-elle. C’était facile de chuchoter. Elle était dans ses bras.

Heinrich se tourna vers Leon Posen et leva légèrement les sourcils, formellement, pour poser la question. Leon Posen fit oui de la tête.

“Venez avec moi”, dit Heinrich. Il entraîna Franny au bout du long bar où le curaçao et le Vandermint étaient posés sur de hautes étagères vitrées, qui attendaient qu'on les époussette.

"C'est Leon Posen", dit Franny, en baissant la voix.

Heinrich approuva de la tête, mais il était impossible de savoir si son geste signifiait *Je sais* ou bien *Où voulez-vous en venir ?* Une fois, Franny avait entendu Heinrich parler allemand au téléphone, d'une voix plus énergique dans sa langue natale. Dans quelle langue lisait-il, si du moins il lisait ? Leon Posen était-il seulement traduit en allemand ?

"Laissez-moi m'occuper de lui, dit Franny. Je vous en prie."

La peau de Franny était tellement translucide qu'elle servait plus de fenêtre que de store. Elle était la seule serveuse qui reversait aux commis le pourboire de dix pour cent auquel ils avaient droit, et elle reversait le pourboire des barmen avec la même considération. Heinrich avait toujours pensé qu'elle avait un côté germanique, les cheveux blonds, les yeux bleu glacier, mais les Américains n'étaient jamais des Allemands. Les Américains, sans exception, étaient des bâtards. "Vous n'êtes pas barman", lui dit-il.

"Je peux verser du whisky dans un verre."

"Vous avez les tables. Je ne fais pas le service à vos tables sous prétexte que je trouve le client intéressant." Il se demandait combien il pouvait lui demander. Un tarif exorbitant lui traversa l'esprit. Ils ne seraient pas les premiers à se retirer dans la réserve.

"Pour l'amour de Dieu, Heinrich, j'ai étudié la littérature anglaise. Je peux réciter par cœur les trois premiers paragraphes de *Nevermore*."

Heinrich lui-même avait étudié la littérature anglaise quand il était étudiant à Berlin Ouest, même s'il s'était spécialisé en littérature britannique du XIXe siècle. Quel luxe de lire Trollope, en sachant que derrière le mur ce serait impossible. Il avait envie de lui dire *Où ces livres nous ont-ils menés ?* mais au lieu de ça, il tendit la main derrière elle, entre ses omoplates, et il caressa sa tresse qui avait la couleur du blé. Il en rêvait depuis toujours.

Ça n'avait aucune importance. À cet instant, elle l'aurait volontiers tranchée pour la lui offrir en souvenir. Elle reprit sa place au bar et attrapa une bouteille de Macallan, pas celle de vingt-cinq ans d'âge mais de douze. Elle n'avait aucunement l'intention de l'arnaquer. Elle mit des glaçons dans un nouveau verre et les recouvrit de whisky. Les becs verseurs argentés enfoncés au sommet de chaque bouteille procuraient un plaisir absolu quand on versait le liquide. Ça lui conférait de la précision, du contrôle. Personne ne pourrait la convaincre qu'il s'agissait du travail le plus difficile.

Leon Posen jeta un coup d'œil à l'extrémité du bar où Heinrich déchargeait un casier de verres à vin, essuyant chacun pour faire bonne mesure. "Et donc qu'est-ce que vous lui devez en échange ?"

"Je ne sais pas encore très bien." Elle posa la serviette, le verre.

"Toujours demander le prix. C'est peut-être la leçon à tirer du temps qu'on va passer ensemble." Il leva son verre vers elle, *Merci, chère Franny, et bonne nuit.* Mais Franny, qui savait que c'était le moment où la conversation s'achevait et où elle était censée partir s'occuper de ses tables, ne partit pas. Non qu'elle eût envie de lui demander des nouvelles de ses livres, ou ce qu'il avait fait de sa vie depuis la publication de *Septimus Porter* douze ans plus tôt. Elle n'avait aucune intention de gâcher sa soirée. C'est juste que debout en face de lui, elle voyait sa propre vie se dérouler très clairement. Comme sa vie était dure et ennuyeuse. Aller en fac de droit avait constitué une terrible erreur de jugement, commise dans l'espoir de faire plaisir à d'autres personnes, et à cause de cette erreur de jugement elle se retrouvait endettée, comme un personnage de Dickens, comme le genre de gens qui terminaient en pleurs dans l'émission d'Oprah, sans une seule compétence à exhiber, et c'est alors qu'au bar du Palmer House, Leon Posen fit son apparition. Il buvait la boisson qu'elle avait versée dans son verre. L'éclat de Leon Posen, l'éclat qu'elle ressentait rien qu'à se trouver de l'autre côté du bar, était plus qu'elle ne pouvait désirer abandonner. C'était comme jeter des miettes aux oiseaux, jour après jour, et soudain se retrouver en face d'un pigeon voyageur rayonnant sur le dossier du banc du parc. Ce n'était pas seulement rare, c'était *impossible*, et elle allait éviter tout mouvement brusque qui risquerait de le faire s'envoler.

"Vous vivez ici ?" dit-elle. *Ça fait quoi*, demanda-t-elle au pigeon voyageur, *que le monde entier vous croie d'une espèce disparue ?*

Il se retourna pour jeter un coup d'œil à la salle pardessus son épaule, en soulevant ses larges paupières. "Au Palmer House ?"

"À Chicago."

Un couple fit son entrée, démêlant un enchevêtrement de manteaux, d'écharpes, de chapeaux, et s'assit au bar deux tabourets plus loin. Pourquoi, aurait-elle voulu leur demander, avec tous les tabourets libres à disposition, avoir choisi de s'asseoir si près ? De sa place, elle sentait le parfum de la femme, intense et agréablement musqué. Puis elle comprit qu'ils avaient fait exprès de s'asseoir en face d'elle. Elle était la barmaid.

"Los Angeles, dit Leon Posen, après une longue lutte intérieure. Tout dépend du point de vue."

"Whisky sour", dit l'homme, en entassant leurs vêtements d'hiver sur le tabouret près d'eux. La pile de lainages se mit aussitôt à glisser et il attrapa un manteau par la manche puis il pencha la tête en direction de la femme. "Daïquiri."

"Frappé", dit la femme, en ôtant ses gants.

Franny n'était pas certaine de savoir comment leur dire que ce n'était pas son travail, mais Leon Posen, lui, trouva les mots. "Elle ne fait pas les cocktails. Elle peut verser du whisky dans un verre, mais s'il vous faut deux ingrédients ou plus, vous allez devoir vous adresser à quelqu'un d'autre." Il regarda Franny. "C'est juste ?"

Franny fit oui de la tête. Sa simple présence derrière le bar donnait une fausse idée d'elle-même.

"Je pourrais vous préparer un whisky sour, dit-il à l'homme, avant de hocher la tête en regardant la femme. Mais pas un daïquiri. Je parie qu'il y a un mélange là-dedans."

"Je n'en sais rien", dit Franny.

"Vous devriez demander à l'Allemand." Leon Posen désigna le couple à Heinrich, qui était toujours en train d'astiquer les verres tout au bout du bar, et les ignora intentionnellement. "Ça lui ferait du bien. Il est vexé."

“On voit que vous êtes un habitué”, dit la femme. Il était très tard. Elle ne portait pas de bague sous son gant.

“Pas spécialement, dit Leon. Plutôt des bars en général.” Il demanda à Franny le nom du barman, et Heinrich, dont les oreilles captaient des fréquences supérieures à ce qu'un chien pourrait imaginer, entendit la question et posa son torchon.

“Whisky sour”, reprit l'homme.

Une fois qu'ils eurent commandé et que Heinrich eut fait une démonstration élégante de ses talents en agitant un shaker, le couple ramassa ses affaires et les transporta jusqu'à une petite table en coin, une table qui aurait appartenu à Franny s'il n'y avait eu un dialogue muet à l'issue duquel il fut décidé que Heinrich servirait aussi les boissons, s'emparant simultanément de la table et du pourboire.

“Je suis née à Los Angeles”, dit Franny, après que le couple, Dieu merci, fut parti. Elle attendait depuis tellement longtemps de le dire qu'elle ne savait plus si cette information présentait toujours un intérêt dans la conversation.

“Mais vous avez eu le bon sens d'en partir.”

“J'aime bien Los Angeles.” À Los Angeles, elle était toujours une enfant. Elle traversait toute la longueur de la piscine de la mère de Marjorie à la nage, frôlant son fond bleu dans son maillot de bain deux pièces. L'ombre de Caroline, à moitié endormie sur son matelas gonflable, était un nuage rectangulaire au-dessus d'elle. Leur père était juste au bord de l'eau, en train de lire *Le Parrain* dans une chaise longue.

"Vous dites ça parce qu'on est à Chicago au mois de février."

"Si L.A. est tellement atroce, pourquoi vous y vivez ?"

"J'ai une femme à Los Angeles, dit-il. Je travaille actuellement là-dessus."

"Voilà pourquoi les gens viennent à Chicago, dit Franny. Pour se débarrasser de leurs femmes." Elle pensait à la loi sur le divorce, elle pensait qu'elle ne pratiquerait pas ce droit-là, avant de se souvenir qu'elle n'en pratiquerait aucun.

"Vous parlez comme un barman."

Elle secoua la tête. "Je suis serveuse. Je ne suis pas capable de préparer des cocktails."

"Vous êtes le barman de ceux qui n'ont pas besoin de plusieurs ingrédients, et j'aimerais un autre whisky. Vous avez magnifiquement versé le premier dans le verre." Il l'étudia alors, comme si elle venait tout juste de surgir devant lui. "Vous avez à nouveau grandi."

"Vous m'avez dit que ça pourrait améliorer mon pourboire."

Il secoua la tête. "Non, c'est vous qui m'avez dit que ça pourrait améliorer votre pourboire, mais ça ne sera pas le cas. Je me fiche de la taille que vous avez. Enlevez vos chaussures et je vous offre un verre."

Quand Leon Posen avait-il fini son whisky ? C'était un remarquable tour de magie. Elle n'avait rien vu alors qu'elle n'avait pas cessé de regarder. Peut-être pendant la préparation du whisky sour ? Elle avait été distraite une minute. Franny attrapa la bouteille sur le comptoir derrière elle. "Vous n'avez pas le droit de m'offrir un verre. C'est contraire au règlement."

Leon se pencha en avant. *"Verboten ?"* demanda-t-il doucement.

Franny fit oui de la tête. Le glaçon brillant dans le verre n'avait pas diminué, du coup elle ne vit pas l'intérêt de le changer. Elle ne mesura pas le whisky non plus, se contentant de le verser par-dessus la boisson d'avant. Le bec verseur argenté la rendait très sûre d'elle-même et elle versa le whisky de trop haut, si bien qu'elle en renversa un peu sur le bar, près du verre. Elle essuya sa bévue et posa le verre sur une nouvelle serviette en papier. À vrai dire, elle n'était pas une bonne barmaid, même pour des boissons à un seul ingrédient. "Et donc, pourquoi êtes-vous à Chicago ?"

"Vous êtes peut-être psychanalyste." Il sortit ses cigarettes de sa poche et agita le paquet pour en extraire une.

"Quand je raconterai aux gens que j'ai servi Leon Posen, ils me demanderont ce qu'il faisait à Chicago."

"Leon Posen ?" demanda-t-il.

Elle n'avait pas considéré cette possibilité, mais en même temps, elle ne l'avait jamais rencontré. Elle se fondait sur des photos de couvertures, vieilles en plus. "Vous n'êtes pas Leon Posen ?"

"Si, dit-il. Mais vous êtes plus jeune que mon échantillon démographique habituel. Je ne pensais pas que vous me connaîtriez."

"Vous pensiez que j'étais juste une serveuse extraordinairement serviable ?"

Il haussa les épaules. "Vous auriez pu essayer de me draguer."

Franny se sentit rougir, ce qui ne lui arrivait généralement pas au bar. Il secoua la main comme pour effacer sa remarque.

“Oubliez ça. Une idée ridicule. Vous êtes une fille intelligente, une vraie lectrice, et vous venez de verser un whisky à Leon Posen, mais vous devriez m’appeler Leo.”

Leo. Pouvait-elle appeler Leon Posen Leo ? “Leo”, dit-elle, en faisant une tentative.

“Franny”, dit-il.

“C’est pas juste le fait que vous êtes Leon Posen, dit-elle. Leo Posen. Je m’intéresse aux gens de manière générale.”

“Ça vous intéresse de savoir ce que je fais à Chicago ?”

Ça n’allait pas exactement dans la direction qu’elle avait prévue. “OK, ça ne m’intéresse pas. C’est juste histoire de faire la conversation.”

Il leva son verre et prit une gorgée minimale, trempant sa lèvre supérieure comme s’il goûtait par pure politesse. “Vous êtes journaliste ?”

Elle posa la main sur son cœur. “Barmaid.” De fait, Franny se l’était répété chaque matin, devant le miroir de la salle de bains, après s’être brossé les dents, avant de partir travailler : *Je suis une barmaid.* Elle avait tellement pratiqué qu’elle le disait à la perfection. Elle sortit le lourd briquet Zippo de sa poche et fit sauter le couvercle d’un coup de pouce. Il se pencha en avant, puis recula en secouant la tête.

“Non, ce n’est pas la cigarette que vous devez regarder, c’est moi. Quand vous allumez une cigarette, vous devez regarder la personne dans les yeux.”

Alors c’est ce que fit Franny, même si c’était presque impossible. Leon Posen se pencha vers la petite flamme dans sa main en gardant les yeux fixés sur elle. Elle sentit son cœur chavirer.

"Et voilà, dit-il en soufflant la fumée. Voilà comment on obtient un meilleur pourboire. Pas grâce aux chaussures."

"Je m'en souviendrai", dit-elle, et elle referma le briquet sur la flamme.

"Donc je suis venu à Chicago boire un verre, dit-il. Je vis à Iowa City en ce moment. Vous êtes déjà allée à Iowa City ?"

"Je croyais que vous viviez à Los Angeles."

Il secoua la tête. "Changez pas de sujet. Je vous ai posé une question."

"Je ne suis jamais allée à Iowa City."

Il but une autre gorgée pour voir si sa boisson avait meilleur goût avec la cigarette, ce qui évidemment était le cas. "Ce n'est pas le genre d'endroit où on va, à moins d'avoir quelque chose de précis à y faire. Si vous cultivez du maïs, si vous êtes dans le commerce de porcs ou si vous écrivez de la poésie, alors vous allez à Iowa City."

"Voilà pourquoi j'y suis jamais allée."

Il fit oui de la tête. "Les bars sont remplis d'étudiants. C'est pas ce que je préfère, boire un verre dans un bar rempli d'étudiants, mais le vrai problème n'est pas là." Il se tut. Il attendait qu'elle le relance. Leo Posen aimait qu'on lui donne la réplique.

"Il est où, le vrai problème ?"

"Il s'avère que les glaçons dans les boissons contiennent une certaine quantité d'herbicides – d'herbicides, de pesticides et de fertilisants liquides, je crois. On sent leur goût. Ça ne concerne pas seulement les glaçons des bars, évidemment, mais toute l'eau, toute l'eau qui n'arrive pas de France en bouteilles. J'ai entendu dire que ça empire carrément au printemps, quand la neige commence à fondre. La concentration est plus élevée. On le sent en se brossant les dents."

Elle approuva de la tête. "Et donc vous venez prendre un verre à Chicago parce qu'en Iowa les glaçons contiennent des produits chimiques agricoles."

"À cause de l'eau, oui, et des étudiants."

"Vous enseignez là-bas ?"

Il aspira une bouffée désinvolte de cigarette. "Un semestre. J'ai fait une erreur. Ça représentait beaucoup d'argent à l'époque, mais l'argent ne vaut rien quand on pèse le pour et le contre. Personne ne vous fait asseoir à une table en vous expliquant la situation de l'eau avant de signer le contrat."

"Ce ne serait pas plus simple de fabriquer vos glaçons chez vous ? Servez-vous de l'eau importée de France. Vous pouvez aussi vous brosser les dents avec."

"En théorie c'est possible, mais c'est impossible à mettre en pratique. Soit vous apportez votre seau à glace au bar, soit vous buvez tout seul chez vous, ce que je ne fais pas."

"Eh bien venez boire des coups à Chicago, dit Franny, parce qu'elle était heureuse qu'il soit là, et qu'elle se fichait des raisons qui l'y avaient amené. Ça fait du bien de s'échapper."

"Vous comprenez maintenant, dit-il, en frappant le bar de sa paume ouverte. Cedar Rapids ne résout pas le problème."

"Des Moines ne résout pas le problème."

"Vous venez encore de rapetisser."

"Vous m'avez demandé d'enlever mes chaussures."

“Vous êtes en train de dire que je vous ai demandé d’enlever vos chaussures et que vous l’avez fait ?”

“Je me sens mieux sans.”

Il secoua la tête, pour exprimer son émerveillement ou son désespoir, elle l’ignorait, puis il écrasa ce qui restait de sa cigarette dans le petit cendrier en verre. “Vous n’avez jamais eu envie d’être écrivain ?”

“Non, dit-elle, et sinon elle le lui aurait dit. J’ai toujours voulu être une lectrice.”

Il tapota le haut de sa main, qu’elle avait laissée sur le bar au cas où il en ait besoin. “J’apprécie. J’ai fait un long trajet pour pouvoir prendre un verre et ne pas me retrouver à côté d’un autre écrivain.”

“Je vous sers un autre verre ?”

“Vous êtes une fille super, Franny.”

Le problème, et elle le prenait au sérieux, c’est que Franny ignorait depuis combien de temps Leo Posen était assis au bar avant qu’elle ne le remarque, et pendant combien de temps Heinrich avait fait son travail avant qu’elle ne prenne sa suite. Parce que Leo Posen avait beau avoir l’air parfaitement sobre, elle aurait parié que son apparence ne tenait pas compte des quantités d’alcool absorbées. Il y avait des hommes comme ça. Ils passaient de sobre à ivre mort, sans étapes intermédiaires. “Vous dormez à l’hôtel ?” demanda-t-elle, d’une voix presque inaudible.

Il pencha très légèrement la tête et attendit, l’air totalement bienveillant.

Franny secoua la tête. “C’est juste que si vous deviez prendre votre voiture et écraser quelqu’un pendant votre retour en Iowa cette nuit, je pourrais aller en prison.”

“*Vous* iriez en prison ? Ça ne semble pas très équitable.”

“Responsabilité civile des commerces de petits verres, État de l’Illinois.” Elle leva la main pour prouver son sérieux.

“« Commerces de *petits verres* ? »”

“Ils devraient moderniser le nom.”

“Les autres distributeurs de petits verres en sont-ils conscients ?”

Uniquement ceux qui avaient décroché de la fac de droit, eut-elle envie de répondre, au lieu de quoi elle fit oui de la tête.

“Eh bien, pas d’inquiétude. Je dois juste rejoindre l’ascenseur.”

Franny rapporta la bouteille de whisky. “Ce qui se passe dans l’ascenseur ne me regarde pas.” Juste à ce moment les lumières baissèrent de deux crans. Heinrich éteignait toujours l’éclairage nocturne trop abruptement, baissant les lampes si vite qu’on avait l’impression de tomber direct dans le noir. Chaque fois, elle se demandait pendant une seconde si un truc petit et important avait rompu à l’intérieur de sa tête.

“C’est un signe, dit Leo Posen, en levant les yeux vers le plafond. Servez-moi un double.”

Après avoir apporté un plus grand verre susceptible de contenir le double de whisky, Franny remit ses chaussures et alla demander l’addition à ses deux tables. Elle était gênée de leur demander de l’argent alors qu’elle les avait abandonnés depuis si longtemps, mais aucune ne semblait lui en vouloir. Un client lui tendit une carte de crédit et les deux hommes d’affaires lui tendirent un nombre de billets mystérieusement élevé, avant d’enfiler leurs manteaux pour partir. Quand elle rejoignit le bar, Heinrich recouvrait de film plastique les boîtes en inox, mettant les cerises au marasquin au frigidaire pour la nuit.

"Ils vous ont donné un pourboire pour les chaussures ?" demanda Leo Posen. Le whisky avait disparu et maintenant il penchait vers le bar. Ses yeux étaient dans le vague.

"Absolument."

"Combien ?"

Heinrich interrompit son travail pour lever la tête. Ce qui le dérangeait, ce n'était pas que la question soit déplacée. Personne ne posait jamais de questions sur les pourboires et il était curieux de savoir.

Elle hésita. "Dix-huit dollars."

"Ça ne nous dit rien si on ne connaît pas le montant de l'addition. Ils ont peut-être bu un montrachet millésimé, auquel cas ils vous ont arnaquée."

"Ça n'était pas un montrachet", dit Heinrich.

Franny soupira. Comment expliquer qu'elle avait besoin de l'argent, qu'elle dormait sur le canapé de Kumar pour payer la prochaine traite de son prêt ? "Vingt-deux dollars."

Un petit son involontaire franchit les lèvres de Heinrich, le halètement qui succède au coup de poing, mais sans le coup de poing lui-même.

"J'aurais dû faire un autre boulot", dit Leo Posen.

Heinrich le regarda, l'air dubitatif. "Vous n'auriez jamais reçu un tel pourboire."

"Et l'autre table ?" demanda Leo.

Franny leva la main, ça suffisait.

"J'aurais jamais deviné", dit-il à Heinrich. Il sortit de sa poche un portefeuille en cuir brun bourré de cartes de crédit, de photos, de billets, de reçus pliés. Il le lança sur le bar, où il atterrit avec le bruit sourd d'une balle de baseball tombant dans un gant. "Tenez, dit-il. Prenez tout. Je suis nul en maths."

Franny enregistra son addition, plia la petite feuille de papier, et la laissa dans un verre à whisky propre. Ils procédaient comme ça au Palmer House, juste histoire de vous rappeler pourquoi vous vous retrouviez avec une si formidable addition. De toute la soirée, le pigeon voyageur n'avait pas bougé de sa place sur son banc, juste à côté d'elle, mais ensuite on faisait quoi ? Impossible d'enfourner la chose dans son sac à main pour le ramener à la maison, et impossible de dormir dans le parc, en attendant que la chose s'en aille de son côté. Car il faisait froid désormais, il faisait nuit.

Leo Posen ouvrit son portefeuille en soupirant. "Vous n'allez même pas me donner un coup de main ?"

Franny secoua la tête et entreprit de passer un coup d'éponge sur le bar. Elle soupçonnait que les maths faisaient partie du problème, que plus les gens étaient bourrés, plus ils se battaient avec les pourcentages, si bien qu'ils décidaient de pécher par excès d'extravagance. Mais elle se demandait aussi s'ils lui offraient un pourboire plus élevé parce qu'ils avaient honte d'avoir bu autant. À moins qu'ils ne lui offrent un pourboire plus élevé dans l'espoir qu'elle ne leur coure après en suggérant que pour dix-huit dollars, elle adorerait coucher avec eux.

Leon Posen ne se levait toujours pas, alors qu'il avait soigneusement empilé ses billets au sommet de son addition, et que son verre et sa serviette avaient disparu. Tous les autres clients du bar du Palmer House avaient disparu. Jésus, un commis, était sorti du restaurant pour s'assurer que les tables avaient bien été débarrassées. Il fixait le dos de Leon Posen. C'était l'heure où il devait passer l'aspirateur.

Franny pointa, mit son manteau, puis elle revint au bar. Elle portait le long manteau bouffant que sa mère lui avait acheté pour son entrée en fac de droit, un sac de couchage avec des manches, comme sa mère l'avait appelé, et c'était vrai, il lui arrivait souvent, la nuit, de le balancer par-dessus les couvertures du canapé avant d'y grimper. Debout près du siège de Leo Posen, elle lui annonça qu'elle partait, en désirant, pour la première fois depuis ses débuts de serveuse, que la nuit dure plus longtemps. "Merci pour cette très belle soirée."

Il la regarda. "Je vais avoir besoin de votre aide", dit-il à voix basse.

Le pigeon s'envola du dossier du banc du parc et atterrit sur ses genoux, pressant sa tête contre les plis de son manteau.

"Je vais chercher Heinrich." Elle parlait très doucement, même s'ils étaient désormais seuls tous les deux. Voilà pourquoi elle ne devrait pas prendre les clients de Heinrich, même les romanciers célèbres, parce qu'à la fin ils seraient toujours sous sa responsabilité à lui. "Il peut vous conduire jusqu'à l'ascenseur."

Il tourna légèrement la tête vers la gauche, comme s'il avait voulu faire le geste de dire *non* et qu'il ait oublié en route. "Appelez pas l'Allemand. J'ai juste besoin..." Il s'interrompit pour chercher le mot.

"De quoi vous avez besoin ?"

"Qu'on me guide."

"On va vous trouver quelqu'un de plus costaud."

"Je vous demande pas de me porter."

"Ça vaut mieux."

"L'ascenseur est pas sur votre chemin ?"

Ne devrait-elle pas être honorée qu'il lui pose la question ? C'était la partie de l'histoire la plus intéressante, et celle qu'elle ne raconterait pas – que Leo Posen était trop soûl pour sortir du bar tout seul et qu'elle avait dû l'aider. Ce n'était pas la meilleure décision que Franny ait prise, mais pas non plus la pire. Et il avait déjà tellement compté pour elle, au cours des années précédant leur rencontre, avec tous ces romans merveilleux. Elle décrocha sa main du bar et la posa autour de son épaule. Il s'abandonna à elle. "Levez-vous", dit-elle.

C'est étonnant comme les hommes sont grands, une fois qu'on les a dépliés depuis les hauts tabourets de bar. L'épaule de Franny, surélevée par ses hauts talons, lui arrivait à peine à l'aisselle. Il s'appuyait plus sur elle qu'elle ne s'y serait attendue, mais elle parvenait à le faire tenir debout. "Restez un peu là, le temps de retrouver l'équilibre."

"Vous faites ça bien."

Elle tenta de déplacer sa main, qui recouvrait involontairement son sein gauche. Où Heinrich était-il passé ? Sorti fumer, Dieu merci ? Il pourrait utiliser ça contre elle, même s'il était toujours difficile de prévoir ce qui offenserait l'Allemand. Franny entourait la taille de Leo Posen de son bras tout en pilotant le trajet entre les icebergs de ses tables plongées dans le noir.

“Attendez”, dit-il. Franny s’arrêta. Il leva le menton. Il avait l’air d’essayer de se rappeler quelque chose, ou de s’apprêter à demander un autre verre. “Cette chanson”, dit-il.

Franny écouta. La cassette continuait à se dérouler dans la salle vide. Gladys Knight and the Pips chantaient. En gros, leur histoire était finie et aucun des deux ne voulait l’admettre. Les trente premières fois, elle avait adoré cette chanson. Après, plus du tout. “Quoi, cette chanson ?”

Leo ôta sa main du sein de Franny et la leva en l’air. “C’est la chanson qui passait quand je suis entré. *I keep wondering what I’m going to do without you**”, chanta-t-il doucement.

Le bar, comme Heinrich se plaisait à le dire, était l’Allemagne de l’Ouest, et Franny comprenait son rapport progressiste et flexible à la main-d’œuvre. Mais le hall, rempli d’espions soviétiques impossibles à débusquer, était sous le contrôle de l’Est. “Restez à l’écart du hall, lui avait dit Heinrich quand elle avait été embauchée. Dès que vous y mettrez les pieds, vous devrez vous débrouiller toute seule. Le bar ne pourra pas vous sauver.”

Pourtant elle imaginait qu’ils ne la connaissaient pas plus qu’elle ne les connaissait. Son uniforme de serveuse l’aurait trahie, mais il était dissimulé sous son manteau, et les chaussures auraient pu appartenir à n’importe quelle cliente foldingue de l’hôtel. Le Palmer House avait un grand hall avec des canapés massifs en chintz rembourrés, bordés d’un passepoil ; certains étaient circulaires,

* “J’arrête pas de me demander ce que je vais faire sans toi.”

avec une haute section médiane pointée vers les lustres comme un fez. Le tapis oriental était assez grand pour recouvrir un terrain de basket. Le plafond, qui s'ouvrait sur le deuxième étage, était une chapelle Sixtine à petite échelle, qui échangeait Adam et Dieu contre les stars de la mythologie grecque : Aphrodite et des nymphes douteuses se cachaient entre des nuages flottants. C'était le genre de hall d'hôtel qui attirait les touristes venus se faire photographier devant les imposants arrangements floraux. Des pivoines en février. Même à une heure du matin, le hall grouillait de gens errant sans but, et une rangée de jeunes gens et de jeunes femmes en élégants costumes sombres attendaient derrière le comptoir en marbre pour offrir leur assistance. Au moins le bar, lui, fermait. L'équipe de la réception travaillait toute la nuit.

Franny et Leo eurent le temps de contempler leurs reflets dans les portes cuivrées de l'ascenseur après qu'elle eut appuyé sur la flèche vers le haut. "On est pas bien assortis", dit-il, fasciné par le film qu'ils se faisaient ensemble. Il commençait à tituber un peu, si bien qu'il pouvait regarder leur couple tituber d'un même mouvement, de gauche à droite, de droite à gauche.

Elle lui chuchota de rester immobile. Les chiffres s'illuminèrent tandis que l'ascenseur se rapprochait – cinq, quatre, trois, deux –, puis les portes s'ouvrirent. "Et voilà", dit-elle, en essayant de le faire avancer tout seul. Elle n'avait pas beaucoup d'espoir.

Il lui lança un regard, sous son bras. "Et voilà quoi ?"

"Voilà l'ascenseur, comme vous l'avez demandé." Mais il s'appuyait toujours autant sur elle, et son incapacité, aux yeux de Franny, semblait sincère. Elle ne pensait pas qu'il *pourrait* vraiment entrer dans l'ascenseur sans elle. Leo Posen ne dit rien. Les portes commencèrent à se fermer, et dans une périlleuse démonstration d'équilibre, elle les rouvrit d'un pied.

"Bien, dit-elle, mais elle se parlait à elle-même. Bien, bien, bien." Elle les tira tous les deux à l'intérieur et les portes se fermèrent. "Vous êtes à quel étage ?"

"Bien quoi ?"

"À quel étage est votre chambre ?"

"Aucune idée." Chaque mot pesait une tonne, mais il les détachait distinctement, chacun étant un boulet de canon tombant dans la poussière.

"Vous avez une chambre dans cet hôtel ?"

"J'en suis sûr", répondit-il, d'un ton légèrement sur la défensive qui introduisit un doute dans l'esprit de Franny.

Les portes commencèrent à se rouvrir et elle poussa le bouton Porte Fermée, puis celui du vingt-troisième étage. Il y avait un vingt-quatrième étage, mais c'était un penthouse. Le vingt-quatrième étage requérait sa propre clé d'ascenseur. "Vous avez la clé dans votre poche ? Vérifiez."

"Vous ne voulez pas être vue avec moi ?"

Franny appuya Leo Posen dans l'angle, et il resta là à se balancer gentiment. Elle fouilla les poches de sa veste de costume, poches intérieures, extérieures, puis celles de son pantalon. Avec Caroline elles avaient pratiqué ce jeu, l'été, avec leur père : apprendre à interroger le suspect, à le fouiller, à forcer la serrure d'une voiture. Fix voyait tout comme une expérience d'apprentissage de la procédure policière. Dans les poches de Leo Posen, elle trouva un mouchoir plié (repassé, sans initiales), une paire de lunettes, un rouleau de bonbons à la menthe

Life Savers (deux manquants), le bulletin de consigne de bagages d'un vol pour L.A., et son portefeuille. Elle entreprit de fouiller son portefeuille. Les clés d'hôtel ressemblaient désormais à des cartes de crédit. Il arrivait que les gens les mettent là.

"Hé, dit Leo, sur un ton où la pointe d'amusement commençait à vaciller, vous voulez pas être vue avec moi ?"

L'ascenseur émit une modeste sonnerie pour annoncer leur arrivée. Les portes s'ouvrirent sur l'énorme hall de l'ascenseur du vingt-troisième étage : il contenait un long canapé en forme de losange, avec des sièges sur les quatre côtés, un miroir de trois mètres, et un téléphone fixe à l'ancienne posé sur une table. Franny appuya sur le cinquième. "Je ne veux pas être vue avec vous."

Il effleura les poches de sa veste pour vérifier qu'elle n'avait rien oublié. "Je suis pénible."

"Vous avez fait tout un cirque en me donnant des tas de billets au bar et maintenant je vous accompagne à votre chambre. Ils virent les serveuses pour moins que ça." Évidemment elle pourrait appeler le bureau de l'aide juridique étudiante à l'université de Chicago, où les étudiants en droit de troisième année offraient une aide juridique gratuite qui valait exactement son prix. Elle avait des amis là-bas. Ils pourraient mettre son dossier en haut de la pile des *pro bono*. Elle expliquerait qu'elle avait été renvoyée pour racolage, alors qu'en fait elle faisait ce que n'importe quelle étudiante en littérature aurait fait : s'assurer que Leo Posen était rentré dans sa chambre sain et sauf. (Mais le cas était-il convaincant ? Un grand nombre d'étudiantes en littérature ne voudraient-elles pas coucher avec Leon Posen ? Et elle, en avait-elle envie ? Non, pas en ce moment. Non, elle n'en avait pas envie.) Après tout, c'était dans l'intérêt de l'université qu'elle conserve son travail, pour qu'elle puisse rembourser son prêt, mais alors elle se souvint qu'elle ne leur devait plus d'argent. Son prêt avait déjà été revendu deux fois et il était actuellement détenu par le Trust des Agriculteurs du Dakota du Nord. C'est son prêt qui l'avait contrainte à se prostituer. Le cinquième étage apparut et disparut : les portes s'ouvrirent sur un hall d'ascenseur identique, avant de se refermer. Ils remontaient au vingt-troisième étage. L'écran de contrôle du lobby avait-il révélé une activité louche dans l'ascenseur ? Dans son portefeuille : un permis de conduire de la Pennsylvanie au nom de Leon Ariel Posen ; une carte American Express, une MasterCard, une Visa, une carte de l'Admirals Club, et une carte de la bibliothèque de Pasadena ; de nombreuses photos de classe d'une petite fille rousse, qui grandissait au fur et à mesure que Franny feuilletait les photos ; des reçus pliés qu'elle ne déplia pas ; et une clé du Palmer House. Bingo. Franny contempla la clé, appréciant son vert militaire, la typographie exagérément décorative du nom de l'hôtel, la bande magnétique au dos susceptible d'ouvrir la porte d'une de ses chambres. “Quel est votre numéro de chambre ?”

“812.”

Les portes s'ouvrirent à nouveau. Salut, vingt-troisième étage. Franny appuya sur le huit. “Avant, vous avez dit que vous ne saviez pas.”

“Parce que je ne savais pas”, répondit-il, en détournant le regard. La balade en ascenseur ne lui réussissait pas. Il y avait ce petit choc à chaque arrêt et à chaque départ, cinq centimètres en haut puis en bas, vite, qui rappelait au passager la présence du câble auquel la boîte était suspendue. Il aurait pu lui sortir un chiffre, juste histoire qu'elle les ramène sur la terre ferme. Les portes s'ouvrirent à nouveau et il se débattit pour avancer, comme s'il tentait de sortir sans elle. Elle remit son bras autour de ses épaules. La température était très élevée à l'intérieur de son manteau, conçu pour maintenir la vie humaine par moins vingt. Le visage de Franny luisait de sueur. La sueur dégoulinait à l'arrière de ses jambes, jusque dans ses chaussures.

"Vous allez pas perdre votre boulot", dit-il. Il parlait doucement et Franny lui en était reconnaissante. Tous les ivrognes n'étaient pas capables de se contrôler. "Je leur dirai qu'on est amis. C'est ce qu'on est."

"Je ne suis pas sûre qu'ils apprécieraient notre amitié", dit-elle. Les couloirs, comme les halls des ascenseurs, étaient immenses. Gâcher tellement d'espace était un luxe du Monde Ancien. C'était la première fois qu'elle montait dans les étages, et elle imaginait que ce qu'elle ressentait ressemblait à entrer par effraction. Les couloirs étaient interminables, on aurait dit qu'ils s'étendaient à l'infini, et des rangées de photographies en noir et blanc de célébrités au sommet de leur beauté s'alignaient sur les murs : Dorothy Dandridge, Frank Sinatra, Judy Garland. Ça ne s'arrêtait jamais. Frank ne les quittait pas des yeux. Salut, Jerry Lewis. La moquette donnait le vertige, un mélange de plumes de paon couleur jaune et pêche et rose et vert. C'était difficile de baisser les yeux longtemps, et encore, elle était sobre. Ça n'aurait pas fait bon ménage avec du whisky. Il y avait une table roulante du room service dans le couloir, un sandwich Reuben à moitié mangé, des frites éparses, une seule rose dans un soliflore, la bouteille de vin dans son seau argenté… 806, 808, 810, 812. Ils étaient arrivés. Elle donna un coup de hanche pour rétablir l'équilibre de Leo Posen, puis introduisit la clé dans la serrure. Une lueur rouge clignota deux fois, avant de disparaître.

"Merde", dit-elle tranquillement, et elle essaya encore. Lumière rouge.

"Je pourrais pas dormir chez vous ?"

"Pas possible."

"Je dormirais sur le canapé."

"*Je* dors sur le canapé", dit-elle, sauf les nuits qu'elle passait dans le lit de Kumar, pas très souvent parce que ce n'était pas la nature de leur relation. C'était un ami. Elle n'avait nulle part où aller.

"1812, dit-il, en se redressant imperceptiblement. C'est le bon."

Elle pourrait le raccompagner jusqu'à ce charmant canapé en forme de losange ; un endroit où se détendre au cas où l'attente de l'ascenseur devienne trop éprouvante. Il était largement assez grand pour ça. Elle pourrait le laisser là. Elle pourrait descendre et appeler la réception depuis le téléphone fixe, en expliquant qu'elle avait vu un homme endormi sur le canapé du huitième étage.

"1812."

Franny secoua la tête. "Vous pensez à l'*Ouverture 1812* ou à la guerre. Vous n'êtes pas dans la chambre 1812."

Il réfléchit, en contemplant la porte fermée devant eux. "Je pense peut-être à la guerre, dit-il. On peut faire une petite pause ? J'ai besoin de me reposer un peu."

“Moi aussi”, dit Franny. Elle avait pointé au début de son service à seize heures trente. Elle n’allait pas monter au dix-huitième étage. Autant essayer d’entrer la clé dans toutes les chambres de l’hôtel, en commençant par le deuxième étage.

“Je vous trouve nerveuse, dit-il, d’une voix ensommeillée. Vous avez déjà eu des ennuis ?” Il se sentait plus à l’aise depuis qu’il s’appuyait de tout son poids sur les épaules de Franny, et il avait du mal à lever les pieds, ce qui lui donnait l’impression de le traîner sur un chemin pierreux irrégulier. Franny dépassa les ascenseurs et elle continua à avancer.

“C’est en ce moment que j’ai des ennuis.” Elle lui donnerait une autre chance, avant de l’abandonner. Il ne lui en voudrait pas. Il ne se souviendrait même pas d’elle. S’ils tombaient dans le couloir, ils se feraient mal tous les deux. Il avait vingt-cinq centimètres et quarante kilos de plus qu’elle. Elle serait écrasée sous son poids, avec une cheville cassée, un poignet cassé, jusqu’à ce que le gosse qui glissait les factures sous les portes à trois heures du matin les trouve dans le couloir. Elle n’avait pas d’assurance maladie. Quand ils atteignirent la chambre 821, elle sortit la clé de la poche de son manteau et l’introduisit dans la serrure. Un flash rouge, un autre, puis vert. La serrure émit un petit clic et elle tourna la poignée. Huit vingt et un. Elle était ravie d’avoir au moins compris l’origine de l’erreur.

Leo Posen n’avait pas pensé à laisser la lumière. Franny le traîna jusqu’au lit et l’assit au bord tout en allumant la lampe. Jolie chambre, tête de lit capitonnée, rideaux épais, parfaite imitation d’un élégant bureau où un romancier célèbre pourrait s'asseoir pour écrire un roman. En somme, une chambre trop belle pour se contenter d'y cuver une cuite. Un sac de voyage était posé sur le fauteuil rembourré, avec un pardessus accroché au dossier. Le room service, compétent et miséricordieux, les avait précédés et il avait rabattu le couvre-lit, dévoilant les oreillers blancs, les draps blancs, une invitation à un sommeil enveloppant si tentante qu'elle se demanda, au cas où elle s'allongerait de l'autre côté du matelas king size pendant une heure, si quiconque remarquerait la différence. La trace de sa tête sur l'oreiller compliquerait sa demande d'aide juridique, après son renvoi pour racolage. "Aidez-moi à dégager votre bras."

Leo Posen se pencha en avant et recula son bras, et grâce à ce réajustement elle réussit à l'extraire de sa veste. On sentait que ce n'était pas la première fois que quelqu'un l'aidait à retirer sa veste. Il poussa un long soupir exténué, comme si tout le poids du monde venait de lui tomber dessus.

Elle posa la veste par-dessus son manteau et se pencha pour lui enlever ses chaussures. Leo Posen portait de ravissantes chaussures à lacets, impeccablement cirées et aussi souples que des gants. Elle les posa assez loin du lit pour qu'il ne trébuche pas dessus pendant la nuit. Puis elle souleva ses pieds du sol et les fourra dans le lit, avec le reste de sa personne, en le retournant du même mouvement. Le pantalon, la ceinture, elle n'y pensa même pas.

"La prochaine fois je saurai", dit-il en plongeant dans toute cette douceur, des draps frais, des couvertures chaudes.

Elle posa la main sur son épaule, juste pour le rappeler à elle une seconde. “Bonne nuit”, dit-elle. Elle rendit sa voix aussi douce que les oreillers, parce que maintenant que tout ça était fini et qu'il était à l'abri dans son lit, elle pouvait recommencer à l'aimer. Elle remonta les couvertures sur lui.

“Vous pouvez rester un peu, non ?” Il n'y avait aucune gêne dans sa question, juste un sentiment de paix, juste encore le temps de demander un service. C'était bien là, pensa Franny, la plus grande différence entre les femmes et les hommes. Il avait fermé les yeux et sa phrase s'achevait à peine qu'il dormait déjà, si bien qu'elle ne répondit rien. Elle étendit le couvre-lit sur lui et éteignit la lampe, puis elle s'assit au bord du lit dans le noir, tout à l'autre bout, et elle changea de chaussures. Elle avait toujours une paire de chaussures plates dans son sac. Les semelles de ses chaussures de travail avaient touché uniquement la moquette de l'hôtel, si bien qu'elles étaient comme neuves. Elles dureraient des années.

*

Si l'on avait demandé à Fix Keating et Bert Cousins sur quoi ils étaient d'accord, on n'aurait pas obtenu une liste très longue. Pourtant, sans en avoir jamais discuté (et d'ailleurs sans avoir jamais discuté de quoi que ce soit), ils avaient décidé tous les deux que Caroline et Franny devraient faire des études de droit. Les filles étaient encore très jeunes quand cette idée leur vint, Caroline était au collège et Franny dormait encore avec ses poupées, mais Fix et Bert avaient planifié l'avenir comme des généraux dans deux camps séparés. Ni Caroline ni Franny n'avaient jamais montré le moindre intérêt pour l'histoire américaine. Elles n'étaient pas particulièrement douées pour la pensée rationnelle. Elles n'avaient pas de talent pour le débat, même si elles possédaient assez d'énergie pour se hurler dessus à longueur de journée. Mais de toute façon, la question n'était pas de savoir ce que chacun des deux hommes avait vu en Caroline ou en Franny. La question était ce que chacun avait vu en lui-même.

Bert nourrissait les mêmes attentes pour tous les enfants de la famille, y compris Jeanette, qui d'après lui pourrait au moins faire des recherches de titres si elle réussissait à finir sa scolarité. Il pensait faire preuve d'impartialité et d'absence de favoritisme en projetant les mêmes attentes sur tout le monde, et il imaginait qu'en élaborant des projets tellement à l'avance, il avait des chances d'obtenir un certain succès. Après tout, le droit, c'était l'affaire des Cousins. L'arrière-grand-père de Bert avait été avocat pour la compagnie de chemins de fer de Pennsylvanie, et son grand-père juge. Le père de Bert, William Cousins, qu'on appelait Bill, avait pratiqué une version du droit immobilier pour gentleman, en dehors des gros cabinets situés dans le centre-ville de Charlottesville. Il établissait essentiellement des contrats pour ses amis qui achetaient des terres agricoles en Virginie, attendant que les règles d'urbanisme changent pour transformer les terrains en centres commerciaux. La source confortable de revenus que ça lui procurait lui permit de prendre sa retraite assez tôt, sa femme ayant hérité des droits des bouteilles de Coca-Cola sur la moitié de l'État, de son oncle mort sans enfants. Ce que Bill Cousins aimait, c'était se tenir au milieu de son salon en contemplant, à travers la fenêtre, la rangée de nobles sycomores bordant l'allée, en pensant que le monde était si beau qu'il ne devrait jamais changer.

Bert nourrissait la conviction jeffersonienne selon laquelle toute vie réussie se fonde sur une compréhension élémentaire de la loi, si bien que même si l'un des enfants voulait devenir infirmier ou enseignant, il attendait d'eux qu'ils commencent par obtenir un diplôme de droit. Sa certitude qu'on ne peut pas être vraiment intelligent ni intéressant sans comprendre la loi avait posé problème à ses deux mariages.

Le point de vue de Fix sur la loi était plus simple : il voulait que ses filles deviennent avocates parce que les avocats gagnent très bien leur vie. Si Caroline et Franny étaient financièrement indépendantes, il y aurait moins de chance qu'un jour elles quittent le type auquel elles étaient mariées pour un type riche. Fix était persuadé que l'histoire se répète, et il n'essayait jamais d'enjoliver la répétition. Si les choses étaient arrivées une première fois, elles pouvaient carrément se reproduire.

L'année des treize ans de Caroline et des dix ans de Franny, il leur acheta à chacune un manuel Kaplan pour préparer l'examen d'entrée en fac de droit. Il les enveloppa dans du papier aluminium rouge et les envoya en Virginie pour Noël avec les cadeaux normaux que Marjorie avait choisis : des jeux de société, un lapin en peluche, une boîte d'aquarelle, un pull, deux boîtes à musique.

"C'est un peu dingue mais c'est pas une mauvaise idée", dit Bert, en attrapant l'exemplaire de Franny pendant qu'elle fouillait dans les piles de papier cadeau froissé, à la recherche d'un cadeau qu'elle aurait oublié sous l'arbre de Noël.

"Tu parles sérieusement ?" demanda Beverly. Elle portait un peignoir long zippé en velours vert foncé, que sa mère lui avait confectionné pour Noël. Sur n'importe quelle autre mère dans le monde, ça n'aurait pas été du tout seyant, mais sur leur mère, c'était étonnamment chic.

"Si elles lisaient un chapitre par mois, dit Bert, en feuilletant le livre jusqu'à l'index, ça serait déjà pas mal. Pas besoin de tout comprendre. À ce stade, il faut juste qu'elles se familiarisent avec le vocabulaire, mais si elles suivent le programme, elles finiront par cartonner." Il n'avait pas encore mis au point ses propres plans pour élever un cabinet entier d'avocats, mais l'initiative de Fix lui parut un bon début.

Caroline, dans son pyjama en flanelle rouge à motif de rennes et ses chaussettes moelleuses, hésitait entre son envie de dire à Bert d'aller se faire foutre et le fait que le cadeau venait de son père. Elle décida qu'elle s'intéresserait au livre plus tard, quand Bert ne serait pas dans les parages, pour ne pas lui faire ce plaisir. De son côté Franny venait juste d'ouvrir l'édition reliée du *Lys de Brooklyn* offerte par sa grand-mère. Rien qu'à voir la première phrase, et le style des mots imprimés sur la page, elle savait que c'était ce livre qu'elle lirait pendant les vacances de Noël, et pas un manuel de droit. Mais quand, plus tard dans la matinée, leur père les appela pour leur souhaiter un joyeux Noël et leur dire qu'elles lui manquaient plus que tout au monde, et qu'il aurait voulu qu'ils soient tous réunis (les filles fondirent en larmes, chacune sur son poste téléphonique, Caroline dans la cuisine, Franny assise par terre près du lit, dans la chambre de Bert et de sa mère), il en profita pour leur annoncer qu'il avait été admis en fac de droit. À partir de janvier, Fix Keating assisterait aux cours du soir de l'université de droit Southwestern. Les cours du soir impliquaient quatre ans de scolarité au lieu de trois, mais ce n'était pas un problème, d'ailleurs Dick Spencer avait procédé comme ça. Il aurait aimé commencer aussi jeune que Dick, mais ça ne sert à rien de passer sa vie à regretter ce qu'on n'a pas fait.

"Si j'avais commencé à votre âge, je serais associé principal à l'heure qu'il est", dit-il aux filles. *Quand j'étais gosse j'ai pris mon tour, comme garçon de bureau dans un cabinet d'avocats*, leur chantait souvent leur père le matin. "Toutes les deux vous avez tout votre temps pour étudier. Si vous commencez maintenant, en même temps que moi, alors on pourrait travailler tous ensemble l'été prochain."

C'étaient les vacances de Noël. Franny n'avait aucune envie de travailler, et encore moins de s'engager à le faire l'été. Il leur avait déjà promis de les emmener au lac Tahoe et de louer un bateau ponton pour qu'ils puissent se baigner. Pas question d'échanger ça pour une réunion de toute la famille autour de la table de la cuisine, à se tester en vue de ce qui ressemblait à une dictée géante.

Mais en raccrochant, Caroline était déjà aussi motivée que si elle avait rempli son formulaire d'inscription. Elle regagna sa chambre, le manuel Kaplan sous le bras, et ferma la porte. Elle irait en fac de droit avec son père.

Franny se moucha et sécha ses yeux puis elle retourna au salon. Sa mère était en train de rassembler dans un sac poubelle les bouts de papier piétinés et les bouts de rubans en spirales aux couleurs étincelantes, tandis que Bert, assis sur le canapé avec une tasse de café, contemplait le beau tableau de Noël : magnifique épouse, feu dans la cheminée, charmante belle-fille.

"Papa entre en fac de droit, dit Franny, en s'installant confortablement avec son roman dans le fauteuil bleu. C'est pour ça qu'il veut nous faire travailler. Il veut qu'on étudie avec lui."

Beverly se releva, son sac poubelle plein à craquer aussi léger qu'une plume. "Fix entre en fac de droit ?"

Bert secoua la tête. "Il a passé l'âge."

"Pas du tout, dit Franny, heureuse de pouvoir expliquer. Il fait comme Dick Spencer." Franny adorait les Spencer, qui les invitaient tous à déjeuner chez Lawry's, chaque été, quand ils venaient à Los Angeles.

Le nom évoqua un vague souvenir lointain dans la mémoire de Bert. Dick Spencer du bureau du procureur, qui avait commencé comme flic ; en fait, c'est Dick Spencer qui l'avait invité à la fête de baptême chez Fix. La fête de baptême de Franny.

"Il s'est inscrit où ?" demanda Bert. Il croyait se souvenir que Spencer était allé à UCLA.

"Université de droit Southwestern", dit Franny, fière de s'en être souvenue.

"Bon Dieu", dit Bert.

"Eh bien, dit Beverly, en dégageant une mèche blonde de ses yeux. Tant mieux pour lui."

"Bien sûr, dit Bert. Mais ça va être dur de suivre des cours de droit tous les soirs après le boulot. Je sais pas quand il aura le temps d'étudier."

Franny le regarda. Sa longue chevelure blonde était légèrement filasse. Elle n'avait pas pris la peine de la brosser ce matin, tellement elle était impatiente de se précipiter pour chercher ses cadeaux. "T'es pas allé en fac de droit, toi ?"

"Bien sûr que si. À l'université de Virginie. Mais pas aux cours du soir. J'ai suivi le cursus normal."

"Du coup c'était facile", dit Franny. Elle se sentait fière de son père, qui ferait deux choses en même temps. Les sœurs l'avaient convaincue que Dieu préfère ceux qui choisissent la voie la plus difficile.

"C'était assez dur comme ça", dit Bert en avalant une gorgée de café.

Caroline descendit de sa chambre et traversa le salon pour aller se chercher à manger à la cuisine. Elle sentait qu'une deuxième part du gâteau de Noël l'aiderait à étudier.

"Alors comme ça votre père entre en fac de droit, lui dit Beverly en souriant. C'est génial."

Caroline s'arrêta net, comme si sa mère lui avait tiré dans le cou avec une flèche empoisonnée. L'expression sur son visage oscillait entre l'horreur et la rage. Tous comprirent quelle erreur irréparable ils avaient commise. "Tu leur as *dit* ?" demanda Caroline, en se retournant violemment contre Franny.

"Je savais pas..." La voix de Franny, minuscule au départ, s'évanouit dans le néant. Elle voulait dire qu'elle ne savait pas qu'elle n'était pas censée en parler, ou qu'elle ne savait pas que c'était un secret, mais les mots s'évaporèrent dans sa bouche.

"Tu crois vraiment que papa *voulait* qu'ils soient au courant ? Tu t'es pas demandé pourquoi il a pas juste appelé en demandant à leur parler ?" Caroline fit deux pas rapides en direction de Franny et elle frappa l'épaule osseuse de sa sœur du plat de la main, le coup heurtant la cadette latéralement et l'expulsant de son fauteuil. Ça faisait mal, à la fois le bras qui avait reçu un coup et le bras sur lequel elle était tombée. Franny ne put s'empêcher de penser que Caroline était vraiment en colère contre elle, encore plus que d'habitude. Caroline ne la frappait presque jamais devant des gens.

"Bon Dieu, Caroline, dit Bert, en posant sa tasse. Arrête. Beverly, empêche-la de frapper Franny comme ça."

C'est particulièrement dur à Noël. Tous les quatre étaient en train de formuler plus ou moins la même phrase mentalement. Beverly s'écarta imperceptiblement. Personne n'aimait voir Franny recevoir des coups, mais la vérité, c'est que Beverly avait peur de sa fille aînée et qu'elle n'intervenait que si du sang était versé.

"Toi tu me parles pas, dit Caroline à Bert, en crachant une parcelle minuscule de sa fureur. Parle à ta balance." Franny s'était mise à pleurer. Au moment de se coucher, la marque rouge de la main de sa sœur serait devenue un bleu violacé. Caroline tourna les talons et remonta dans sa chambre en martelant chaque pas comme si elle frappait le sol. Elle serait forcée d'étudier sans sa part de gâteau.

Une fois que Fix eut commencé les cours, ses conversations téléphoniques avec les filles tournèrent autour des délits. "Madame était à la gare d'East New York Long Island, et elle se tenait près d'une échelle", disait-il sur le ton de la conversation, comme s'il leur racontait une histoire concernant son voisin. Il s'adressait uniquement à Caroline, parce que Franny avait raccroché pour continuer sa lecture de *Kristin Lavransdatter*. Pendant les "Sessions de Droit Estivales", comme ils les surnommeraient rétrospectivement, Caroline et Fix s'asseyaient ensemble à la table de la cuisine, Fix lui expliquant les cas d'école. Il disait que ça l'aidait, et que s'il parvenait à expliquer aux filles une affaire, il apprendrait au passage la loi comprise dedans. "Les gens vous diront qu'en fac de droit on apprend à penser, mais c'est faux. On apprend à mémoriser." Il leva la main et compta sur ses doigts. "Négligence, mort suspecte, atteinte à la vie privée, diffamation, intrusion non criminelle..." Caroline prenait des notes. Franny lisait. Franny attribua aux études de droit de son père sa lecture de *David Copperfield* et des *Grandes Espérances*, de tout Jane Austen, des sœurs Brontë, et finalement du *Monde selon Garp*.

Caroline et Fix avaient toujours eu un lien particulier, et les dix exceptions à la loi de l'Homme mort, qui leur fournissaient un sujet de conversation commun, les avaient encore rapprochés. Ils étaient d'accord pour dire qu'il n'y avait rien de plus ennuyeux que le droit de la propriété, avec tous ces détails répétés cinq fois et très peu de raisonnement intuitif auquel se raccrocher. Il fallait juste parcourir sans fin les cas pour essayer d'y voir clair, en développant d'habiles techniques mnémotechniques. Qu'est-ce qu'une offre ? Qu'est-ce qu'une acceptation ? Qu'est-ce qu'un contrat ? Qu'est-ce qui crée un tiers bénéficiaire ? Le droit de la propriété exigeait une attention très vigilante.

“C’est une bonne chose qu’il y ait bientôt deux avocats dans la famille, dit Fix à Franny, en parlant de Caroline et lui-même. Il va bien falloir que quelqu’un gagne de l’argent pour t’acheter tous ces livres.”

“Ils sont gratuits, dit Franny. Je les ai empruntés à la bibliothèque.”

“Alors remercions Dieu d’avoir inventé les bibliothèques”, dit Caroline.

La quantité de condescendance que contenaient les mots *Remercions Dieu d’avoir inventé les bibliothèques* était étonnante. Fix éclata de rire, avant de se reprendre. Franny devina que son rire était involontaire.

Fix avait préféré Caroline avant même d’entrer en fac de droit. Elle était plus âgée, et comme ils avaient partagé plus de temps avant le divorce, ils se connaissaient mieux. Et puis la haine de Caroline pour Bert brûlait comme une flamme translucide, et elle faisait tout pour gâcher la vie de sa mère, avant de tout rapporter à son père. Fix lui disait de se calmer, tout en prenant un malin plaisir à écouter son reportage détaillé. Lui aussi aurait adoré avoir l’occasion de gâcher la vie de Beverly. Caroline ressemblait à Fix – mêmes cheveux bruns, même peau qui dorait à l’instant où ils arrivaient sur la plage. Franny avait trop pris de sa mère, trop délicate, et blonde, et maladroite. Trop jolie et en même temps jamais aussi jolie. Quand leur père emmenait les filles à six heures du matin dans l’allée derrière le supermarché, avec leurs raquettes et des boîtes neuves de balles de tennis, Caroline frappait vingt-sept balles consécutives sans en laisser passer une seule. *Tchac*, *tchac*, *tchac* dans le mur aveugle à l’arrière du supermarché A & P, ses longs bras effectuant un swing naturellement gracieux. Le record personnel de Franny consistait à frapper trois balles consécutives, et encore elle n'y était parvenue qu'une seule fois. Mais la vraie différence entre Caroline et Franny tenait au fait que Caroline, elle, s'intéressait. Elle s'intéressait à la loi et au tennis, et à ses notes dans des matières qu'elle n'aimait même pas. Elle s'intéressait à ce que leur père disait de leur mère, à ce qu'il disait en général. Franny, elle, avait juste envie de retourner à la voiture pour lire Agatha Christie. La plupart du temps ils la laissaient faire.

Après sa deuxième journée d'examen du barreau de l'État de Californie, leur père appela les filles en Virginie pour leur raconter comme les gens étaient dingues. Ils se pointaient en traînant derrière eux leurs propres chaises et lampes de bureau porte-bonheur. Un type était tellement superstitieux qu'il était venu avec un ami qui l'avait aidé à porter sa propre table. Dingue ! L'examen était long et difficile, l'équivalent d'une course à pied, l'été, entre le parc MacArthur et l'école de police, mais c'est à ça que ça sert, l'entraînement, à être prêt le jour où on exerce. Fix s'était bien préparé, et désormais l'examen était derrière lui. Il avait fini.

C'est Franny qui l'annonça à Bert. Elle entra dans son bureau et ferma la porte avant de parler, ce qu'elle fit en baissant la voix. “Papa a passé le barreau.”

Franny et Bert s'entendaient bien, et ils continueraient à bien s'entendre, même quand Bert et Beverly, eux, auraient cessé, et même en dépit des mauvaises relations entre Caroline et Bert. Bert releva la tête de la pile de dossiers devant lui. “Il l'a eu ?”

"Il a juste passé l'examen, dit-elle. Mais je suis sûre qu'il l'a eu." Quatre ans à ne rien faire d'autre que travailler, étudier, aller à la fac, en sacrifiant les vacances et le peu d'argent qu'il avait – il l'avait eu. Impossible autrement.

Bert secoua la tête. "Le barreau de Californie est dur. Plein de gens doivent le repasser plusieurs fois avant de l'avoir."

"Tu l'as passé plusieurs fois ?"

Bert, qui avait une nette tendance à l'arrogance avec tout le monde, était plus doux avec Franny. Il la regarda debout devant la porte, avec ses épaules toutes raides, et il lui tapota la tête comme s'il était désolé de la situation, avant de retourner à ses dossiers.

Fix ne réussit pas le barreau.

C'est Marjorie qui appela pour annoncer la nouvelle aux filles. "Personne ne l'a du premier coup. Tous les avocats que je connais m'avaient prévenue. Votre père va juste devoir le repasser. La deuxième fois, on connaît les obstacles. La deuxième fois, tout est clair."

"L'examen sera le même la deuxième fois ?" Caroline voulait savoir. Caroline pleurait et elle essayait de se calmer, sa main sur le combiné.

"Je ne crois pas, répondit Marjorie d'une voix hésitante. Je crois qu'il change chaque fois."

"Alors il a fait quoi ? demanda Franny depuis l'autre combiné, en sachant que son tour était venu d'alimenter la conversation. Comment il a réagi quand il a su ?" Fix avait demandé à Franny et Caroline de prier pour lui le jour de l'examen, ce qu'elles avaient fait. Elles avaient aussi demandé aux sœurs du Sacré-Cœur de joindre leurs prières, mais il n'empêche qu'il avait raté l'examen.

“On est allés chez ma mère et elle a préparé un bon dîner à votre papa.”

“Oh, c’est bien”, dit Franny, parce que la mère de Marjorie était capable de consoler n’importe qui de n’importe quoi.

“Elle lui a préparé un gin tonic et un pain de viande. Elle lui a dit que c’était vraiment dommage qu’il l’ait raté, mais qu’au moins il avait la possibilité de le repasser, alors que dans la vie, face à la plupart des épreuves, on n’a qu’une seule chance. Je crois que ça l’a aidé à aller mieux.”

Pour sa deuxième tentative, Fix fit des fiches. Il connaissait un type qui avait fait ça la deuxième fois et ce type l’avait eu. Fix montra les fiches aux filles cet été-là. Il les conservait alignées dans une boîte à chaussures, classées par thème. Il y avait plus de mille fiches. Caroline l’interrogeait même quand ils faisaient laver la voiture, sauf qu’elle ne l’interrogeait pas. Elle lui donnait les réponses, en tenant les fiches à plat sur sa poitrine. “La doctrine selon laquelle une personne en possession d’un terrain qui appartient à quelqu’un d’autre peut acquérir un titre de propriété valide, dès lors que certaines dispositions de droit commun sont remplies, et que le possesseur adversatif...”

Franny restait plantée devant le long défilé de vitres et elle suivait la voiture tandis qu’elle passait à travers les chiffons suspendus au plafond qui la giflaient (continue et non interrompue), à travers l’eau savonneuse (non paisible), le rinçage (publique), la cire lustrante (non équivoque). Elle avait beau laisser le lavage automatique la remplir, remplir chaque partie d’elle, ça ne suffisait pas à chasser les quatre éléments de la possession adversative.

Toutes brillantes qu'elles fussent, les fiches ne marchèrent pas, même si, la deuxième fois qu'il passa l'examen, il apporta sa propre lampe de bureau. La mère de Marjorie lui prépara à nouveau à dîner en lui disant qu'il devrait repasser le barreau une troisième fois, aucune honte, plein de gens l'avaient fait, et c'est ainsi que Fix s'assit une troisième fois pour repasser l'examen, et quand il échoua, il décida d'arrêter. Plus personne ne reparla de la fac de droit, sauf concernant Caroline et Franny.

Quand Caroline finit par passer l'examen d'entrée en dernière année à Loyola, son manuel Kaplan était attaché par du ruban adhésif, souligné en trois couleurs, et hérissé de notes sur des post-it. Les étudiants sont une engeance superstitieuse, si bien que tout en prenant soin d'étudier les dernières versions mises à jour dans son groupe de travail, l'exemplaire qu'elle lisait dans son lit du dortoir de la fac était celui qu'elle avait reçu de son père à Noël, en Virginie. Selon la théorie que Fix et Bert partageaient, un entraînement régulier pendant de si nombreuses années aboutirait à un score parfait. Ils s'étaient trompés. Le score maximal à l'examen d'entrée était de 180. Caroline Keating obtint 177. Elle ignorait où elle avait perdu ces trois points mais elle ne se pardonna jamais cette erreur.

*

Presque deux semaines après que Franny avait déduit par miracle que le numéro de chambre de Leo Posen était le 821, et après l'avoir raccompagné à cette chambre et avoir réussi à sortir elle-même de cet hôtel sans que personne ne le sache, elle reçut un coup de fil au bar. Il était dix-huit heures dix et toutes les tables étaient pleines, tous les tabourets occupés. Les gens s'entassaient derrière ceux qui étaient assis, verre à la main, riant et parlant trop fort tout en espérant qu'un siège se libérerait. L'une des autres serveuses, la fille qui s'appelait Kelly et avait un ex-mari et un enfant, posa la main en bas du dos de Franny et faillit tacher son oreille de rouge à lèvres en murmurant "Un appel", sa voix se faufilant sous le vacarme. Tout ce que ces gens faisaient était intime, même transmettre un message.

Franny n'avait jamais reçu d'appel au bar. Au contraire, Kelly en recevait sans arrêt, de son ex-mari, de sa baby-sitter et de sa mère, qui gardait parfois le bébé. L'enfant ne tenait jamais jusqu'à la fin du service de sa mère sans avoir affronté entretemps quelque problème insoluble. Franny examina mentalement à toute vitesse tous les gens susceptibles d'être morts, avant de se rendre compte que ce n'était pas la peine de jouer aux devinettes. La pièce était tellement bruyante – voix rivalisant, éternel tintement des verres, Luther Vandross sur cette fichue cassette, ce qui signifiait que Bing Crosby était le suivant. Heinrich tenait le téléphone loin de lui, comme s'il s'agissait d'une immonde charogne écrasée au bord de la route, tout en continuant sa conversation avec un client. Il avait baissé légèrement le menton, en signe de désapprobation. Pas besoin de le dire. Elle se boucha une oreille d'une main, comme si ça pouvait vraiment empêcher le bruit de passer.

"C'est Leo Posen", dit la voix.

"Vraiment ?" Elle aurait répondu autrement si elle avait pris le temps d'y penser. Depuis qu'elle l'avait escorté jusqu'à son lit, elle avait relu *First City*, et ça l'avait gardé présent en elle. Franny imaginait qu'il avait dû totalement oublier cette soirée, et même s'il s'en souvenait, elle n'aurait jamais imaginé avoir de ses nouvelles. Penser que Leo Posen pourrait l'appeler impliquait un niveau d'auto-glorification que Franny Keating ne possédait pas.

"J'aurais dû appeler avant."

"Pourquoi ?" demanda-t-elle.

"Je vous ai mise dans le pétrin. Je n'ai jamais vérifié que vous n'aviez pas eu d'ennuis."

"Oh, pas d'ennuis", dit-elle. Elle regarda par-dessus le bar en imaginant que ses personnages étaient en train de boire un verre, Septimus Porter en personne tenant un verre à whisky, ses filles faisant tout ce tapage.

"Je n'ai pas entendu."

"J'ai dit *pas d'ennuis*. C'est très bruyant ici. Happy hour." Heinrich la regardait et elle mit sa main sur le combiné. "Leo Posen", dit-elle, mais il se contenta de secouer la tête en se détournant.

"Vous pourriez venir à Iowa City vendredi ?"

"Iowa ?"

"Je dois aller à une soirée et j'ai pensé que ça pourrait vous plaire." Il s'interrompit une minute et Franny s'efforça d'entendre les bruits autour de lui mais le bar était trop bruyant. Elle pressa encore plus le combiné contre sa pauvre oreille.

Finalement il reprit. "En fait c'est faux. Je ne crois pas que la soirée vous plairait, mais j'ai pensé que je serais peut-être capable de la supporter si vous veniez. Je vous prendrais une chambre à l'hôtel. C'est pas le Palmer House mais pour une nuit ça ferait l'affaire."

"Je n'ai pas de voiture", dit Franny.

“Je vous enverrai un billet de bus ! C’est même mieux. On ne sait jamais comment le temps va tourner par ici. Je m’inquiéterais si vous veniez en voiture. Ça vous ennuierait de prendre le bus ? Je pourrais envoyer le billet à l’hôtel à votre nom. Franny du bar du Palmer House. Quel est votre nom de famille ?”

De l’autre côté de la salle, elle voyait un homme, à l’une des tables, lever un verre et l’incliner de gauche à droite. On ne devrait jamais en arriver là, au stade où les clients doivent supplier pour qu’on leur serve un verre. “Keating. Écoutez, je dois filer, dit-elle, les yeux fixés sur ce verre-là, contemplant la lumière qui jouait dans les glaçons, par-dessus les têtes de la foule. Je vais encore perdre mon boulot. D’accord pour le bus.”

Franny était sur le planning mais on pouvait toujours trouver un remplaçant un vendredi. C’est ce jour-là qu’on se faisait de l’argent, et à peine eut-elle renoncé à la soirée qu’elle sentit le manque à gagner. Elle avait beau ne pas payer son billet ni sa chambre, le voyage allait lui coûter de l’argent.

“Il veut coucher avec toi”, dit Kumar, quand elle lui raconta le coup de fil. Il était encore debout quand elle rentra du travail, assis à la table de la cuisine au milieu des piles de livres et de post-it. Il n’avait absolument pas l’air découragé, même s’il devait envoyer la recension d’un article de cent pages comportant une centaine de notes de bas de page. Il n’avait pas l’énergie de s’intéresser à Franny, encore moins de coucher avec elle.

Kumar avait raison, évidemment – pour quelle autre raison quelqu’un organiserait-il le transfert d’une serveuse depuis un autre État ? – mais en même temps, ça n'y ressemblait pas. Leo Posen avait attendu deux semaines avant de l'appeler, ce qui voulait dire quoi ? Qu'il avait essayé de l'oublier, en vain ? Que les serveuses en Iowa n'aimaient pas sortir ? "Il m'aime peut-être pour mon intelligence, dit-elle, en riant de sa propre réjouissante stupidité. Le charme de ma compagnie."

Il haussa vaguement les épaules, l'air conciliant, sans rien dire.

Elle avait réveillé Kumar la nuit de sa rencontre avec Leo Posen et elle lui avait raconté l'histoire exactement comme elle avait prévu de le faire. Il était presque deux heures du matin quand elle avait grimpé sur son lit dans l'obscurité de la chambre et secoué son épaule. "Devine qui j'ai rencontré ! Allez, devine !" Kumar adorait ses livres. Ils en avaient parlé peu de temps après leur rencontre. Il avait examiné les livres sur son étagère pendant qu'elle était allée faire du café dans la cuisine, et à son retour, il brandissait son exemplaire de *Septimus Porter.* Il avait laissé les Updike sur l'étagère, avec les Bellow et les Roth.

"Tu lis Leon Posen ?" avait-il demandé, juste pour s'assurer qu'ils n'avaient pas été oubliés là par un ex-petit ami.

Franny et Kumar s'étaient rencontrés peu de temps après leur arrivée à l'université de Chicago. Ils étaient assis à côté en droit civil, et ils avaient décidé de travailler ensemble. Ils étaient devenus amis sans se rendre compte que le temps de l'amitié serait bientôt derrière eux. Maintenant que Franny était tellement fauchée qu'elle dormait sur son canapé, il était difficile de savoir ce qui le dérangeait le plus dans son voyage en Iowa : qu'une femme qui lui aurait beaucoup plu, s'il en avait eu le temps, aille à une fête dans un autre État avec un autre homme, qu'il ait envie d'y aller avec elle, ou qu'il ait envie d'y aller à sa place ?

Leo Posen l'attendait à la station de bus d'Iowa City. Il portait son pardessus noir et son feutre gris, et il étudiait l'horaire du bus qui était affiché sur le mur sous une plaque de plexiglas, comme s'il était en train de se demander où lui-même pourrait bien aller. En voyant Franny se diriger vers lui, il lui fit un sourire bien plus grand et reconnaissant que tous ceux qu'il lui avait adressés au bar.

"Je ne pensais pas qu'on y arriverait", dit-il, en dévoilant pendant une seconde ses dents du dessus qui se chevauchaient d'une manière un peu ingrate mais charmante. Il tendit la main pour serrer la sienne. Elle se souviendrait de raconter ce détail à Kumar, parce que si son unique intention était de coucher avec elle, il l'aurait embrassée d'entrée de jeu.

"Le voyage s'est bien passé", dit-elle.

"Vous n'avez pas compris, dit-il avec beaucoup d'enthousiasme. Je pensais que j'allais rester assis ici à me les geler en regardant tous les voyageurs descendre du bus, et qu'aucun de ces voyageurs ne serait vous. J'aurais même été capable de revenir pour vérifier le bus suivant en provenance de Chicago, juste pour être sûr que je ne m'étais pas trompé d'horaire. Après quoi je me serais senti complètement idiot, et je me serais dit que c'était vraiment totalement ridicule de penser que je pouvais envoyer un billet de bus à une inconnue en espérant qu'elle puisse descendre du bus, juste parce que j'en avais envie. J'avais tout prévu dans ma tête. En fait, j'étais tellement sûr que vous ne viendriez pas que j'avais même pensé à me dispenser de venir vous chercher à la gare, juste histoire de vous donner une leçon."

"Ç'aurait été horrible", répondit Franny, en se rendant compte à l'instant qu'elle n'avait ni son numéro de téléphone ni son adresse.

Il secoua la tête. "J'allais me sentir atrocement mal et me trouver dingue et vieux tout le reste de la journée, et puis j'allais appeler le directeur de département pour lui dire qu'étant donné les circonstances, il m'était impossible de venir à sa fête."

"Eh bien, dit Franny, pas très sûre de comprendre la situation, je suppose que j'ai fichu en l'air votre plan."

"Oh oui, c'est vrai, c'est absolument vrai ! Vous avez flingué toute ma journée !" Il frotta ses mains pour les réchauffer avant de les enfoncer au fond de ses poches. Elle s'était attendue à une station de bus moins accueillante. Quelqu'un avait balayé les sols, personne ne dormait sur les bancs de la salle d'attente, mais en même temps il faisait presque aussi froid à l'intérieur que dehors, fin février, le froid le plus mordant de la prairie du Midwest balayée par le vent. L'unique employé derrière sa vitre portait un bonnet, des gants et un manteau épais.

"Vous voulez passer d'abord par votre hôtel pour vous rafraîchir ? Vous reposer un peu ?"

Franny secoua la tête. "Pas spécialement." C'était absurde qu'il soit tellement surpris : évidemment que

Franny Keating allait venir rendre visite à Leo Posen. Du coup elle supposait que la question était plutôt : jusqu'à quel point se voyait-il lui-même comme Leon Posen ? S'il se voyait comme un romancier célèbre, alors il aurait dû savoir qu'elle serait là, mais s'il se voyait comme un type qu'elle avait rencontré au bar, eh bien, il avait raison. Elle ne serait jamais montée dans un bus pour aucun des clients du bar, à aucun prix. Elle n'aurait jamais accompagné personne d'autre dans sa chambre non plus, d'ailleurs cette simple pensée lui donnait un frisson qui n'avait aucun rapport avec la station de bus glaciale. Et pourtant, en le regardant, elle ne ressentait pas la sensation familière d'avoir fait une erreur. Juste, elle regardait Leo, et elle était heureuse d'être en Iowa.

Il lui prit son sac de voyage de l'épaule, celui où elle transportait ses livres de classe quand elle était encore écolière. Depuis toujours il pesait des tonnes. En ce moment il contenait uniquement une chemise de nuit et une brosse à dents, des vêtements de rechange pour demain, et le recueil de nouvelles d'Alice Munro qu'elle avait lu dans le bus.

"Vous ne donnez pas l'impression d'avoir prévu de rester", lui dit-il.

"Juste cette nuit."

"Dans ce cas, je devrais vous montrer un petit bout d'Iowa avant que la nuit tombe."

"J'en ai vu assez depuis le bus. Ça ressemble à l'Illinois, enfin excepté Chicago." Le voyage avait duré cinq heures et demie. Entre deux nouvelles de Munro, elle avait contemplé l'étendue infinie des champs couverts de neige, percés d'une centaine de milliers d'épis de maïs brisés, et les ombres longues que ces tiges couvertes de chaume projetaient sur la neige dans la lumière de fin d'après-midi. Elle avait appuyé sa tête sur la vitre. Un champ, un autre champ, un autre encore, et pas un centimètre d'espace gâché pour quelque chose d'aussi décoratif et dépourvu de fonction qu'un arbre.

"Vous connaissez déjà tout alors, dit-il, en désignant la lourde double porte conduisant au parking. Du coup je vous emmène dîner." Ils sortirent ensemble dans l'air gelé, où la neige commençait à recouvrir doucement les trottoirs qui venaient d'être dégagés à la pelle.

De la vieille neige s'entassait sur le sol, sur les voitures garées qu'on avait laissées là, sur les petits arbustes résistants qui supporteraient le poids impossible de la neige jusqu'au printemps. Elle ressentait sa propre fragilité tandis que l'air gelé luttait contre son manteau. Le froid n'était pas pire qu'à Chicago, il faisait peut-être même deux degrés de plus, et pourtant on avait toujours la même impression de marcher à travers un mur de verre brisé. Elle imagina les premiers colons traversant les prairies, dans leurs chariots bâchés, en quête d'une vie meilleure. Pourquoi s'étaient-ils arrêtés ici ? Parce que leurs chevaux boitaient ? Parce que c'était le printemps ? Parce qu'ils avaient tellement faim qu'ils avaient arrêté leurs chariots en disant *N'allons pas plus loin* ?

"Redites-moi pourquoi vous êtes mieux ici qu'à Los Angeles", demanda Franny. Elle avait envie de glisser son bras sous le sien et de se serrer contre lui. Il était assez grand pour la protéger du vent.

"Je ne suis marié à personne en Iowa."

"Espérons que ça soit vrai pour la plupart des États."

"C'est ce que j'aime chez vous. Votre côté positif." Il posa sa main à plat sur son dos et la guida vers un restaurant italien qui avait l'air d'un *diner* fraîchement reconverti. "Je me suis un peu avancé, dit Leo, en regardant sa montre. On n'a probablement pas le temps de dîner. Seulement de prendre un verre. Vous pouvez vous contenter d'un verre pour le moment ? Il y aura sans doute plein de choses à manger plus tard."

Franny était juste heureuse d'échapper au froid. Le vent souffla contre la porte derrière eux, et une bouffée d'air arctique se répandit à travers les tables, si bien que les autres clients levèrent les yeux. À la différence de la station de bus, le restaurant était violemment chauffé. "Ça ira très bien." Elle commença à ouvrir la fermeture éclair de son manteau, à dérouler son écharpe et à ôter son chapeau. Elle portait des bottes avec des semelles en caoutchouc et un renfort en caoutchouc sur les orteils. Les bottes étaient doublées de peluche recyclée. Toute coquetterie disparaissait en hiver.

La barmaid était une femme dont l'âge oscillait d'un côté ou de l'autre de la frontière de la soixantaine, avec une masse de boucles blondes ramassées au sommet de la tête et une veste noire qui peinait à remplir son office, à savoir contenir sa poitrine. Le prénom *Rae* était cousu sur son sein gauche en lettres arrondies.

"Le v'là ! dit Rae. Envie de s'évader cinq minutes avant de reprendre le boulot ?"

"Je me suis dit que ça serait bien", dit Leo.

"J'ai essayé de me barrer, dit-elle à Franny, ses yeux brillant derrière les barreaux de leur cage de mascara séché, mais impossible. Vous prenez quoi, chérie ?"

"Comme lui, dit Franny, en penchant la tête vers Leo. Et peut-être aussi des gressins et un verre d'eau."

"Bonne idée, dit la femme, en attrapant une bouteille de whisky sur l'étagère derrière elle. Ça éponge tout. Vous le présentez ?"

"Vous ne vous connaissez pas ?" demanda Franny, confuse. On aurait dit que la serveuse la prenait pour une autre. Elle leva la main vers l'homme assis à côté d'elle. "Vous connaissez Leo Posen ?"

Ils adorèrent ça, Leo et la barmaid, et ils éclatèrent en même temps d'un rire énorme qui illumina leur extrémité du bar, dans ce petit restaurant sinistre. "Rae", dit-elle, en levant la main vers Leo, qui la prit entre ses deux mains pour la serrer, très copain-copain.

"Elle me prépare des glaçons", dit-il.

"Je les garde dans un sac en plastique." Rae ouvrit le congélateur sous le bar et en sortit le sac sur lequel elle avait écrit *Ne pas toucher* avec un épais marqueur noir. "Il pense que l'Iowa essaie de l'empoisonner avec des mauvais glaçons."

"Il m'a raconté", dit Franny, en approuvant de la tête.

"Je vous ai raconté ça ?" demanda Leo, en retirant son écharpe et son manteau. Il portait encore un costume, bleu foncé cette fois-ci, et une cravate.

"Je suis censée vous présenter à qui ?"

"Vous le présentez au public de la lecture de ce soir, dit Rae, et elle plongea un verre à whisky dans les glaçons pour mesurer deux portions. Tout le monde se fiche des écrivains célèbres super importants dans cette ville, mais j'aime bien y aller quand j'ai une soirée de libre. Ça fait des années que j'y vais. Comme ça je vois tous mes clients faire leur boulot. Et vous savez ce qu'ils me disent, tous ? Ils me disent : « Rae, c'est toi qui devrais écrire des livres. »"

Leo hocha la tête pour témoigner son approbation sincère. "C'est vrai."

Rae lui sourit et reporta son attention sur Franny. "Parfois ils demandent à un des gosses du programme d'introduire les vieux. À ce propos, je devrais vérifier votre âge."

Franny chercha son portefeuille dans son sac puis elle tendit son permis à la barmaid, qui sortit une paire de lunettes de la poche de son pantalon et l'examina attentivement, ce qui dépassait toutes les vérifications que Franny ait jamais faites. Franny ne demandait presque jamais aux clients leur carte d'identité, et quand ça lui arrivait, elle supposait que tendre un papier d'identité équivalait à avoir l'âge légal.

Quand Rae fut satisfaite, elle tendit les verres et le permis à Leo. "Regarde-moi ça, dit-elle. Frances a presque vingt-cinq ans. Franchement, je vous en donnais dix-sept. C'est le problème quand on vieillit. Tous les autres rajeunissent."

Leo prit les verres et jeta un coup d'œil à son tour. "État de Virginie ? dit-il, et il retourna le permis, en se demandant peut-être si elle avait choisi de donner ses organes. Je croyais que vous étiez de Los Angeles."

"Oui, mais j'ai appris à conduire en Virginie."

"Donc si elle n'est pas votre étudiante et qu'elle ignore que vous êtes censé commencer une lecture dans vingt minutes, elle est qui ?" Elle avait toujours le même ton jovial mais Rae s'adressait désormais uniquement à Leo, qui continuait à examiner le permis de conduire.

“C’est ma barmaid, répondit-il distraitement, et alors, reprenant ses esprits, il leva les yeux vers Rae et sourit. Mon autre barmaid.”

Franny ne rectifia pas. La femme derrière le bar n’avait aucune envie de l’écouter parler. Rae versa du Dewars dans deux verres et les poussa devant eux. “Ça fait huit”, dit-elle. Les gressins et l’eau, ça n’était pas son problème. Une foule commençait à se former à l’extrémité du bar la plus éloignée de la porte, où la température était la meilleure, et elle alla s’occuper d’eux.

Leo Posen posa un billet de dix dollars sur le bar. S’il avait compris ce qui venait de se passer avec son amie qui lui préparait des glaçons à la maison et les apportait dans un sac à son travail, il n’en montra rien. Il restait concentré sur son verre. “Je dois faire une lecture et ensuite il y a une fête en mon honneur. C’est une de mes obligations. Je n’en ai pas tellement et elles sont toutes précisées dans mon contrat. Je ne suis pas obligé d’aller aux autres fêtes.”

“Vous alliez me parler de la lecture ?”

Leo fit un petit signe de la tête. “Dans l’idée que je m’en faisais, je ne pensais pas être obligé. D’abord je ne croyais pas vraiment que vous viendriez en bus depuis Chicago, et si ça avait été le cas, alors vous auriez été fatiguée et vous auriez voulu vous reposer dans votre chambre d’hôtel. Je suis toujours fatigué quand j’arrive dans un endroit nouveau. Les voyages me fatiguent, la nouveauté me fatigue, et je ne voyage jamais en bus, et donc j’imaginais que si vous veniez, vous voudriez aller direct au lit. Vous avez clairement plus d’énergie que moi.”

“Imaginons que vous ayez réussi à me larguer à l’hôtel pendant votre lecture, et que vous soyez venu me chercher après pour la fête, vous n'auriez pas pensé que quelqu'un aurait pu me demander si j'avais aimé la lecture ?" Même si elle ne l'avait jamais rencontré, elle serait venue. Si elle avait su que Leo Posen faisait une lecture à Iowa City, elle serait venue en bus par ses propres moyens. Kumar se serait dérobé à ses devoirs d'éditeur d'une revue de droit, chose inédite pour lui, juste pour pouvoir l'accompagner. Voilà ce que Leo Posen ne comprenait pas.

"À moins qu'ils n'aient dit : « Mon Dieu, quelle lecture interminable. » Et à propos, je ne vous aurais pas larguée. Je vous aurais épargnée. C'était un réflexe de politesse."

Franny sourit et Leo Posen regarda sa montre, puis il tendit le cou en direction de Rae. Elle riait avec ses nouveaux clients à l'autre bout du bar, en leur tournant carrément son large dos. "Vous êtes du métier. Quel est le meilleur truc que vous connaissez pour faire rappliquer votre barmaid quand vous êtes pressé ?"

"Invitez-la à votre lecture en la présentant comme votre rencard, dit Franny. Ça marche à tous les coups."

Il tapota le cadran de sa montre comme s'il doutait de l'heure affichée. "C'est juste que ça me ferait du bien d'en boire un autre avant."

Franny fit glisser son verre jusqu'à lui. Le glaçon, préparé avec un tel soin, commençait tout juste à fondre, adoucissant le Dewars avec l'eau d'une ancienne source en France mise en bouteille. "En fait je ne bois pas, dit-elle. C'est une astuce que j'ai inventée il y a longtemps. Du coup les gens m'adorent."

Leo regarda le verre, puis il regarda Franny. "Mon Dieu, dit-il. Vous êtes une magicienne."

5

Un vélo inconnu était garé dans le couloir devant la porte de son appartement, où les gens n'étaient pas censés les laisser, mais évidemment ça ne lui mit pas la puce à l'oreille. Jeanette ouvrit la porte, les sacs de provisions cisaillant ses poignets, son manteau et ses bottes plus lourds et étouffants après les quatre volées d'escalier, et elle trouva son frère assis sur le canapé avec son fils sur les genoux.

"Regarde ! Regarde !" dit son mari. Fodé était tellement excité qu'il la prit dans ses bras avant de penser à la libérer de ses sacs en plastique. Bintou, leur baby-sitter, se précipita pour lui arracher les sacs encore suspendus à son autre bras, puis elle l'aida à enlever son manteau. Ils la traitaient comme ça, ces deux-là, comme la reine de Williamsburg.

"Albie ?" C'était sans aucun doute son frère, mais elle avait devant elle un homme, et plus un garçon. La chevelure d'Albie, autrefois un charmant fouillis de boucles sombres, était désormais une tresse épaisse assez longue pour que Jeanette se demande s'il l'avait coupée, ne serait-ce qu'une fois, depuis la dernière fois qu'elle l'avait vu. Et d'où sortaient ces pommettes ? Il y avait des rumeurs, comme quoi la tribu mattaponi avait laissé des traces dans l'ADN côté maternel. Peut-être les Mattaponi avaient-ils ressuscité chez le cadet des enfants Cousins. Il avait l'air de s'identifier au rôle. "Mon Indien sauvage", répétait Teresa, quand il courait à travers la maison en poussant des cris. Et voilà qu'il était devant elle, aussi effilé et calme qu'un couteau.

"Surprise", dit Albie, et le mot sonna comme une affirmation platement factuelle : *Je suis surpris d'être dans ton salon. Tu es surprise de me trouver ici.* Et il ajouta l'élément qui l'avait le plus surpris : "Tu as un bébé." Dayo, le bébé, s'accrochait à la corde des cheveux d'Albie. Il adressa un gigantesque sourire à sa mère, signifiant à la fois qu'il était ravi qu'elle soit revenue pour lui, et qu'il était très heureux dans les bras de leur invité exotique.

"Écharpe", dit Bintou, et elle déroula le tissu de laine humide autour du cou de Jeanette. Elle ôta son chapeau et secoua la neige fondue. On était en février.

Jeanette se tourna vers son mari. "Je te présente mon frère", dit-elle, comme s'il venait de franchir le pas de la porte. La présence d'Albie dans son salon semblait presque l'effet du hasard, comme ces autres frères et sœurs qui se sont perdus de vue depuis longtemps, et se rencontrent dans un aéroport, à un enterrement.

"Je l'ai croisé dans la rue !" dit Fodé. Il sortait un vélo de notre immeuble juste au moment où je rentrais du boulot.

Albie fit un signe de tête pour confirmer l'histoire invraisemblable. "Il m'a couru après. J'ai cru que c'était un dingue."

"New York", dit Bintou.

La bonne nouvelle déferlait sur Fodé, elle irradiait de lui, il en vibrait encore d'excitation. "Sauf que je criais ton nom, Albie, Albie ! Les dingues connaissent pas ton nom."

Jeanette n'avait qu'une envie, sortir dans le couloir cinq minutes pour rassembler ses esprits. On était trop à l'étroit dans le salon : Albie et Dayo étaient assis sur le canapé comme des invités, tandis qu'elle, Fodé et Bintou restaient debout. Venaient-ils juste d'arriver ou l'attendaient-ils déjà depuis un moment ? Qu'avait-elle raté de leur discussion ?

"Tu venais de sortir dans la rue ?" demanda-t-elle à Albie. *Ma rue, parmi toutes les rues du monde ?*

"J'étais venu te voir, dit-il. J'ai sonné à la porte." Il haussa les épaules, comme pour dire qu'il avait essayé, fin de l'histoire.

"Mais il a pas sonné à la bonne porte, dit Bintou. Il a pas sonné ici."

Jeanette se tourna vers son mari. Tout ça n'avait aucun sens. "Alors comment tu as su que c'était mon frère ?" Il n'y avait pas de photos d'Albie chez eux, et évidemment Fodé ne l'avait jamais rencontré. Jeanette essaya de se rappeler sa dernière rencontre avec son frère. Il montait dans un bus à Los Angeles. Il avait dix-huit ans. C'était il y a des siècles.

Fodé éclata de rire, même Bintou pouffa en couvrant sa bouche avec sa main. "Regarde-toi", dit-il.

Mais c'est son frère qu'elle regarda. Il était une version exagérée d'elle-même : plus grand, plus mince, plus brun. Elle n'aurait jamais dit qu'ils se ressemblaient tant que ça, sauf si on les comparait aux Africains de l'Ouest dans le salon. Marrant de penser que quelqu'un lui ressemblait dans l'appartement, alors que Dayo ressemblait uniquement à son père et à sa baby-sitter. Quand Bintou lui ouvrait la porte, le soir, Dayo habilement accroché à sa poitrine par des mètres de tissu jaune éclatant, Jeanette ne pouvait s'empêcher de penser : *C'est vraiment mon fils ?*

"On se ressemble tant que ça ?" demanda-t-elle à son frère, mais Albie ne répondit pas. Il tentait de décrocher les petits doigts de ses cheveux.

"Je voulais attendre pour vous voir folle de joie, dit Bintou, en pressant le bras de Jeanette. J'y vais. Je vous laisse en famille." Elle se pencha sur le bébé et embrassa plusieurs fois le sommet de sa tête. "À demain, petit homme." Puis elle ajouta autre chose en soso, quelques mots piquants d'un chant d'oiseau destiné à le relier à Conakry et à la mère patrie.

"Je la raccompagne, dit Fodé. Comme ça vous aurez du temps ensemble." Il fallait qu'il les laisse. Il ne pouvait pas contenir son enthousiasme plus longtemps, son allégresse face à la visite d'un membre de la famille. Il enfila le manteau de Jeanette, son chapeau et son écharpe, parce qu'ils étaient devant lui, parce que Fodé ne faisait pas de distinction entre ce qui était à elle et à lui. "Au revoir, au revoir !" dit-il en saluant de la main, encore et encore, comme s'il s'apprêtait à raccompagner Bintou en Guinée. Chaque départ de Fodé était mis en scène comme un cérémonial.

"Tu m'expliques ?" demanda Albie, dès que la porte se referma, les deux différents bruits de pas résonnant en descendant les marches, accompagnés par l'élégance pleine d'animation de la langue française. Fodé et Bintou parlaient français quand ils étaient seuls. "Ils sont ensemble ?"

Jeanette aurait détesté l'admettre, mais on se sentait mieux après leur départ, on avait plus d'espace dans la pièce minuscule, on respirait mieux. "Fodé est mon mari."

"Et il a deux femmes ?"

"Bintou est notre baby-sitter. Ils sont tous les deux originaires de Guinée, ils vivent tous les deux à Brooklyn. Ce qui n'en fait pas un couple."

"Et tu y crois ?"

Jeanette y croyait. "Pas besoin d'essayer de me rendre cinglée. Te voir me suffit. Maman sait où t'es ?"

Il l'ignora. "Et donc c'est vraiment le tien." Il leva les bras aussi haut que sa tresse le lui permettait et il agita Dayo d'avant en arrière, faisant rire le bébé qui levait et baissait les jambes. "T'as une idée de ce que les vieux Cousins diraient de ça ? Ils t'obligeraient à le donner à Ernestine."

"Ernestine est morte", dit Jeanette. À cause du diabète – elle avait d'abord perdu son pied, puis la vue. Sa grand-mère avait tenu le compte des pertes d'Ernestine, dans sa lettre de Noël annuelle, jusqu'à ce qu'elle finisse par annoncer la mort de la bonne. Jeanette n'avait pas beaucoup repensé à Ernestine depuis, et quand la vision de son visage lui revint soudain clairement, elle ressentit sa propre déloyauté. Ernestine avait été la seule personne que Jeanette eût jamais aimée dans la maison de ses grands-parents.

Albie resta assis pendant une minute pour digérer l'information. "Quelqu'un d'autre est mort ?"

D'autres gens étaient morts, évidemment, mais parmi eux aucun dont Albie aurait pu être proche. Elle secoua la tête. Le bébé fourra la tresse de son frère dans sa bouche, alors elle le lui reprit, pas certaine qu'Albie appréciait sa salive sur ses cheveux, pas certaine d'avoir envie que ces cheveux se retrouvent dans la bouche de son bébé. Elle offrit son poignet à Dayo, et aussitôt il se mit à le mâchouiller avec ses gencives douloureuses, ses rares dents cisaillant sa peau. Il leva les yeux pour les plonger dans les siens, tandis qu'il suçait et mâchait. Quelque chose dans ce mordillement la calmait, la ramenait à elle-même, à cette pièce, à ce moment.

"Si tu avais tellement envie d'avoir un enfant africain, tu pouvais pas au moins lui donner un prénom un peu moins africain ?"

Jeanette passa les doigts sur la masse luxuriante des cheveux de son fils. "En fait je l'ai appelé Calvin, mais je n'arrive jamais à l'appeler comme ça. Pendant longtemps on l'a juste appelé « le bébé ». C'est Fodé qui a commencé à l'appeler Dayo."

Albie raidit involontairement son dos, puis il se pencha pour regarder le bébé dans les yeux. "Cal ?"

"T'étais où ?" demanda Jeanette.

"En Californie. C'était le moment de partir."

"Tout ce temps, en Californie ?"

Albie fit un petit sourire à l'évocation de cette perspective impossible, et dans ce sourire elle retrouva une trace du frère qu'elle avait connu. "T'y es pas du tout", dit-il. Les manches de son pull noir étaient relevées jusqu'aux coudes, dévoilant des tatouages noirs qui encerclaient ses poignets en de larges bracelets. Tout était noir : les tatouages, le jean, les chaussures de travail. Jeanette se demanda s'il avait du khôl autour des yeux ou bien des cils très noirs.

"Et donc tu vis ici maintenant ?" C'était pas la bonne question, mais elle en avait tellement.

"Je sais pas." Il tendit le doigt et toucha le menton de Dayo, qui se remit à rire. "On verra comment ça se passe."

C'est alors qu'elle vit le sac marin posé devant le canapé, à quelques centimètres de l'extrémité de ses bottes de neige. À force de concentrer toute son attention sur son frère, elle avait en quelque sorte ignoré la présence du sac.

Albie haussa les épaules comme s'il n'y était pour rien. "Ton mari a dit que je pouvais dormir sur le canapé le temps de trouver un endroit où aller."

Où pourrait-il dormir en effet, sinon sur le canapé, à moins qu'il ne s'installe sur la table basse ou bien sur l'unique siège où Fodé s'asseyait pour étudier devant leur minuscule table de cuisine ? Le bébé dormait avec eux dans la chambre, dans un berceau coincé entre le lit et le mur. Quand elle devait aller aux toilettes pendant la nuit, elle s'extrayait des couvertures et rampait hors du lit. Jeanette s'assit sur le canapé, et le bébé, qui venait de commencer à marcher à quatre pattes, s'écarta d'elle en étirant les bras pour rejoindre le sol. Elle le posa par terre.

"Je serai pas beaucoup là de toute façon", dit Albie.

C'était le maximum d'excuses qu'il pouvait formuler et ça la perturba, parce que même s'ils n'avaient ni la place, ni le temps, ni l'argent pour le garder, même si elle ne lui pardonnait pas d'avoir disparu pendant les huit dernières années, à l'exception d'une carte postale de temps en temps pour leur dire qu'il n'était pas mort, la pensée de son départ lui donna envie de se lever et de fermer la porte à clé. Combien de nuits avait-il passées sans aucun endroit où aller, et sans jamais l'appeler, ni Holly, ni leur mère ? S'il se trouvait chez elle en ce moment, cela signifiait que quelque chose avait changé. Le bébé avait attrapé la fermeture éclair dont il essayait de comprendre le fonctionnement. "Tu seras là", dit-elle.

*

Albie et Jeanette n'étaient pas originaires de Virginie. Tous deux étaient nés en Californie, et en ce sens ils formaient une équipe, bien que ni l'un ni l'autre n'en eût envie. Jeanette avait fait sa première demande de passeport à vingt-six ans, après être tombée enceinte, après son mariage avec Fodé. Il voulait l'emmener en Guinée pour qu'elle rencontre sa famille. Tandis qu'elle remplissait les formulaires au bureau de poste, une question l'arrêta : *Lieu de naissance.* Elle avait envie d'écrire *Pas en Virginie. Pas en Virginie*, voilà où elle était née. Cal avait torturé Albie et Jeanette avec leur naissance de seconde zone. "Regardez bien autour de vous", avait dit Cal un jour, durant leur trajet en voiture entre Arlington et Dulles, tandis qu'une ombre verte multidimensionnelle, inhabituelle pour la Californie du Sud, obscurcissait le paysage alentour. "Ils vous autorisent à rester ici seulement parce que vous êtes petits. Papa a eu la permission. Quand vous serez plus grands, ils vous arrêteront à l'aéroport et ils vous renverront dans l'avion."

"Cal", avait dit leur belle-mère. Juste son prénom. Elle conduisait et elle ne voulait pas s'en mêler mais elle braqua ses énormes lunettes de soleil à la Jackie Onassis dans le miroir du rétroviseur pour lui montrer qu'elle était sérieuse.

"Toi aussi ils te renverront, avait-il dit, son visage tourné vers la vitre. Un jour ou l'autre."

Après la mort de Cal, plus personne ne mentionna le renvoi de Jeanette, de Holly et d'Albie en Virginie. De temps en temps, leur père prenait l'avion pour Los Angeles et les emmenait à SeaWorld et à Knott's Berry Farm, ou dans ce restaurant de West Hollywood où des filles nageaient dans l'aquarium géant le long du mur pendant que vous dîniez, mais les interminables étés sans surveillance en Virginie avaient pris fin. Albie, évidemment, revint plus tard pour une unique et désastreuse année scolaire après l'incendie, et Holly adulte revint passer deux nuits, dans une tentative pour mesurer le degré de paix et de pardon qu'elle maîtrisait grâce au dharma. Mais Jeanette fit une croix à la fois sur l'État et ses résidents, parmi lesquels, entre autres, son père, tous ses grands-parents, ses oncles et tantes, quelques cousins germains, sa belle-mère et ses deux demi-sœurs. Adieu tout le monde. Elle se replia sur ceux qu'elle considérait comme sa vraie famille : Teresa, Holly et Albie – les trois personnes qui étaient avec elle, dans leur maison à Torrance, quand elle se brossait les dents le soir. C'était drôle mais jusqu'alors elle n'avait pas pleinement compris à quel point son père était *parti* : il les avait abandonnés des années auparavant et ne reviendrait jamais, sauf pour passer la journée dans un parc d'attractions.

Sa mère dormait seule dans sa chambre comme Albie dormait seul dans la sienne. Jeanette, Dieu merci, avait Holly. La nuit, allongée dans son lit, elle regardait Holly respirer en se promettant de moins haïr Albie. Même s'il était simultanément exaspérant et mystérieux, c'était aussi son frère, et elle n'en avait plus qu'un.

Mais c'étaient des années de vaches maigres pour la charité émotionnelle, et en dépit de toutes les nuits où Jeanette s'accrochait à sa résolution d'être plus gentille, la gentillesse n'était jamais au rendez-vous. Sans son père, sans Cal, les quatre membres survivants des Cousins de Californie du Sud devinrent plus profondément eux-mêmes, comme si toute l'aptitude sociale que chacun avait acquise dans la vie s'était évaporée dans le laps de temps qu'il faut à une abeille pour piquer un gamin. La vitesse à laquelle leur mère se ruait du travail, à l'école, au supermarché avait doublé. Elle était sans cesse en train d'arriver, sans cesse en train de partir, jamais là. Elle passait son temps à chercher son sac, ses clés de voiture. Elle n'avait pas le temps de préparer le dîner. Holly trouva un carnet de chèques dans un tiroir du bureau du salon et elle s'entraîna à imiter la signature de leur mère, *Teresa Cousins, Teresa Cousins, Teresa Cousins*, jusqu'à ce qu'elle parvienne à exercer exactement la même pression, le stylo parfaitement incliné contre le papier. Le laborieux entraînement de Holly en matière de contrefaçon leur permit de continuer les sorties scolaires et de ramener leurs bulletins signés dans les temps. Holly, qui croyait à la juste rétribution du mérite, fit la démonstration de son talent à sa mère, et Teresa chargea Holly de payer les factures, sans jamais lui dire s'il s'agissait d'une punition ou d'une récompense. L'incompétence de Teresa en matière de comptabilité domestique était légendaire, depuis l'époque heureuse de son mariage avec Bert. Avant que Holly ne s'empare du chéquier, les lettres de rappel et les menaces de coupure de courant arrivaient dans la boîte aux lettres et se perdaient aussitôt, si bien qu'une ou deux fois par an, la maison était plongée dans le noir. Ce n'était pas si grave de ne plus avoir d'électricité, sauf pour la télévision, et la lumière vacillante des bougies au milieu de la table, où ils mangeaient des céréales en guise de dîner, leur évoquait les gens très riches ou très amoureux. Mais quand la chasse d'eau des toilettes cessa de fonctionner, et que l'eau des douches arrêta de couler, eh bien, la situation devint insupportable. Tout le monde était d'accord pour dire que la facture d'eau devait être payée dans les temps. Holly, qui à presque quatorze ans avait tous les talents, était également bonne en maths. Elle dressa un bilan financier, sur le modèle de ses cours d'économie domestique (qui lui avaient aussi appris le raccommodage d'urgence et la préparation de ragoûts inventifs pour le dîner). Quand elle parvint à identifier le désastre qu'était leur situation financière, elle afficha chaque semaine un budget rudimentaire sur le frigidaire, tout comme leur professeur, Mme Shepherd, leur avait expliqué qu'elles devraient le faire plus tard quand elles seraient mariées. Sur la dernière ligne, Holly écrivait au Magic Marker rouge : *Voilà ce que nous devons dépenser : –$*. Même Albie y prêtait attention.

De son côté, Jeanette traînait l'escabeau jusque dans le jardin et elle décrochait les oranges les plus basses des arbres, avant de les rapporter dans la cuisine dans un seau pour les presser avec le vieux presse-agrumes métallique. C'était beaucoup de travail mais elle le faisait parce que le jus d'orange était une vieille tradition familiale. Le soir, leur mère sortait le pichet du frigidaire et elle se préparait une vodka orange. Elle ne demandait jamais lequel de ses enfants avait eu la gentillesse de faire du jus d'orange, et Jeanette, à la différence de sa sœur, n'osait pas le dire. Leur mère était encore capable de réagir à une situation – si elle avait renversé le pichet, elle aurait passé la serpillière –, mais elle témoignait zéro curiosité. Elle ne se posait jamais aucune question, sauf à propos de Cal.

La plupart du temps elle ne parlait pas de Cal, mais des petits détails la trahissaient, comme le fait qu'avant ils achetaient des tas de pizzas Tombstone au supermarché et que désormais leur mère tressaillait visiblement quand ils passaient devant au rayon des surgelés. Était-ce parce que Cal avait mangé tellement de pizzas Tombstone saucisse et pepperoni, ou juste parce qu'elle ne pouvait plus supporter ce nom ? Sujet tabou. Maintenant ils se faisaient livrer les pizzas qui arrivaient devant leur porte.

Mais un soir, alors qu'ils étaient tous en train de manger une pizza devant la télévision, leur mère sortit du silence et dévoila la pensée qui l'obsédait. "Parlez-moi de Cal." Ils étaient en train de regarder une vieille émission de Cousteau qui n'avait aucun rapport.

"Qu'est-ce que tu veux savoir ?" demanda Holly. Ils ne comprenaient sincèrement pas sa question. Il était mort depuis plus de six mois.

"Ce qui s'est passé ce jour-là, dit Teresa, avant d'ajouter, au cas où ils n'aient pas compris de quoi elle parlait : Chez vos grands-parents."

Est-ce que personne ne lui avait raconté ? Leur père ne lui avait pas expliqué ? Ce n'était pas juste que ça tombe toujours sur Holly, mais ce fut encore le cas. Jeanette ne quittait pas son assiette des yeux, et Albie, eh bien Albie ne connaissait pas plus l'histoire que leur mère. À cet instant, Holly fut reconnaissante à Caroline de lui avoir indiqué le scénario à suivre. Sinon elle n'aurait pas su quoi dire. Elle raconta à sa mère que les filles étaient parties de la maison après Cal, parce que Franny avait décidé de se changer et de mettre des pantalons longs à cause des tiques, et qu'il y avait deux trajets possibles pour se rendre à la grange des Cousins depuis la porte de la cuisine, que Cal et les filles avaient pris deux chemins différents et qu'elles l'avaient trouvé au retour. Sa mère connaissait évidemment la maison des Cousins. Son mariage avec Bert avait eu lieu sur le perron à l'avant, et ils avaient dansé devant deux cents invités sous une tente installée sur la pelouse. Il y avait toujours un album photo en cuir crème du mariage dans le placard de l'entrée. Leur père était beau. Leur mère, avec sa peau pâle pleine de taches de rousseur, sa taille fine et ses cheveux sombres, ressemblait à la mariée d'un conte de fées, l'enfantine mariée.

"Pourquoi est-ce que c'est toi qui as attendu qu'elle se change ? demanda leur mère. Pourquoi pas sa sœur ?"

"Caroline aussi a attendu, répondit Holly. On a toutes attendu. On est restées entre filles." Elle raconta qu'elles l'avaient vu allongé sur l'herbe, et qu'au début elles avaient pensé qu'il leur faisait une blague. Les autres filles s'étaient précipitées dans la maison mais Franny était restée avec Cal au cas où.

"Au cas où quoi ?" Ça ne plaisait pas à Teresa que Franny soit restée.

Holly avait beaucoup de mal à prononcer ces mots, parce qu'ils provenaient d'une époque de sa vie où elle croyait encore qu'une autre issue était possible. "Au cas où il se réveille."

"J'ai tout vu", dit Albie, sans quitter des yeux l'écran de télévision où, dans une publicité, une jolie femme étalait du beurre de cacahuète sur une tranche de pain.

"Tu n'as rien vu", dit Holly. Albie n'était pas avec les filles, ni avec Cal. Albie dormait. Sur ce point, tout le monde était d'accord.

"Je suis sorti avant que vous le trouviez. J'ai vu tout ce qui s'est passé avant votre arrivée."

"Albie", dit leur mère. Sa voix était bienveillante parce qu'elle pensait comprendre ce qu'il ressentait. Elle aussi avait été chassée de l'histoire.

"Tu dormais", dit Holly.

Albie se retourna et lança sa fourchette sur sa sœur, il la lança comme un javelot, en espérant transpercer sa poitrine, mais elle rebondit sur son épaule sans lui faire de mal. Albie avait dix ans et il contrôlait mal ses gestes. "Il a été tué et je suis le seul à l'avoir vu."

"Albie, ça suffit", dit leur mère. Elle passa ses mains dans ses cheveux. Elle regrettait de leur avoir posé la question, ses enfants le voyaient.

"C'est bon", dit Holly, et son ton froid et dédaigneux fit exploser Albie.

"C'était Ned, depuis la grange ! hurla-t-il. Il a tiré sur Cal avec le revolver de papa. Celui de la voiture, celui que Caroline avait pris dans la voiture ! Je l'ai vu et pas vous parce que j'étais le seul à être là. Ils savaient même pas que j'étais là."

Jeanette et Holly s'étaient mises à pleurer. Leur mère pleurait. Albie hurlait qu'il les détestait, *il les détestait*, et qu'elles étaient des menteuses. Ça s'était fini comme ça.

Lors de la pire journée d'août qui eût jamais lieu en Virginie, Caroline avait déjà décidé de devenir avocate, si bien qu'elle expliqua aux autres filles – Holly, Franny et Jeanette – exactement ce qui s'était passé, alors même qu'elles étaient présentes. Cela eut lieu après qu'elles s'étaient ruées dans la maison, aussi vite que des chevaux de course, et qu'Ernestine avait appelé l'ambulance, après qu'elles avaient conduit Ernestine jusqu'à Cal. Ernestine, qui avait vingt-cinq kilos de trop et des chaussures pas adaptées, courait avec les filles à travers le champ à l'arrière de la maison, pendant que Mme Cousins attendait à l'intérieur pour indiquer à l'ambulance le chemin. Quelque part au milieu de tout ça, Caroline avait élaboré l'histoire dans sa tête. Quand avait-elle trouvé le temps ? Pendant qu'ils étaient tous en train de courir ? Après leur retour à la maison ? Cal était dans l'ambulance qui fonçait à toute vitesse, lumières qui tournoyaient et sirène qui hurlait sans aucune raison (oh, comme il aurait adoré ça), et les Cousins suivaient en voiture l'ambulance de Cal vers l'hôpital. Ernestine était partie à la recherche d'Albie qui, dans tout ce chaos, avait disparu on ne savait comment. Leur père se ruait dans le parking de son cabinet d'avocats à Arlington pour sauter dans sa voiture et se précipiter à Charlottesville pour voir son fils une dernière fois. Personne ne savait où était Beverly. C'est à ce moment que Caroline attrapa les trois filles devant la salle de bains à l'étage de la maison des Cousins, les poussa à l'intérieur et ferma la porte à clé derrière elles. Seule Franny pleurait, probablement parce qu'elle avait passé un quart d'heure de plus avec Cal, pendant que les autres s'étaient précipitées à la maison avant de revenir en courant. Franny était la seule à comprendre que Cal était mort. Même les gens de l'ambulance n'avaient pas prononcé le mot *mort*, alors qu'il suffisait de le regarder. Caroline ordonna à sa sœur de se taire.

"Écoutez-moi", dit Caroline, comme si elles ne passaient pas leur vie à écouter Caroline. Elle avait eu quatorze ans cet été-là. Elle parlait vite, d'une voix tranchante. Des petits bouts de gazon collaient à ses jambes et à ses tennis. "On n'était pas avec lui, c'est compris ? Cal est allé à la grange tout seul. On est arrivées après et on l'a trouvé dans l'herbe, juste à l'endroit où il était, et alors on s'est précipitées à la maison pour leur dire. C'est tout ce qu'on sait. Si on nous pose la question, voilà ce qu'on doit répondre."

"Pourquoi on doit mentir ?" demanda Franny. Dans quel but mentir, alors que le mensonge était interdit ? Ce qui s'était passé aujourd'hui n'était-il pas suffisamment grave pour encore aggraver les faits ? Caroline, totalement exaspérée, à la fois par les circonstances et par la stupidité de Franny, gifla violemment sa sœur. Franny, qui ne l'avait pas vu venir, n'avait pas protégé son visage. Le coup la fit pivoter et sa tête heurta la porte de l'armoire à linge. La bosse sur sa tempe gauche se mit à gonfler sous leurs yeux. Encore une chose à expliquer aux parents.

Caroline s'énerva parce que la tête de sa sœur avait fissuré la porte, alors qu'elle faisait tout pour les calmer.

Elle se tourna vers Holly et Jeanette, qui étaient les plus fiables. “On peut être bouleversées autant qu’on veut. Ils s’attendent à ce qu’on soit bouleversées. Mais on est bouleversées parce qu’on l’a trouvé, on est bouleversées à cause de ce qui s’est passé, c’est tout, pas parce qu’on était sur place.” À cet instant, si elle leur avait dit que le seul moyen de s’en sortir consistait à se laisser pousser une queue et à aller se balancer dans les arbres, elles auraient obéi. Caroline pensait à leur culpabilité, et peut-être, ce qui lui aurait ressemblé, à la manière dont cette culpabilité risquait d’affecter sa propre admission à l’université. Elle entrerait au lycée à l'automne.

“Redis-moi ce qui s’est passé”, demanda Teresa, un soir, à Jeanette. À l’époque plus d’un an s’était écoulé depuis la mort de Cal. Les gens de sa famille avaient pour règle de ne jamais rien demander à Jeanette. Holly faisait ses devoirs chez un ami qui habitait tout près de chez eux, et Albie faisait du vélo avec la bande de garçons qu’il s’était récemment constituée. Jeanette et sa mère étaient seules à ce moment-là, ce qui ne leur arrivait pratiquement jamais. Sa mère avait posé la question sur un ton totalement désinvolte, comme s’il s’agissait d’un de ses énièmes oublis : *Où j’ai mis mon rouge à lèvres ? C’était qui au téléphone ?*

Jeanette voyait encore Caroline dans la salle de bains, elle entendait encore la clarté avec laquelle elle avait aboyé ses ordres. Elle voyait la sueur perler aux tempes de Caroline et dégouliner à travers le col de son tee-shirt jaune. Mais Cal était devenu invisible. En un an à peine, son visage s’était volatilisé sous ses yeux. “J’y étais pas”, dit Jeanette.

“Mais si, tu y étais”, dit sa mère, comme si Jeanette avait oublié.

Un été où ils étaient tous réunis en Virginie, Franny avait expliqué à Jeanette : “Si tu veux trouver le coupable, tu dois reposer sans cesse les mêmes questions.” C’était bien longtemps avant la mort de Cal. C’était l’un des trucs de flic que Franny tentait de lui enseigner, comme forcer une voiture ou démonter le combiné du téléphone pour pouvoir écouter les conversations téléphoniques des gens à leur insu. “Un jour ou l’autre, on fait une erreur”, avait dit Franny.

Jeanette se demanda si sa mère la poussait à l’erreur.

“Il en a eu marre de nous attendre, dit-elle. Il est parti voir les chevaux et on devait le rejoindre.”

“Vous l’avez rejoint”, dit sa mère.

Jeanette haussa les épaules, un geste horrible, étant donné les circonstances, un manque total de respect. “C’était trop tard.” Après la mort de Cal, sa mère avait fini par perdre ses taches de rousseur, comme si même elles l’avaient abandonnée. Jeanette observait l’arête du nez de sa mère, en essayant de rester concentrée, en essayant de se souvenir de l’aspect qu’il avait avant que tout ça ne se produise.

“Et qui a donné les cachets à Albie ?” demanda leur mère.

“Cal, dit Jeanette, surprise du plaisir que ça lui procurait, de pouvoir dire enfin la vérité. C’était toujours lui qui les lui donnait.”

Avec tout ce qui s’était passé ce jour-là, personne ne remarqua la disparition d’Albie, à l’exception d’Ernestine.

Après avoir fouillé le grenier et la cave, elle avait dit qu'il devait être parti avec Beverly. Personne ne savait où était Beverly. Elle avait pris l'une des voitures de leurs grands-parents, sans dire à personne qu'elle sortait. Si elle s'était rendue en ville, elle avait dû emmener Albie avec elle. N'importe quel autre jour, la pensée de Beverly emmenant Albie où que ce soit avec elle, *OÙ QUE CE SOIT*, aurait fait hurler de rire les filles.

*

Ces fichus gamins à bicyclette, c'est comme ça que les voisins à Torrance les appelaient, avant qu'ils ne reprennent le surnom à leur compte. Ils entendaient qu'on leur hurlait ces mots, tandis qu'ils coupaient à travers les pelouses, jaillissaient en un éclair entre les voitures, dérapant jusqu'à ce que les pneus fassent entendre un son aigu et que les freins claquent, traversaient en piqué les parkings de supermarché, en traçant des cercles serrés à toute vitesse, pour le plaisir de terroriser les mères qui passaient avec leurs chariots pleins de provisions. Les gens avaient envie de les tuer, ils croyaient qu'ils avaient manqué de les tuer, et ils avaient peur qu'eux ne les tuent, le tout simultanément. Albie, descendant de la tribu mattaponi, Raul, Salvadorien né de ce côté de la frontière, de parents nés de l'autre côté, et deux gamins noirs, l'un, Lenny, le plus petit, le plus beau, et arborant l'air le plus somnolent, et l'autre, Edison, le plus grand des quatre. Tous avaient commencé à faire du vélo ensemble, à onze et dix ans, quand ils n'étaient encore que des gosses exaspérants que leurs mères chassaient de la maison pour l'après-midi. Dès le début ils avaient été dangereux, forçant les voitures qu'ils doublaient à foncer dans les pelouses des gens. Une fois, une voiture rata le virage et atterrit directement dans un poteau électrique, pendant que les garçons prenaient le large en poussant ce qu'ils imaginaient être des cris d'Indiens. L'été où la plupart eurent douze ans, une porte de voiture s'ouvrit à l'improviste et envoya Lenny valdinguer dans les airs. Les trois autres freinèrent à mort, juste à temps pour voir leur jeune ami faire une culbute digne d'un gymnaste avec le ciel bleu en arrière-plan. Il aurait pu se tuer, et il se serait tué s'il avait atterri sur la tête, mais au lieu de ça il tendit la main droite pour se rattraper et se cassa le poignet, en sorte que l'os traversa la peau. Moins de deux semaines plus tard, ce fut au tour d'Albie d'avoir un accident, la pluie avait fait remonter à la surface l'essence incrustée dans le bitume et son vélo dérapa. Albie se cassa l'épaule et s'arracha une oreille, ce qui nécessita trente-sept points de suture. Edison et Raul pédalèrent prudemment sur les pistes cyclables du parc tout le reste de l'été, n'effrayant ni les autres ni eux-mêmes. Edison vint rendre visite à Albie, et il resta près du fauteuil inclinable du salon plongé dans l'obscurité. À cause de son épaule, Albie passait presque tout son temps dans ce fauteuil.

"Ça arrive à tout le monde d'avoir un été pourri", dit Edison, et Albie, qui savait à quel point cette phrase était vraie, donna à son ami un Tylenol avec codéine pendant qu'ils regardaient les dessins animés.

Le temps qu'ils finissent leur scolarité au collège Jefferson, Albie, Lenny et Edison avaient quatorze ans et

Raul, quinze. Ils étaient grands mais n'avaient pas encore atteint leur taille maximale. De loin il était impossible de savoir si c'étaient des garçons ou des hommes qui conduisaient les vélos. Ils allaient trop vite, et comme ils essayaient toujours de voir si l'un pouvait dépasser l'autre, leur meute avançait en rotations furieuses, tel le peloton de tête d'une course.

Les Fichus Gamins à Bicyclette volèrent moins de bonbons après le collège, se concentrant sur les canettes de Reddi-wip qu'ils glissaient dans les poches kangourous de leurs sweats quand ils allaient chez Albertson's. Ensuite ils se dopaient ensemble dans la chambre d'Albie, aspirant le délicieux petit coup de protoxyde d'azote ou sniffant de la colle à avion dans des sacs en papier. Chacune des quatre mères se désespérait des mauvaises fréquentations de son fils et, à l'exception de Teresa, croyait que tout était la faute des autres garçons.

Et c'est alors, un jour chaud de l'été de leurs quatorze ans, que le vélo de Raul dérailla. Ils étaient à des kilomètres de chez eux, sur une étroite voie d'accès qui longeait un immense champ derrière une zone industrielle. Les garçons attendirent pendant que Raul, accroupi à côté de son vélo, essayait de remettre la chaîne. Il n'y avait pas de gazon sur le champ, recouvert d'une forêt de mauvaises herbes très hautes, toutes mortes depuis des mois. C'était comme ça, Torrance. Albie était allongé sur le dos, sur le trottoir insupportablement bouillant. Le contact avec son épaule était agréable. Il aurait aimé avoir des lunettes de soleil, mais aucun des garçons n'en avait. Il sortit un briquet Bic bleu de la poche boutonnée géante de son short, qui contenait aussi une petite pipe, avec un minuscule couvercle en bois sur l'étroit tamis grillagé, mais c'était juste pour la frime. Ça faisait longtemps qu'il n'avait plus de shit, et qu'il ne lui restait plus rien de l'argent qu'il avait volé, pour en racheter, dans la réserve de Holly, approvisionnée par ses baby-sittings. Alors au lieu de se défoncer il leva le bras en l'air et braqua son briquet contre le soleil.

"Quoi ?" demanda Lenny. Il avait essayé de s'asseoir sur le trottoir mais c'était brûlant. Il n'arrivait pas à croire qu'Albie se soit allongé dessus.

"Le feu communique avec le feu", dit Albie, en pensant que ça sonnait profond. Puis il tourna la tête à droite, vers le champ, et il vit deux papillons bruns voler au-dessus de l'herbe sèche, et c'est comme ça qu'il abaissa son bras sur la droite, la flamme du Bic s'éleva, et il mit le feu à l'herbe.

Ce champ était fait pour être brûlé. La flamme lécha le poignet d'Albie quand il éloigna sa main et roula deux fois sur le trottoir avant de se relever d'un bond pour attraper son vélo. Le feu siffla avant de crépiter triomphalement, comme des feuilles raides de cellophane roulées en boule par des mains humaines.

"Putain, mec, dit Raul, et il recula en trébuchant. Qu'est-ce que t'as fait ?" Ils poussèrent leurs vélos, de plus en plus loin, les enfourchant parfois pour accélérer. Mais aucun ne partit. Ils étaient tous les quatre paralysés, hypnotisés, parcourus d'un étrange frisson en observant ce miraculeux animal en pleine croissance dévorer la terre dans toutes les directions, toutes les directions où il y avait de l'herbe, sans venir vers eux, qui se tenaient sur le trottoir. Les flammes montaient aussi haut que leur taille, leur poitrine, plus sublimes que tout ce qu'ils avaient pu voir avant, les feuilles orange suspendues dans l'air comme un mirage dans le désert, un spectacle réel et irréel. Des volutes de fumée noire s'élevaient des flammes, annonçant à tout le voisinage l'acte totalement intime accompli par Albie. *Au feu ! Au feu !* ils hurlaient dans la zone industrielle, même s'il commençait à s'éteindre aux extrémités. Le feu était tellement vorace. Les garçons le contemplaient, qui exigeait encore plus d'herbe, tout ce qui pouvait alimenter sa survie. Il aurait été ravi de les consumer si cela lui avait offert une minute de plus.

"On ferait mieux de se barrer d'ici", dit Edison, même si ça sonnait plutôt comme : *Non mais vous avez vu ça ?*

Oubliés la défonce, la colle, le shit. Oubliés même les raids à vélo. Depuis que l'incendie s'était déclenché, tout ce qu'ils désiraient, c'était le feu primordial. Ils entendirent des sirènes au loin. La veille, ils se seraient précipités en direction du bruit, ils auraient suivi les camions rouge vif sur place, comme une bande de petites groupies pourchassant un groupe. Mais ce jour-là, l'action, c'était eux, et ils en avaient assez vu pour savoir qu'ils devaient se barrer.

À l'origine, c'est le grand-père Cousins qui avait appris à Albie et à Cal comment fabriquer des pistolets à allumettes, un été en Virginie. Tout ce dont ils avaient besoin, c'était d'une pince à linge à l'ancienne, de deux élastiques, d'une boîte d'allumettes de cuisine et d'un morceau de papier de verre. On avait enjoint aux garçons de prêter attention au vieil homme affreusement ennuyeux, qu'on avait enjoint de leur transmettre une partie de la sagesse familiale. Un pistolet à allumettes, voilà l'idée qu'il avait eue. Ça n'avait pas le même sens en Virginie, évidemment, où, du moins durant cet été bizarre, les pluies incessantes avaient creusé le monde, le transformant en un univers luxuriant, à l'épreuve du feu. En Virginie, les gens stockaient du bois dans le garage, dans l'espoir qu'il serait un jour assez sec pour brûler. Après avoir fabriqué leurs armes, le grand-père mit en place une allumette et *zing*, il envoya le missile depuis le perron, dans un magnifique arc enflammé.

"Jamais dans la grange, leur avait dit le grand-père, en leur tendant son invention. En fait, jamais tout seuls. Compris ? Si vous voulez faire un combat d'allumettes, vous attendez que je sois là."

Cal était plutôt déçu. Dès qu'il en avait l'occasion, il prenait le revolver de son père dans la boîte à gants et le coinçait dans sa chaussette sous son jean, attachant la crosse à sa cheville à l'aide d'un bandana bien serré. Il le portait ce jour-là, sur le perron, pendant que son grand-père s'affairait avec la pince à linge.

Mais Albie n'avait pas de revolver, et du coup le petit lanceur de flamme l'intéressait, au point que lorsqu'il tenta d'en reconstruire un de mémoire, cinq années plus tard à Torrance, il s'en révéla capable. Étalant ses matériaux sur la table du dîner, il confectionna un pistolet à allumettes pour chaque membre de sa bande. Après un unique entraînement dans la cour de la maison d'Edison, au cours duquel ils brûlèrent des serviettes en papier et des kleenex posés sur le gazon, à différentes distances, ils mirent le feu à une pile de boîtes en carton vides, entassées derrière le magasin d'alcool, et à deux arbustes morts devant une station Exxon. Les jours où ils se levaient assez tôt, ils lançaient des allumettes enflammées sur les journaux qui attendaient sur les trottoirs et devant les portes de leurs voisins. Quand leur niveau s'améliora, ils visèrent ces journaux depuis leurs vélos. Ils prenaient un bus jusqu'au Sunset Strip et tiraient des allumettes dans les palmiers, s'écartant pour voir les rats dégringoler des troncs effilés tandis que les feuilles desséchées prenaient feu au-dessus. Ils essayèrent d'incendier les rats sans jamais y arriver. Les rats étaient rapides, et pas particulièrement inflammables.

Durant tout l'été, ils n'arrêtèrent pas de mettre le feu, défiant la sécheresse et les vents, défiant les avertissements de Smokey Bear au bord des routes. Va te faire foutre, Smokey. Ils se foutaient complètement d'un truc aussi bâclé qu'un feu de forêt. Ils aimaient la précision, l'art de la flamme, un unique journal qui prend feu, un terrain vague. Ils mirent le feu à des allumettes au cours des deux premiers mois de leur première année à Shery High. Dans leur carrière de voleurs à l'étalage, leur réussite avait été inégale, tandis qu'en tant qu'incendiaires, ils étaient très bons pour ne pas se faire prendre, du moins jusqu'au jour où ils mirent le feu à leur école.

Raul avait dessin le vendredi en fin de journée, un moment paisible, le dernier jour de la semaine, durant lequel il était libre de dessiner minutieusement des dragons crachant du feu sur les arbres. Juste avant de quitter la classe, une seconde après que la sonnerie s'était déclenchée et que tous les élèves s'étaient mis à fourrer frénétiquement leurs cahiers dans leurs sacs à dos, il se pencha et fit pivoter la poignée de la fenêtre pour la débloquer. La salle de dessin était au rez-de-chaussée de l'école, avec de grandes fenêtres au niveau du sol. Personne ne regardait dans sa direction, si bien que personne ne le surprit. Il le fit simplement parce qu'il en avait la possibilité. Mlle Del Torre, la prof de dessin, fermerait la fenêtre avant de rentrer chez elle, ou si elle oubliait de le faire, ce qui était possible, parce que Mlle Del Torre était une idiote, le concierge le ferait, quand il passait la serpillière à la fin des cours.

"Je veux aller voir un truc", dit Raul à sa bande, le samedi matin. Ils n'avaient rien d'autre à faire et ils ne lui demandèrent même pas quoi, se contentant d'enfourcher leur bicyclette et de le suivre jusqu'à l'école. Raul les conduisit derrière une haie basse qui dissimulait la fenêtre à la rue et, observant la salle de dessin, il poussa la vitre, sans vraiment appuyer, et la fenêtre s'ouvrit. Albie, enchanté à la perspective d'un samedi intéressant, tira les quatre vélos derrière la haie, pendant que Lenny, qui était plus petit, se glissa à l'intérieur en premier. Une fois dedans, il se redressa, leur fit un grand sourire derrière la vitre, et un salut de la main. À l'autre bout de la salle, il trouva une autre fenêtre qui s'ouvrait plus largement, un portail vers un autre monde, et l'un après l'autre, les Fichus Gamins à Bicyclette se faufilèrent.

Rien n'expliquait comment l'école, principale source de malheur dans leur vie, était devenue le lieu le plus fascinant de la terre, juste parce qu'on était samedi. *What a difference a day makes*, chantait la mère d'Albie, quand elle faisait encore ce genre de choses. *Twenty-four little hours**. En l'absence des hordes d'enfants enragés et des adultes

* "Qu'est-ce que ça change, un jour / Vingt-quatre heures toutes petites."

amers et vaincus, les couloirs étaient silencieux et immenses. En l'absence des plafonniers bourdonnants, le soleil tombait en plein sur les murs et traversait les dalles de linoléum, s'accumulant en flaques délavées autour de leurs pieds. Edison se demanda ce que ça ferait de revenir ici quand il serait vieux, aussi vieux que son père. Il s'imagina que ça ressemblerait à ça, à ce bâtiment qui lui appartenait entièrement, parce qu'il ne tenait pas compte du fait que d'autres enfants puissent revenir plus tard. Raul s'immobilisa pour contempler les gagnants du concours de dessin, alignés sur un tableau en liège. Seules deux œuvres étaient bien : un dessin au fusain d'une fille en robe d'été, et un petit tableau représentant deux poires dans un bol. Ces deux-là avaient juste eu une mention honorable, alors que le vainqueur était un collage ridicule d'un gratte-ciel, réalisé à partir de petites photos de gratte-ciel trouvées dans un magazine. Il se demanda si Mlle Del Torre qui, on ne le dirait jamais assez, était une idiote, avait été incapable de discerner quel élève avait vraiment du talent parce que ça grouillait toujours de monde.

À un moment ils perdirent Lenny de vue. Aucun des autres n'avait remarqué sa disparition jusqu'à ce qu'ils le voient qui revenait vers eux dans le couloir. "Hé les mecs, dit-il en agitant son bras, comme s'ils avaient pu le manquer. Venez. Faut que vous voyiez ça."

Le grincement de leurs tennis résonna dans les couloirs, et en entendant ce bruit, Albie se mit à rire, bientôt suivi par tous les autres qui riaient en passant devant la rangée interminable de casiers, tous fermés, tous identiques. "Regardez-moi ça", dit Lenny en entrant dans les toilettes des garçons.

Pour un élève de première année dans une école publique de Torrance, et spécialement pour Lenny, qui était moins grand que les autres garçons, et plus maigre, malgré tous ses efforts, les toilettes étaient l'endroit le plus terrifiant. Il avait recours à tous les moyens imaginables pour ne pas y entrer, même si l'idée le traversait parfois que son obsession finissait par lui donner trop souvent envie d'y aller. Mais cette pièce, qui pas plus tard qu'hier était aussi immonde et dangereuse qu'un repaire de junkies, envahie par l'odeur de sueur, de merde et de pisse de garçon, par la puanteur âcre de la peur de garçon, cette pièce était à cet instant parfaitement propre. Ça sentait vaguement, et même agréablement, l'eau de javel, comme dans une piscine publique. En fait la disposition de la pièce – les miroirs et les lavabos d'un côté, la rangée de toilettes de l'autre, avec leurs portes vertes métalliques – dégageait une sorte de symétrie paisible. Il y avait énormément d'espace entre les toilettes et les lavabos, si bien qu'il était impossible de se cogner contre un autre gamin, à moins que ce gamin ne cherche expressément à vous cogner. Les garçons remarquèrent pour la première fois les trois bandes de carrelage entourant toute la pièce, trois bandes bleues disposées là à des fins strictement décoratives. Raul se dirigea vers un urinoir et, inclinant la tête en arrière en même temps que le flux s'écoulait, il remarqua la lumière du soleil. "Depuis quand y a des fenêtres ici ?"

Comme personne ne pouvait les arrêter, ils entrèrent aussi dans les toilettes des filles et découvrirent qu'elles étaient absolument identiques, sauf que les trois rangées de carreaux le long des murs étaient dans des nuances de rose, et qu'à la place des urinoirs il y avait un distributeur de Tampax verrouillé près des lavabos, sur lequel quelqu'un avait gravé les mots *MANGE-MOI* dans l'émail blanc. Quelqu'un d'autre avait tenté de les effacer, en vain. La pièce était plutôt décevante. Même Albie et Raul, qui avaient des sœurs, avaient imaginé des choses plus excitantes.

Tous les placards à fournitures de l'école étaient fermés à clé, tout comme le bureau du principal, ce qui était vraiment dommage parce qu'ils auraient adoré fouiller dans les tiroirs. Ils hésitèrent à tout déménager d'une salle de classe à une autre, ou juste à déplacer quelques trucs pour que les gens se demandent s'ils devenaient fous, mais finalement ils décidèrent de ne toucher à rien. C'était trop bien d'être à l'école un samedi, et s'ils voulaient le refaire, il valait mieux tout laisser en l'état.

En jetant ses allumettes dans la poubelle de la salle de dessin, juste au moment où ils s'apprêtaient à partir, Albie fit donc un geste totalement insensé. Il avait toujours les poches bourrées de pochettes d'allumettes, pour s'entraîner à les ouvrir et à les allumer d'une seule main. Il secouait ensuite violemment la pochette pour éteindre le feu. Sauf que cette fois, quand il l'alluma, il balança toute la pochette dans la poubelle, à l'autre bout de la salle, près de la fenêtre par laquelle ils étaient entrés, d'une manière impulsive qui ressemblait beaucoup à la façon dont Raul avait fait pivoter la poignée de la fenêtre. Impossible d'expliquer pourquoi il avait allumé l'allumette, ni pourquoi il l'avait balancée. Il n'avait pas voulu impressionner les autres, qui, ces derniers temps, passaient leurs journées à balancer des allumettes allumées.

Il n'avait pas non plus voulu viser la salle de dessin, il se trouve juste qu'ils y étaient à ce moment-là, et d'ailleurs rien n'expliquait non plus leur présence dans l'école un samedi. L'allumette atterrit dans une grosse poubelle métallique qui leur arrivait à la taille, dix fois plus grande que toutes celles des salles de classe normales, où tout ce qu'un gamin aurait pu jeter était une interro-surprise avec une mauvaise note. La poubelle de la salle de dessin aurait dû être vide, l'école entière était vide et propre, mais tout au fond du sac poubelle en plastique vert, il restait des morceaux de journaux chiffonnés et des chiffons huileux ayant servi à essuyer les pinceaux qui avaient trempé dans la térébenthine. Voilà pourquoi la poubelle s'enflamma comme la bouche de l'enfer, projetant une flamme qui fit reculer Albie d'un bond, comme s'il était sur ressort, et se retourner les autres. La flamme atteignit les rideaux rêches en polyester vert, qui étaient doublés pour plonger la salle dans l'obscurité à la période du trimestre où Mlle Del Torre projetait des diapositives des périodes cruciales de l'histoire de l'art. Les rideaux étaient aussi vieux que leurs parents et ils brûlèrent plus vite que les herbes sèches dans le champ. Les flammes s'élevèrent droit vers le revêtement insonorisant du plafond et se répandirent au-dessus de la tête des garçons jusqu'à l'autre bout de la salle, où les peintures, les pastels, les feuilles de papier et les bocaux de solvants attendaient d'exploser comme des cocktails Molotov. La fumée était totalement différente de celle qu'ils adoraient respirer dehors. Cette fumée-là était entre l'encre et le goudron, huileuse, visqueuse, noire. Elle s'avançait vers eux, léchant l'air tandis que la flamme orange clair léchait les rideaux. Désormais la salle entière s'avançait vers eux, avec des flammes dans chaque coin. Ils étaient entrés par la fenêtre, mais quand ils se retournèrent vers elle, ils virent qu'elle ne leur offrait plus de voie de sortie.

Ils n'avaient encore jamais provoqué d'incendie à l'intérieur, et ils n'en avaient jamais vu, c'est pourquoi ils eurent à tort recours au savoir-faire acquis en provoquant des incendies dehors : ils demeurèrent parfaitement immobiles à regarder, la théorie étant que comme ils avaient donné naissance au feu, le feu était censé les respecter. C'est alors que l'alarme incendie de l'école se déclencha. Ils connaissaient cette sonnerie, tellement forte qu'elle donnait l'impression d'exploser à l'intérieur de leur cerveau. Ils adoraient les exercices d'évacuation : tout s'arrêtait, les filles étaient toujours désespérées parce qu'elles n'avaient pas le droit d'emporter leurs sacs, tous les élèves alignés se ruaient dehors en ordre. La sonnerie les rappela à la réalité. La sonnerie les sauva. Ils s'étaient tellement entraînés qu'à cet instant précis, les garçons firent ce qu'ils avaient été dressés à faire : baisser la tête, rester groupés, courir vers la porte. Une flamme atteignit le tee-shirt Red Baron d'Albie, brûlant son dos. Dans le couloir, Edison se brûla la main en l'aidant à l'enlever. Durant leur course en direction de la porte, les extincteurs qu'ils n'avaient jamais remarqués inondèrent le long couloir vide, réduisant à néant les œuvres du concours artistique. Ils poussèrent la porte latérale, se ruèrent à la lumière du soleil et s'écroulèrent sur l'herbe du parking, suffoquant, haletant et toussant, l'odeur de fumée incrustée dans leur peau roussie. Pendant une seconde, Albie pensa à son frère. Il se demanda si pour Cal, la mort avait ressemblé à ça. Les quatre garçons restèrent allongés sur l'herbe, des larmes dévalant leurs joues noircies, paralysés par leur euphorie d'être si puissamment en vie. Ils étaient toujours au même endroit quand, à peine quelques minutes plus tard, les pompiers les trouvèrent.

Teresa avait eu énormément de mal à prendre la décision d'envoyer Albie en Virginie chez Beverly et Bert. Il était clair qu'il avait besoin d'un père, mais un autre père, n'importe lequel, eût été préférable. Beverly et Bert n'avaient pas tué Cal. En y pensant calmement, Teresa le savait au fond d'elle-même. Ils avaient fait preuve de négligence dans leur surveillance des enfants, mais comme la dernière catastrophe en date d'Albie le confirma, elle aussi. Néanmoins les rendre responsables l'aidait à se sentir mieux. Ça l'aidait à se sentir presque bien, même si "bien" n'était probablement pas le bon mot. Elle pourrait téléphoner à Bert pour lui demander : *Ça te fait du bien de me tenir pour responsable d'Albie ? "Bien", c'est le bon mot ?*

Ce dont Teresa était sûre, c'est qu'elle ne pouvait pas garder son deuxième fils, et comme personne d'autre ne se portait volontaire, elle ne voyait pas quelle autre solution elle avait. Finalement Albie alla à Arlington, et quand il échoua à l'école privée locale, on l'envoya en pension en Caroline du Nord, puis dans une école militaire du Delaware. L'été de son retour à Torrance, il avait dix-huit ans et il entrait en première année de lycée, étant donné que le pensionnat lui avait fait prendre du retard. Holly et Jeanette étaient à la maison, à la fin de leur année d'université, et elles essayèrent de l'emmener à la plage, à des fêtes avec certains de leurs amis dont il pouvait avoir gardé le souvenir, mais Albie restait enfoncé dans le canapé comme une enclume, à regarder des jeux télévisés en mangeant des bols de cornflakes recouverts d'une épaisse couche de sucre. En guise de communication avec la collectivité, il s'en tenait à vingt mots par jour. Il les comptait. Dans la réserve d'alcool il se servait en procédant de gauche à droite, même si l'organisation du bar n'obéissait à aucune idée directrice. Il ne commençait jamais aucune bouteille sans avoir fini la bouteille précédente.

Puis, un jour, il annonça qu'Edison lui avait téléphoné. Son vieux pote avait trouvé un boulot consistant à installer les groupes dans un club de San Francisco, et il dit qu'Albie aurait juste à décharger les amplis des bus et à les brancher. Edison partageait un appartement avec d'autres types et Albie pourrait dormir sur un matelas par terre. Albie avait l'air presque excité à cette perspective, plus excité que Jeanette et Holly et leur mère se rappelaient l'avoir jamais vu. Soulever des trucs, brancher des trucs, ça avait l'air d'un boulot pour lequel il était qualifié, si bien que Teresa lui acheta un ticket de bus pour San Francisco et lui prépara une pile de sandwichs au beurre de cacahuète. Holly et Jeanette lui donnèrent chacune cent dollars sur leurs économies. Il mit son vélo dans la soute du bus, avec son sac à dos, et Jeanette et sa sœur et leur mère attendirent qu'il soit assis près de la fenêtre pour les regarder le saluer de la main. Il partait une nouvelle fois. Quelqu'un d'autre allait prendre en charge ce problème impossible à résoudre. Chacune avait secrètement le vertige, de soulagement.

Cette nuit-là, Fodé entra dans la salle de bains pendant qu'Albie se lavait les dents, il frappa un petit coup avant d'entrer, puis ferma la porte derrière lui. La salle de bains se prêtait bien aux conversations, même si, en fait, il n'y avait pas assez de place pour que deux hommes adultes cohabitent à l'aise. Albie était coincé contre le lavabo, et Fodé, qui portait un bas de pyjama en flanelle et un tee-shirt blanc, tournait autour des caisses en plastique remplies de serviettes pliées, de jouets de bain et de Pampers. "Frère, dit-il, écoute-moi, je veux te dire un truc, tu vas rester chez nous. Une semaine, un an, le reste de ta vie, tant que tu en auras besoin, tu es le bienvenu."

Albie avait la brosse à dents dans la bouche, de la mousse à la menthe coulant de sa lèvre inférieure, quand le mari de sa sœur posa une main au bas de son dos et colla son front au sien. Une coutume tribale ? Un signe de gravité ? Une avance ? Tout ce qu'il savait de sa sœur remontait aux souvenirs vagues de leur adolescence, et de son dingue de mari africain, il ne savait rien. Front contre front, Albie approuva de la tête. Il avait encore besoin d'un endroit pour cette nuit.

Fodé sourit. "Bien, bien, bien. Ta sœur a besoin de sa famille. Calvin a besoin de son oncle. Et je pourrais avoir besoin d'un frère. Je suis très loin de chez moi."

"C'est clair", dit Albie.

"Tu peux me parler. C'est ce qu'on fait. Tu jettes un coup d'œil à ce qui se passe ici, chez toi, et tu te dis qu'on est super occupés." Il secoua la tête. "Je suis totalement capable de faire une pause. T'as juste à me dire « Frère, stop, viens t'asseoir avec moi », et je débarque. T'as juste à me dire de quoi t'as besoin." Puis Fodé se tut et il le regarda à nouveau, son visage tellement proche qu'il était difficile de se concentrer. “Albie, de quoi t'as besoin ?”

Albie réfléchit. Il se pencha pour cracher son dentifrice dans le lavabo. Il avait la sensation que sa tête allait s'ouvrir en deux. “De Tylenol ?”

Cette petite demande fit rayonner Fodé, depuis ses dents, ses lunettes, son large front, toutes ces nombreuses surfaces réfléchissantes. Il tendit la main pour ouvrir l'armoire à pharmacie, désignant la deuxième étagère. “Tylenol, déclara-t-il fièrement. Tu te sens pas bien ?”

“Mal à la tête.” D'un regard, il fit un rapide inventaire des médicaments disponibles, qui comprenaient du Tylenol, du Tylenol pour enfants, des gouttes pour les oreilles, pour les yeux, pour le nez.

Fodé remplit le petit verre jaune sur le lavabo et le lui tendit, le verre commun. “Tu vas pas tarder à dormir. Ça ira mieux. Tu as fait un long voyage.”

Albie avala quatre comprimés en faisant oui de la tête, un geste qui signifiait aussi merci et bonne nuit. En retour Fodé approuva solennellement et il sortit de la salle de bains en fermant la porte derrière lui. Jeanette lui avait dit d'où sortait cette créature merveilleusement sympathique, mais il n'était pas foutu de s'en souvenir. Namibie, Nigeria, Guinée ? C'est alors qu'il se souvint. C'était la Guinée.

Même avec la motivation supplémentaire de Bintou – si elle n'était pas la deuxième femme de son beau-frère il pourrait sans doute se la taper pendant la sieste du bébé –, Albie ne pouvait rester assis dans cet appartement pendant une journée entière. Premièrement, il faisait une chaleur tropicale. Le radiateur sifflait et cliquetait comme si quelqu'un le frappait à mort avec un tuyau de plomb au sous-sol. Ni Bintou ni Dayo ne sursautaient en entendant ce bruit, qui donnait envie à Albie de s'arracher la peau. Pas très étonnant que Jeanette et Fodé partent au travail tellement tôt. Un humidificateur vaporisait en permanence une brume à travers la pièce minuscule, très probablement une tentative pour recréer un climat subsaharien dans ce vivarium de Brooklyn. "Bon pour les poumons", disait Bintou avec un sourire en voyant Albie se lever pour vérifier si on pouvait l'éteindre. La fenêtre donnant sur l'escalier de secours était coincée, si bien qu'il descendait les quatre étages pour fumer. La troisième fois qu'il sortit fumer, il embarqua son vélo et partit se promener dans la neige doucement feutrée. À treize heures, il avait trouvé un boulot comme coursier à vélo.

C'était le travail qu'il trouvait dans chaque ville, le seul emploi pour lequel il sentait que la vie l'avait préparé. Il ne pouvait même pas se qualifier de pyromane, vu qu'il avait désormais vingt-six ans et n'avait plus vraiment provoqué d'incendie depuis ses quatorze ans. Lorsqu'on lui demanda quand il pouvait commencer, il répondit "Tout de suite", ensuite il passa la journée à essayer de se repérer dans Manhattan. Ce n'était pas très compliqué.

"Je suis tellement fier de toi ! Et ça veut dire que tu vas rester. Les visiteurs trouvent pas un boulot le jour de leur arrivée. Les invités non plus. Tu es un résident maintenant. Au bout d'un jour, la ville t'appartient déjà !"

Jeanette sourit à son frère, un petit sourire à la Jeanette, en roulant légèrement des yeux. *Les Africains*, avait-elle l'air de dire. *Qu'est-ce qu'on peut faire ?* Elle portait toujours sa tenue de travail, une jupe et un pull. Quand elle était tombée enceinte, elle était en deuxième année de troisième cycle en génie biomédical. Car il s'était avéré que l'intelligente de la famille, c'était Jeanette. La nuit précédente, elle avait expliqué à Albie qu'au lieu de suivre leur première idée, avorter, elle et Fodé avaient décidé de mener une expérience sociale radicale qu'ils appelaient Avoir Le Bébé, et à cause de l'issue de cette expérience, elle avait arrêté ses études et travaillait désormais comme ingénieur de maintenance pour Philips. Elle expliquait le fonctionnement des appareils d'IRM qu'elle configurait et révisait dans des hôpitaux du Queens au Bronx.

"Je les branche, dit-elle sur un ton indifférent. Je montre aux gens comment ça marche." La nuit d'avant, tout en préparant le lit d'Albie, elle lui dit qu'elle devrait continuer à faire ce travail stupide et abrutissant au moins jusqu'à ce que Fodé ait fini sa thèse en santé publique à NYU, et que Dayo ait atteint un âge où ils pourraient l'envoyer en garderie. Ils appelaient ça Garderie Dayo. "Si je ne reprends pas mes études, chuchota-t-elle en installant un drap sur les coussins du canapé, l'expérience sociale radicale aura échoué parce que je devrai me flinguer".

Albie garda le bébé dans les bras pendant que Jeanette réchauffait le dîner que Bintou leur avait laissé. Fodé mit la table et ouvrit une bouteille de vin, en leur racontant sa journée. "Les Américains adorent l'idée de vacciner les Africains. Quoi de plus beau qu'une photo de petits enfants nigérians poussiéreux faisant la queue pour recevoir un vaccin, en une du *New York Times* ? Mais pour leurs propres enfants, les mères new-yorkaises trouvent que la vaccination est dépassée. Elles disent que ce n'est pas assez naturel, qu'elle pourrait causer un mal supérieur à celui qu'elle empêche. J'ai passé la journée à tenter de convaincre des femmes qui ont fait des études universitaires de vacciner leurs enfants, et elles s'engueulaient avec moi. Il faut que je fasse médecine. Sinon personne m'écoutera."

"Moi si, dit Jeanette. Ne fais pas médecine."

"Une femme m'a dit qu'elle ne croyait pas en l'épidémiologie." Il se couvrit le visage de ses mains. "C'est affligeant."

"La rougeole a disparu à New York." Jeanette tapota son épaule. "On en a fini avec la rougeole."

Jeanette lavait la salade. Fodé enveloppa le pain tranché dans du papier alu et l'enfourna. Ils travaillaient côte à côte dans l'espace minuscule, chacun s'écartant pour laisser passer l'autre.

"Raconte-moi plutôt ta journée, dit-il. Histoire d'arrêter de déprimer."

"Tu veux que je te parle de démonstrations d'appareils IRM dans des rez-de-chaussée d'hôpitaux ?"

Fodé s'interrompit un moment, puis il secoua la tête en souriant. "Non, non." Alors il se tourna vers son beau-frère, ravi d'avoir une autre chance. "En fait, ce que je voulais dire, c'est : Albie, s'il te plaît, racontemoi ta journée."

Albie changea son neveu de place dans ses bras. Il s'adressa au bébé. "Des vigiles m'ont interdit le passage dans quatre immeubles aujourd'hui. J'ai montré mes papiers, on m'a laissé passer, et ensuite un deuxième vigile devant l'ascenseur m'a empêché de monter."

Fodé fit un signe de tête appréciateur. "Très impressionnant pour un Blanc."

"Et j'ai failli me faire renverser par le bus M16."

"C'est bon, dit Jeanette, en posant un saladier au milieu de la table. Arrête de raconter ta journée."

"Ce qui nous laisse celle de Dayo", dit Albie.

Fodé lui prit le bébé des bras. "Dayo. C'est toi que j'ai le plus envie d'écouter. Mon fils, dis-nous, c'est comment de passer encore une belle journée à être en vie ?"

"Oncle", dit Dayo, en tendant les bras pour retrouver ceux d'Albie.

Albie, qui avait vécu au bord du gouffre pendant si longtemps, y plongeant parfois, contempla par la fenêtre les lumières qui émanaient des innombrables appartements de Brooklyn. Est-ce que c'était ça que les gens faisaient ? Dîner avec leur famille, tenir des bébés dans leurs bras, raconter leur journée ? Est-ce que pour eux, la vie ressemblait à ça ?

Le vélo d'Albie était constitué d'un tel amalgame de pièces de rechange différentes qu'on n'avait plus le droit de l'appeler un Schwinn. Son travail consistait à livrer des petits paquets, des formulaires d'assurance notariés et des manuscrits prometteurs. Parfois il s'agissait d'un contrat, et dans ce cas il devait attendre une signature avant de le rapporter à l'envoyeur, et parfois on lui demandait de signer comme témoin. New York était le territoire des livraisons illimitées. Il s'y trouvait toujours quelqu'un qui avait besoin d'envoyer quelque chose ailleurs, et sa journée se déroulait ainsi, jusqu'à ce qu'il arrête. Il doublait des bus et des taxis, faisait sursauter des automobilistes du Connecticut comme le Fichu Gamin à Bicyclette qu'il avait été autrefois. Les touristes qui le voyaient se ruer sur eux se figeaient sur le trottoir. Parvenu à destination, il soulevait son vélo sur l'épaule comme s'il s'agissait de son petit frère et le transportait avec lui dans l'ascenseur. Albie avait huit centimètres de plus que son père, ce qui en faisait un garçon très grand, mais pas extraordinairement grand non plus. Mais il était extraordinairement mince, et sa minceur donnait l'illusion qu'il était plus grand. Souvent les réceptionnistes pâlissaient légèrement en le voyant s'approcher, une enveloppe kraft à la main, le vélo incrusté sur son omoplate. C'était un squelette vivant avec ses tatouages noirs et son épaisse tresse noire, comme si la Mort se présentait en personne devant eux, prête à les embarquer sur son guidon.

"Tu devrais penser à augmenter ta ration calorique", lui disait Jeanette, en le voyant rentrer chaque soir en boitant.

"Risque du métier", répondait-il. Vrai et faux – il avait croisé des coursiers gras pendant sa journée.

Albie gagnait de l'argent, et après plusieurs mois à se dire qu'il partirait le lendemain ou le jour suivant, il commença à en donner la moitié à Jeanette, pour le loyer, le café, le vin, l'éducation de Dayo ou celle de sa sœur. L'autre moitié, il la convertissait en billets de cent qu'il glissait dans la poche zippée de son sac marin. Il avait commencé par essayer de donner l'argent à Fodé, mais Fodé n'avait même pas voulu en entendre parler.

Le lendemain il attendit sa sœur à la sortie du métro et le lui donna. Jeanette hocha la tête et rangea les billets dans sa poche.

"Tu crois pas qu'on devrait faire une thérapie un de ces jours ?" demanda-t-elle, tandis qu'ils passaient devant le magasin de yaourts, le cordonnier, les marchés coréens avec leurs seaux de jonquilles en devanture. Elle pensait peut-être qu'il lui donnait de l'argent pour faire une thérapie. "Une fois qu'on sera remis sur pied psychologiquement, on pourrait joindre maman et Holly en conférence téléphonique, pour qu'elles fassent la thérapie avec nous." Albie lui avait dit qu'il n'était pas encore prêt à appeler leur mère, mais Jeanette l'avait appelée. Elle appelait Teresa presque tous les jours, de retour du travail, pour tout lui raconter.

"Et papa ?" demanda Albie. La rue était pleine de monde et il enlaça son épaule en marchant. Il ignorait pourquoi. Il ne l'avait jamais fait avant mais c'était agréable. Ils marchaient au même rythme.

"Je parie que papa est en thérapie depuis des années. Je parie qu'à l'heure qu'il est il a fini."

"Sans jamais nous appeler pour nous faire participer ?"

Jeanette secoua la tête. "Ça ne lui aura même pas traversé l'esprit."

Albie était venu à New York pour se remettre sur pied, et à certains égards il y était parvenu, sauf en ce qui concernait l'alcool, qu'il continuait à prendre en quantités limitées, et avec une régularité rigoureuse, et les speedballs, qui lui permettaient de tenir la dernière partie de ses journées. Les joints ne comptaient pas. Les mauvaises habitudes étaient juste une question de point de vue, et tant qu'on s'en tenait à une comparaison du présent avec le passé, n'importe qui aurait dit qu'il avait fait des progrès spectaculaires. Il avait économisé assez d'argent pour se payer un appartement mais il ne chercha jamais. Malgré l'absence presque comique d'espace, Fodé et Jeanette lui faisaient miraculeusement sentir qu'il devrait rester pour toujours. Dès l'instant où il franchissait la porte, Dayo s'accrochait à ses jambes, impatient de poser ses deux pieds sur son pied à lui et d'entourer son mollet musclé de ses petits bras pour se tenir debout. "Oncle" était son mot préféré, prononcé parfaitement. Il ne s'en lassait jamais. Albie aimait le canapé trop petit pour lui. Il aimait les journées où il finissait assez tôt pour rentrer à la maison et libérer Bintou quelques heures pendant qu'il emmenait Dayo au parc. Il aurait été bien incapable de nommer ce qu'il ressentait en voyant Fodé qui l'attendait tard le soir dans l'escalier avec une bière, mais il aimait ce sentiment-là. Il finirait bien par partir, mais d'ici là il continuerait à rapporter à la maison des nouilles froides au sésame de Chinatown, il plierait ses couvertures tous les matins et les rangerait derrière le canapé, il trouverait des raisons de rentrer tard plusieurs soirs par semaine pour leur laisser de l'intimité, et en arrivant dans la nuit, il continuerait à tourner la clé très doucement dans la serrure pour ne pas les réveiller.

T'étais où hier soir ? demanderait Jeanette, et Albie penserait : *Je t'ai manqué.*

Au début, pendant ses soirs de sortie, Albie allait dans des bars et au cinéma, mais très vite il comprit qu'à New York on pouvait dépenser tout son salaire en bars et en cinémas. Il restait à la bibliothèque jusqu'à la fermeture, puis il allait à la salle de conférences de la Science chrétienne jusqu'à la fermeture, et alors, selon la qualité du livre qu'il lisait et la quantité de speed qui lui permettait de tenir, il allait à la laverie automatique qui ne fermait jamais et s'asseyait au milieu des cadavres de mites, des sèche-linges où le linge se cognait avec un bruit sourd et de l'odeur envahissante des assouplissants. À force de rencontrer les réceptionnistes des maisons d'édition où il livrait des enveloppes, à qui il demandait ce qu'ils lisaient, il ne manquait jamais de livres. C'étaient les seuls endroits où Albie venait récupérer ou livrer des paquets qui lui offraient des cadeaux, mais les réceptionnistes des maisons d'édition ne voyaient aucune objection à donner un livre à un coursier à bicyclette, même au coursier à bicyclette de la mort.

"Vous me direz ce que vous en pensez", lui disait une réceptionniste, et en retour il lui faisait un grand sourire. Le sourire d'Albie était quelque chose d'éblouissant, une merveille produite par les appareils orthodontiques de son enfance, auquel rien, dans le reste de l'emballage, ne préparait. En contemplant ce sourire, la réceptionniste avait le sentiment d'avoir elle aussi reçu un cadeau.

Début juin, une nuit, peu après minuit, Albie était dans une laverie automatique de Williamsburg. Des taxis continuaient à défiler à toute vitesse, mais plus calmement. Les passants eux-mêmes étaient plus calmes. Albie lisait le roman qu'il avait entamé la veille, et sa lecture lui avait fait perdre la notion du temps. Il était bien meilleur que sa ration habituelle de policiers et de thrillers, parce que la réceptionniste de Viking Press avait tendance à lui donner de meilleurs livres. Elle ne se contentait pas de lui offrir les parutions de la semaine, même si ça lui arrivait. Une fois elle lui avait donné un exemplaire de *David Copperfield* en ajoutant qu'elle pensait que ça lui plairait, juste comme ça, comme s'il était le genre de personne qui, au premier regard, évoquait Dickens, et donc il l'avait lu. Il était censé lire *David Copperfield* lors de son année scolaire en Virginie. Il l'avait trimbalé avec lui partout pendant un mois, tout comme les autres gamins de sa classe, mais il ne l'avait jamais ouvert. "Si je vous avais connue à l'époque où je vivais en Virginie, avait-il dit à la réceptionniste après avoir fini sa lecture, j'aurais peut-être réussi mon année."

"Vous venez de Virginie ?" demanda-t-elle. Elle pouvait avoir l'âge de sa mère, un peu plus jeune peut-être, et elle était intelligente, ça se voyait. Il aimait ces conversations qui ne duraient jamais plus de deux ou trois minutes. Albie avait des livraisons à faire, et sur le bureau de la réceptionniste, le téléphone n'arrêtait jamais de sonner. Elle répondait et demandait à la personne si elle pouvait la mettre en attente, ce qu'elle faisait aussitôt.

"Non. J'ai juste vécu là-bas un moment quand j'étais gosse."

"Ne bougez pas, dit-elle. Une seconde." Elle revint avec un livre de poche portant le titre *Orange amère*. "C'est un des gros succès de l'année dernière, il a gagné le National Book Award, les ventes ont explosé. Vous connaissez ?"

Albie fit non de la tête. L'année d'avant, il était encore à San Francisco, et l'argent de ses boulots de coursier alimentait sa consommation d'héroïne. Un météore aurait pu engloutir la côte Est qu'il n'en aurait rien su.

Elle retourna le livre et tapota la minuscule photo de l'homme en quatrième de couverture. "C'était le premier livre qu'il écrivait depuis quinze ans, peut-être même plus. Ici plus personne ne misait sur lui." Le téléphone se mit à sonner. Toutes les lumières des appels en attente clignotaient. Il était temps de reprendre son poste. Elle lui tendit le livre et le salua de la main. Il lui répondit d'un signe de tête et lui adressa un sourire avant de s'en aller.

Rétrospectivement il dirait qu'il avait senti dès le début, le milieu du premier chapitre peut-être, qu'il se passait quelque chose, bien que rétrospectivement, tout fût toujours clair. Pour le formuler de la manière la plus juste, le livre s'était emparé de lui bien avant qu'il ne s'y reconnaisse. C'était cela le plus dingue, à quel point il avait adoré ce livre avant qu'il ne comprenne de quoi il parlait.

C'était l'histoire de deux familles voisines en Virginie. L'un des couples vit là depuis longtemps, l'autre vient de s'y installer. Ils partagent une allée. Ils s'entendent bien. Il leur arrive de se prêter des choses, de surveiller les enfants les uns des autres. Le soir ils s'installent sur la terrasse des uns ou des autres pour boire un verre en parlant politique. L'un des maris est un homme politique. Les enfants – six en tout – passent d'une maison à une autre, les filles partagent leurs lits. Il était facile de deviner ce qui allait se passer, sauf que le sujet n'était pas vraiment le minable adultère. Le roman parlait plutôt du fardeau inestimable de leurs existences : le travail, les maisons, les amitiés, les mariages, les enfants, comme si tout ce qu'ils avaient voulu et qu'ils s'étaient employés à construire avait cimenté l'impossibilité de toute forme de bonheur. Les enfants, qui au premier abord ont l'air exclusivement composés de poésie et de charme, se révèlent un nid de serpents. L'aîné et le plus petit sont des garçons, et il y a quatre filles entre eux. Deux filles dans la maison du politicien, deux filles et deux garçons dans celle de la femme médecin dont le politicien est amoureux. Un mari supplémentaire, une épouse supplémentaire. Le plus petit, un fils, est insupportable. Là est peut-être le vrai problème. Il symbolise ce qu'on n'arrive jamais à surmonter. Les amants, avec leurs mariages, leurs maisons, leurs boulots, utilisent tous les moyens pour se retrouver seuls, mais ce qu'ils essayent vraiment de fuir, ce sont les enfants, et particulièrement le plus petit. Les enfants, qui se retrouvent trop souvent coincés avec le plus petit, lui donnent du Benadryl pour se débarrasser de lui. L'aîné en a toujours dans sa poche parce qu'il est allergique aux piqûres d'abeilles. Ils gavent le petit garçon de Benadryl et le planquent dans le panier à linge sous une pile de draps, histoire de pouvoir aller à vélo à la piscine municipale, tranquilles. C'est ce que tout le monde veut, non, avoir juste un moment tranquille ?

Albie posa son pouce sur la page et referma le livre dessus. Il faisait soudain froid dans la laverie automatique. Il y avait deux jeunes punks, le garçon avec les cheveux collés pour faire une crête, la fille avec deux épingles à nourrice lui transperçant le nez. Ils restaient assis à fumer, pendant que leurs vêtements noirs tourbillonnaient dans la machine. La fille adressa un demi-sourire à Albie, en pensant peut-être qu'il était un des leurs.

Savait-il qu'il s'agissait de Benadryl ? Ils appelaient ça des Tic Tac, mais est-ce que lui savait ? Il se réveillait sous le lit, dans un champ, dans la voiture, enseveli sous les couvertures du canapé. Il se réveillait sur le sol de la buanderie en Virginie, enterré sous les draps. Il n'avait jamais su pourquoi il se réveillait dans des endroits où il ne se souvenait pas de s'être endormi. "Parce que t'es le bébé, disait Holly. Les bébés ont besoin de plus de sommeil."

Ses mains étaient glacées. Il rangea le livre dans son sac de coursier et sortit son vélo dans la rue, accompagné du cliquètement des rayons, sous le regard des petits punks qui pensaient qu'il sortait en oubliant son linge. Il connaissait la suite du livre, celle qu'il n'avait pas lue, la manière dont le fils aîné, Patrick dans le roman, allait mourir, la manière dont ils avaient donné tous les comprimés au plus petit, si bien que quand ils en auraient besoin, il n'y en aurait plus. Il savait que ce n'était même pas le sujet du livre.

Albie descendit la rue en traînant son vélo. Se reconnaissait-il dans les romans policiers danois ? Dans les thrillers post-apocalyptiques ? Y avait-il la moindre chance que le problème soit lui, qui se projetait partout ?

Ce n'était pas le problème.

À son retour à l'appartement il était presque deux heures du matin. Il alla dans leur chambre et demeura au pied du lit, Jeanette, Fodé et Dayo profondément endormis. Peut-être leurs subconscients avaient-ils accepté qu'il vivait désormais ici, et par conséquent ils n'entendaient plus ses bruits de pas, ou peut-être étaient-ils tellement épuisés à la fin de leur journée qu'ils continueraient à dormir, même si un étranger entrait dans leur chambre.

La lumière s'infiltrait malgré les stores baissés. C'était New York. L'obscurité n'existait jamais vraiment nulle part. Dayo était dans le lit avec eux, entre eux, couché sur le dos. Jeanette avait posé une main sur sa poitrine. C'était presque insupportable de regarder les gens dormir. Avait-elle raconté à Fodé ce qui s'était passé ? Elle avait dû lui dire qu'elle avait un frère qui était mort, mais que savait-il de plus que ça ? Albie n'en avait parlé à personne. Ni aux garçons de sa bande à vélo, ni aux coursiers avec qui il prenait un café le matin, ni à Elsa, à San Francisco, avec qui il avait partagé une seringue. Il n'avait jamais mentionné Cal. Albie posa la main sur le pied de sa sœur, son pied puis un drap, une couverture, un couvre-lit. Il serra son pied et dans son sommeil elle tenta de le repousser, mais il continua jusqu'à ce qu'elle ouvre les yeux. Personne ne veut se réveiller en voyant un homme dans sa chambre. Jeanette émit un petit bruit étouffé, l'expression d'une pure terreur qui brisa le cœur de son frère. Son mari et son fils, eux, continuèrent à dormir.

"C'est moi, chuchota Albie. Lève-toi." Il désigna la porte de la chambre puis se rendit dans le salon pour l'attendre.

6

Leo Posen avait pris une maison à Amagansett pour l'été. Elle ne donnait pas sur l'océan, il aurait fallu écrire un genre de livres totalement différent pour avoir les moyens de s'offrir une vue sur l'océan, mais c'était une maison magnifique avec d'immenses couloirs et des pièces baignées de soleil, une balancelle de la taille d'un canapé-lit, une cuisine avec une table énorme qui avait l'air d'avoir été prévue par des pèlerins en vue d'une future célébration de Thanksgiving, en des temps plus prospères. La maison appartenait à une actrice qui tournait un film en Pologne cet été-là, seule saison où elle l'utilisait. L'agent immobilier avait précisé clairement que cette propriété n'était jamais louée, mais que l'actrice faisait une exception pour Leo, dont elle était une grande admiratrice. En fait elle rêvait d'avoir un rôle dans l'adaptation d'*Orange amère.* Elle voulait interpréter la femme médecin qui avait une liaison, et elle espérait que Leo, encerclé par ses jolis objets et ses photos, penserait à elle.

Dans un esprit de totale franchise, Leo révéla à l'agent qu'il n'était pas question d'adapter le roman au cinéma.

En apprenant la nouvelle, l'agent qui, en dépit de son ignorance du milieu du cinéma, savait que les droits auraient dû être cédés avant publication, se demanda pendant un court instant si elle-même pourrait acquérir une option sur *Orange amère.* "Ne vous inquiétez pas, dit-elle à Leo, quand ils feront le film, elle sera toujours intéressée par le rôle."

Leo avait loué la maison en espérant travailler tout l'été sur un nouveau roman, celui que son agent avait vendu à son éditeur sans aucun projet précis, au moment où les ventes d'*Orange amère* cartonnaient. Il avait aussi loué la maison en espérant faire plaisir à Franny. Il lui avait dit qu'elle n'aurait rien d'autre à faire que passer ses journées à lire, allongée sur le grand canapé bas du salon, ou bien prendre sa bicyclette pour aller lire à la plage. "Sable, vagues, rosiers du Japon", avait-il dit, en attrapant une mèche de sa chevelure fascinante, et en la laissant glisser entre ses doigts. Le soir, après dîner, ils s'assiéraient ensemble dans la véranda et il lui lirait tout ce qu'il aurait écrit pendant la journée. "C'est pas des mauvaises vacances, non ?"

Mais ce furent de mauvaises vacances. Le problème, ils le comprirent bien trop tard, était la glorieuse maison elle-même, dressée au sommet d'une colline pour attraper la brise de l'après-midi tandis qu'une grande haie entourait la propriété pour la dissimuler aux regards. Les arbres fruitiers, éparpillés sur l'immense pelouse, avaient fleuri tardivement en raison du long hiver rigoureux, si bien que les cerisiers étaient lourds de fleurs rose foncé, alors qu'on était début juin. Tous les mercredis, un jardinier prenait soin des parterres de fleurs, dont les motifs évoquaient un splendide désordre, et le même jour un Péruvien venait enlever les fleurs de cerisier de la piscine avec une épuisette. Les cinq chambres à coucher proposaient des variations sur le thème en pente-plafond-lucarne-fenêtre : fauteuils près de la fenêtre, édredons moelleux, tapis faits main sur les parquets en chêne. Leo Posen avait dit à l'agent immobilier qu'il cherchait une maison beaucoup plus petite, mais elle écarta l'idée. "Comparé à l'affaire que vous faites, vous paierez de toute façon plus cher pour un bien plus petit, lui avait-elle dit. Vous n'imaginez pas combien vous coûterait cette maison au prix du marché. Si vous ne voulez pas utiliser les chambres en trop, je suggère que vous les laissiez fermées."

Cela aurait pu résoudre le problème, si ce n'est que la nature a horreur d'une chambre à coucher vide l'été, à Amagansett, surtout quand cette chambre appartient à une actrice et est louée par un romancier. Tout le monde voulait venir. Eric, son éditeur, qui aurait dû embaucher un garde armé pour patrouiller dans la propriété, fut le premier à appeler en disant que ce serait merveilleux de quitter la ville et de se retrouver tous ensemble à discuter du prochain livre de Leo. Eric pouvait arriver le jeudi, en partant de bonne heure, mais Marisol, sa femme, devait assister à une avant-première ce soir-là. Marisol n'aurait qu'à affronter un trajet en bus le vendredi.

Marisol ? Leo hésita un instant, avant de tout accepter aimablement, volontiers – oui, oui, on allait tous bien s'amuser. Il raccrocha et contempla le bloc-notes jaune devant lui, puis il regarda par la fenêtre. Il pleuvait, et il demeura un moment assis à admirer les cerisiers, en se demandant si quelqu'un avait déjà fait un bloc-notes en cerisier. Puis il descendit retrouver Franny pour savoir si elle avait envie d'aller déjeuner en ville.

"C'est bien qu'Eric vienne", dit Leo à Franny. Il pleuvait à peine et ils s'assirent dehors sous un auvent au café où ils déjeunaient depuis trois jours. C'était extrêmement agréable. "Je peux lui demander de te trouver un boulot. Tu es une éditrice géniale, tu sais, meilleure qu'il ne le sera jamais, ce que je n'ai pas l'intention de lui dire, évidemment."

Franny secoua la tête. "Lui demande rien."

La serveuse s'approcha de leur table et Leo toucha le bord de son verre vide. Il était quatorze heures passées, très tard pour déjeuner. "Si je ne lui demande pas, il y pensera tout seul. Je pourrais juste dire en passant que tu cherches quelque chose. Ou alors je le dirai à Marisol."

"Eric me connaît, dit-elle. S'il veut m'embaucher, il sait où me trouver." Il va de soi qu'Eric avait probablement remarqué que Leo et Franny ne vivaient pas à New York, et en fait ne vivaient nulle part plus de quatre mois de suite, ce qui poserait problème pour un travail régulier. De toute façon, Franny n'était pas sûre de vouloir devenir éditrice.

"Eric te fréquente dans les dîners. Il n'a jamais vraiment passé du temps avec toi. C'est pour ça que ça va tellement bien fonctionner."

À son arrivée le jeudi après-midi, Eric déclara qu'il préférait rester dîner à la maison. Il était sorti tous les soirs de la semaine, et de toute façon ce serait tellement plus pratique de discuter à la maison. Eric était à tout point de vue un homme sec, un coureur de petite taille à qui on avait dû dire autrefois que le bleu mettait ses yeux en valeur. Franny ne l'avait jamais vu habillé dans une autre couleur. Il leva les yeux vers l'escalier, effleurant tendrement la rampe.

Leo regarda Franny. "Ça ne pose pas de problème, n'est-ce pas ?"

Ça n'aurait pas dû lui en poser, mais ça n'était pas le cas. Elle pensait : un dîner, une nuit. Franny alla dans la cuisine pour appeler Jerrell, au Palmer House, et lui demander comment on cuisait des steaks. À cette heure-là, il venait de commencer son service. Il devait être en train de couper du persil.

"Little House, dit-il. Ramène ton cul ici. Tu sais que personne d'autre sait me servir à boire."

Elle éclata de rire. "Je dois renoncer à mes vacances d'été pour aller te chercher de la limonade au bar ? Sois sympa, j'ai besoin de ton aide."

Jerrell était dans le bureau du gérant et le gérant le fixait. Les cuisiniers ne recevaient jamais d'appels. Il lui dit de saupoudrer un petit peu d'Old Bay sur la viande et de la laisser mariner. "J'ai dit un *petit* peu. Cette merde est pas faite pour les steaks." Ensuite il lui expliqua les bases des asperges et des pommes de terre au four. "T'achètes la salade et un gâteau. Y a bien quelqu'un qui a du fric. Surtout te retrouve pas à tout faire toute seule."

Franny alla chez l'épicier, le boucher, à la pâtisserie. Elle alla au magasin d'alcool et choisit les vins, qui étaient rangés au-dessus du whisky et du gin. De retour à la maison, elle déchargea la voiture. Leo et Eric avaient refusé de l'accompagner en ville, prétextant une discussion au sujet du roman avant le dîner, pour s'en débarrasser. Elle les entendait rire derrière la moustiquaire de la véranda, sur le flanc de la maison, où Leo avait décidé qu'on pouvait fumer. D'énormes rires bruyants. Franny leur apporta deux verres avec des glaçons et une bouteille de Macallan pour être agréable. Elle portait sa tenue de plage : un mini-short, des tongs, un tee-shirt blanc. Elle avait vingt-neuf ans. Ils jouaient à la dînette. Elle jouait à l'hôtesse.

"Eric, regarde-moi cette fille ! dit Leo depuis son fauteuil, en enlaçant ses hanches et en la serrant contre lui. C'est un rêve, non ?"

"Un rêve", dit Eric, puis il demanda à Franny de lui rapporter un grand verre de Pellegrino ou de Perrier avec des glaçons.

Franny fit oui de la tête, contente d'avoir pensé à acheter de l'eau pétillante. Elle retourna à la cuisine. Ils parlaient de Tchekhov, pas du roman. Eric se demandait s'il existait un marché pour une nouvelle traduction, une série de dix volumes, les œuvres complètes. Elle se demanda quelle nouvelle de Tchekhov les avait fait rire.

En tant que féministe, Franny était obligée de se demander pour quelle raison c'était elle qui avait préparé à dîner pour Leo et Eric un jeudi soir, sans attendre à aucun moment qu'ils lui proposent leur aide, mais quand Marisol arriva de New York le lendemain, dans sa tunique de lin brodée et son écharpe de lin rouge, et qu'elle s'assit derrière la moustiquaire de la véranda en disant que ce qui lui ferait vraiment plaisir, ce serait un verre de vin blanc, un bon chablis s'ils en avaient, Franny ressentit un petit signal d'alerte, comme si quelqu'un venait de lui tirer dans le cou avec un élastique. Elle avait demandé à Marisol ce qu'elle voulait boire, et Marisol, fouillant dans son sac à la recherche de ses cigarettes, surexcitée de voir que quelqu'un d'autre fumait, avait répondu. Où était le problème ?

"Cet endroit est sublime ! dit Marisol, en prenant le verre des mains de Franny avec un sourire. Mais en même temps je n'ai jamais rencontré quelqu'un d'aussi chanceux que Leo."

Pour à peu près les mêmes raisons que la veille, il fut décidé qu'ils ne sortiraient pas non plus dîner. Marisol fit un geste en direction des cerisiers. "Partir d'ici et aller en ville ? Dîner avec tous ces gens qui descendent du bus ? Plutôt mourir." Marisol dirigeait une galerie d'art à SoHo. La perspective de demeurer dans la maison de l'actrice, en écoutant les grillons de l'actrice, l'enchantait.

Franny conserva une expression neutre mais Leo parvint à capter une infime lueur du problème. Il fit claquer une fois ses mains en un applaudissement enthousiaste. "On n'a qu'à refaire exactement comme hier soir ! Le dîner d'hier était parfait. Refaisons la même chose. Ça ne devrait pas poser problème, qu'en penses-tu ?" demanda-t-il à Franny.

"Marisol ne mange pas de viande", dit Eric, avec son sourire le plus charmant. Eric et Marisol avaient plus ou moins le même âge que Leo, ils étaient en gros dans le camp de la soixantaine passée. Ils avaient un fils qui finissait son internat en dermatologie à Johns-Hopkins et une fille qui s'occupait de son bébé.

"Du poisson, dit Marisol, en levant la main, comme pour faire une promesse d'Éclaireuse. En vrai, je suis végétarienne, mais je mange du poisson en société."

Ils regardèrent Franny, pleins d'innocence et d'attente, tous trois blottis dans les coussins ivoire moelleux

recouvrant les fauteuils en osier. Impossible de rappeler Jerrell. Il se contenterait de lui dire : *Putain, qu'est-ce que t'es conne !* Pour le poisson, elle devrait appeler sa mère.
"Rien d'autre ?" demanda Franny.

Eric hocha la tête. "Quelque chose de croquant ? Des noix ou des petits crackers, un mélange peut-être ?"

"Des en-cas de bar", dit Franny, et elle retourna à la cuisine prendre ses clés.

Ce n'était pas à ça que ressemblait la relation entre Leo et Franny, qui, depuis cinq ans, reposait sur l'admiration et une incrédulité réciproque. Après tout ce temps, il continuait à s'étonner qu'elle soit avec lui : non seulement elle était jeune (pas seulement plus jeune mais essentiellement *jeune*) et plus belle que tout ce qu'il était en droit de mériter à ce stade, mais elle était le câble sur lequel il s'était branché pour replonger, étape après étape, dans son œuvre : elle était l'électricité, l'étincelle. Franny Keating était *la vie.* De son côté, Franny Keating pouvait prononcer le nom *Leon Posen*, comme elle aurait dit *Anton Tchekhov*, et le trouver à ses côtés, dans le lit. Avec le temps, c'était toujours aussi stupéfiant. Et plus important encore, il avait trouvé que sa vie avait un sens, à une époque où elle ne lui en donnait aucun.

Cela ne les empêchait pas d'avoir des problèmes : il y avait le futur, toujours inconnu, mais, si l'on était réaliste, condamné par leur différence d'âge de trente-deux ans, et le passé, parce que Leo était toujours techniquement marié. À Los Angeles, sa femme tenait bon pour obtenir un pourcentage sur de futures royalties, une exigence d'un optimisme touchant, si l'on pensait au temps qui s'était écoulé depuis sa dernière publication.

Leo refusait catégoriquement de renoncer à toute œuvre qu'il n'avait pas encore écrite. Puis il avait publié un best-seller pour lequel il avait reçu une avance considérable, l'argent d'un prix et d'importantes ventes à l'étranger. Alors qu'ils entraient dans une nouvelle étape de droits d'auteur, sa femme confirma à son avocat sa conviction qu'elle avait eu raison de s'entêter.

Leo aurait dû être riche à ce stade, mais il était obligé de continuer à accepter de prestigieux postes d'auteur-invité dans différentes institutions très riches, juste pour joindre les deux bouts, et ces postes l'empêchaient de travailler sur son prochain livre. Oui, il y avait une énorme quantité d'argent mais elle provenait d'un fleuve unique et se dispersait entre d'innombrables affluents. Il avait déjà une ex-femme derrière lui, dont il avait vraiment divorcé, à laquelle il versait une pension alimentaire significative, en même temps que les sommes qu'il versait à celle qui aurait dû être sa deuxième ex-femme. Elle lui coûtait une fortune. Sa fille née du premier mariage avait toujours besoin d'argent, parce qu'elle avait besoin de tellement plus que d'argent, l'argent étant la manière la plus simple pour elle d'exprimer ces besoins, et puis il y avait deux fils du deuxième mariage qui refusaient totalement de lui parler – l'un était en deuxième année à Kenyon, et l'autre en deuxième année à Harvard-Westlake à Los Angeles. Leo était chargé de leurs frais de scolarité et du moindre de leurs désirs.

Franny savait qu'il était plus que temps pour elle de savoir quoi faire de sa vie mais Leo s'accrochait à elle comme un enfant à sa couverture, et sincèrement, c'était merveilleux que la personne qu'elle adorait le plus au monde ait autant besoin d'elle et lui dise qu'elle était indispensable. Elle préférait infiniment ça à postuler en troisième cycle, alors qu'elle n'avait aucune idée de ce qu'elle voulait étudier, et c'est ainsi qu'elle avait tendance à le suivre, à se montrer dans des jolies robes à des dîners d'universitaires à Stanford ou Yale. Il lui arrivait parfois de retourner travailler au Palmer House pendant quelques mois, en vivant dans l'appartement qu'ils avaient conservé sur North Lake Shore Drive. Leo payait son emprunt, ce qui la mettait en sécurité, mais elle regrettait l'époque où elle gagnait sa vie. Et puis ça lui faisait du bien de voir ses amis. Le Palmer House acceptait toujours de la reprendre.

"Ça n'a aucun sens, lui disait-il au téléphone, quand il avait bu tellement de verres qu'il aurait dû s'abstenir de l'appeler. Je me retrouve ici tout seul, juste pour que tu puisses faire la serveuse ? Va à l'aéroport, je t'en prie, ce soir, ou demain à l'aube, monte dans le premier avion. Je t'envoie un billet." C'était un genre de plaisanterie entre eux, cette manie qu'il avait de vouloir lui envoyer un billet, sauf que dans ce cas il ne plaisantait pas.

"Tout va bien se passer." Franny s'employait à ne jamais rien dire d'important durant ce genre de conversations. Demain il aurait tout oublié. "Et ça me fait du bien. J'ai besoin de travailler de temps en temps."

"Tu *as* travaillé ! Tu n'as pas cessé de m'inspirer, quand le monde entier en était incapable. Je te verserai un salaire. Je te ferai un chèque. C'est ton putain de livre, Franny. C'est toi."

Évidemment, à l'époque où il écrivait le roman, il disait que ce n'était pas le cas. Il disait que ce qu'elle lui avait raconté avait été seulement un tremplin pour son imagination. Ce n'était pas sa famille. Personne ne les reconnaîtrait.

Mais pourtant ils étaient tous là devant ses yeux.

En dehors de leur différence d'âge, de l'existence d'une épouse dont il était séparé, et du fait qu'il avait écrit un roman sur sa famille qui, dans sa forme finale, lui donnait des haut-le-cœur, même si elle avait trouvé le livre très excitant pendant qu'il y travaillait, Franny et Leo avaient une merveilleuse relation. Et elle ne lui en voulait même pas d'avoir écrit ce roman, ce roman brillant, cette œuvre brillante de Leon Posen qu'elle avait elle-même suscitée.

S'il fallait vraiment dresser une liste, un autre problème méritait d'être mentionné, même si Franny refusait de reconnaître qu'il s'agissait d'un problème : Franny ne buvait pas. Leo ressentait son abstinence comme un jugement, quelle que soit la délicatesse avec laquelle elle l'exprimait. Il le remarquait quand ils étaient avec des amis, et il le remarquait quand elle faisait le tour de la voiture pour s'asseoir à la place du conducteur, après un déjeuner en ville où il avait bu trois verres d'un mauvais pinot gris. Il le remarquait quand il était seul, et qu'elle se trouvait à l'autre bout du pays. Elle lui avait raconté qu'elle avait eu un accident il y a longtemps, que c'était elle qui avait provoqué l'accident parce qu'elle avait bu, et que donc elle avait arrêté de boire. Il remit le sujet sur le tapis plusieurs fois, mais il avait toujours l'impression de s'adresser à la part d'elle-même qui avait fait des études de droit. Franny, il en était convaincu, ratait une grande chance en refusant de parfaire son éducation.

Il commençait toujours comme ça : "Tu as tué quelqu'un dans cet accident de voiture ?"

"Non."

"Tu as blessé quelqu'un ? Renversé un chien ?"

"Nan."

"Tu as été blessée ?"

Elle soupira profondément et referma le livre qu'elle lisait, *La Marche de Radetzky* de Joseph Roth. Il le lui avait conseillé. "Tu pourrais me lâcher ?"

"Tu es alcoolique ?"

Franny sursauta. "Pas que je sache. Probablement pas."

"Alors pourquoi tu ne peux pas juste boire un verre pour me tenir compagnie ? Tu pourrais boire un verre chez nous. Je ne vais pas te demander de conduire ensuite."

Elle se pencha pour l'embrasser, ce qui était le meilleur moyen qu'elle avait trouvé pour mettre fin à une dispute. "Réfléchis bien, lui dit-elle avec douceur, je suis sûre que ton cerveau génial peut nous trouver de meilleurs sujets de dispute."

Franny alla dans la cuisine pour appeler sa mère en Virginie. "Du poisson au dîner, dit-elle, pour quatre personnes, un truc que je risque pas de foirer."

"Vous ne pouvez pas dîner dehors ?" demanda sa mère.

"Ça m'en a pas l'air. On se croirait dans la chanson *Hotel California*. Les gens entrent dans cette maison et ils veulent plus jamais en sortir. Je ressentirais sans doute la même chose si ce n'était pas moi qui cuisinais."

"Toi, cuisiner", dit sa mère.

"Je sais."
"Tu as regardé dans sa penderie ?"
Franny éclata de rire. Sa mère savait aller droit au but. "Des bikinis Etro, une tonne de petites combinaisons en soie, plein de longs pulls en cashmere aussi légers qu'une plume, des chaussures comme t'en as jamais vu. J'ose pas imaginer sa taille. Tout est tellement minuscule !"
"Elle chausse du combien ?"
"38." Franny avait essayé de rentrer son pied dans une sandale, et on aurait dit la demi-sœur disgracieuse de Cendrillon.
"Si j'étais là, je t'aiderais à cuisiner", dit sa mère.
Franny sourit et soupira. Sa mère avait des petits pieds. "Assez de compagnie. Le problème, actuellement, c'est justement la compagnie."
"Je ne suis pas la compagnie. Je suis ta mère." Elle prononça ces mots sur un ton léger.
Pendant une minute, Franny imagina comme ça serait agréable d'avoir sa mère en train de lire à l'autre bout du canapé. La plupart du temps, Franny allait seule en Virginie, ou bien sa mère lui rendait visite quand elle travaillait au bar à Chicago. Dans les rares occasions qui avaient réuni Leo et sa mère, ils s'étaient montrés froids et polis. Sa mère était plus jeune que Leo. Elle avait lu *Orange amère*, et même si elle était heureuse d'être devenue médecin, elle aurait été encore plus heureuse d'être totalement laissée de côté. Beverly ne croyait pas que Leo Posen avait le bien-être de sa fille à cœur. Elle le lui avait dit une fois, en prenant un verre avec lui. Ils n'avaient vraiment pas besoin de la mère de Franny comme point d'orgue à leurs vacances d'été.

"S'il te plaît, dit Franny, je te demande juste de m'aider pour le poisson."

Sa mère posa le combiné pour aller chercher sa recette de soupe aux fruits de mer. "Si, pour la première fois de ta vie, tu suis mes instructions, tu vas connaître un succès retentissant."

Oh mon Dieu, comme sa mère avait raison. Ils s'extasièrent et multiplièrent les éloges. Eric et Marisol dirent qu'ils n'auraient jamais aussi bien mangé à Manhattan. La mère de Franny avait tout prévu, la salade de nectarines, quelle marque de biscuits acheter. Franny était aussi impressionnée que ses invités. Mais, une fois de plus, Leo n'alla pas faire les courses avec elle, aucun d'entre eux n'entra dans la cuisine pour demander s'ils pouvaient couper les poivrons, et quand elle sortit sur la véranda pour leur annoncer que le dîner était prêt, Eric, en plein milieu d'une nouvelle anecdote amusante sur Tchekhov, leva la main pour qu'elle comprenne qu'il fallait attendre qu'il ait fini avant de parler, mais il mit presque un quart d'heure à achever son histoire, et pendant ce temps Franny était obsédée par les crevettes censées bouillir maximum trois minutes. À la fin du repas, les invités débordaient de reconnaissance, vraiment, impossible d'être plus charmants, et Eric remonta théâtralement les manches de sa chemise en lin bleu avant de débarrasser les assiettes, de les déposer dans l'évier, et voilà, c'était fini.

L'agent de Leo, Astrid, téléphona à la maison le samedi matin. La veille, sa secrétaire avait appelé le bureau d'Eric pour une question qui n'avait aucun rapport avec Leo, et au cours de la conversation, on lui avait dit qu'Eric était chez Leo à Amagansett. Astrid avait une maison à Sag Harbor. L'été, elle arrivait tous les jeudis soir et repartait le lundi matin. Pensaient-ils vraiment qu'ils n'allaient pas se voir ? Astrid annonça qu'ils arrivaient à Amagansett dans l'après-midi. "Ils" incluait l'un de ses auteurs, un jeune homme très prometteur qui passait deux semaines chez elle pour finaliser quelques révisions.

"Je te donne l'adresse", dit Leo, sur un ton un peu résigné.

"Enfin, répondit-elle, tu sais bien que tout le monde connaît la maison."

"Astrid ?" Le visage d'Eric prit une expression légèrement désespérée. Il remplissait les mots croisés du journal du samedi. Il n'avait pas pris de douche et n'en avait aucunement l'intention.

"Elle s'est invitée", dit Leo, même si Leo aimait Astrid. Le simple fait qu'Eric ne l'aime pas prouvait qu'elle faisait bien son travail.

"Le déjeuner est fichu", dit Eric.

Marisol descendit l'escalier en maillot de bain rouge et chapeau à larges bords. "Je vais à la piscine", dit-elle.

"Astrid vient", dit Eric.

Marisol s'immobilisa et mit ses lunettes de soleil. "Bon, elle vit à Sag Harbor, ce n'est pas comme si elle allait s'installer ici."

Franny se rendit en voiture à Bridgehampton et acheta le déjeuner dans un magasin gastronomique ridiculement cher qui vendait des plats préparés. Elle rangea la nourriture dans la voiture puis, comprenant soudain qu'il était évident que personne ne partirait après le déjeuner, elle revint sur ses pas pour acheter le dîner. Leo lui avait donné sa carte de crédit. Le total pour les deux repas se montait à une vraie fortune. Le temps qu'elle rentre, Astrid était arrivée avec un jeune écrivain pâle prénommé Jonas, qui avait des cheveux noirs luisants et un pantalon en lin jaune. Il mangeait deux fois plus que toute la compagnie réunie. Franny prit conscience avec tristesse qu'il n'y aurait pas de restes pour le déjeuner du lendemain.

"Pourquoi republier Tchekhov ? demanda le jeune écrivain à Eric en se servant à la fois de blanc de poulet aux fines herbes et de saumon poché au citron. Pourquoi ne pas avoir le courage de publier de jeunes écrivains russes, à la place ?"

"Peut-être parce que je ne travaille pas dans une maison d'édition en Russie." Eric se versa un verre de vin puis remplit celui de Marisol. "Oh, j'oubliais, je ne parle pas russe non plus."

"Jonas parle russe", dit Astrid, avec une fierté maternelle.

"Konechno", dit Jonas.

Astrid approuva de la tête. "Il est très engagé avec les refuzniks."

"Les refuzniks *n'existent* plus, dit Leo. Ils ont ouvert la porte pour les laisser sortir dans les années soixante-dix."

"Les refuzniks étaient mon champ d'étude, dit Jonas. Et crois-moi, il reste encore plein de Juifs opprimés en Russie."

"Et donc est-ce que je ne devrais pas plutôt publier un jeune auteur russe qui écrit sur les refuzniks, plutôt qu'un Américain qui les a étudiés ? Est-ce que ça ne serait pas plus courageux ?"

"Vous ne me publiez pas."

Eric sourit à une perspective aussi agréable. "Appelons ça un match nul, d'accord ? Tchekhov est mon champ d'étude, les refuzniks le vôtre. Vous et moi, on est de l'histoire ancienne."

"C'est du couscous ?" demanda Marisol à Franny en désignant la salade aux tomates et concombres.

"Perles de couscous, dit Franny, en faisant passer le plat. C'est plus gros."

Le pressentiment de Franny dans le magasin gastronomique se révéla juste. À l'heure du dîner, Leo et les invités étaient toujours allongés sur différents canapés à travers la maison. Jonas travaillait apparemment à un manuscrit, ou du moins il avait un tas de feuilles sur les genoux et un crayon entre les dents. C'était étrange de penser qu'il était venu déjeuner avec un manuscrit. Eric revint de la piscine et reconnut que l'idée de remanger avait beau lui sembler impossible il y a à peine deux heures, il se disait qu'il pourrait bien recommencer à avoir faim. Il avait au minimum besoin d'un verre.

Leo se leva en souriant. "Enfin une bonne idée !"

À l'issue d'une très longue soirée, durant laquelle Franny ne fut pas obligée de cuisiner mais dut réchauffer, préparer les plats, les servir, après la consommation d'une quantité de vins extraordinaire et le pillage du calvados et du sauternes de l'actrice en guise de digestifs ("Franny, note ce qu'on a volé, dit Leo en parcourant les étagères du garde-manger, je veux me souvenir de tout remplacer"), quand tout le monde eut rejoint la véranda pour fumer, Franny se retrouva toute seule avec une salle à manger où on aurait dit que Bacchus avait organisé une fête. Elle reprit son souffle et commença à empiler les assiettes.

Le jeune et grand romancier la suivit dans la cuisine. Pendant une seconde, elle crut qu'il voulait l'aider, avant de comprendre qu'en fait il voulait juste la suivre. Il portait désormais des lunettes, bien qu'elle ne se souvînt pas de lui en avoir vu plus tôt quand il lisait son manuscrit.

"J'ai un contrat avec Knopf, lui dit-il, en attrapant un verre à vin et en le tenant dans un torchon. *Entre nous**, j'espérais avoir FSG. Depuis l'université je voulais être publié chez FSG, mais – il haussa les épaules en regardant Franny et se pencha contre l'évier – vous savez comment ça se passe."

"Ils ont refusé le livre ?" demanda-t-elle.

Jonas eut l'air blessé. "L'argent, dit-il. Tout le monde sait que FSG n'a pas vraiment d'argent."

Franny était en train de rincer les assiettes quand Leo fit son entrée. "Vous êtes là !" dit-il au jeune romancier. Il avait les bras grands ouverts et tenait un verre à whisky dans une main. "Je voulais vous montrer un arbre." Il lui arrivait de beugler quand il était soûl, et Franny se demanda si, avec toutes les fenêtres ouvertes, les voisins pouvaient l'entendre.

"Un arbre ?" demanda Jonas. Ses verres de lunettes étaient légèrement embués, du fait de sa proximité avec l'évier.

Leo mit son bras autour de l'épaule du jeune homme et l'entraîna dehors. "Venez voir. Il y a un ciel nocturne magnifique."

* En français dans le texte.

“Vraiment, Leo ? cria Franny derrière eux. Un arbre ? Tu peux pas trouver mieux ?”

Astrid ne resta pas dormir, mais le jeune écrivain, si. Jonas déclara qu'il avait mal au cœur en voiture quand il avait bu, et sans aucun doute, il avait bu. Il contempla la maison et qualifia toute la situation de clairement fitzgéraldienne, au point que rester dormir devrait en faire partie. Astrid, qui serait restée si l'invitation s'était étendue à sa personne, proposa de revenir le chercher le lendemain à l'heure du déjeuner.

Une fois que la dernière assiette en porcelaine danoise de l'actrice eut retrouvé sa place dans le vaisselier vitré, que les plans de travail en zinc eurent été essuyés, et que la poubelle eut été sortie, Franny s'arrêta pour admirer son œuvre. Les invités lui avaient fourni trois jours de dur labeur, mais c'était un genre de labeur auquel elle était habituée. Pas faire la cuisine peut-être, mais remplir les verres et vider les cendriers, mettre la table et débarrasser, écouter les conversations en silence. Le lendemain était dimanche et le dimanche, ce serait fini. Franny se sentit fière d'elle-même : elle avait été une chic fille. Leo lui serait reconnaissant pour toutes les nombreuses attentions dont elle avait fait preuve envers ses amis.

Après un petit-déjeuner post-gueule de bois, durant lequel chaque invité qui réclamait des œufs réclamait une cuisson différente, Leo annonça qu'il devait travailler. Il rangea son bloc-notes, ses stylos et son scotch, et deux volumes de Tchekhov (Eric l'avait convaincu d'écrire la préface de la nouvelle édition, mais, bien évidemment, pas avant qu'il n'ait fini son propre roman) dans un cabas en toile, et il traversa la pelouse jusqu'au minuscule cottage constitué d'une seule pièce et situé à l'arrière de la propriété. Avec son petit bureau, son lit simple et son fauteuil rembourré, son ottomane et son lampadaire, on pouvait facilement imaginer que l'endroit avait été construit dans ce but précis : non pas écrire, puisque Leo n'écrivait pas, mais échapper aux hordes de papillons de nuit attirés par la magnifique flamme que projetait la maison.

"C'est bien qu'il travaille", dit Eric à Franny. Il tenait sa tasse de café à deux mains, en regardant avec mélancolie dans la direction où Leo avait disparu, telle une femme sur la plage, qui fixe l'horizon où le baleinier vient de s'évanouir. "On doit l'encourager, s'assurer qu'il s'accroche. Il ne faut pas qu'il perde à nouveau son élan."

Franny s'abstint de mentionner qu'il n'y avait pas d'élan, parce qu'il n'y avait pas de livre. Elle se demanda ce que Leo avait bien pu lui dire. "Il le fera, dit-elle d'une manière floue, une fois que tout sera bien installé et que le calme sera revenu." Oserait-elle lui demander quel bus il avait prévu de prendre pour rentrer à New York ? Elle observa Eric, ses longs cheveux gris bouclés, ses lunettes au sommet de son crâne. "Dites-moi l'horaire du bus, dit-elle. Je vous conduirai à la station. Vous pourriez vous retrouver à faire la queue un dimanche si vous attendez trop longtemps."

Marisol secoua la tête. "Vendredi, ça m'a suffi. Je n'ose même pas imaginer un dimanche." Elle regarda son mari. "Tu rentres quand ?"

Eric pencha la tête d'avant en arrière, comme s'il était en train de calculer un pourboire. "Mardi ? Mardi peut-être. Je dois vérifier."

Marisol approuva de la tête et retira les pages mode du journal. “Eh bien j’ai droit à un jour de plus. Je suis arrivée un jour après toi.”

Jonas entra dans la cuisine en maillot de bain vert et tee-shirt. “Je peux avoir juste un café pour le moment ? dit-il, en plissant les yeux contre la lumière du matin. Je vais nager un peu.”

Franny débordait de choses à dire, mais à cet instant précis, elle était distraite par le maillot de bain de l’écrivain, sidérée même. “Où avez-vous trouvé un maillot de bain ?”

Jonas baissa les yeux pour regarder son maillot. “Celui-là ? Je m’en souviens pas. Chez REI ?” Dans ce tee-shirt, sous la lumière vive, il avait l’air d’avoir vingt ans.

“Il est à vous ? Vous l’avez apporté ici ?”

Désormais tous les regards étaient tournés vers elle.

“Je l’ai apporté ici, dit-il. Il pinça le tissu avec deux doigts. Il y a un problème ?”

“Vous avez apporté des vêtements supplémentaires ?”

Il comprit le sens de son interrogatoire et répondit à son hôtesse avec une ligne de défense mal préparée. “J’ai mal au cœur en voiture. Et je déteste les trajets nocturnes. Astrid m’a dit que la maison était grande.”

Franny faisait les courses au moment de leur arrivée. Elle ne l’avait pas vu entrer avec une valise. Elle devrait laver les draps de sa chambre, à moins qu’il n’ait prévu de rester. Le téléphone sonna et Jonas, dans un geste d’indépendance, se versa lui-même du café et sortit par la porte arrière.

“Je veux parler à mon père”, dit la voix au téléphone.

“Ariel ?”

Il n'y eut pas de réponse, parce que la réponse serait que Leo avait trois enfants, dont deux garçons, et que seule sa fille lui parlait à cette période, donc si une femme appelait en demandant son père, alors, oui, ça ne pouvait qu'être Ariel.

"Ne quitte pas, dit Franny. Il est au fond du jardin. Je vais le chercher."

Eric lui jeta un regard curieux, pour savoir ce que voulait Ariel, mais Franny l'ignora. Elle traversa l'herbe humide, passa sous les cerisiers et dépassa la piscine où Jonas était déjà allongé torse nu sur le plongeoir, la tasse de café près de sa tête. Elle entra dans le cottage sans frapper.

"Ariel au téléphone."

Leo était couché sur le petit lit, un volume de Tchekhov entre les mains. Il leva les yeux vers Franny en souriant. "Tu peux lui dire que je suis en train de travailler ? Dis-lui que je la rappelle plus tard."

"Jamais de la vie", dit Franny.

"Je ne peux pas lui parler maintenant."

"Eh bien moi non plus, donc je suggère que tu retournes à la cuisine pour raccrocher."

Elle sortit du cottage et rejoignit l'arrière de la propriété. Elle connaissait l'existence d'un passage dans la haie et traversa le jardin du voisin. Puis elle descendit leur allée et se retrouva dans la rue, ses tongs claquant contre ses pieds. Elle aurait préféré avoir son vélo, un chapeau, un peu d'argent, mais en même temps, ce qu'elle désirait le plus au monde, c'était d'être seule. Franny ne pouvait pas s'empêcher de croire qu'elle était responsable de tout le malaise qu'elle ressentait. Si elle avait fait quelque chose de sa vie, personne ne lui demanderait de préparer un cappuccino, et si elle avait fait quelque chose de sa vie, elle serait parfaitement heureuse de le leur préparer, parce que ça ne serait pas son travail. Elle leur ferait le café uniquement parce qu'elle serait une personne charmante et serviable. Elle pourrait apprécier sa propre gentillesse sans se demander en permanence si elle était autre chose qu'une serveuse-qui-présente-bien. Elle approchait de la trentaine et aurait aimé être devenue plus qu'une muse, ou, comme son père l'avait formulé, la dernière fois qu'elle l'avait vu à Los Angeles : "Être la maîtresse d'un homme, ce n'est pas un vrai travail."

Son père n'avait pas lu *Orange amère*, mais sa sœur, si.

"Il n'y a rien de particulièrement diffamatoire, avait dit Caroline à Franny. Il s'est bien couvert."

"Heureusement que tu ne fais pas l'article du *Times*."

"Alors je vais te le dire autrement : je n'ai pas aimé, mais je ne lui ferai pas un procès."

"Tu apparais à peine dans le livre."

Caroline avait éclaté de rire. "C'est peut-être ça qui m'a énervée. De toute façon, si je faisais un procès, j'intenterais un recours collectif, en impliquant toute la famille."

"Eh bien, avait répondu Franny, ça nous permettrait au moins de tous nous retrouver."

C'était drôle comme désormais Caroline lui manquait. Elles avaient beau s'être détestées pendant toute leur enfance, une tendresse particulière s'était glissée peu à peu dans leur relation. Franny et Caroline connaissaient toutes les mêmes histoires. Caroline pratiquait le droit des brevets dans la Silicon Valley. Aucun domaine n'était plus complexe. Elle était mariée à un concepteur de logiciel qui s'appelait Wharton. Wharton était son nom de famille, mais tout le monde l'appelait comme ça parce que son prénom était Eugene. Franny pensait que Wharton avait adouci sa sœur. Il la faisait rire. Franny ne se souvenait pas d'avoir jamais entendu Caroline rire quand elles grandissaient ensemble, du moins devant elle. Caroline et Wharton avaient un bébé, Nick.

Franny eut l'occasion de passer beaucoup de temps avec sa sœur durant le semestre où Leo enseigna à Stanford. Caroline continuait à la harceler pour qu'elle reprenne ses études de droit, et Franny comprenait enfin qu'elle la harcelait par affection.

"Crois-moi, dit Caroline, je sais que la fac de droit est un endroit horrible. Je sais même que pratiquer le droit peut être horrible. Mais un jour ou l'autre, tu devras bien faire *quelque chose.* Si tu crois vraiment que tu dois attendre la chose parfaite pour toi, alors le jour de tes quatre-vingts ans tu seras encore en train de consulter les offres d'emploi."

"On dirait que tu veux me convaincre de faire un mariage foireux."

"Mais ça ne sera pas nécessairement un mariage foireux. Pourquoi tu ne peux pas comprendre ça ? Obtiens un diplôme de droit et va lutter contre les discriminations en matière de logement, ou bien trouve-toi un boulot chez un éditeur et rédige les contrats des auteurs."

Franny secoua la tête en souriant. "Je vais trouver une solution", voilà ce qu'elle avait répondu à sa sœur.

Mais elle n'avait pas trouvé de solution, et en ce moment elle était en train de déambuler à travers la ville d'Amagansett, afin d'éviter l'homme qu'elle aimait et ses amis. Franny regardait les vitrines des magasins, et quand elle vit un journal sur un banc, elle s'assit pour le lire du début à la fin. La lumière était si douce, couleur miel, qu'elle parvenait presque à pardonner à ses invités de ne plus vouloir partir. Elle attendit jusqu'à l'heure où plus personne ne pourrait lui demander de préparer le déjeuner. Elle dépassa son restaurant préféré avec Leo, en espérant l'y rencontrer par hasard. Puis elle décida de rentrer. Elle n'avait rien d'autre à faire. Elle avait prévu de se glisser dans sa chambre en douce, mais ils la virent depuis la véranda et lui firent de grands signes.

"Franny, quelle journée on a eue sans toi !" dit Leo, comme s'il n'y avait rien de bizarre dans son départ et son retour.

Astrid, qui était revenue de Sag Harbor, approuva de la tête. "J'ai été obligée d'apporter des sandwichs pour le déjeuner. Il reste du sorbet."

"Et avec Eric on est allés en ville acheter des choses pour le dîner", dit Marisol.

"Quelqu'un va devoir y retourner, dit Eric. On n'a pas prévu assez."

Franny les regarda, tous assis dans la véranda, adoucis par le voile de la moustiquaire, par la lumière oblique derrière eux, par les massifs de lis jaunes qui la séparaient d'eux. Elle avait un peu l'impression de contempler des tigres au zoo.

"Hollinger a appelé, dit Leo. Il arrive en voiture avec Ellen. Ils devraient être là d'ici une heure environ."

"Hollinger ? demanda Astrid. Tu ne me l'avais pas dit. Comment il savait où tu étais ?" John Hollinger n'était pas le client d'Astrid. Son roman, *La Septième Histoire*, avait battu *Orange amère* pour le Pulitzer, et les deux hommes en faisaient des tonnes pour montrer que cela n'avait en rien affecté leur amitié, même s'ils n'avaient jamais été vraiment amis.

Marisol fit un geste dédaigneux de la main. "Il n'arrivera jamais dans une heure. Il est toujours en retard."

À une époque, Franny aurait été bouleversée d'apprendre que John Hollinger venait dîner, mais cette époque-là était révolue. Désormais lui et sa femme ne représentaient rien de plus que deux couverts supplémentaires. Ce qui faisait huit invités, puisqu'il était évident que Jonas et Astrid allaient rester.

"Et toi ? dit Eric, en baissant les yeux sur Franny, comme s'il venait de se souvenir qu'elle s'était absentée. Bonne journée ?"

Franny mit ses mains en visière pour le regarder, déconcertée. "Ah oui", dit-elle. Ils n'en attendaient pas plus d'elle en matière de conversation.

Il y avait six cartons sur la longue table en bois de la cuisine, une demi-douzaine d'épis de maïs encore entourés de feuilles vertes. Elle entendit un bruit, comme un grattement, et l'un des cartons avança brusquement.

Leo entra dans la cuisine et il resta derrière elle. "Je suis désolé pour Hollinger, dit-il en l'embrassant sur la tête. Il n'a pas demandé. Il a juste appelé pour annoncer son arrivée imminente. On aurait mieux fait de louer une chambre d'hôtel dans un motel au Kansas pour tout l'été."

"Ils nous auraient retrouvés."

"J'ai passé la journée planqué dans le cottage pour que tout le monde croie que j'écrivais un roman. Et toi, tu es allée où ?"

“Qu’est-ce qu’il y a dans les cartons ?” demanda Franny, même si, évidemment, elle connaissait la réponse.

“Marisol a pensé que ce serait amusant de manger du homard.”

Franny se tourna pour le regarder. “Elle a dit qu’elle était végétarienne. Est-ce qu’elle sait les préparer ?”

“Je ne pense pas que ce soit si dur que ça. Tu les balances dans l’eau, c’est tout. Dis-moi”, dit-il en posant les mains sur ses épaules et en la regardant droit dans les yeux, d’une manière qui lui donnait l’air très courageux. “Il faut que je te dise quelque chose qui m’embête : Ariel va venir passer quelques jours.”

Bien des choses étaient possibles, mais la présence de Franny et d’Ariel dans la même maison n’en faisait pas partie. Pour le bien d’Ariel, Franny se tenait à distance de tout le quartier de Gramercy Park quand elle allait à New York. C’était leur seule manière de se témoigner du respect : en ne se trouvant pas au même endroit en même temps. “Elle ne peut pas vouloir venir en sachant que je suis là, dit Franny. C’est moi qui ai répondu au téléphone.”

“Je pense qu’elle veut voir la maison, c’est tout. J’ai fait l’erreur de lui en parler il y a des mois. À l’époque je ne pensais pas qu’on la louerait. Elle dit qu’elle a besoin de vacances.”

L’attention de Franny était distraite par le grattement. Les cartons, elle venait de s’en rendre compte, opéraient de microscopiques avancées sur la table. L’idée de chaque homard séparé dans le noir était une torture égale à l’idée de la venue d’Ariel Posen à Amagansett, à moins qu’il ne s’agisse d’une sorte de transfert émotionnel. Leo suivit son regard vers la table.

“J’aurais dû être une paire de pinces désespérées, dit-il en contemplant les boîtes qui tentaient tristement de s’échapper. Détalant au fond des mers silencieuses.”

“Leo, elle me hait. Elle l’a exprimé assez clairement.”

Leo rassembla toute son énergie en un pâle sourire. “Il n’y a plus qu’à espérer que c’est l’été où elle va arrêter de te haïr et où on va tous bien s’entendre. Il faudra bien que ça arrive un jour ou l’autre.”

“Quand ça ?” demanda Franny. Non pas *Quand va-t-elle arrêter de me haïr ?* – Franny connaissait déjà la réponse – mais *Quand arrive-t-elle ?*

Il soupira et l’attira vers lui, vers la large poitrine chaleureuse de la littérature. “Elle ne savait pas encore. Sans doute demain, peut-être jeudi. Elle a dit que si elle réussissait à s’organiser à temps, elle pourrait arriver ce soir, mais je ne crois pas qu’on doive s’inquiéter pour ça.”

“Elle vient avec Button ?” Button était la fille d’Ariel, la petite-fille de quatre ans de Leo Posen, son unique petit-enfant.

Leo la regarda, l’air surpris. “Évidemment qu’elle vient avec Button !”

Évidemment. “Et qui d’autre sinon ?”

Leo ouvrit le frigidaire et trouva une bouteille de pinot gris qui n’avait pas été finie au déjeuner. Il se versa le reste de vin dans un verre qu’il trouva dans l’évier. “Un petit ami, peut-être. Il y a un certain Gerrit. Je crois qu’il est hollandais. Elle a dit qu’elle ne savait pas encore ce que Gerrit avait décidé. Elle se comportera peut-être mieux si elle veut impressionner quelqu’un.”

"Est-ce qu'après le thé, les gâteaux et les glaces, je devrais avoir la force de provoquer une crise ?" demanda Franny aux homards.

"Qu'est-ce que tu veux dire exactement ?" demanda Leo.

Franny secoua la tête. "Rien. C'est juste la suite de l'histoire."

"Ce n'est pas la suite de l'histoire", dit-il, et il emporta son verre de vin dans la véranda.

Elle prit une paire de ciseaux dans son sac et transporta les six cartons jusqu'à la voiture. Franny, qui avait le sentiment d'être totalement dépourvue de talent, était très douée pour transporter beaucoup plus de choses que ce que n'importe qui aurait cru possible. Elle sentait les homards gratter les cartons tandis que leurs corps glissèrent lourdement jusque dans les recoins sombres des boîtes.

"Vous voulez un coup de main ?" dit Jonas, qui accéléra en la voyant. Il revenait de la piscine, la poitrine et le dos inégalement brûlés par le soleil.

"C'est bon", dit-elle en posant les cartons pour ouvrir la porte de la voiture.

"Vous allez en ville ?"

"J'y retourne." Elle installa ses passagers sur le sol du siège arrière – trois de part et d'autre.

"Laissez-moi juste une seconde pour courir chercher mon tee-shirt, dit-il, le visage illuminé par l'opportunité qui se présentait. J'ai besoin d'acheter des trucs en ville. Je vous tiendrai compagnie."

Elle commença à dire non, à expliquer, mais au lieu de ça elle fit oui de la tête. Elle attendit que la porte de la cuisine se soit refermée derrière lui, puis encore dix secondes, et elle entra dans la voiture et démarra.

Franny et Leo ne parlaient jamais mariage, sauf, parfois, lors de conversations sentimentales au lit, les mains de Leo posées sur le dos de Franny, et même à ces occasions, ils se contentaient de dire qu'ils se seraient mariés tout de suite, si le futur et le passé ne les en avaient empêchés. Ce dont ils ne parlaient jamais, c'était de l'élément prohibitif contenu dans le présent, à savoir de la fille de Leo.

La plupart du temps, Franny faisait de son mieux pour ne pas penser à Ariel, qu'elle avait rencontrée en de nombreuses occasions désastreuses, au début de sa relation avec Leo. Franny n'aspirait pas à apprécier la fille de Leo, mais elle espérait atteindre un jour un bas niveau de compassion distante à son égard. Dans ce but, elle se contraignait à penser à son propre père à chaque fois qu'elle était en contact avec Ariel, et à imaginer Fix débarquant avec une fille plus jeune qu'elle, pauvre chère Marjorie laissée de côté. Fix s'accouplant avec sa barmaid préférée, pas seulement pour un week-end, mais depuis cinq ans. Son père amoureux de cette barmaid, incapable de subvenir à ses besoins, et qui l'attendrait dans des motels quand il serait en planque. Quand elle parvenait à voir les choses de cette façon, la coulée de lave de la rage d'Ariel à son égard devenait plus supportable. La vérité pure et simple, c'était que Franny trouvait insoutenable d'être haïe. Le Sacré-Cœur ne l'y avait pas préparée, et l'université non plus. La fac de droit avait fait de son mieux pour l'endurcir, mais bon, elle n'avait pas tiré grand-chose de la fac de droit.

Franny trouva une place de parking pas très loin de l'océan et elle transporta les six cartons jusqu'au bout de la jetée, dépassant les pêcheurs avec leurs seaux et leurs lignes, et les touristes marchant main dans la main. Elle voulait que les homards rejoignent les profondeurs. Peut-être qu'ils seraient assez idiots pour ramper jusque dans la casserole de quelqu'un d'autre demain, mais elle n'avait pas envie qu'ils retournent direct sur la plage, quelques minutes seulement après leur libération. Elle aligna les six boîtes et les ouvrit. Noël sur la jetée ! Le Noël des crustacés. Ils étaient tachetés de noir et de vert à ce moment, loin du rouge électrique de l'après-cuisson. Ils étaient encore vifs, galvanisés par leur proximité avec l'eau salée, agitant impatiemment leurs pinces captives. Ils ne sauraient jamais à quoi ils avaient échappé, quoique leur condition de homards leur interdise probablement toute forme de savoir. Elle attrapa les ciseaux et les coinça dans la boîte, faisant de son mieux pour trancher les larges élastiques sans entailler une pince, ni perdre un doigt. (Elle se débarrassa facilement du premier élastique qui attachait chaque homard, beaucoup moins facilement du deuxième.) Après avoir fini, elle les pencha un par un hors de leurs boîtes, dans l'océan dont ils giflèrent la surface avec un bruit plaisant, avant de disparaître de sa vue.

Le temps que Franny charge la voiture avec toutes les provisions nécessaires et retourne à la maison, on était en fin d'après-midi. Elle entrevit Leo sur la véranda qui parlait à quelqu'un devant la porte (Neuf au dîner ? Elle avait prévu assez), tandis que le reste de la compagnie était ailleurs, on ne sait où. Une élégante Audi gris métallisé était garée à l'arrière, les Hollinger devaient être arrivés. Franny se dit qu'il aurait été tellement agréable d'avoir pris une douche avant de les voir, mais ce n'était pas au programme. Elle commença à rentrer les cartons et les sacs dans la cuisine. Elle avait déjà fait trois voyages quand Leo surgit, accompagné d'un grand jeune homme avec une longue tresse noire.

"Franny", dit Leo.

Franny posa le lourd carton sur la table, moitié alcools forts, moitié vins. Il restait une deuxième cargaison de vin dans la voiture. Elle garda les mains au sommet du carton pour les empêcher de trembler. Dès l'instant où elle le vit, elle comprit exactement la gravité de l'acte qu'elle avait commis, et combien elle avait eu tort de faire cadeau de ce qui ne lui appartenait pas. À l'époque aussi elle l'avait su, mais elle n'en avait pas tenu compte. C'était la manière dont Leo l'avait écoutée, la manière avec laquelle il lui avait posé tellement de questions et ensuite lui avait demandé de tout lui raconter à nouveau. Rien, dans son existence, n'avait égalé la lumière de son attention envers elle.

"Nom de Dieu, dit Albie. Tu n'as pas du tout changé."

Il était plus grand et plus mince que tout ce à quoi elle aurait pu s'attendre. Il portait un tee-shirt sans manches et un baggy couvert de poches. Ses bras bronzés étaient musclés, ses poignets tatoués. Il était simultanément une personne qu'elle savait être un frère, et un inconnu. "Toi si", dit Franny.

N'avait-elle jamais envisagé qu'il finirait par débarquer un jour ou l'autre ? Elle s'était attendue à le croiser à chaque coin de rue, les premiers mois qui avaient suivi la sortie du livre, mais le temps avait passé. L'avait-elle ensuite oublié ? "Comment tu nous as trouvés ?"

"Je l'ai trouvé, répondit Albie, en désignant Leo. Il se trouve être la personne au monde la plus facile à trouver."

"C'est bon à savoir", dit Leo.

"J'aurais pas cru que c'était toi, dit Albie à Franny. Mais je suppose que c'est cohérent. Il fallait bien que quelqu'un lui ait raconté."

Ils avaient voulu aller à la grange pour brosser les chevaux. S'ils brossaient les chevaux et nettoyaient le fumier dans quelques stalles, alors en général Ned les laissait monter la jument à tour de rôle pendant tout l'après-midi. Mais Albie les rendait dingues. Que faisait-il de tellement insupportable ? Franny le regardait, planté en face d'elle, et elle était incapable de s'en souvenir. À moins qu'il n'ait jamais rien fait de mal, à part avoir besoin qu'on le surveille à l'étable, alors qu'aucun d'entre eux n'en avait envie. Il n'était pas ce monstre qu'ils lui reprochaient d'être, en fait il n'avait rien d'affreux. C'était juste un tout petit enfant.

"Albie a atrocement mauvaise haleine", annonça Franny. Puis elle se tourna vers lui. "Tu t'es pas lavé les dents ce matin ?"

Le jeu commençait toujours comme ça. Holly se penchait et reniflait l'air devant le visage de son frère. Elle roulait des yeux. "Des Tic Tac, tout de suite !"

Caroline regardait Cal. "Tu ferais bien de lui en donner. Tu sais bien qu'il se lavera jamais les dents. Je crois pas qu'il l'ait fait depuis son arrivée."

Cal avait sorti le petit sac en plastique de sa poche. Il y en avait quatre, alors il lui en avait donné quatre.

"Tous ?" avait demandé Albie.

"Tu pues, avait dit Cal. Si tu les prends pas, tu vas faire peur aux chevaux."

Ensuite Jeanette était sortie. Elle n'avait pas dit où elle allait mais tous les autres avaient dit qu'ils devaient l'attendre.

"Je veux y aller !" avait dit Albie.

Franny fit non de la tête. "Ernestine nous a demandé de rester ensemble."

Ils avaient attendu qu'il s'endorme. Ça n'était jamais long. Cal avait descendu Albie dans la buanderie et il l'avait laissé par terre, sous une pile de serviettes. On était dimanche et Ernestine préparait un grand dîner. Elle ne faisait jamais de lessive le dimanche.

Et voilà que vingt ans plus tard, Albie débarquait dans la résidence d'été de l'actrice, après avoir lu le récit de cette journée qu'il avait largement passée à dormir, dans un roman écrit par quelqu'un qu'il n'avait jamais rencontré auparavant. Franny secoua la tête. Ses mains étaient glacées. Elle n'avait jamais eu aussi froid de sa vie. "Je suis désolée", dit-elle. Ses mots étaient presque inaudibles, alors elle les répéta. "Je sais que ça ne vaut rien mais je suis désolée. J'ai fait une erreur terrible."

"En quoi tu as fait une erreur ?" demanda Leo. Il sortit la bouteille de Beefeater du carton. "Je vais boire un verre. Quelqu'un veut un verre ?"

"Tu croyais que je le saurais jamais ? demanda Albie. Remarque, t'avais peut-être pas tort. J'en ai mis du temps."

"J'essayais de lui expliquer avant ton arrivée, dit Leo, en versant du gin dans un verre. Les écrivains s'inspirent de beaucoup de choses. Jamais d'une seule."

Franny regarda Leo, avec l'envie qu'il prenne son verre et reparte fumer avec ses amis dans la véranda. "Laisse-nous une minute, lui dit-elle. Ça ne te concerne pas."

"Bien sûr que ça me concerne, dit Leo. C'est mon livre."

"Je continue à pas comprendre, dit Albie, en désignant d'abord Franny, puis Leo. Comment ma vie a fini dans son livre ?"

"Ce n'est pas votre vie, dit Leo. C'est ce que j'essaie d'expliquer. C'est mon imagination."

Albie balança son corps comme un fouet, ses mains atterrissant sur les épaules de Leo, qui bascula en arrière. De peur, Leo lâcha son verre qui tomba sur le sol, et pendant un moment la pièce s'emplit de l'odeur fraîche du gin.

"Vous vous demandez ce que je fous là, pas vrai ? dit Albie. Vous avez aucune idée de l'effort que ça me coûte de pas vous tuer. Je pourrais vraiment. Et si vous m'aviez créé, alors vous sauriez qu'il y a zéro enjeu pour moi là-dedans."

Il était évident que Franny aurait dû s'avancer vers Leo à cet instant, et poser les mains sur son bras, mais à la place, elle se tourna vers Albie. C'est à lui qu'elle avait fait du mal. Elle et Leo lui avaient fait du mal.

"Écoute-moi, sortons pour parler, dit-elle à Albie. Sors et parle-moi."

Leo recula en titubant comme si quelqu'un l'avait frappé, le visage cramoisi. Leo – plus petit, plus gros, deux fois plus vieux qu'Albie – jurerait plus tard qu'un coup avait été porté. Le verre à whisky roula près de son pied, miraculeusement intact. "J'appelle la police", dit-il. Il était conscient de sa propre respiration inégale.

"Personne n'appelle la police", dit Franny.

"Qu'est-ce que tu racontes, bon Dieu ?" dit Leo.

Marisol franchit la porte battante de la cuisine, Eric derrière elle. "Franny, où sont mes homards ?"

Franny mit du temps à comprendre de quoi elle parlait, ou ce que Marisol faisait encore là, mais soudain elle se souvint. "Vas-y", dit-elle, sans quitter Albie des yeux.

"As-tu la moindre idée de ce que ça coûte, des homards ?"

Eric effleura l'épaule de sa femme. "Retournons au salon. Ils ont un invité."

"C'est nous, les invités !" Marisol avait mis une robe fourreau en soie vert émeraude, un fin collier en or. Les Hollinger étaient arrivés et elle s'était habillée pour le dîner. Seul Hollinger était un nom plus célèbre que Posen à l'affiche, ce qui aurait pu en fâcher certains. Hollinger avait eu une carrière plus régulière, il avait remporté de plus grandes victoires. Le dîner en kit se trouvait dans des boîtes et dans des sacs de provisions sur la table. "Jonas m'a dit que tu les avais transportés dans la voiture. Il y avait un problème avec ces homards ?"

Albie se tourna vers Franny. "Tu travailles pour eux ?"

Franny ôta sa main du bras d'Albie, et la glissa dans la main de son frère. "Il faut qu'on y aille."

"Qui est cette personne ?" demanda Marisol. Marisol, qui n'avait participé à rien, qui était là sans avoir été invitée.

"C'est mon frère", dit Franny.

"Ce n'est *pas* ton foutu frère", dit Leo, d'une voix tellement forte qu'elle traversa les fenêtres et les pelouses dehors.

Franny avait fait une erreur ce matin en quittant la maison sans son sac à main et elle ne la refit pas. “Reste ici, dit-elle à Leo. Tout va bien se passer.”

Albie s’empara de la bouteille de gin.

“Tu ne pars pas avec lui”, dit Leo.

“Si je ne pars pas maintenant avec lui, je l’invite à dîner et je l’installe dans la chambre d’amis à l’étage, tu as compris ?”

“Écoute-moi, dit Eric. Pourquoi est-ce qu’on ne servirait pas un verre à nos invités dehors ? Marisol, prends le tire-bouchon et des verres. On devrait peut-être tous s’asseoir pour prendre un verre. Vous avez le gin.” Eric fit un signe de tête affirmatif à Albie, puis il se tourna vers Franny. “Les Hollinger sont là. Ils sont arrivés pendant que tu étais en ville. Viens les saluer.”

Eric s’efforçait de retransformer cette soirée en dîner mondain. Franny comprit qu’évidemment il ne savait rien d’Albie, qu’il ne savait rien d’elle non plus, à part qu’elle était la petite amie de Leo. Parce que quand Leo la surnommait son inspiration, comme il le faisait toujours, personne ne l’entendait littéralement. L’histoire de deux couples qui emménagent dans des maisons mitoyennes, leurs enfants affreux, ce n’était rien d’autre que l’intrigue d’un roman, pour ce qu’Eric en savait. Franny voulait aller rassurer Leo, mais Marisol avait ouvert la porte de la cuisine. Tout le monde entendait les voix en provenance de l’entrée, tellement de voix, *Bonjour ! Bonjour !*, des portes de voiture qui claquent, des rires, le son de la voix d’Ariel appelant son père.

*

Si Beverly ou Bert racontaient l'histoire aujourd'hui, ils diraient qu'ils avaient divorcé après la mort de Cal. Et bien sûr que c'était vrai, mais dans ce cas, le mot "après" induirait en erreur. Il associait la mort et le divorce, comme dans une relation de cause à effet, comme si Beverly et Bert étaient l'un de ces couples qui, à l'occasion de la mort d'un enfant, empruntent des chemins de douleur tellement séparés qu'ils ne parviennent plus à se retrouver. Ça ne s'était pas passé comme ça.

Bert reprochait à Beverly d'avoir laissé les six enfants seuls à la ferme avec Ernestine et ses parents, de n'avoir dit à personne qu'elle empruntait la voiture de sa mère pour aller à Charlottesville assister à deux séances consécutives de *Harry et Tonto.* (Elle n'avait pas prévu de le voir deux fois, mais le cinéma était tellement vide et calme et frais. Elle avait pleuré à la fin du film et pendant tout le générique, et au lieu de traverser le hall, le visage dégoulinant de mascara, elle avait tout simplement décidé de ne pas quitter son fauteuil.) Pensait-il vraiment qu'elle surveillait les enfants en permanence ? Pensait-il que si elle était restée à la maison cet après-midi, après avoir lu un livre de plus dans leur chambre, un magazine de plus, fait une sieste de plus, après être officiellement morte d'ennui, elle les aurait accompagnés à l'étable pour s'occuper des chevaux ? La vérité était qu'il lui arrivait aussi de laisser les enfants seuls à Arlington, de les laisser afin de préserver sa santé mentale. Au moins, à la ferme, ils étaient sous la surveillance d'adultes. Ses parents ne portaient-ils aucune responsabilité dans les événements qui se produisaient sur leur propriété ? Et Ernestine ? Beverly avait laissé les enfants sous la garde d'Ernestine, même si elle ne le lui avait pas dit. Ernestine possédait plus de bon sens parental que Beverly, Bert et les parents de Bert réunis, et Ernestine trouvait très bien qu'ils marchent huit cents mètres jusqu'à l'étable.

Bert n'aurait pas dû insister pour que Beverly et les enfants restent une semaine dans la maison de campagne de ses parents, pendant qu'il prenait le break pour retourner travailler à Arlington. S'il pensait que les enfants devaient se rendre à l'étable sous escorte, alors il aurait dû rester et les accompagner lui-même. Beverly n'avait pas envie d'être une invitée chez ses parents. Ils n'arrêtaient pas de demander aux enfants des nouvelles de leur merveilleuse mère – *Comment va Teresa ? Qu'est-ce que Teresa fait en ce moment ? J'espère que votre mère sait qu'elle est toujours la bienvenue chez nous.*

Les enfants non plus n'avaient pas envie de rester chez les parents de Bert. Ils avaient été beaucoup plus heureux au Pomme de Pin, les étés précédents. Dans la maison des parents de Bert, ils devaient enlever leurs chaussures à l'entrée et essuyer leurs pieds avec une serviette. Parce qu'en toutes circonstances, le salon leur était interdit, ils avaient logiquement inventé un défi consistant à le traverser à toute vitesse, chaque fois qu'ils entendaient quelqu'un arriver dans l'entrée. La figurine en porcelaine d'un gentleman anglais avec son lévrier irlandais tomba d'une table basse et se brisa.

Les parents de Bert ne souhaitaient pas leur présence. Ils avaient proposé cette visite prolongée, extrêmement inhabituelle, dans l'espoir de voir leur fils, pas ses enfants, ni sa seconde femme, ni les enfants de la seconde femme. Puis Bert avait quitté les lieux.

Ernestine ne souhaitait pas leur présence. Comment aurait-il pu en être autrement ? Cela impliquait huit bouches supplémentaires à nourrir (sept après la désertion de Bert), des piles de linge sale, des jeux à inventer, des bagarres à stopper, des employeurs à calmer. La charge la plus lourde reposait sur les épaules d'Ernestine, et pourtant elle seule portait son fardeau sans se plaindre.

Bert était reparti à Arlington parce que dans le contexte d'une semaine normale de travail, il était coûteux, peu pratique, stimulant et dangereux de trouver un endroit pour poursuivre sa liaison avec son auxiliaire juridique. Linda Dale (deux prénoms ; elle ne répondait pas à celui de Linda) déclara que pour une fois elle aimerait dîner au restaurant comme les gens normaux, dormir dans un vrai lit, se réveiller au milieu de la nuit et faire l'amour encore à moitié endormie, puis le refaire sous la douche le lendemain matin. Bert n'était pas fou de Linda Dale, elle était irritable, et exigeante, et très jeune, mais elle lui avait parlé comme ça au téléphone quand il avait appelé le bureau, alors qu'était-il censé faire ? Rester à la ferme ?

Il était au bureau quand sa mère l'avait appelé pour lui raconter ce qui était arrivé à Cal. Il avait sauté dans sa voiture et explosé toutes les limitations de vitesse, faisant le trajet de deux heures jusqu'à l'hôpital à Charlottesville en moins d'une heure et demie, comme n'importe quel parent l'aurait fait. Il n'avait pas eu le temps de repasser chez lui pour remettre de l'ordre. Il n'y avait même pas pensé.

Parfois Beverly et Bert avaient du mal à se souvenir de ce qui les avait détruits. Quand Beverly pleura la liaison de son mari, la culotte rouge inconnue refaisant surface dans son lit défait, Bert était accablé de chagrin. La mort d'un enfant était plus forte que l'infidélité. La mort d'un enfant était plus forte que tout. Beverly était presque capable d'adhérer à cette logique. Si l'on pouvait classer la douleur et la perte, alors sans aucun doute Bert avait gagné, et le moment était venu pour eux de faire front commun, pour le bien de leur mariage, ou de leurs enfants encore vivants. Mais il s'avéra qu'accepter les circonstances ne revenait pas à pardonner. Ils s'attachèrent l'un à l'autre à l'aide d'un petit ruban et ils persévérèrent dans l'effort, et leur mariage eut beau tenir encore presque six ans après la mort de Cal, ni l'un ni l'autre ne s'en souviendraient en ces termes. Ils diraient que leurs chagrins séparés avaient fait éclater leur couple des années auparavant.

S'il était injuste d'attribuer la fin du mariage de Beverly et Bert à Cal, la faute ne pouvait pas non plus retomber sur Albie, bien que les ressources émotionnelles du couple aient été tellement épuisées au moment de l'arrivée d'Albie depuis la Californie qu'il put presque se contenter de les regarder se jeter de la falaise. Le simple fait de sa venue se révéla suffisant. Cinq ans, deux mois et vingt-sept jours après la mort de Cal, Albie avait balancé une boîte d'allumettes enflammées dans la poubelle de la salle de dessin de Shery High, à Torrance. Teresa avait appelé Bert pour lui raconter l'incendie, et lui dire, à travers ses larmes exténuées, qu'Albie était au centre de détention pour mineurs. Bert avait raccroché et il avait demandé à Beverly d'appeler son ex-mari pour qu'il fasse libérer le gosse. En plus de tout ce passif entre eux, Bert rappela Teresa pour lui reprocher d'être une mère totalement incompétente. Elle n'était même pas capable de savoir où leur unique fils était allé en vélo, un samedi matin ? Il lui dit que le foyer qu'elle offrait aux enfants était inadapté, dangereux, et qu'elle n'avait pas d'autre choix que de lui envoyer Albie. Bert eut cette conversation sur le téléphone de la cuisine où Beverly avait entamé le bœuf Stroganoff qu'elle avait prévu pour le dîner. Elle éteignit le feu sous la casserole où elle faisait revenir des oignons, et monta lentement les marches conduisant à la chambre de Caroline. Depuis que sa fille aînée était partie à l'université, elle se cachait souvent dans sa chambre. Bert ne pensait jamais à l'y chercher.

Bien sûr Teresa aurait pu aligner plein d'arguments, mais elle savait qu'au cœur de la cruauté grandiloquente de son ex-mari, une vérité simple se nichait : Albie n'était plus en sécurité chez elle. Elle ne pensait pas nécessairement qu'il le serait chez Bert, mais des amis différents, une école différente à l'autre bout du pays lui offriraient peut-être une meilleure chance. Le lundi matin, le principal téléphona pour dire qu'Albie et les autres garçons étaient suspendus pendant l'enquête, et que si l'enquête démontrait leur culpabilité (ce qui était probable, étant donné qu'on les avait vus se précipiter hors du bâtiment en flammes un samedi matin, et qu'ils avaient avoué avoir mis le feu), ils seraient expulsés. Le mardi elle rappela Bert. Elle mettait Albie dans un avion.

Albie, presque quinze ans, marcha jusqu'à la terrasse située derrière la maison, il balança sa valise par terre, s'assit sur une chaise blanche en fer forgé et alluma une cigarette. Son père était encore en train de se débattre avec les feuilles d'emballage géantes qui avaient été scotchées pour former une espèce de boîte autour du vélo qu'il tentait d'extraire de l'arrière du break. Pendant le trajet depuis Dulles, Bert l'avait prévenu que Beverly ne serait pas là au dîner. Le jeudi soir, Beverly avait son cours de français au centre universitaire, et ensuite elle dînait avec ses amies du cours et elles parlaient en français. "Elle se cherche", dit son père, et Albie regarda par la fenêtre.

"Comment il va rentrer de l'aéroport alors ?" avait demandé Bert à Beverly, en apprenant son absence. Il avait foncé direct dans le panneau.

Quand il parvint à déballer le vélo, Bert le fit rouler hors du garage, avec un air réjoui digne d'un matin de Noël. Il avait eu l'intention de dire *Regarde-moi ça ! Comme neuf !* mais il vit le paquet de cigarettes et, plus pénible, le briquet Bic rouge posé sur la table devant son fils. Le vélo n'avait apparemment pas de béquille, alors il l'appuya contre l'une des chaises de la terrasse.

"Tu n'es pas autorisé à avoir un briquet", dit Bert, même si cela sonna plus comme une question qu'il n'en avait eu l'intention.

Albie le regarda, déconcerté. "Pourquoi ?"

"Parce que tu as foutu le feu à ta putain d'école. Me dis pas que ta mère t'a pas interdit le feu !"

Face à l'absolue immensité de la stupidité de son père, Albie sourit.

“J’ai pas foutu le feu à l’école. J’ai allumé un feu dans la salle de dessin. C’était un accident, et ils devaient rénover la salle de dessin de toute façon. L’école a déjà rouvert.”

“Alors je vais te le dire clairement : le feu, c’est interdit. Traduction, pas d’incendie criminel et pas de cigarettes.”

Albie tira une longue bouffée de sa cigarette. Il tourna la tête respectueusement et souffla la fumée sur le côté. Pour commencer, il fumait respectueusement sa cigarette à l’extérieur de la maison. “Le feu, c’est un élément. Comme l’eau ou l’air.”

“Eh bien un élément t’est interdit.”

“Je peux utiliser la cuisinière à gaz ?”

Tous deux contemplaient le briquet sur la table. Quand Bert tendit la main pour le prendre, Albie le fourra dans sa main, en regardant son père droit dans les yeux. Le moment était crucial : Bert allait-il frapper son fils ? Albie abaissa sa cigarette et il leva la tête, les yeux grands ouverts. Bert se redressa et recula. Il n’avait jamais frappé ses enfants. Il n’allait pas commencer maintenant. Les quelques claques qu’il avait données à Cal l’obsédaient toujours.

“Ne fume pas à l’intérieur”, dit Bert, et il rentra.

Albie contempla la maison. Ce n’était pas celle qu’il avait connue enfant. Il la voyait pour la première fois. À un moment, entre son dernier séjour en Virginie et maintenant, Bert et Beverly avaient déménagé en oubliant de le dire à Holly, Albie ou Jeanette. Et pourquoi auraient-ils dû le dire d’ailleurs, étant donné que personne ne pensait que Holly, Albie ou Jeanette reviendraient les voir ? Mais son père n’avait pas non plus évoqué la nouvelle maison à l'aéroport. Avait-il oublié ? Avait-il pensé qu'Albie ne se rendrait compte de rien ? Cet endroit était en briques rouges avec des colonnes blanches cannelées sur la façade, une mini-version de la maison de ses grands-parents aux environs de Charlottesville. Elle était entourée d'un jardin foisonnant de plantes et d'arbres qu'il ne reconnaissait pas, le tout bien en ordre et soigné. Il apercevait le bord d'une piscine déjà couverte d'une bâche pour l'hiver. Depuis la terrasse, il voyait la cuisine de l'autre côté de la fenêtre, avec ses luxueuses casseroles en cuivre suspendues à un présentoir au plafond, mais s'il se levait, ouvrait la porte et traversait la cuisine, il n'aurait aucune idée du chemin qu'il devrait prendre, ni de la chambre où il était censé dormir.

Caroline devait être partie à l'université, et Albie l'imaginait entourée d'une foule d'amis qui devaient l'inviter chez eux pour les vacances. Elle avait sûrement un boulot d'été à plein temps, dans le genre monitrice de colonie ou stagiaire du gouvernement, qui lui permettait de ne jamais rentrer chez elle et de ne jamais passer un coup de fil. Caroline avait toujours dit clairement qu'une fois qu'elle partirait d'ici, elle ne reviendrait jamais. Caroline était une salope à tout point de vue, mais c'était aussi elle qui avait organisé tous les actes de subversion des étés de leur enfance. Elle les haïssait tous, particulièrement sa propre sœur, mais au moins elle était dans l'action. En repensant à la fois où elle avait forcé le break avec un cintre et sorti l'arme de la boîte à gants, il secoua la tête. De toute sa vie, il n'avait jamais adoré quelqu'un autant qu'elle.

Conclusion, il y aurait seulement Franny. Il n'avait vu aucune des deux sœurs depuis cinq ans, l'époque où les visites en Virginie l'été s'étaient arrêtées, mais il avait plus de mal à se la représenter. C'était étrange, vu qu'elle était le membre de la famille le plus proche de lui en âge. Il se souvenait qu'elle passait son temps à trimbaler le chat, et dans sa mémoire, la fille et le chat avaient fusionné : douce et petite, ne demandant qu'à faire plaisir, prompte à faire la sieste et à monter en permanence sur les genoux de quelqu'un.

Albie resta sur la terrasse à fumer, tandis que les lumières prenaient une teinte dorée au-dessus des banlieues et que l'air froid picotait ses bras. Il ne voulait pas rentrer dans la maison et demander à son père où il allait dormir. Il eut envie de fouiller dans sa valise pour trouver le généreux sac d'herbe que ses amis avaient réuni en guise de cadeau d'adieu, mais il se dit qu'il avait déjà repoussé toutes les limites de l'insolence pour un seul jour. Que son briquet soit confisqué, dans un monde rempli de boîtes d'allumettes gratuites, n'avait pas grande importance, mais il tenait à sa réserve d'herbe. Il aurait pu prendre son vélo et faire le tour du quartier pour se familiariser avec les lieux, mais il préféra ne pas quitter son siège. Il commençait à envisager de bouger quand Franny apparut dans l'allée et se gara.

Elle portait un chemisier blanc dont elle avait remonté les manches, une jupe écossaise bleue, des chaussettes aux genoux et des chaussures plates, la tenue universelle des élèves des écoles catholiques. Elle était maigre et pâle, les cheveux tirés en arrière, et au moment où il se leva en jetant sa cigarette, il se demanda pendant une seconde s'ils s'entendraient bien. Franny laissa tomber son sac à dos par terre et se précipita sur lui, bras grands ouverts.

Franny, sans comprendre qu'il vivait de l'autre côté d'un mur épais et que par conséquent personne ne pouvait le prendre dans ses bras, le prit dans ses bras en le serrant très fort. Elle était chaude et forte, et dégageait un léger parfum agréable de sueur de fille.

"Bienvenue", dit-elle. Un seul mot.

Il la regarda.

"Ils t'obligent à rester dehors ? demanda-t-elle, en baissant les yeux sur sa valise. Tu peux pas aller dans le garage au moins ?"

"Je préfère ici."

Franny contempla la maison. La lumière était allumée dans le bureau de Bert. "Alors restons ici. De quoi tu as envie ? Tu dois avoir faim."

Albie avait l'air affamé, pas seulement à cause de la minceur perturbante que tous les enfants Cousins avaient en commun, mais de ses yeux enfoncés. Il semblait capable d'engloutir un cochon entier, à la manière d'un python, et ça ne comblerait même pas le déficit. "Pour être sincère, je boirais bien un verre."

"Tu veux quoi ?" demanda Franny. Elle était à moitié tournée vers la maison, visualisant déjà la réserve secrète de 7-Up que désapprouvait sa mère.

"Du gin."

Elle regarda Albie en souriant. Du gin un jeudi soir. "Je t'ai dit que j'étais heureuse que tu sois là ? J'ai dû oublier. Je suis heureuse que tu sois là. Tu viens avec moi ?"

"Dans une minute."

Pendant son absence, Albie contempla le ciel. Des animaux passaient en flèche – des moineaux ? des chauves-souris ? –, accompagnés par un vrombissement assourdissant du genre grillon. Il avait quitté Torrance.

Franny revint en une minute avec deux verres à moitié pleins de glaçons et de gin, une bouteille de 7-Up sous le bras. Elle remplit son verre de soda, le remua d'un doigt, avant de le regarder et de l'agiter d'avant en arrière.

"Passe", dit-il.

"Très viril." Ils entrechoquèrent leurs verres comme le faisaient les gens dans les films, et les copines de Franny dans les soirées pyjama, après avoir siphonné tout ce qui pouvait être discrètement subtilisé aux réserves familiales. Franny avait déjà bu quelques verres, mais jamais à la maison, jamais la veille d'une journée d'école, jamais avec Albie. Pourtant, s'il y avait un jour fait pour briser les règles, c'était bien celui-là. "Santé."

Elle grimaça un peu en découvrant le goût que ça avait tandis qu'Albie se contentait de siroter en souriant. Il alluma une autre cigarette, parce que ça allait trop bien avec le gin. Ils avaient le sentiment de rattraper le temps perdu rien qu'en étant assis là sans parler. Trop de choses avaient eu lieu, trop de temps avait passé, pour qu'il soit possible de l'exprimer en mots.

Au bout d'un moment, Bert sortit sur la terrasse. Il avait l'air tellement heureux de la présence de Franny. Il l'embrassa sur le côté de la tête, le nuage de la fumée de cigarette effaçant l'odeur de gin. "Je ne savais pas que tu étais rentrée."

"On est rentrés tous les deux", dit Franny en souriant.

Bert fit tinter ses clés de voiture. "Je vais chercher une pizza."

Franny secoua la tête. “Maman a préparé le dîner. C’est au frigidaire. Je le réchaufferai.”

Bert eut l’air surpris, même s’il était difficile de comprendre pourquoi. Beverly préparait toujours le dîner. Il attrapa la valise d’Albie. “Allez, on rentre maintenant. Il commence à faire froid.”

Tous les trois rentrèrent dans la maison juste au moment où l’obscurité profonde de la nuit s’installait. Franny et Albie ramassèrent leurs verres, les cigarettes et le briquet, et ils franchirent la porte à la suite du père d’Albie.

7

“Et donc c’est le gosse de Bert Cousins qui a causé ta rupture avec le vieux Juif ?” demanda Fix. Ils étaient en route pour Santa Monica, vitres baissées. Ils allaient au cinéma. Caroline conduisait. Franny, assise à l’arrière, se penchait entre les deux sièges.

“Comment ça se fait que je découvre cette partie de l’histoire ?” dit Caroline.

“Tu pourrais arrêter de l’appeler « le vieux Juif » ?” demanda Franny à son père.

“Désolé.” Fix posa la main sur son cœur. “Le vieil alcoolo. Que son âme repose en paix à Sion. Chapeau bas ! Le gosse de Bert a fini par gagner mon respect.”

Franny s’imagina en train d’appeler Albie pour lui annoncer la nouvelle. “C’est pas comme si j’étais partie définitivement ce soir-là. On est restés à Amagansett tout l’été.” Elle avait encore dû endurer Ariel, son insupportable petit copain hollandais et la triste petite Button, et tout cet interminable, cet atroce été rempli d’invités. La fin de l’histoire de Leo et Franny s’était jouée à guichets fermés. C’était il y a plus de vingt ans, et pourtant la tristesse absolue de cette période était encore totalement présente à sa mémoire.

“Mais en gros c’est comme ça que ça s’est passé, non ? demanda Fix. Le gosse a mis le ver dans le fruit.”

Caroline fit non de la tête. “Albie a compris qu’il y avait un ver dans le fruit”, rectifia-t-elle, et Franny, surprise par la justesse de l’analyse de sa sœur, éclata de rire.

“J’aurais dû rester en fac de droit, dit Franny. Ça m’aurait rendue aussi intelligente que toi.”

Caroline secoua la tête. “Impossible.”

“Change de voie, dit Fix, en la montrant du doigt. Au feu, tu prends à gauche.” Fix avait son plan, le Thomas Brothers, sur les genoux. Il refusait que Franny entre l’adresse du cinéma dans son téléphone.

“Tu sais pourquoi le film a mis autant de temps à se faire ?” Caroline jeta un coup d’œil dans le miroir du rétroviseur avant d’accélérer adroitement pour ne pas se laisser dépasser par une Porsche à l’approche. Dans la conduite comme dans plein d’autres domaines, Caroline avait toujours le dessus.

“Ça arrive. Leo ne voulait pas vendre les droits, donc il a fallu attendre sa mort. J’imagine que sa femme a dû encore compliquer les choses.” Natalie Posen. Par miracle, ils étaient toujours mariés à la mort de Leo, quinze ans auparavant, et toujours en pleine bagarre. Son épouse pendant toutes ces années, et désormais sa veuve. Franny l’avait rencontrée une fois seulement à l’enterrement, beaucoup plus petite que l’image qu’elle en avait, assise au premier rang de la synagogue, flanquée de deux fils qui ressemblaient à Leo – l’un pour le haut du visage, l’autre le bas, comme si chacun avait hérité de la moitié de la tête de leur père. Ariel était assise de l’autre côté de la synagogue, à côté d’une Button qui avait beaucoup grandi et de sa propre mère, la première Mme Leo Posen. Eric avait son nom dans le programme en tant que porteur de cercueil honoraire, car il était désormais trop vieux pour soulever un sixième de son poids. C'était lui qui avait appelé Franny pour lui annoncer la mort de Leo, une délicate attention, vu le temps qui s'était écoulé. Elle lui avait demandé des nouvelles du nouveau livre, celui pour lequel Leo avait reçu une avance il y a longtemps et dont il repoussait toujours l'écriture. Eric lui avait répondu que c'était triste, mais que le livre n'existait pas.

Ils étaient tous là, le temps ayant exercé son emprise sur eux : Eric et Marisol, Astrid, les Hollinger, une dizaine de plus – tous les invités de l'été étaient venus revendiquer leur droit sur lui avec le reste du monde. Franny demeura au fond, adossée au mur de la tribune avec ses anciens élèves, des admirateurs fervents et d'anciennes petites amies. Natalie Posen avait choisi d'enterrer son mari à Los Angeles, ce qui donnait à sa rancune un air d'éternité.

"L'épouse, dit Fix. Puisqu'on en est à chercher tout ce qui peut nous réconforter, remercions aussi l'épouse."

"La femme de Leo ?"

Fix fit oui de la tête. "Elle est le héros méconnu de toute cette histoire."

"Et pourquoi donc ?" C'était l'anniversaire de Fix, quatre-vingt-trois ans aujourd'hui, et des métastases au cerveau. Franny faisait de son mieux pour que tout se passe bien.

"Si elle ne s'était pas accrochée à lui comme un pitbull pour avoir plus d'argent, Leo Posen aurait été un homme libre."

“Ah.” Caroline approuva de la tête. Elle teignait ses cheveux dans ce brun auburn chaleureux qui était sa couleur, enfant, elle faisait du pilates trois fois par semaine. Elle avait suivi l’exemple de leur mère, elle s’entretenait très bien. Caroline était devenue la sœur cadette.

“Je ne vois pas où tu veux en venir”, dit Franny.

Fix sourit. Caroline, elle, avait toujours pigé les blagues de son père.

“Si Leo avait divorcé, expliqua sa sœur, il t’aurait épousée.”

“Ma petite Franny, dit leur père, en se retournant péniblement pour la regarder, c’est peut-être la seule balle que tu as réussi à éviter.”

Franny et Caroline s’entendaient depuis longtemps pour ne pas rendre visite à chacun de leurs parents au même moment. Avec des parents divorcés, habitant à deux extrémités opposées du pays, et des maris dont les parents exigeaient aussi un certain nombre de vacances en famille, elles divisaient le fardeau pour le rendre supportable. Il y avait tellement de jours de vacances, de jours de congé pour convenance personnelle, de billets d’avion, de représentations théâtrales scolaires ratées, et d’absences sans mot d’excuse entre les deux sœurs. En dépit de toute l’affection qu’elles s’étaient découverte tardivement l’une pour l’autre, il leur était impossible de la traduire en visites. Malgré son désir de se rendre dans la baie de San Francisco, Franny n’était pas allée plus loin que Los Angeles. C’est là qu’Albie vivait désormais, à deux heures de chez Caroline. Le fils aîné de Caroline, Nick, étudiait à l’université de Northwestern, donc quand Caroline et Wharton allaient lui rendre visite le week-end, Franny, au moins, pouvait rouler jusqu'à Evanston pour les voir tous les trois. Les deux autres enfants de Caroline, des filles, Franny les avait totalement manqués, tout comme Caroline avait manqué les deux garçons de Franny. Mais elle avait beau s'occuper de Ravi et d'Amit depuis longtemps, ce n'étaient pas ses vrais enfants. Elle les avait eus avec son mariage, et Caroline, malgré ses efforts pour penser autrement, ne parvenait jamais à accorder une pleine citoyenneté à des beaux-enfants.

Tout ça pour dire qu'en temps normal, ni Franny ni Caroline ne seraient nécessairement venues jusqu'à Los Angeles pour fêter l'anniversaire de Fix. Mais comme il avait déjà dépassé le pronostic le plus optimiste de son cancérologue, elles intensifièrent le jeu. Ce serait son dernier anniversaire, ce que confirmait un coup d'œil rapide sur le siège passager, et en cet honneur, les deux sœurs rompirent leur engagement mutuel et se retrouvèrent en Californie.

“Et alors, on prévoit quoi pour le grand jour ? avait demandé Caroline la veille. Tout est possible !”

Ils étaient assis dans le salon, tous les quatre, dans la maison de Santa Monica où Fix et Marjorie avaient emménagé pour leur retraite, après avoir quitté Downey. C'était un genre de miracle, cette maison, pas pour sa splendeur mais pour sa proximité avec la plage. Quarante ans plus tôt, Fix avait fait la connaissance d'un flic qui jouait au poker avec un juge des faillites. Il avait eu comme tuyau que l'endroit était vendu aux enchères. C'est à cette époque que Fix avait fini par demander Marjorie en mariage. Ils utiliseraient le récent héritage de la tante de Marjorie de l'Ohio pour verser l'acompte. Ils l'achèteraient, la loueraient pendant une vingtaine d'années, si bien qu'à la retraite ils en seraient quasiment propriétaires.

"C'est ça, ta demande en mariage ?" avait répondu Marjorie, en acceptant l'offre.

"Mais quelle était la part de papa, alors ?" lui avait demandé Franny, des années plus tard, quand elle avait appris toute l'histoire. À chacune de leurs visites, Fix et Marjorie emmenaient les filles voir la maison de Santa Monica. Ils la montraient du doigt depuis la voiture, en disant qu'elle était à eux, et qu'un jour ils y habiteraient. "Si c'était toi qui avais l'argent, alors pour quelle raison tu l'as épousé ? Tu aurais pu l'acheter toute seule et la louer."

"Ton père voulait une maison à la mer, et moi je voulais épouser ton père." En s'entendant prononcer ces mots, Marjorie avait éclaté de rire. Alors elle avait reformulé. "Il voulait m'épouser. Il était juste plus lent à s'en rendre compte. J'aime à penser qu'à la fin tout le monde est sorti gagnant."

Marjorie venait de finir d'introduire le complément nutritionnel dans la sonde de Fix. Elle était une jeune femme de soixante-quinze ans, comparée à ses quatre-vingt-trois ans, mais elle donnait l'impression d'avoir arrêté de manger en même temps que son mari. Ses omoplates pointaient comme du fil de fer sous son pull.

"Allons au cinéma, dit Fix. On verra le film de Franny à la séance de l'après-midi."

"Fix, dit Marjorie d'une voix lasse. On en a déjà parlé."

"Mon film ?" demanda Franny, mais évidemment elle avait compris. Il parlait déjà de "son roman".

"Celui que ton petit ami a écrit sur nous. J'imagine que j'ai de la chance de voir un film sur ma vie." Cette pensée semblait le ravir. "J'ai jamais lu le livre, tu le sais. J'allais quand même pas donner mon argent à ce fils de pute. Mais maintenant qu'il est mort et que l'argent ira à sa femme, ça me va. En plus j'ai lu un article qui dit que la femme qui joue ta mère est mauvaise. Je me dis que ça doit être horrible pour elle."

Marjorie leva une main amaigrie. "Allez-y sans moi. Passe une bonne journée avec les filles. Je vous prépare des cupcakes pour le retour." Quelques heures de liberté valaient largement un mois de pension de retraite.

"Oh, papa, dit Caroline. Tu crois pas qu'on s'amuserait mieux en restant à la maison pour s'arracher les ongles de pied avec des tenailles ?"

Franny avait eu sa dose de culpabilité et d'épouvante au moment de la sortie d'*Orange amère*, mais quand même, elle conservait incontestablement de toute cette période un souvenir glorieux : le déjeuner organisé par l'éditeur à La Grenouille, la cérémonie des prix durant laquelle Leo avait été appelé sur scène, l'interminable tournée de promotion. Chaque soir, il lisait des extraits de son livre à une foule sous le charme, avant d'attendre derrière une table que la foule se mette en rang et que des admirateurs suppliants lui expliquent à quel point son œuvre avait changé leur vie. Il était redevenu célèbre, à nouveau sous les lumières de l'univers, et chaque nuit, dans une chambre d'hôtel différente, il lui en attribuait tout le mérite, berçant sa tête entre ses mains quand ils faisaient l'amour. Il n'arrivait pas à détacher ses yeux d'elle. Lui, Leo Posen, il l'aimait, il la remerciait, il avait besoin d'elle. Voilà la récompense qu'elle avait reçue, en échange de tout ce que ça avait coûté.

Mais la vision du film risquait de raviver bien plus que la trahison de sa famille. Le film vendu par sa deuxième femme parlait aussi de l'échec de son ancienne histoire d'amour, et de la mort solitaire de l'homme qu'elle avait aimé.

Pendant que Leo écrivait son roman, Franny n'avait pas compris à quoi ressemblerait sa vie avec *Orange amère*, et après l'avoir lu, il était trop tard pour faire quoi que ce soit. Mais le film, lui, c'était autre chose. Il était encore loin d'être fait. Franny supplia Leo de conserver les droits. Elle savait qu'une telle promesse constituerait une perte financière significative, mais malgré tout, manuscrit entre les mains, elle le supplia.

Leo les lui offrit sur une petite fiche 3 × 5, parce que Franny était le soleil, la lune, et l'ultime étoile scintillante.

À Frances Xavier Keating,
à l'occasion de son vingt-septième anniversaire,
je t'offre les droits du film Orange amère,
pour maintenant et pour toujours,
en témoignage de mon amour durable et de ma gratitude.

LEON ARIEL POSEN

Il respecta son engagement, même plus tard, à une époque où ils ne se parlaient quasiment plus, et où elle devinait qu'il avait besoin d'argent. Elle n'évoqua jamais cette promesse après sa mort. À qui aurait-elle pu raconter ça ? À sa femme ? Elle savait qu'une petite carte n'avait pas une chance contre une armée d'avocats. De manière irrationnelle, elle s'était mis en tête qu'ils pourraient essayer de lui prendre la carte.

"Non", dit Franny. Non, elle n'avait pas envie de voir ce film, particulièrement avec son père et sa sœur et une centaine d'inconnus amassés dans le Santa Monica AMC3, en mangeant du pop-corn.

Fix éclata de rire et claqua les bras de son fauteuil du plat de la paume. "C'est pas vrai, vous êtes deux gamines ! Ce film peut vous faire aucun mal. Vous devriez être capables de comprendre qu'un mourant, coincé dans ce piège à rats, a envie de se voir sous les traits d'une magnifique star. Et puis de toute façon, c'est de l'histoire ancienne. Je vous laisse jusqu'à demain pour vous ressaisir. C'est mon anniversaire, et on va aller au cinéma."

Caroline gara la voiture et Franny sortit la chaise roulante du coffre. Fix ne conduisait plus depuis longtemps mais il n'avait pas vendu la voiture. Il existait toujours une chance que le destin s'inverse, qu'on découvre un traitement à la toute fin de la onzième heure, et que les parties de son corps qui avaient été dévorées par le cancer reprennent vie. L'espoir, disait Fix, était le sang de la vie, et cette voiture était irremplaçable. C'était une Crown Victoria, un ancien véhicule de police banalisé qu'il avait acheté au département. Franny l'appelait la Batmobile parce qu'elle était capable de faire du trois cents à l'heure en cas d'urgence. Non que Fix ait jamais essayé, mais cette idée, répétait-il, le réconfortait.

Franny ouvrit la porte de la voiture et souleva du plancher les pieds de son père, les balançant doucement à l'extérieur avant de prendre son bras. "On compte jusqu'à trois", dit-elle, et ils comptèrent ensemble tandis qu'il oscillait d'avant en arrière pour retrouver l'équilibre. La voiture capable de rattraper une Ferrari volée était incapable de l'aider à se lever. Franny le tira dehors et Caroline l'aida à se tenir debout. Il y a un mois, Fix ne se laissait pas faire. Il y a un mois, il refusait d'utiliser le déambulateur, insistant pour s'appuyer sur Marjorie, même après être tombé plusieurs fois. Mais cette époque-là était derrière eux. Désormais il laissait Franny poser ses pieds sur les palettes en la remerciant.

L'actrice qui possédait la maison à Amagansett avait voulu jouer Julia dans le film, autrement dit la mère de Franny. Il va de soi qu'elle ignorait que Franny existait vraiment et qu'elle allait dormir dans les draps en coton égyptien de son lit. Leo avait rendu Albie responsable de leur rupture. Il croyait que si Albie ne les avait jamais trouvés, ils auraient continué à vivre heureux ensemble. Mais Caroline avait raison : Albie n'avait pas mis le ver dans le fruit, le ver y était déjà. Pourtant, puisque Leo avait décidé d'attribuer leurs problèmes personnels à un tiers innocent, Franny aurait bien aimé avoir l'occasion de rejeter la faute sur l'actrice et sa putain de maison ridicule. Personne ne devrait être assez riche pour s'offrir une maison pareille, sans même se préoccuper d'y vivre. La piscine était longue et profonde, et elle ne ressemblait même pas à une piscine. On aurait dit les fondations d'un pavillon de chasse construit au XIXᵉ siècle, et arrachées par une tempête. Elle était alimentée par une source. Personne ne savait exactement d'où venait la source, et encore moins la piscine, les deux préexistant à la maison de l'actrice. Mais il y avait mieux : les roses grimpantes qui couvraient la façade est avant de s'étendre en un enchevêtrement géant sur le toit en pente, une profusion de fleurs miraculeuse. C'était une tempête de roses, blanches et rouges, une demi-douzaine de teintes de rose, empilées les unes sur les autres tout au long de l'été, un pied s'éteignant tandis qu'un autre atteignait son apogée. L'été, un tapis de pétales recouvrait continuellement la pelouse. Il y avait aussi un Klimt dans sa chambre, petit mais incontestablement authentique, le portrait d'une femme arborant une ressemblance presque ancestrale avec l'actrice. Qui gardait un Klimt dans sa résidence de vacances ? C'était la maison, Franny en était convaincue, qui les avait achevés. Personne n'était capable de se tenir à distance de cette maison, sinon l'actrice elle-même. Un soir, longtemps après leur rupture, Leo avait appelé Franny pour lui raconter que l'actrice l'avait invité à dîner à Amagansett. Elle prétendait vouloir parler du film, alors qu'il lui avait dit qu'il n'y avait pas de film.

"Venez quand même", avait-elle dit.

"Tu te souviens de toutes les réserves de champagne au frigidaire ?" avait demandé Leo.

Franny se souvenait du champagne.

"Eh bien, on les a bues." Depuis son appartement à Cambridge, Leo poussa un long soupir. "Il ne s'est rien passé. C'est ça que je voulais te dire. Je n'ai pas réussi à monter dans sa chambre. C'était toujours notre chambre, Franny. Je n'allais quand même pas faire ça."

Selon les critères de l'industrie cinématographique, autant l'actrice que ses tentatives pour obtenir le rôle à tout prix étaient déjà de l'histoire ancienne. Elle avait passé l'âge depuis longtemps de jouer l'héroïne romantique du film, et on ne lui donnait même plus les rôles de mères. À soixante ans, elle était même trop vieille pour être la sorcière des contes de fées. Il lui restait une poignée de rôles de douairières, une vieille sénatrice à l'occasion, une PDG impitoyable dans une série pour le câble qui jouirait d'un succès critique. Voilà tout ce dont Franny pouvait se contenter, au moment où les lumières du cinéma de Santa Monica s'éteignirent : la sublime actrice allait voir le film adapté d'*Orange amère* quelque part, en se souvenant de tous les efforts qu'elle avait faits pour être Julia.

Mais ce ne fut absolument pas réconfortant.

Franny et Caroline, assises à côté de leur père dans le noir, eurent la même pensée improbable : est-ce qu'il aurait été pire de voir le vrai film de leur enfance ? Un été, Bert les avait pourchassés comme Antonioni avec sa caméra Super 8, tandis qu'ils couraient sous les arroseurs, entrant et sortant du champ à bicyclette. Holly faisait tourbillonner ses hanches étroites pour faire du hula hoop. Albie bondissait devant elle en enlevant son tee-shirt. Le son de la voix de Bert arrivait de l'autre côté de la caméra, aboyant sur eux pour qu'ils fassent quelque chose d'intéressant, mais ils étaient des enfants, donc rétrospectivement des créatures fascinantes. Peut-être ce film se trouvait-il encore dans une boîte, dans le grenier de leur mère, ou bien quelque part au fond d'un meuble de classement, dans le garage de Bert. Franny pourrait essayer de mettre la main dessus lors de sa prochaine visite en Virginie, et de le projeter. Comme ça ils verraient le vrai Cal courir à nouveau et effacer le souvenir du garçon renfrogné qui jouait son rôle. Le vrai film de leur vie était définitivement préférable à celui-là. Même si une caméra les avait filmés non-stop, enregistrant le total désastre de l'enfance, et tous ses pires moments, cela aurait été mieux que d'être obligé de regarder ces étrangers empêtrés dans une tentative maladroite pour reproduire leur vie. Holly et Jeanette avaient été condensées en une seule petite fille qui n'était ni Holly ni Jeanette, mais une horrible métamorphose qui tapait du pied et claquait la porte à chaque dispute. Quand Holly ou Jeanette s'étaient-elles comportées comme ça ? Mais évidemment, les enfants acteurs n'essayaient pas de jouer de vrais enfants. Ils ignoraient que le livre s'inspirait de personnes réelles, et de toute façon, ils ne l'avaient pas lu. Était-ce une torture de regarder ce film parce que rien n'était juste, ou était-ce une torture de le regarder parce que, d'une manière invraisemblable, certaines choses l'étaient ? De temps en temps surgissait une lueur de familiarité dans les minuscules cruautés que les deux familles s'infligeaient.

"Ce n'est pas toi, avait dit Leo, quand elle avait achevé sa lecture. Ce n'est absolument pas toi." Il était assis dans la deuxième chambre qu'il utilisait comme bureau à Chicago, dans leur petit appartement avant que l'argent n'arrive. Il la tenait sur ses genoux en caressant ses cheveux pendant qu'elle pleurait. Elle avait commis une terrible erreur de jugement et lui en avait fait quelque chose d'indélébile et de magnifique. C'était cela, le ver dans le fruit. Ou même pas. Pas le fait qu'elle l'ait lu, ni le fait qu'il l'ait écrit, mais cette journée, des années auparavant, dans l'Iowa, quand Leo, qui se lavait les dents pendant que Franny prenait sa douche, avait craché son dentifrice et tiré le rideau, en disant : "J'ai repensé à cette histoire que tu m'as racontée sur ton demi-frère."

À cet instant, nue sous l'eau, le shampoing coulant le long de sa nuque, elle avait ressenti que Leo Posen l'avait écoutée, qu'il avait trouvé l'histoire de Cal digne d'occuper ses pensées. Il avait tendu le doigt sous la douche pour tracer un cercle sur ses petits seins savonneux.

Ce à quoi elle avait omis de penser sous la douche, c'est qu'un jour elle aurait cinquante-deux ans et serait obligée de regarder l'aboutissement de son souriant assentiment sur un écran. Le personnage de Cal n'était pas encore mort, c'était pour plus tard. Le personnage d'Albie avait déjà été drogué plusieurs fois par les autres enfants, le personnage qui était Caroline avait giflé et pincé le personnage qui était Franny chaque fois que la caméra panotait dans leur direction, et les enfants n'étaient même pas les personnages principaux du film. Les personnages principaux, c'étaient la mère de l'une des familles et le père de l'autre, et les regards qu'ils échangeaient le soir de chaque côté de l'allée. Le personnage qui était la mère de Franny ne cessait de passer la main dans ses longs cheveux blonds, tout en fixant le lointain, preuve qu'elle luttait avec le poids de son infidélité. Elle portait des blouses bleues de chirurgien qui semblaient avoir été faites sur mesure pour sa ravissante silhouette. La mère du film était tellement tiraillée : l'hôpital, les enfants, son voisin qui était son amant, la femme du voisin qui était son amie. Seul son malheureux mari ne lui demandait apparemment rien. Il se déplaçait dans les recoins de l'écran en ramassant les assiettes des enfants, tandis qu'elle passait au milieu de la cuisine. Elle devait encore s'absenter.

"Ça suffit !" hurla Fix. Il se redressa à moitié pour se lever, comme s'il avait l'intention de quitter la salle tout seul, mais ses pieds étaient toujours coincés sur les palettes. Caroline bondit de son siège et l'attrapa juste au moment où il se lançait en avant dans l'immense vide devant la place handicapé, amortissant sa chute avec son corps. Ils grimpaient l'un sur l'autre dans l'obscurité, chacun ayant un genou et les deux mains sur le sol poisseux. Franny enlaçait la poitrine de son père mais il luttait pour se dégager.

"Je peux me lever tout seul !" cria-t-il.

Tous les regards des spectateurs furent soudain fixés sur eux. Personne ne leur demanda de se taire. Là-haut, sur l'écran, la scène avait changé. Maintenant le personnage de Cal dévalait une rue du voisinage, au milieu de la journée, et son frère courait derrière lui pour l'attraper. À cet instant il y avait assez de lumière pour que les spectateurs voient que le bruit provenait d'un vieil homme en fauteuil roulant. Deux femmes essayaient de l'aider à se relever. Personne ne savait que le film, c'était eux.

"Lâchez-moi ! dit Fix au bord des larmes. Dégagez !" Elles l'avaient rassis sur son fauteuil mais ses jambes étaient toujours tordues. Il donna un coup de pied à Franny mais elle parvint à remettre ses pieds sur les palettes. Caroline passa derrière le fauteuil roulant et Franny attrapa leurs sacs. Elles ne couraient pas vraiment mais elles sortirent aussi vite que possible. Franny se précipita pour ouvrir la porte menant au long couloir moquetté, et ils se retrouvèrent dans le hall d'entrée, dépassèrent l'arc-en-ciel délirant en néon qui clignotait au-dessus du stand de pop-corn, dépassèrent les employés adolescents de la billetterie dans leurs vestes en polyester marron. Pan ! Ils jaillirent à travers les doubles portes vitrées et se retrouvèrent dehors, sous le flot insoutenable de lumière.

"Putain de merde !" hurla Fix sur le parking. Une mère traversait dans leur direction avec deux enfants, et elle s'arrêta, hésita et partit dans l'autre sens. Franny éclata de rire avant d'enfouir son visage entre ses mains. Caroline se pencha pour poser sa tête sur la courbe de l'épaule de son père.

"Bon anniversaire, papa", dit-elle. Elle lui fit un petit baiser dans le cou.

"Putain de merde", répéta Fix, découragé cette fois.

"Ouais, dit Franny, en frottant son autre épaule. Putain de merde."

Après le film, ils allèrent à la plage. Franny et Fix étaient contre. Ils disaient qu'ils étaient fatigués et qu'ils voulaient rentrer à la maison, mais Caroline conduisait.

"Je ne permettrai pas à ce film d'être le souvenir de l'anniversaire de papa", dit-elle en appuyant sur l'accélérateur pour leur rappeler les prouesses dont la voiture était capable, dont elle était capable. "Je veux effacer ce film de mes globes oculaires. On va aller regarder l'océan."

"Tourne à Altamont", dit-il. Il avait presque perdu sa voix, comme si le rugissement de ses insultes sur le parking du cinéma était tout ce qui lui restait.

“Tu crois pas qu’une promenade à la plage risque de le tuer ?” demanda Franny à Caroline.

Fix sourit. “Je veux mourir comme ça. Je veux mourir sur la plage avec mes filles. On pourrait appeler Joe Mike pour qu’il vienne me donner les derniers sacrements.”

“Joe Mike n’est plus prêtre”, dit Caroline.

“Il ferait ça pour moi.”

La deuxième fois, elles eurent plus de mal à sortir leur père de la voiture. Il était moins capable de les aider, mais Caroline et Franny y parvinrent. Évidemment, Caroline avait eu raison de les emmener à la plage. La plupart des journées étaient belles à Santa Monica, et celle-là, en vertu du fait qu’elle ne se déroulait plus dans une salle de cinéma, était plus belle encore. Fix avait un sticker “Handicapé” collé sur la Crown Victoria et ils trouvèrent une magnifique place de parking, alors qu’elles étaient toutes prises.

“Rédiger une amende de deux cents dollars pour un connard valide qui a piqué une place handicapé.” Fix secoua la tête. “C’est un plaisir que vous ne connaîtrez jamais.”

Franny poussa le fauteuil le long du trottoir envahi de sable qui descendait vers la plage. Ils profitèrent de tout : des mouettes et des vagues, des filles en bikini, des garçons en maillot de surf, du sauveteur dans sa tour en bois veillant sur eux, tel un dieu. Jeunes gens si beaux qu’ils auraient dû jouer dans des pubs pour des crèmes solaires, éternelle jeunesse jouant au volley sans spectateurs. Des gens couraient avec leurs chiens, mangeaient des glaces ou rôtissaient au soleil sur des serviettes à motifs éclatants, de la taille d’un drap.

“Mais regarde-moi ces gens ! s’émerveilla Caroline. On est jeudi. Personne bosse ici ?”

“Ils fêtent mon anniversaire, dit Fix. Je leur ai donné leur journée.”

“Pourquoi ces enfants ne sont pas à l’école ?” Caroline contemplait une demi-douzaine d’enfants armés de seaux, qui travaillaient d’arrache-pied au réagencement du sable.

“Vous vous rappelez les fois où je vous emmenais à la plage ?” demanda Fix.

“Tous les ans”, dit Franny.

Fix contempla les vagues, et les silhouettes minuscules des hommes chevauchant l’eau sur des planches jaune vif. “Je vois pas de filles là-bas”, dit Fix.

“Les filles sont allongées sur leurs serviettes”, dit Franny.

Fix secoua la tête. “C’est pas juste. Je vous aurais appris à surfer. Si vous aviez habité ici avec moi, je vous aurais appris à surfer.”

Caroline tendit la main et elle peigna les cheveux de son père avec ses doigts. Quand elle était jeune, elle désirait plus que tout vivre avec son père, et personne ne l’y avait autorisée. “Tu ne savais pas surfer.”

Fix approuva lentement de la tête en direction des vagues, en ne ratant rien du spectacle. “J’étais pas un bon nageur.”

Ils observèrent un garçon avec un cerf-volant à ailes de dragon roses et rouges qui s’élançait dans le ciel, où il traça des cercles sauvages, avant de chuter sur le sable. Ils observèrent deux filles en bikini les dépasser en roller, leurs longues jambes effleurant presque les genoux de Fix.

“Votre mère n’était pas comme ça”, dit Fix, les yeux toujours fixés sur les surfeurs.

Franny ignorait de quoi il parlait, des filles en roller ? Mais Caroline, elle, comprit. “Maman n’était pas chirurgien orthopédiste ?”

“Votre mère valait mieux que ça, c’est tout. Je suis mal placé pour défendre votre mère mais je veux que vous sachiez qu’elle ne ressemblait pas à ce que cette femme en a fait dans le film.”

Les deux sœurs échangèrent un regard par-dessus le fauteuil roulant. Caroline inclina la tête sur le côté.

“Papa, dit Franny. Aucun de ces gens n’était nous.”

“C’est vrai”, dit Fix, en tapotant sa main, comme pour dire qu’il était heureux qu’elle comprenne.

De retour dans la voiture, Caroline et Franny vérifièrent leurs messages. Elles avaient éteint leur téléphone au cinéma et ensuite avaient oublié de le rallumer.

“Si seulement j’avais un téléphone, dit Fix, je serais membre du club.”

“Consulte ton plan Thomas Brothers”, dit Caroline, en faisant défiler avec son pouce un flux ininterrompu de messages du boulot.

Franny avait reçu deux SMS, l’un de Kumar qui lui demandait où était le chéquier, l’autre d’Albie disant : “APPELLE-MOI !”

“Une seconde”, dit Franny, en ressortant de la voiture.

Il décrocha à la première sonnerie. “T’es encore à L.A. ?”

Ils avaient échangé des mails une semaine ou deux plus tôt. Elle lui avait dit qu’elle venait pour l’anniversaire de son père. “Je suis face à l’océan au moment où je te parle.”

“J’ai besoin que tu me rendes un énorme service, tu me le dois parce que tu m’as caché que ce putain de film sortait cette semaine.”

“Va pas le voir”, dit Franny. Le gamin était toujours en train de faire voler son cerf-volant. Il y avait juste assez de vent.

“Ma mère est malade. Ça fait trois jours qu’elle est super malade et qu’elle refuse d’aller à l’hôpital. Elle me dit en même temps qu’elle va bien et qu’elle est malade, et je ne crois pas qu’elle aille bien. Je peux pas arriver ce soir mais j’ai peur qu’il faille l’hospitaliser en urgence. J’arrive pas à joindre ses voisins et sa meilleure amie est pas là. Maman a jamais été ce que tu appellerais sociable, ou alors elle m’a jamais parlé de ses amis, et donc je sais pas trop à qui m’adresser. Je veux pas envoyer une ambulance qui risque de la terroriser, alors que c’est peut-être pas grave du tout.” Albie s’interrompit une minute pour reprendre son souffle. “Je voudrais savoir si tu accepterais de passer chez elle pour vérifier si tout va bien. Jeanette est à New York, Holly dans cette putain de Suisse. Je peux appeler maman pour la prévenir de ton arrivée. Elle sera furieuse mais au moins elle t’ouvrira.”

Franny se retourna pour contempler la Crown Victoria, qui serait là-bas, elle le savait, en un rien de temps. Elle regarda son père et sa sœur assis devant, qui la fixaient par la vitre, comme deux personnes en retard à un rendez-vous. “Pas de problème, dit-elle. Donne-moi l’adresse. Je te rappelle pour te dire si tu dois venir.”

Il y eut une interruption sur la ligne et Franny se demanda si son téléphone s’était éteint. Elle oubliait toujours de le recharger. Alors la voix d'Albie se fit à nouveau entendre. "Oh, Franny", dit-il.

"J'imagine que ta mère est pas au courant pour le film ?"

"Ma mère est pas au courant pour le livre, répondit-il. Finalement un roman est une bonne cachette."

Plus de vingt ans s'étaient écoulés depuis qu'Albie avait pris le train pour Amagansett. Il avait fini le livre avant de partir et l'avait donné à Jeanette. Il avait parcouru à pied les cinq kilomètres séparant la gare de la maison de l'actrice et il avait frappé à la porte pour essayer de comprendre comment sa vie était tombée entre les mains d'un inconnu.

Plus tard, après la bagarre avec Leo, Franny et Albie étaient sortis par l'arrière de la maison sans même croiser Ariel ni Button. Sur le chemin du cottage, au fond de la propriété, ils croisèrent John Hollinger qui portait un costume d'été parfaitement froissé et fumait une cigarette. Il jouissait de la beauté de la nuit. "Cet endroit est sublime", leur dit-il, émerveillé.

Franny et Albie n'allumèrent pas les lampes du cottage et ils burent tout le gin, en se passant à tour de rôle la bouteille. Personne n'eut l'idée de venir les chercher là, mais en même temps, il était fort probable que personne n'ait eu l'idée de les chercher tout court. Leo et ses invités devaient être installés derrière la moustiquaire de la véranda, de l'autre côté de la pelouse, à fumer et à boire le gin que les Hollinger avaient apporté. Leo devait être en train d'injurier le demi-frère taré de Franny qui avait débarqué de nulle part, en furie, mais il omettait sans doute de préciser la raison de sa colère.

“T’as dit à Jeanette que tu venais ?” lui demanda Franny.

“Non, non.” Albie secoua la tête dans le noir. “Jeanette aurait voulu m’accompagner, et Jeanette, elle l’aurait tué.”

“Pas lui”, dit Franny. La brûlure du gin était une sensation agréable et familière. Elle venait de comprendre qu’elle avait gardé cette bouteille pour la bonne occasion. “C’était ma faute.”

“Ouais, dit Albie, mais j’aurais empêché Jeanette de te tuer.”

“Rapide mission de charité”, dit Franny en rejoignant la voiture. Elle expliqua la situation à Caroline et leur père. “Je vous dépose à la maison et ensuite je ferai un saut chez elle. Ça ne devrait pas prendre trop de temps.”

“C’est Albie qui vient de t’appeler ?” demanda Fix.

“Oui, c’était lui.”

“C’est dingue ! dit Caroline. Quelles sont les probabilités ?” Même Caroline était impressionnée.

Les probabilités étaient fortes. Franny et Albie étaient amis. Kumar et elle avaient assisté à son mariage. Elle avait une photo de sa fille Charlotte sur son frigidaire. Ils se souhaitaient la plupart de leurs anniversaires.

“Bon, je ne peux parler qu’en mon nom, mais *moi*, tu ne me déposes pas à la maison, dit Fix. Ça fait un bail que je n’ai pas vu Teresa Cousins.”

“Depuis quand tu connais Teresa Cousins ?” demanda Caroline. Le soir, dans leurs lits superposés, quand elles étaient réunies pour l’été, les quatre filles adoraient imaginer le scénario parfait dans lequel le père de Caroline et Franny épousait la mère de Holly et Jeanette. Alors tout serait pour le mieux.

“Quand Albie a fichu le feu à son école. Je vous ai jamais raconté cette histoire ? Votre mère m’a appelé pour me demander de le sortir du centre de détention pour mineurs, elle voulait que je lui rende ce service, comme si mon boulot consistait à rendre des services à votre mère.”

“On connaissait cette partie de l’histoire, dit Caroline. Raconte celle avec Teresa.”

Fix secoua la tête. “Quand on y pense, c’est dingue d’imaginer ces types du centre de détention pour mineurs le remettant entre mes mains. Ils me connaissaient ni d’Ève ni d’Adam. J’ai juste montré mon insigne en disant que je venais récupérer Albert Cousins. Deux minutes plus tard, je signe la relaxe du gosse et ils me le confient. Je suis sûr que ça se passe plus comme ça de nos jours, en tout cas avec un mineur. Je crois me souvenir qu’il y avait deux ou trois autres garçons dans sa bande, deux Noirs et un Mexicain. L’officier de permanence m’a demandé si je les voulais aussi.”

“Qu’est-ce que tu as fait d’eux ?” demanda Franny. Comment était-il possible qu’elle ait entendu une histoire tellement de fois et qu’elle se rende compte seulement maintenant qu’elle en ignorait toutes les parties intéressantes ?

“Je les ai laissés là-bas. Déjà que je voulais pas du gosse tout seul, alors j’allais quand même pas embarquer les quatre, merde ! Je me souviens qu’il est d’abord allé à l’hôpital. Il avait une brûlure sur le dos, à l’endroit où son tee-shirt avait pris feu. Ils lui ont donné une blouse mais il puait encore la fumée. J’ai conduit avec les vitres baissées.”

“Tu as un cœur de pierre, papa”, dit Caroline.

"Cœur de pierre, mon cul. J'ai sauvé ce gosse. C'est moi qui l'ai fait sortir. Je l'ai emmené à la caserne de pompiers pour qu'il rencontre ton oncle Tom. Il travaillait à Westchester à l'époque, à la sortie de l'aéroport. J'étais coincé dans les embouteillages de l'aéroport avec le gosse de Bert Cousins qui puait le charbon de bois. Il a parlé à cœur ouvert avec Oncle Tom des incendies criminels. Tu sais que quand ton oncle était petit, il était pyromane, il passait son temps à foutre le feu. Attention, pas les écoles, juste des terrains vagues et des petits trucs sans importance. Beaucoup de pompiers ont commencé en allumant des feux. Ils apprennent à les allumer, et ensuite à les éteindre. Tom a expliqué tout ça à Albie et ensuite je l'ai ramené à Torrance. On a passé toute cette foutue journée dans la bagnole."

"Et c'est à ce moment-là que tu as rencontré Teresa Cousins ?" dit Caroline.

"Et c'est à ce moment-là que j'ai rencontré Teresa Cousins. Une femme sympathique, dans mon souvenir. Elle a vécu des trucs durs mais elle a toujours gardé la tête haute. Mais son gosse, c'était une bête sauvage."

"Il a fait des progrès", dit Franny.

"Je dirais qu'il s'est amélioré. D'abord je découvre qu'il t'a fait rompre tes fiançailles avec le Juif…" Fix leva la main. "Attends, désolé, je recommence, avec l'alcoolo, et maintenant qu'il s'inquiète pour sa mère."

"On n'était pas fiancés", dit Franny.

"Franny, dit Caroline, rends justice à Albie."

"Même maison à Torrance ?" demanda Fix.

Franny lui lut l'adresse.

Il fit un signe de tête affirmatif. “Même maison. Je vais t’expliquer le trajet. On peut prendre les petites rues.”

Toutes les histoires s’en vont avec toi, pensa Franny en fermant les yeux. Toutes ces choses que je n’ai pas écoutées, que j’oublierai, que je n’ai pas comprises, que j’ai manquées. Tous les chemins qui mènent à Torrance.

En Virginie, les six enfants avaient partagé deux chambres et un seul chat, volé de la nourriture dans l’assiette les uns des autres et utilisé indifféremment les mêmes serviettes de bain, mais en Californie, tout était séparé. Holly et Cal et Albie et Jeanette n’avaient jamais été invités chez Fix Keating, tout comme Caroline et Franny n’avaient jamais vu où vivait Teresa Cousins. Bert et Teresa avaient acheté la maison de Torrance dans les années 1960, quand Bert avait été engagé au bureau du procureur de Los Angeles : elle n’était pas trop loin du centre ni de la plage. Elle avait trois chambres, une pour Bert et Teresa, une pour Cal, et une pour Holly. Après la naissance de Jeanette et d’Albie, tout le monde partagea. C’était la première maison, le port à partir duquel ils prévoyaient d’embarquer pour leur vie grandiose. À la fin, tout le monde quitta cette maison à l’exception de Teresa, d’abord Bert, puis Cal, puis Albie et Holly, Jeanette en dernier. Jeanette commença à parler un an avant d’entrer à l’université, alors qu’elle vivait seule avec Teresa. Ce fut une belle période, elles se faisaient rire l’une l’autre, ce qui ne manquait pas de les surprendre.

À vrai dire, l’histoire avait plutôt bien tourné. Tandis que Teresa, jour après jour, année après année, travaillait au bureau du procureur, Torrance s’améliorait. Le voisinage, qui autrefois était un lieu qu’on quittait dès qu'on avait plus d'argent, devint prometteur, puis carrément à la mode. Teresa aménagea un jardin de plantes grasses sur un lit de roches, en s'inspirant des plans trouvés dans un magazine. Elle fit construire une terrasse. Elle transforma la chambre des garçons en bureau. Les agents immobiliers laissaient des mots manuscrits dans sa boîte aux lettres en demandant si elle voulait vendre, et elle jetait leurs mots dans la poubelle de recyclage. Teresa aimait son travail d'auxiliaire juridique où elle excellait. Les avocats ne cessaient de lui conseiller d'aller en fac de droit – elle était plus intelligente que la plupart d'entre eux – mais elle n'en avait aucune envie. Elle resta au bureau du comté jusqu'à soixante-douze ans, et partit avec une de ces somptueuses retraites californiennes qui finiraient par conduire l'État à la faillite. Des avocats qui avaient changé de travail depuis longtemps revinrent pour trinquer à la santé de Teresa, à l'occasion de son pot de départ. Ils se cotisèrent pour lui offrir une montre.

Une fois par an, elle allait à New York rendre visite à Jeanette, Fodé et les enfants. Elle les adorait mais New York l'épuisait. Les Californiens étaient habitués à avoir leurs maisons, leurs voitures, leurs pelouses. L'espace lui manquait. Elle économisa pour acheter un billet d'avion pour la Suisse et rendit visite à Holly au centre zen. Pendant dix jours, elle s'assit sur un coussin près de son plus vieil enfant encore en vie, et ne fit rien d'autre que respirer. Teresa aimait respirer jusqu'à un certain point mais le silence la submergeait. Elle considérait la vie de ses filles sous l'angle de Boucle d'Or arrivant à la ferme des trois ours : trop chaud et trop froid, trop dur et trop doux. Elle gardait ses opinions pour elle, et désirait plus que tout ne pas être vue comme une personne critique. Albie revenait à Torrance deux ou trois fois par an. Elle faisait la liste de toutes les choses dont il fallait s'occuper et lui les cochait, changeant le moteur de la porte du garage et purgeant le chauffe-eau. Après avoir passé sa vie à joindre les deux bouts en faisant des petits boulots, Albie était logiquement devenu une personne capable de faire absolument tout. Ces derniers temps, il travaillait pour une compagnie à Walnut Creek qui fabriquait des vélos. Ça lui plaisait. À Noël il envoyait un billet d'avion à sa mère pour qu'elle puisse venir s'asseoir autour d'un arbre avec lui, sa fille et sa femme. Parfois il arrivait que le pop-corn et le feu de cheminée et les parties de cartes la submergent et elle était obligée de s'excuser et d'aller dans la salle de bains pour pleurer une minute à côté du lavabo. Ensuite elle se rinçait la figure, s'essuyait, et rejoignait le salon comme neuve. C'était ce qu'elle avait espéré, mais ce à quoi elle ne s'était absolument pas attendu.

Teresa sortit avec plusieurs avocats après le départ de Bert, quelques flics, aucun d'entre eux marié. C'était la règle qu'elle s'était fixée, et elle la respecta, pas même pour prendre un verre après le travail, ce qui, comme ils s'empressaient de le lui rappeler, était tout ce qu'ils demandaient. À l'époque où Jeanette entra à l'université, Teresa tomba amoureuse de Jin Chen, un avocat commis d'office défenseur de toutes sortes de causes, et ils vécurent heureux dix ans jusqu'au jour où il eut une crise cardiaque dans le parking du palais de justice du comté. Il y avait du monde partout, des gens qui l'avaient vu s'écrouler avaient appelé le 911. Une secrétaire qui avait pris des cours de sauvetage quand ses enfants étaient petits pratiqua la réanimation jusqu'à l'arrivée de l'ambulance, mais parfois toutes les choses justes se révèlent totalement inutiles. Teresa avait appris que la vie se compose d'une succession de pertes. D'autres choses aussi, meilleures, mais les pertes étaient aussi solides et fiables que la terre elle-même.

Et voilà qu'il y avait ce truc dans son estomac qui la faisait se tordre de douleur, une souffrance à en trembler, puis le reflux, et elle reprenait son souffle. Si elle avait eu le bon sens d'aller chez le médecin trois jours plus tôt, quand ça avait commencé, elle aurait réussi à s'y rendre toute seule en voiture, mais au bout de trois jours sans rien avaler, elle était trop faible pour conduire. Elle aurait pu appeler Fodé pour lui demander des conseils, Fodé était médecin, sauf qu'elle était parfaitement capable d'avoir cette conversation dans sa tête sans le déranger à l'autre bout du pays : il lui dirait d'appeler un ami pour qu'il la conduise à l'hôpital, ou, plus rapide, d'appeler une ambulance. Elle ne voulait faire ni l'un ni l'autre. Elle était tellement épuisée qu'elle se disait qu'elle avait de la chance de réussir à aller jusqu'à la salle de bains et à la cuisine pour prendre un verre d'eau, avant de rejoindre son lit. Elle avait quatre-vingt-deux ans. Elle imaginait que ses enfants risqueraient d'utiliser cette douleur précise à l'estomac pour décider qu'elle ne pourrait plus vivre seule chez elle et qu'elle devrait déménager dans un établissement médicalisé quelque part là-haut, au nord, près de chez Albie. Elle ne pouvait pas s'installer chez Jeanette, les gens s'installent à Brooklyn pour tomber amoureux, écrire des romans, avoir des enfants, pas pour vieillir, et elle ne pouvait pas s'installer chez Holly, même si mourir au centre zen pourrait apporter des avantages spirituels.

Puis, le deuxième jour, il lui apparut que cette douleur, quelle qu'elle soit, pourrait peut-être répondre à la question de son avenir au sens large : cette douleur, dont elle avait la sensation qu'elle la tuait, allait peut-être réellement le faire. Son appendice se trouvait toujours quelque part là-dedans, et alors qu'une crise d'appendicite ressemblait au genre de maladies dont les écoliers meurent lors d'un séjour de camping, il était possible que le sien soit resté là toutes ces années en vue d'exploser plus tard. Ce ne serait pas l'hypothèse la pire, non ? Péritonite ? Pas aussi foudroyant que ce cher Jim Chen mourant sur un parking, mais rapide quand même. Quand elle eut un moment de répit, elle retrouva la clé du coffre, les papiers de la voiture, son testament. Seul un individu plongé dans un profond déni de l'avenir passerait sa vie entière à travailler dans un cabinet juridique sans avoir préparé un bon testament. Tout ce qu'elle possédait était divisé en trois. La maison, payée depuis longtemps, n'avait cessé de prendre de la valeur, et elle avait des économies. Après la fin de la scolarité des enfants, elle n'avait plus rien dépensé. Elle posa tous les documents sur la table de la cuisine et s'assit pour écrire un mot. Elle ne voulait pas qu'il ressemble à une lettre de suicide parce qu'elle n'était absolument pas en train de se suicider, mais elle se dit que la personne qui finirait par entrer chez elle devrait y trouver davantage que de simples clés de voiture et son cadavre. Elle contempla le bloc qu'elle utilisait pour la liste des courses. Le haut de la page était bordé de joyeuses marguerites dansant dans leurs pots, au-dessus d'une série de lettres roses épelant dans le désordre *Choses À Faire*. Elle avait toujours pensé que c'était stupide d'acheter un bloc-notes disant *Choses À Faire*, mais elle n'avait pas la force de partir à la recherche d'une feuille blanche. La douleur redoublait à nouveau et elle voulait se recoucher.

Pas très en forme.
Au cas où.
Maman qui vous aime

Ça suffisait.

Sans l'intervention d'Albie, rien ne l'aurait détournée de ce qui, le troisième jour, lui apparut de manière un peu floue comme un plan très intelligent. Il avait appelé tellement de fois pour prendre de ses nouvelles, et elle lui avait expliqué la situation en fonction de l'étape du cycle de la douleur avec laquelle son appel coïncidait. Plusieurs fois elle s'était contentée de ne pas répondre. La simple idée de décrocher était trop pour elle. Mais à un moment elle finit par répondre, et il lui dit de se lever pour ouvrir la porte d'entrée. Franny Keating venait la voir.

"Franny Keating ?"

"Elle est à L.A. pour voir son père. Je lui ai demandé de venir prendre de tes nouvelles."

"Je connais des gens qui peuvent prendre de mes nouvelles", dit Teresa, en se trouvant pathétique. Elle *avait* des amis, c'est juste qu'elle avait décidé de rester chez elle pour faire l'expérience de la mort.

“J’en doute pas mais j’en avais marre d’attendre que tu les appelles. Va ouvrir ta porte. Elle sera là dans une minute.”

Teresa raccrocha et baissa les yeux sur son peignoir en coton à fermeture éclair, ce que sa mère, en Virginie, avait appelé autrefois une robe d’intérieur. Elle le portait depuis trois jours et il était froissé par les nuits sans sommeil et la sueur. Elle n’avait pas pris de bain, ni ne s’était lavé les dents, ni regardée dans la glace depuis que cette douleur avait commencé. Franny Keating débarquant chez elle, ce n’était pas comme si Beverly Keating débarquait chez elle, mais à ce moment Teresa avait tendance à confondre les deux. Beverly Keating, qui était Beverly Cousins, qui était désormais Beverly-Quelque-Chose-d’Autre, Teresa n’arrivait pas à se souvenir de ce que Jeanette lui avait dit, à part qu’elle s’était remariée après Bert. Beverly-Quelque-Chose-d’Autre était d’une beauté tellement écrasante que même maintenant, cinquante ans plus tard, la seule pensée lui faisait mal. Beverly était toujours sur les photos que les enfants rapportaient des vacances d’été, comme si Catherine Deneuve flânait là par hasard, pendant qu’ils jouaient dans la piscine ou faisaient de la balançoire, et se retrouvait dans le cadre par accident à l’instant où la photo était prise. Elle ne voulait pas mourir en pensant à la photo de Beverly Keating. Beverly était plus jeune que Teresa aussi, pas de beaucoup, mais ça avait son importance. Beverly ne devait même pas avoir quatre-vingts ans.

Une vague de douleur la plia en deux et elle dut se cramponner au dossier de son fauteuil inclinable pour rester droite. La douleur venait du fond de son bassin, de haut en bas, d'une hanche à l'autre. Cancer de l'utérus ? Cancer des os ? Est-ce que ça pouvait se déclencher aussi rapidement ? Si elle n'ouvrait pas à la fille Keating, elle appellerait son père. Albie lui avait dit qu'elle était venue lui rendre visite. Il devait être vieux maintenant lui aussi, mais il appellerait un flic de ses amis qui fracturerait sa porte. Les flics fonctionnent comme ça : direct de l'idée au bélier. Elle sentait la sueur déferler sur son cuir chevelu. En moins d'une minute ses cheveux gris coupés court allaient être trempés. Elle lâcha le fauteuil et réussit à atteindre la porte d'entrée. À chaque pas elle jurait dans sa tête, filsdepute, filsdepute. Elle l'utilisait comme un mantra, un point focal pour calmer sa respiration, comme Holly le lui avait appris. Elle ouvrit la porte en grand et débloqua la moustiquaire, puis, incapable d'aller vite, elle se traîna dans la maison pour se changer et s'asperger le visage d'eau. Elle espérait qu'elle avait un bain de bouche. Elle n'avait pas la force de se laver les dents.

Moins de cinq minutes plus tard, elle entendit une voix, "Madame Cousins ?", et cinq secondes plus tard, la voix lui parut plus familière : "Teresa ?" Elle entendit qu'on poussait la moustiquaire.

"Une minute." Elle remonta son pantalon, mit ses pieds dans des baskets et s'essuya la tête avec une serviette. Ça faisait mal. Ses cheveux étaient tellement courts mais qui était-elle censée impressionner ? Jeanette disait qu'elle avait l'air de sortir d'une chimio. Holly disait qu'elle ressemblait à une nonne bouddhiste. Albie ne mentionnait jamais ses cheveux.

"C'est Franny", dit la voix.

“Je sais, Franny. Il m’a dit.” Teresa ferma les yeux, attendit, inspira filsdepute, expira filsdepute. Ça aidait un peu.

Quand elle entra dans le salon elles étaient deux, une blonde et une brune. La blonde était agressivement naturelle, du gris dans sa queue de cheval, pas de maquillage, un haut en coton noué au cou par un cordon. La brune avait plus d’éclat, mais la vérité, c’est qu’elles n’attiraient le regard ni l’une ni l’autre. Aucune des deux n’était aussi jolie que Holly ou Jeanette. Teresa tordit sa bouche en un sourire par la simple force de la volonté.

“C’est Caroline, ma sœur, dit la blonde. J’espère que vous ne nous en voulez pas d’être venues. Albie s’inquiétait pour vous.”

“Il s’est révélé un grand inquiet”, dit Teresa. Elle s’efforçait de ne pas haleter. “C’est étrange, après tout le souci qu’il nous a causé, c’est lui qui se fait du souci maintenant.”

“J’imagine que ce genre de choses arrivent”, dit Caroline.

Teresa les contempla longuement. Elle avait vu tellement de photos, entendu tellement d’histoires. Caroline était la plus agressive, Franny celle qui calmait le jeu. Toutes deux avaient de bonnes notes à l’école catholique mais Caroline était plus intelligente. Franny était plus gentille. “Je sais que la question va vous paraître dingue, mais est-ce que je vous ai déjà rencontrées ?” Une des deux avait fini ses études de droit et l’autre avait décroché, laquelle, elle ne s’en souvenait pas, mais elle était sûre de deviner rien qu’en les observant.

“À l’enterrement de Cal, dit Franny. Je crois qu’il n’y a pas eu d’autre occasion.”

Teresa fit un signe de tête affirmatif. "Alors c'est normal que je ne m'en souvienne pas."

"Comment vous sentez-vous ?" demanda Caroline. Droit au but. Elle avait de l'autorité. Teresa avait le sentiment que si elle lui mentait, Caroline traverserait la pièce pour enfoncer son doigt dans son estomac.

"J'ai été malade, dit-elle, en posant une main sur le fauteuil. Mais je me sens mieux. Je suis debout maintenant. C'est dur à mon âge. Des trucs de rien du tout vous fichent par terre."

"Vous ne voudriez pas voir un médecin ?" demanda Franny.

Si j'avais voulu voir un médecin, pensa Teresa, j'en aurais vu un. Mais elle n'allait pas être méchante. Ces deux filles ne lui avaient rien fait. Albie leur avait demandé de venir. Ce n'était pas leur faute. "Non", dit-elle.

La plus intelligente plissa légèrement les yeux. "On est là. On peut vous emmener à l'hôpital en voiture. Vous aurez beaucoup plus de mal à appeler une ambulance à onze heures du soir. Je suis désolée de vous le dire mais vous n'avez vraiment pas l'air bien." Mademoiselle Argument Rationnel. Elle devait déjà être avocat associé.

"J'ai quatre-vingt-deux ans", dit Teresa. Elle sentait la sueur couler sur son visage. "Ça fait longtemps que je n'ai pas l'air bien."

"Donc vous refusez d'y aller ?" demanda Caroline. Veuillez noter que l'accusé a décliné l'offre de transport jusqu'à l'hôpital, contre l'avis de son avocat.

"Je suis désolée que mon fils vous ait fait faire tout ce trajet pour rien. S'il m'avait posé la question, je lui aurais dit de ne pas vous appeler." Elles partiraient dans une minute et elle pourrait enfin s'asseoir. Elle ne tenait pas debout. Elle ne réussirait pas à rejoindre son lit, mais le canapé du salon serait parfait.

"OK, dit Franny, mais mon père est dans la voiture et il veut vous dire bonjour. Venez lui dire bonjour et on vous fiche la paix."

"Fix est dans la voiture ?"

Franny fit oui de la tête. "C'est son anniversaire aujourd'hui. Il a quatre-vingt-trois ans. C'est pour ça qu'on était dans le coin." Franny attendit une minute mais Teresa ne proposa rien. Elle décida d'abattre sa dernière carte. "Papa a un cancer de l'œsophage. Il est très malade."

"Je suis désolée de l'apprendre." Teresa appréciait Fix Keating. Elle l'avait rencontré une seule fois, ce jour affreux de l'incendie, mais elle gardait le souvenir d'un homme très gentil. Albie, rayonnant de la rage silencieuse de ses quatorze ans, était allé dans sa chambre en claquant la porte tandis qu'elle buvait un verre dans la cuisine avec Fix. Il y avait de l'orange pressée au frigidaire et elle leur avait préparé une vodka orange. En trinquant avec elle, il l'avait regardée droit dans les yeux en disant : *Solidarité.* Elle avait trouvé que c'était le geste le plus classe du monde.

"Demandez-lui d'entrer", dit Teresa, en se demandant combien de temps tout ça allait prendre et si elle allait devoir leur offrir à boire. Elle en serait incapable.

Caroline secoua la tête. "On est sortis tout l'après-midi. On n'arrivera jamais à lui faire monter les marches."

Il y avait trois petites marches jusqu'à la porte d'entrée, et une rampe en fer forgé décorative de chaque côté, qu'Albie avait installée pour elle l'année d'avant. Si Teresa réussissait à descendre les marches, elle ne pourrait jamais faire le trajet inverse. "Dites-lui bonjour de ma part", dit-elle.

"Papa est mourant", dit Franny.

Moi aussi, eut envie de répondre Teresa. Elle regarda une fille, et puis l'autre. Elle comprenait brusquement qu'elles faisaient équipe : sœur bon-flic, sœur méchant-flic. Ça n'allait nulle part. Une nouvelle vague de douleur grandit sous son nombril. Elle était restée trop longtemps debout à faire la gentille. Elle ferma les yeux et essaya de respirer par la bouche, ses doigts profondément enfoncés dans le dossier du fauteuil.

"Je vais chercher votre sac et je fermerai la porte, dit Franny. Votre sac est dans la cuisine ? Toutes vos cartes d'assurée sont dans votre sac ?"

Teresa bougea imperceptiblement la tête pour confirmer tandis que l'autre s'approchait et mettait ses bras autour d'elle. Elle était douce mais il s'agissait incontestablement d'un hold-up.

"Vous vous sentez capable de marcher ?" demanda Caroline.

Elle avait monté et descendu ces marches des milliers de fois, et voilà qu'elle se sentait soudain comme Eva Marie Saint suspendue au mont Rushmore dans *La Mort aux trousses.* Une fille Keating se tenait de chaque côté pour la soulever. Même avant de commencer à rapetisser, elle n'était déjà pas très grande, ses enfants la dépassaient largement. Elle n'avait pas l'impression d'être un fardeau pour elles. C'étaient des filles à l'évidence costaud. Elles la kidnappaient et lui faisaient traverser la pelouse pour la déposer sur le siège arrière de la voiture, soulevant ses pieds tout en la faisant pivoter d'une manière inquiétante, tant elle était professionnelle, comme si leur boulot habituel consistait à organiser le rapt de vieilles personnes. Elles attachèrent sa ceinture pour la boucler sur place et lorsqu'elle poussa un bref cri de douleur en sentant le contact de la ceinture avec son estomac, elles la détachèrent.

"Teresa Cousins, dit Fix à l'avant. On se retrouve."

"Papa, dit Caroline, indique-moi le chemin."

Teresa entendit l'urgence dans la voix de Caroline. Non seulement elles l'emmenaient à l'hôpital, mais en plus à toute vitesse.

Fix lui indiqua le trajet jusqu'au Memorial Medical Center de Torrance. Il ne consulta même pas son guide. Chaque page était gravée dans sa mémoire.

La douleur se faisait encore un peu sentir et Teresa admirait la vue. Elle soupirait à l'idée de se retrouver à l'arrière d'une voiture qui l'éloignait de son plan. Mourir n'avait peut-être pas été la meilleure idée qu'elle ait eue, songeait-elle en contemplant la journée magnifique, une de plus en Californie du Sud. "Bon anniversaire, dit-elle à Fix. Je suis désolée d'apprendre que vous avez des problèmes de santé."

"Cancer, dit-il. Et vous ?"

Franny parlait au téléphone. "On est en voiture avec ta mère. On est en route pour l'hôpital."

"Aucune idée, dit Teresa. Rupture de l'appendice peut-être ?"

Caroline appuya sur l'accélérateur et la Crown Victoria fit un bond en avant comme un cheval de course.

“C’est Albie au téléphone ? demanda Fix. Passe-le-moi.”

“Papa”, dit Franny. Son père tendit la main vers le siège arrière. Teresa mit sa main dans la sienne et la serra très légèrement.

“Albie, papa veut te parler.”

“Ton père ?” demanda-t-il.

Franny tendit le téléphone à son père.

“Fils ?” dit Fix, d’une voix qu’il avait réussi on ne sait comment à rendre plus forte. “On est avec ta mère. On l’emmène se faire soigner, alors t’inquiète pas.”

“Merci, dit Albie. C’est la deuxième fois que vous me sauvez.”

“On restera avec elle jusqu’à ce qu’ils trouvent ce qu’elle a. Je veux pas que tu penses qu’on va juste la déposer à la porte.”

“C’est gentil”, dit Teresa, en regardant les maisons de ses voisins défiler à travers la vitre.

“Il faut que je vienne tout de suite ?” demanda Albie.

Fix examina Teresa sur le siège arrière. Elle ressemblait à l’un de ces oisillons sans plumes tombés du nid sur le trottoir, elle respirait encore mais elle était complètement translucide, et tout en elle semblait sous le mauvais angle. “Pourquoi ne pas dire qu’on se voit demain matin, ça te va ? On te rappellera. Comment je fais pour raccrocher ce truc ?” Il prononça cette dernière phrase à l’intention de tous, avant d’appuyer sur le bouton rouge.

“Nos enfants sont gentils, dit Teresa à Fix. Après tout le souci qu’ils nous ont donné, ils vont très bien maintenant.” Elle était choquée de le voir si mal en point. Le cancer était vraiment l’étreinte du diable.

Caroline manœuvra pour arriver devant la porte des urgences. Franny entra dans le bâtiment prendre un fauteuil roulant pour Teresa pendant que Caroline sortait du coffre le fauteuil roulant de leur père. À elles deux, Caroline et Franny réussirent à les faire sortir de la voiture. Ce fut plus facile pour Teresa. Elle plissait les yeux et serrait les lèvres, mais elle ne prononça pas un seul mot. Elle était très légère. De son côté, Fix s'était remis à souffrir, et ses membres étaient si raides qu'elles eurent du mal à le lever de son siège. La journée avait été beaucoup plus longue que prévu, et ils n'avaient pas apporté le Lortab. Il avait posé les mains sur ses côtes, signe qu'il était épuisé. On aurait dit qu'il tentait de maintenir sa cage thoracique. Franny se demanda s'il serait possible d'obtenir un cachet aux urgences, un seul, pour qu'il tienne jusqu'au retour à Santa Monica. Probablement pas. Caroline et Franny poussèrent les fauteuils de Teresa et Fix jusqu'au bureau des enregistrements, où une jeune Latino aux yeux soulignés d'un trait épais d'eye-liner, en tee-shirt décolleté, passa en revue les deux fauteuils roulants, son regard allant de l'un à l'autre, et retour. Un crucifix en or plongeait dans son décolleté extravagant.

"C'est pour les deux ?" demanda-t-elle.

"Elle seulement", dit Franny.

Caroline sortit garer la voiture. "J'appelle Marjorie pour lui dire de mettre les cupcakes au frigo."

Teresa, en se souvenant soudain de la femme de Fix, fondit en larmes. "Votre anniversaire, je l'ai gâché."

Fix éclata de rire, un vrai rire que ses filles n'avaient pas entendu depuis longtemps. "Vous avez gâché mon quatre-vingt-troisième anniversaire ? Sérieusement, gardez-le.”

“Cartes d’assurée ?”

Franny avait le sac à main de Teresa, et elle lui demanda la permission de fouiller dans son portefeuille. Elle déterra un kleenex roulé en boule, les clés de la maison, un paquet de bonbons à la menthe. Dans le portefeuille elle trouva la carte de l’assurance médicale, l’assurance complémentaire et son permis de conduire. Conduisait-elle toujours ?

“Nom ?” commença la fille, en lisant sur l’écran de son ordinateur les questions qu’elle ne connaissait pas par cœur.

“Quand les enfants étaient petits, j’étais une habituée des urgences, dit Teresa, en regardant autour d’elle comme si elle venait de se réveiller d’un rêve. Points de suture, amygdales, otites. Mais après le départ des enfants, je ne suis plus jamais revenue ici. Plus de gosses, plus d’urgences. Je suis allée à l’hôpital pour une mammographie ou pour rendre visite à une amie malade, mais je crois que c’est la première fois que je reviens aux urgences.”

“Tout est sur les cartes”, dit Franny à la fille.

“C’est ici que j’ai emmené Cal quand il a été piqué par une abeille”, dit Teresa.

“Il a été piqué par une abeille en Virginie”, dit Fix, pour être aimable.

“On est censé poser les questions au patient, dit la fille. Ça nous aide à faire un bilan.”

Franny la regarda, puis elle regarda ostensiblement Teresa. La fille soupira et entreprit d’entrer les informations.

"La première fois qu'il s'est fait piquer, on est venus ici."

"Je ne savais pas qu'il avait déjà été piqué", dit Franny. Le matin de l'enterrement de Cal, Bert avait réuni tous les enfants dans le salon de la maison en Virginie. Il leur avait dit que Cal n'aurait jamais survécu à une piqûre d'abeille. Il voulait les réconforter, et éviter qu'ils ne pensent qu'ils auraient pu faire quelque chose pour le sauver. Sauf qu'évidemment, ils auraient pu le sauver. Ils auraient pu arrêter d'insister pour que Cal gave Albie avec ses tablettes de Benadryl, chaque fois qu'ils voulaient qu'Albie la boucle, et ils auraient pu encourager Cal à arrêter de donner les comprimés à Albie, quand ils étaient tout seuls, et comme ça il lui en serait resté quelques-uns en cas de besoin. Ils auraient pu aller le voir quand il était tombé, au lieu de l'ignorer pendant une demi-heure, en pensant qu'il surjouait.

"C'est comme ça qu'on a su qu'il était allergique, dit Teresa. À cause de cette première fois."

"Il avait quel âge à ce moment-là ?" demanda Caroline. Caroline était derrière eux. Ils ne l'avaient pas entendue revenir. Caroline était en train de penser à ses propres enfants. Avaient-ils tous été piqués par une abeille ? Elle s'efforça de se souvenir.

Teresa ferma les yeux. Elle comptait ses enfants, en les rangeant par taille dans sa mémoire. "Il devait avoir sept ans. Albie commençait tout juste à marcher, donc les filles devaient avoir trois et cinq ans. Oui, c'est ça. Cal et Holly jouaient dans le jardin à l'arrière et les petits étaient à l'intérieur. Quatre enfants à élever toute seule, c'était pas rien. Vous avez des enfants, les filles ?"

"Trois, dit Caroline. Un garçon et deux filles."

“Deux garçons”, dit Franny.

“Mais c’est pas les siens”, dit Fix.

“Cal avait été piqué par une abeille”, dit Caroline, en tentant de diriger son troupeau.

“Un traitement ?” demanda la Latino.

Franny recommença à fouiller dans le sac de Teresa et en sortit les deux flacons qu’elle avait trouvés sur le lavabo de la salle de bains, Lisinopril et Restoril.

Teresa contempla les bouteilles en plastique orange sur le bureau, puis regarda Franny.

“J’ai pensé qu’ils allaient poser la question”, dit Franny, en se disant qu’elle avait peut-être franchi une limite en apportant les médicaments. Elle détesterait qu’on fouille dans son armoire à pharmacie.

“J’ai appris aux filles à tout faire à fond”, dit Fix.

“Parent le plus proche ?”

Ils se regardèrent. “Albie, j’imagine”, dit Franny.

“Sur place ?” demanda la fille, les doigts suspendus au-dessus de son clavier.

“Oh, alors moi. Frances Mehta.” Franny lui donna son numéro de téléphone.

“Lien de parenté ?”

“Belle-fille”, dit Franny.

“Attends”, dit Fix. Il cherchait mentalement le mot juste pour désigner le lien de parenté entre Teresa et sa fille.

“Belle-fille”, répéta Caroline à la fille.

Quand elle eut fini de remplir les formulaires, la fille à l’accueil leur indiqua la salle d’attente. “L’infirmière va venir vous chercher.”

“Il faut qu’elle fasse vite, lui dit Caroline, à sa manière extrêmement directe. Elle est très malade.”

"Je comprends, m'dame", dit la fille. Ses cils pesaient sur elle comme un fardeau. On aurait dit qu'elle était sur le point de s'endormir.

Franny fit rouler le fauteuil de Teresa, et Caroline celui de leur père, le plus loin possible de la télévision. Dehors il faisait encore jour.

"Maintenant vous devriez rentrer chez vous, dit Teresa quand ils furent installés dans un coin. Je suis là, et ils vont pas tarder à venir me chercher. Vous inquiétez pas, je risque pas de m'enfuir."

"Je vais raccompagner papa, dit Caroline, et ensuite je reviendrai chercher Franny."

"Trop d'embouteillages, dit Fix. Il vaut mieux qu'on reste ensemble jusqu'au bout. Si je me sens mal, ils pourront toujours me faire admettre. J'aime bien Torrance. Plein de flics habitaient dans le coin."

"Finissez votre histoire", dit Franny à Teresa.

Fix répondit à sa place. "On m'a appelé pour un accident une fois, un type était arrêté à un feu, vitres baissées, et une abeille est entrée et l'a piqué. Juste ça. Son pied a lâché le frein et la voiture a dérapé dans le carrefour où elle a été percutée par une autre voiture. Il était probablement déjà mort. Il a fallu attendre l'autopsie pour qu'on comprenne ce qui lui était arrivé. Je suis revenu sur les lieux quelques jours plus tard. Je cherchais pas vraiment à retrouver l'abeille, je voulais jeter un coup d'œil. Juste avant ce feu rouge il y avait un arbre, et la moitié de ce callistemon grouillait d'un essaim d'abeilles."

Teresa hocha la tête en signe d'approbation, comme si l'histoire était absolument pertinente. "Quand Cal est revenu du jardin derrière la maison, il était d'une pâleur mortelle. Je me souviens de son petit visage totalement terrorisé, et j'ai vraiment cru que quelque chose était arrivé à Holly. Ils passaient leur temps à se poursuivre avec des râteaux et des balais, et j'ai cru qu'elle avait eu un accident. J'ai dit : « Cal, où est Holly ? » Je venais juste de le laisser pour aller la chercher dans le jardin quand il a fait cet horrible bruit aigu, comme s'il essayait d'aspirer l'air à travers un trou d'épingle. Il a levé le bras pour m'arrêter et ensuite il est tombé droit en arrière. Ses lèvres gonflaient, ses mains aussi. En le relevant j'ai vu une abeille sur son tee-shirt. L'abeille était posée sur lui, comme quelqu'un qui vient de commettre un meurtre et reste dans les parages."

"Ça arrive", dit Fix.

Caroline attrapa la main de sa sœur. Personne n'aurait trouvé ça bizarre. Ils étaient en train d'écouter une histoire atroce, rien de plus. Franny enroula ses doigts autour de ceux de sa sœur.

"S'il y avait pas eu cette abeille, je suis sûre qu'il serait mort à sept ans, mais je sais pas comment j'ai compris exactement ce qui s'était passé. Je me suis levée et je suis sortie à la vitesse de l'éclair. Je l'ai déposé dans la voiture en deux secondes. L'hôpital est pas loin, vous le savez, et à l'époque il y avait deux fois moins d'embouteillages. J'ai pas arrêté de lui dire de se calmer, de se calmer et de se concentrer sur la respiration."

"Qu'est-ce que vous avez fait des autres enfants ?" demanda Caroline.

"Je les ai laissés là. J'ai même dû oublier de fermer la porte. Bert m'a hurlé dessus quand je lui ai raconté ce qui s'était passé. J'étais terrifiée à ce moment-là, mais fière de moi aussi. J'avais sauvé la vie de Cal ! Bert m'a dit : « T'as pas le droit de laisser les enfants seuls comme ça. T'aurais dû les emmener avec toi en voiture. » Mais Bert était pas là, et de toute façon je me trouvais nulle comme mère. Si j'avais rassemblé tous les gosses pour les balancer dans la voiture, Cal serait mort. C'est ce que le médecin m'a dit. Il m'a expliqué qu'une piqûre d'abeille était mortelle pour lui, et que si ça se reproduisait, ça serait encore plus grave. Mais c'est impossible de garder un garçon enfermé à la maison toute sa vie, surtout un garçon comme Cal. Je passais mon temps à lui rappeler de transporter ses comprimés partout, et j'avais une ampoule d'adrénaline et une seringue à la maison, mais Bert avait pas apporté l'adrénaline dans la maison de ses parents. De toute façon, je crois pas qu'ils auraient su lui faire l'injection. Personne ne vérifiait qu'il avait ses comprimés avec lui." Teresa secoua la tête. "Mais j'en veux pas à Bert. Autrefois si, mais plus maintenant. Les choses dont on a vraiment besoin ne sont jamais là quand il faut. Je le sais. Ça aurait pu arriver aussi bien chez moi."

"C'est impossible de protéger qui que ce soit, dit Fix, en tendant la main par-dessus son fauteuil roulant pour la poser sur la sienne. Protéger les gens, c'est une histoire qu'on se raconte."

"Bert a promis de couper les orangers dans le jardin. Ils sont toujours couverts d'abeilles quand ils sont en fleur. Il était furieux contre ces arbres, comme si c'étaient eux qui s'étaient attaqués à son fils, mais au bout de quelques jours, il a oublié. On a tous oublié."

Elle s'interrompit et contempla l'endroit où ils se trouvaient. "À l'époque les urgences étaient à l'arrière de l'hôpital. C'est beaucoup plus joli maintenant. Tout cet endroit est nouveau."

Après le scanner et l'examen, le médecin sortit pour leur parler. "Monsieur Cousins ?" demanda-t-il à Fix.

"Non", répondit Fix.

Ce qui n'eut l'air de perturber en rien le médecin. Il était là pour transmettre les nouvelles, ce qu'il fit. "Il semblerait que Mme Cousins ait un abcès diverticulaire dans son côlon sigmoïde. Nous allons calmer l'inflammation avec des antibiotiques, et lui donner quelque chose contre la douleur. Nous allons surveiller son taux de globules blancs et sa fièvre pendant la nuit. On va la garder à jeun, et puis on refera des examens demain matin pour voir comment elle va. Elle est malade depuis longtemps ?"

Caroline regarda Franny. "Peut-être trois jours ?" dit Franny.

Le docteur approuva de la tête. Il écrivit quelque chose dans le dossier qu'il avait avec lui, leur dit qu'elle avait été transférée dans une chambre, puis s'excusa. Ils l'imaginèrent en train d'imaginer leur négligence. Pourquoi n'avaient-ils pas fait hospitaliser plus tôt une vieille femme aussi malade ? Ça n'aurait servi à rien de s'expliquer.

"Pas de cancer, dit Teresa aux Keating quand ils vinrent lui dire au revoir. Mais on dirait bien que je vais devoir passer la nuit ici." On lui avait posé un moniteur cardiaque et une perfusion intraveineuse sur le dos de la main.

"C'est une chance", dit Fix. Il était heureux pour elle.

“Oh, dit Teresa, en touchant son front de sa main libre. Cancer. Je suis désolée. Je n’aurais jamais dû dire ça. Ils me donnent de la morphine. Je dis n’importe quoi.”

Fix fit un léger signe de la main pour signifier que ça n’avait aucune importance.

“Je reviendrai vous voir plus tard”, dit Franny.

Teresa lui dit que ce n’était pas la peine. “J’ai eu Albie. Il sera là demain aux aurores. D’ici là, je vais tomber comme une masse. Pour être sincère, je suis totalement épuisée. Et puis vous êtes venue à L.A. pour voir votre père, et pas moi. Je vous ai déjà pris la moitié de votre journée.”

“J’aurais préféré que vous la preniez en entier, dit Caroline. La deuxième moitié était sans aucun doute meilleure que la première.”

“On peut rester jusqu’à ce que vous vous endormiez”, dit Fix, chevaleresque mais hésitant. Il était resté dans le fauteuil roulant trop longtemps. Il ressentait le besoin de rentrer chez lui pour s’allonger sur son siège inclinable. Ça lui avait fait du bien d’accompagner quelqu’un d’autre à l’hôpital pour changer, et de penser à la santé de Teresa plutôt qu’à la sienne. Mais on ne pouvait pas ignorer la douleur aussi longtemps : voilà qu’elle revenait le frapper comme une batte de baseball.

“Je ferme les yeux. Le temps que vous soyez à la porte, je dormirai déjà.” Elle sourit à Fix dans son fauteuil roulant puis, comme elle venait de le dire, elle ferma les yeux. C’est Fix Keating qu’elle aurait dû épouser, pensa-t-elle au moment où le sommeil l’enveloppa doucement dans ses bras. Fix Keating était un homme bon. Mais il était malade désormais, tout comme elle. Comment aurait-elle été capable de prendre soin de lui ?

Caroline et Franny poussèrent le fauteuil de Fix dans l'ascenseur. Ils étaient dans un autre secteur de l'hôpital, après être entrés par les urgences et avoir fait un long voyage jusqu'aux chambres des patients à l'autre bout. En sortant, ils se retrouvèrent dans un endroit inconnu et Caroline mit un peu de temps à retrouver la voiture. Le temps qu'ils chargent le fauteuil roulant dans le coffre et trouvent la sortie du parking, Fix dormait sur le siège passager à l'avant, laissant Franny libre d'entrer l'adresse de la maison de Santa Monica dans son téléphone.

Caroline et Franny demeurèrent longtemps sans dire un mot. Peut-être chacune attendait-elle d'être sûre que leur père ne les entendrait pas, mais pourquoi ? Qu'avaient-elles fait ? La tête de Fix retombait sur l'appuie-tête. Il dormait la bouche ouverte. S'il n'avait ronflé très légèrement, elles auraient pu croire qu'il était mort.

"Quand elle a raconté ce truc, à propos de Cal qui est devenu tout blanc, avant de faire un bruit", dit Caroline.

Franny approuva de la tête. Le fils aîné de Kumar, Ravi, était asthmatique. Elle se souvenait de cet été dans le Wisconsin, au bord d'un lac, où elle avait fouillé dans son sac à dos pour trouver l'inhalateur. Le son qu'il faisait était le même que celui de Cal, juste avant de mourir, ce même sifflement aigu qui était, sinon le contraire de la respiration, du moins son terme ultime.

"J'ai tellement de mal à me rappeler à quoi je pensais, dit Caroline. Cal était déjà mort mais j'avais encore l'impression de pouvoir faire quelque chose pour l'aider. Je pouvais m'assurer que personne ne saurait qu'on avait donné le Benadryl à Albie. Je pouvais remettre le revolver dans la voiture. Pourquoi est-ce que Cal avait ce fichu revolver ? demanda Caroline, en se tournant vers sa sœur pour la regarder. Quel genre de personne laisse un revolver dans la voiture sans savoir que son fils ado le garde accroché à sa jambe ? Et qu'est-ce que ça pouvait bien me faire ? Cal était mort et le revolver n'avait rien à voir là-dedans. C'est comme si un arbre gigantesque venait de s'écraser sur la maison et que je ramassais toutes les feuilles pour que personne ne se rende compte de ce qui s'était passé."

"On était petits. On ne savait pas ce qu'on faisait."

"Ce qui aggrave les choses", dit Caroline.

Franny secoua la tête. "Tu n'aurais pas pu aggraver les choses. Rien n'est plus grave que ce qui s'est passé." Elle posa le front sur le siège devant elle.

"J'aurais peut-être dû lui raconter."

"Lui raconter quoi ?"

"Je sais pas, que Cal était pas seul, qu'on était tous avec lui quand il est mort."

"Holly et Jeanette aussi y étaient et elles n'ont jamais rien dit. Enfin après tout, peut-être qu'elles l'ont fait. On n'a aucune idée de ce que Teresa sait de la mort de Cal en Virginie."

"À moins qu'elle aille au cinéma ce week-end."

"Tu es beaucoup moins coupable que moi, dit Franny. Ma faute est bien pire que la tienne."

Caroline et Franny ratèrent le quatre-vingt-troisième anniversaire de leur père. La circulation, encore raisonnable durant le trajet vers chez Teresa, était au point mort entre Torrance et la plage, si bien qu'à leur arrivée il faisait nuit. Conséquence de leur gentillesse, Fix était resté trop longtemps dans son fauteuil roulant et trop longtemps dans la voiture. Sa douleur irradiait depuis ses pieds et ses mains, jusque dans les os de son visage, mais ce n'était rien comparé à la douleur concentrée dans le centre incandescent de son corps.

"Je vais me coucher", dit-il à Marjorie, de retour chez lui. Elle dut se pencher pour l'entendre, tant le filet de voix qui lui restait était faible. "C'est insupportable", dit-il en tirant sur sa chemise pour essayer de l'ôter.

Marjorie l'aida à défaire les boutons. Durant le cours de sa maladie, Fix avait dépensé toutes ses réserves. Il n'y avait plus aucun tampon entre lui et un événement inattendu. Ils étaient restés dehors trop longtemps et maintenant il ressentait le frottement de ses os entre eux.

"Vous étiez avec Teresa Cousins ?" demanda Marjorie à Franny, du même ton avec lequel elle aurait pu dire : *Vous l'avez emmené fumer du crack à South Central ?*

"Son fils a appelé au moment où on sortait du cinéma. Il fallait la faire hospitaliser", répondit Franny.

Elle aurait dû commencer par le raccompagner chez lui. Ils étaient quasiment arrivés quand Albie lui avait téléphoné, mais elle n'avait pas compris que c'était à elle de prendre cette décision, pas à Fix. "On ne savait pas que ça durerait aussi longtemps."

Caroline mit un Lortab dans une petite cuillerée de compote de pomme et le donna à son père. C'était plus pratique pour mâcher les comprimés.

"Elle n'a pas de famille ?" Marjorie avait toujours été tellement patiente avec les filles, depuis le début, quand Fix les amenait nager dans la maison de sa mère. Mais traîner leur père mourant dans une mission de charité pour une inconnue équivalait à une tentative de meurtre.

"Si, dit Franny. Mais personne n'habite ici. Papa a dit qu'il voulait la voir."

"Il ne la connaissait pas. Pourquoi est-ce qu'il voudrait la voir ?" Marjorie passa les mains sur les épaules de son maillot de corps froissé. "Je vais te mettre au lit", lui dit-elle.

Franny regarda sa sœur. Après le départ de Marjorie, qui avait poussé le fauteuil de Fix hors de la pièce, elles restèrent plantées au milieu du salon. "Si tu vois un autre truc que je peux bousiller aujourd'hui, hésite pas à me le dire."

"C'est pas ta faute", dit Caroline, en se frottant le visage. Elles n'avaient mangé ni l'une ni l'autre, et ne le feraient pas. "Tu savais pas. Et puis il fallait qu'on y aille tous les trois ensemble. On le lui devait. Bien sûr que Marjorie ne peut pas comprendre, mais même si on a eu tort, on le devait à Teresa."

Franny adressa un sourire épuisé à sa sœur. "Oh, ma chérie, dit-elle. Comment font les enfants uniques ?"

"On le saura jamais", dit Caroline.

Caroline monta dans la chambre qu'elles partageaient pour appeler Wharton et lui souhaiter bonne nuit. Franny appela Kumar depuis le jardin à l'arrière de la maison.

"Tu as trouvé le chéquier ?" demanda Franny.

"Oui, mais tu aurais pu répondre au message que je t'ai envoyé il y a six heures."

"En fait non, c'était impossible." Elle bâilla. "Si tu avais passé la journée avec moi, en ce moment tu serais submergé de compassion. Les garçons sont bien rentrés de leur entraînement de foot ?"

"Je ne les ai pas vus", dit Kumar.

"Sois gentil. J'en peux plus."

"Ravi prend sa douche. Amit fait semblant de faire ses devoirs sur l'ordi, mais chaque fois que j'arrête de le surveiller, il joue à un horrible jeu vidéo."

"Et là, tu es en train de le surveiller ?" demanda Franny.

"Oui", répondit son mari.

Marjorie tapa contre la fenêtre de la cuisine et lui fit signe de rentrer.

"Je dois y aller", dit Franny.

"Et tu vas revenir ?"

"Là-dessus, pas d'inquiétude", dit-elle en raccrochant.

"Ton père veut que tu viennes lui dire bonne nuit, dit Marjorie, l'air exténué. J'arrive pas à croire qu'il soit encore réveillé."

"Caroline est avec lui ?"

Marjorie secoua la tête. "Il a dit qu'il voulait te parler."

Franny promit de faire vite.

Marjorie avait réuni leurs deux lits une place et elle les avait couverts d'une immense couverture et d'un couvre-lit, pour que ça ressemble encore à un lit, même si le côté de Fix était occupé par un lit d'hôpital. La position assise l'aidait à moins sentir la douleur dans sa poitrine et à avaler sa propre salive, si bien qu'il dormait dans cette position. C'est ainsi que Franny le trouva, dans son pyjama bleu clair, fixant le plafond.

"Ferme la porte, dit Fix, et il tapota l'espace près de lui dans le lit. C'est une conversation privée."

Elle vint s'asseoir à côté de son père. "Je suis désolée de t'avoir traîné à Torrance, dit Franny. J'ai pensé à Albie et Teresa au lieu de penser à toi."

"N'écoute pas ce que dit Marjorie", dit Fix.

"Marjorie veille sur toi. C'est pour ça qu'il fallait qu'on aille à Torrance, parce que Teresa n'a pas quelqu'un comme Marjorie qui veille sur elle."

"Oublie tout ça deux minutes. Il faut qu'on parle. C'est important. Tu m'écoutes ?" Dans son lit, Fix semblait particulièrement caverneux et minuscule, comme s'il ne restait plus que l'enveloppe de son père.

"Remonte encore un petit peu le lit." Une fois que ce fut fait, il dit : "Bien. Comme ça. Maintenant ouvre le tiroir de la table de nuit."

C'était un grand tiroir, profond et long, rempli de livres de mots croisés et d'enveloppes, d'une édition de poche d'un guide des grandes pistes de randonnée de Californie, d'un recueil de poèmes de Kipling, d'une paire de pinces de musculation pour les mains, de petite monnaie, d'un Vicks VapoRub, d'un rosaire. Le rosaire la surprit. "Je cherche quoi ?"

"C'est au fond."

Franny tira encore plus sur le tiroir et elle déplaça les papiers. C'est alors qu'elle trouva l'arme. Pas besoin de demander. Elle la prit et la posa sur ses genoux. "OK", dit-elle.

Fix tendit la main pour toucher la sienne, puis il la posa sur le revolver en souriant. "Marjorie m'avait fait promettre de tout rendre quand je serais à la retraite. Elle ne voulait plus d'armes une fois qu'on serait installés à la mer, alors je lui ai rien dit."

"OK." Franny posa la main sur celle de son père. Elle sentait la structure délicate de son squelette sous sa peau translucide. Elle avait la sensation de toucher la peau d'une chauve-souris.

"Un .38 Smith & Wesson. Mon arme pendant très, très longtemps."

"Je me souviens."

"Je sortais jamais de la maison sans cette arme."

"Tu veux que j'en prenne soin ?" Franny ne voyait pas trop ce que cela pouvait signifier. Elle ne pouvait pas l'emporter dans ses bagages. Elle ne pouvait pas la prendre en avion ou l'apporter chez elle à Chicago, avec Kumar et les garçons. Elle ne voulait pas de cette arme, mais elle était sûre qu'elle trouverait une solution.

"J'arrive plus à l'attraper, dit-il, elle est trop lourde. J'arrive pas à la sortir du tiroir. C'est fou le nombre de trucs auxquels on pense dans la vie, mais ça, j'y avais jamais pensé."

L'été, quand Franny et Caroline étaient petites, ils descendaient au champ de tir de l'école de police et tiraient sur des cibles en papier. C'était la seule chose au monde que Franny faisait mieux que sa sœur. Elle savait utiliser une arme. Les amis de Fix de passage s'émerveillaient quand ils rapprochaient les cibles à la fin. "Inscris-moi cette gamine !" disaient les flics, et Franny – regard qui porte loin et main qui ne tremble jamais – arborait un sourire radieux.

"T'inquiète pas."

"Tu crois que tu pourrais me tirer dessus ?" demanda son père.

"Ton Lortab commence à faire de l'effet, papa. Endors-toi." Elle détacha la main de son père de l'arme et se pencha pour l'embrasser sur le front.

"Il commence à faire de l'effet, du coup écoute-moi. C'est la dernière occasion qu'on a de se parler tous les deux. Tu es la seule à savoir que j'arrive plus à l'attraper. Personne aurait l'idée. Ça arrive souvent que des flics se tuent à la fin, quand ils doivent affronter ça. Il y a rien de mal là-dedans."

Le revolver pesait lourd sur ses genoux. "Je refuse de te tirer dessus, papa."

Alors il la regarda, bouche ouverte, et sans ses lunettes elle voyait que ses yeux étaient embrumés par la cataracte. Est-ce que c'est comme ça que Cal avait regardé Teresa l'été de ses sept ans, l'abeille rampant sur son tee-shirt ? Est-ce que c'est comme ça que Cal l'avait regardée en mourant ? Impossible de s'en souvenir.

"J'ai besoin de ton aide. De *ton* aide, Franny. Marjorie a caché les médicaments. Je sais pas où ils sont, et si je le savais je serais incapable de me lever pour les attraper. Je saurais pas lequel prendre. Elle remplit cette sonde comme si j'étais une voiture. Si je me tuais, ça dérangerait personne."

"Fais-moi confiance, ça dérangerait tout le monde. Ça me dérangerait."

"Marjorie et Caroline vont au supermarché demain et toi, tu vas rester avec moi. Mets deux paires de ces gants jetables, l'un sur l'autre. Tu poses mes mains sur l'arme et ensuite tu mets tes mains sur les miennes."

Franny posa ses mains sur celles de son père. Elle ne pouvait pas imputer ça au Lortab ou à la douleur. "Papa."

"Tu le tiens de côté, tu le pointes pas sur la gorge, mais à côté. Tu comprends ce que je te dis ? Je serai avec toi. On va le faire étape par étape. Tu le poses juste sous mon menton, et puis tu l'inclines juste un peu, environ vingt degrés. Une fois que tu l'as bien positionné, je veux que tu recules. Tu risques rien."

Pourquoi il ne demandait pas à Caroline de le faire ? Elle n'arrêtait pas de se poser la question. Caroline était sa préférée. C'est à elle qu'il faisait confiance. Mais Caroline, elle, ne l'aurait pas écouté.

"Je peux pas", dit-elle.

"Quand le revolver fait feu, tu le lâches. Laisse-le comme il est tombé. Tu enlèves les gants et tu les mets dans ta poche. Va te regarder dans la glace, pour être sûre que t'as rien sur le visage, et puis appelle police secours. C'est tout ce que tu as à faire. Personne saura que c'était toi. Et d'ailleurs ce sera pas toi, mais moi. C'est toi qui me viens en aide. Je te mettrais jamais dans une situation intenable." Ses yeux se fermaient, ils s'abaissaient, se relevaient, s'abaissaient.

"Mais ce serait une situation intenable", dit-elle. Elle avait toujours eu la sensation de laisser tomber son père : quand elle vivait avec sa mère, quand elle vivait à l'autre bout du pays, quand elle vivait avec Bert. Comme c'était étrange qu'en ce moment même, ce sentiment soit toujours vivant en elle, et qu'elle puisse penser, même fugitivement, que ne pas tirer sur son père reviendrait encore à l'abandonner.

"Les gens se trompent de peurs, dit Fix, les yeux fermés. Les flics se trompent de peurs. On se balade en pensant que ce qui aura notre peau nous attend derrière la porte : c'est dehors, c'est dans le placard, alors que ça ne se passe pas comme ça. Ce qui est arrivé à Lomer, c'est une anomalie. Pour l'immense majorité des habitants de cette planète, la chose qui aura leur peau se trouve déjà à l'intérieur. Tu comprends ça, pas vrai Franny ?"

"Je comprends", dit-elle.

Il tendit à nouveau la main pour tapoter la sienne, la main de sa fille et le revolver. "Je dépends tellement de toi", dit-il. Sa bouche s'ouvrit, comme pour exprimer une dernière pensée, et il s'endormit.

Assise au bord du lit de son père, Franny déchargea l'arme. Charger, nettoyer, décharger, ça faisait partie de l'éducation de son enfance. Il y avait six balles dans la chambre et elle les fourra dans la poche avant de son jean puis coinça le revolver à l'arrière de sa ceinture sous sa chemise. Son pantalon serrait sa taille ces jours-ci, et pour une fois elle s'en réjouit.

Au salon, Caroline et Marjorie regardaient *L'Homme qui vint dîner.* Caroline éteignit le son au moment où Monty Woolley tyrannisait les seconds rôles depuis son fauteuil roulant.

"Comment va ton père ?" demanda Marjorie.

"Il dort." Franny sentait le métal froid qui appuyait contre le bas de son dos. C'était ridicule de traverser une pièce avec une arme sans le dire, mais elle ne pensait pas que ce serait bien d'en parler à Marjorie, et encore moins de raconter ce que son père lui avait demandé. Elle le dirait à Caroline le lendemain matin. Pour ce soir, elle avait épuisé toutes les conversations possibles. Franny dit qu'elle allait se coucher pour lire.

Cette nuit-là, après avoir rangé l'arme dans sa valise et les balles dans une chaussette, Franny rêva de Holly. Leur dernière rencontre remontait à tellement d'années. Dans le rêve elle avait toujours quatorze ans, ses cheveux noirs lisses séparés en deux nattes, son chemisier jaune retroussé au milieu de son torse blanc et maigre. C'était encore une enfant, avec ses taches de rousseur, son appareil dentaire. Elles étaient de retour en Virginie, de retour dans la maison des parents de Bert, et elles traversaient le long champ séparant la maison de l'étable. Holly parlait, parlait, comme à son habitude, expliquant l'histoire du Commonwealth et des Indiens mattaponi qui vivaient autrefois au bord du fleuve. Les Mattaponi, disait-elle, avaient combattu les Anglais durant la deuxième et la troisième des guerres anglo-powhatans.

"À cet endroit précis, disait-elle en tendant les mains. Il n'y en avait pas beaucoup au départ, et entre les deux guerres et toutes les maladies que les Anglais avaient apportées avec eux, la plupart des Mattaponi sont morts. Tu te souviens que Cal passait son temps à chercher des pointes de flèches ? Notre grand-père avait un plat rempli de pointes de flèches sur son bureau mais il ne voulait jamais nous en donner. Il disait qu'il les gardait. À ton avis il les gardait pour quoi ? Une insurrection ?"

Franny regarda par-dessus la pente d'herbe verte. Il y avait une mare peu profonde au-delà de l'étable, où les chevaux aimaient patauger quand il faisait chaud, et où les enfants s'étaient aventurés quelquefois, malgré l'épaisse couche de boue collante au fond. Elle contempla la ligne d'arbres au loin qui bordait le champ sur sa gauche et le champ de foin tout à droite, que les Cousins louaient. Elle tentait d'embrasser du regard l'extrême beauté de tout le paysage – l'herbe, et la lumière, et les arbres, l'ensemble de la vallée. C'était là que Cal était mort, là que Holly et Caroline et Jeanette s'étaient précipitées à travers champ quand elles avaient compris ce qui s'était passé, retournant à la maison pour aller chercher Ernestine, Caroline lui demandant de rester avec Cal au cas où il aurait besoin d'aide. Pourquoi Caroline lui avait-elle demandé de rester ?

"À ce moment-là tu as pris l'arme, tu te souviens ? dit Holly. Tu l'as rapportée à Caroline plus tard dans la soirée."

Les yeux de Cal étaient fermés mais sa bouche était ouverte, comme s'il tentait encore d'aspirer de l'air. Ses lèvres avaient épaissi et gonflé et sa langue sortait de sa bouche. Franny se tenait au-dessus de lui, regardant alternativement la maison au loin et Cal. Quand elle s'était souvenue de l'arme, elle avait retroussé son pantalon et elle l'avait trouvée, coincée dans sa chaussette et attachée à sa cheville à l'aide d'un bandana rouge. Ni Ernestine, ni les Cousins, ni personne d'autre qui viendrait la sauver ne devait la voir, avait pensé Franny. Sinon tous les enfants auraient des ennuis. "Je sais pas pourquoi je l'ai prise." Et c'était vrai.

Holly secoua la tête. "Tu pouvais pas la laisser là. On était tous tellement obsédés par cette arme. On pensait à rien d'autre."

Franny avait dénoué le bandana. En prenant toutes les précautions nécessaires pour orienter l'arme loin d'elle et de Cal, elle l'avait déchargée comme son père le lui avait appris. Elle avait mis les balles dans la poche avant de son short et tenu le revolver ouvert à la lumière, faisant tournoyer le cylindre et regardant dans le canon exposé au soleil afin de vérifier qu'il était vide. Elle avait replié le tissu rouge autour de l'arme mais elle ne savait pas où la ranger. Elle avait essayé dans sa ceinture, mais évidemment ça se voyait. Finalement elle avait décidé de la dissimuler derrière un arbre à proximité. Quand tout le monde serait parti, elle reviendrait la prendre et la rapporter à la maison. Elle demanderait à Jeanette de l'accompagner et elles cacheraient le revolver dans son sac. Personne ne trouverait ça bizarre, parce que Jeanette trimbalait son sac partout. Ça lui avait fait du bien de s'inquiéter pour autre chose que Cal.

Franny jeta un coup d'œil à l'étable. "J'ai toujours pensé que j'avais pas fait ce qu'il fallait."

"Et il aurait fallu faire quoi ?" Holly enlaça Franny. "On comprenait rien à ce qui se passait. On savait même pas qu'il avait été piqué par une abeille."

"Tu es sûre ?"

"On l'a su après. On l'a appris quand papa est rentré de l'hôpital, mais avant on en avait pas la moindre idée."

"J'adorais cet endroit", dit Franny. Elle s'en rendait compte pour la première fois.

Holly eut l'air surpris. "Vraiment ? Moi je le détestais."

Franny la regarda. Holly avait été une petite fille tellement jolie. Pourquoi ne l'avait-elle jamais remarqué ? Désormais elle la considérait comme une sœur. "Alors pourquoi tu es revenue ?"

"Pour m'assurer que tout se passerait bien pour toi, dit Holly. On s'est toujours serré les coudes. Tu t'en souviens pas ? On était une vraie petite tribu farouche."

"Écoute, dit Franny, en levant les yeux. Tu entends les oiseaux ?"

Holly secoua la tête. "C'est ton téléphone. C'est ce que je suis venue te dire. Tu dois pas t'inquiéter."

"Pour les oiseaux ?" demanda Franny, mais Holly avait déjà disparu, et la pièce était redevenue sombre. Les oiseaux chantaient toujours.

"Tu as un appel, réponds !" dit Caroline depuis l'autre lit.

La pièce était sombre, à l'exception de la lueur de l'écran de son téléphone. Elle l'attrapa, même si rien de bon n'arrivait jamais quand on répondait au milieu de la nuit. "Allô ?" dit Franny.

"Madame Mehta ?" dit une voix, une voix de femme.

"Oui ?"

"Je suis le docteur Wilkinson. J'appelle du Memorial Medical Center de Torrance. Madame Mehta, je suis désolée de vous dire que votre belle-mère est décédée."

"Marjorie est morte ?" Franny se redressa, réveillée en sursaut par la nouvelle. Comment était-ce possible ? Quand était-elle allée à l'hôpital ? Caroline sortit de son lit et alluma la lampe sur la table entre elles. Une seule personne allait mourir, et c'était leur père.

"Quoi ?" dit Caroline.

"Mme Cousins, dit le médecin. Son moniteur cardiaque a alerté l'infirmière juste après quatre heures du matin. Nous avons tenté de la réanimer sans succès."

"Mme Cousins ?"

"Teresa est morte ?" demanda Caroline.

"Je suis désolée, répéta le médecin. Elle était très malade."

"Attendez une minute, dit Franny. Je crois que je ne comprends pas ce que vous dites. Pourriez-vous le dire à ma sœur ?"

Franny tendit le téléphone à Caroline. Caroline saurait quelles questions poser. Le réveil numérique sur la table de nuit indiquait 4 h 47 du matin. Elle se demanda si Albie était réveillé, s'il avait mis l'alarme. Il prenait un vol pour Los Angeles à l'aube pour venir voir sa mère.

8

Six ans avant de partir à la retraite, Teresa s'acheta un billet pour la Suisse afin de rendre visite à Holly au centre zen. Elle le fit pour attendre quelque chose avec impatience. Elle était moins sûre d'avoir envie de prendre sa retraite qu'elle ne redoutait de devenir une présence sénile dans le travail qu'elle avait aimé si longtemps. Avec les années, elle avait vu tout le monde arriver et repartir, monter et descendre, et rassembler le contenu de son bureau dans une boîte. Tôt ou tard elle devrait les imiter, et ne serait-ce pas mieux de le faire avant qu'ils ne commencent à la pousser vers la porte ? À soixante-douze ans elle pourrait bien avoir le temps de s'inventer une nouvelle vie, même si elle n'était pas certaine de savoir ce que cela signifiait exactement. Elle pensa qu'elle pourrait prendre des cours de bridge ou bien améliorer son jardin. Elle pensa qu'elle pourrait aller en Suisse.

Deux semaines après son pot de départ, une magnifique montre en or au poignet et un billet d'avion dans son sac, elle appela un taxi pour l'aéroport.

Holly ne rentrait plus à la maison. Lors de son premier séjour en Suisse, vingt-cinq ans auparavant, elle avait prévu d'y rester un mois. Elle revint au bout de six mois, et seulement pour faire une demande de visa permanent. Elle démissionna officiellement de son emploi à la Banque Sumitomo, qu'ils avaient gardé pour elle. Holly avait étudié l'économie à Berkeley, et malgré sa jeunesse elle était professionnellement très appréciée. Elle résilia le bail de son appartement qui était demeuré vide pendant toute la période. Elle vendit ses meubles.

"Tu es amoureuse ?" demanda sa mère. Elle n'y croyait pas vraiment, même si sa fille présentait tous les symptômes classiques : distraction et sentimentalité, perte d'appétit. Holly avait coupé ses cheveux noirs très court. Sur son visage nu, Teresa voyait pour la première fois depuis longtemps qu'une poignée de taches de rousseur subsistait encore. Elles avaient beau être assises ensemble à la table de la cuisine devant un café, Teresa avait peur que sa fille aînée ait été kidnappée et que son cerveau soit captif d'une secte autorisant son corps à rentrer chez lui juste le temps de trier ses biens, en mettant tout le monde sur une fausse piste. Mais c'était bien plus difficile de demander à Holly si elle était captive d'une secte.

"Pas amoureuse, dit Holly, en prenant la main de sa mère et en la serrant. Pas exactement."

À une époque, Holly revenait de temps en temps, au début une fois par an, et puis tous les deux ou trois ans. Teresa soupçonnait Bert d'acheter ses billets d'avion mais elle ne posa jamais la question. Au bout d'un moment les visites au compte-goutte se tarirent. Holly déclara qu'elle ne voulait plus retourner aux États-Unis, et la formulation laissait entendre que c'était son pays, et non sa famille, qu'elle abandonnait. Elle disait qu'elle était plus heureuse en Suisse.

Teresa désirait ardemment le bonheur de ses enfants mais elle ne comprenait pas pourquoi ils ne pouvaient le trouver plus près de Torrance. Après la disparition d'un des membres de la fratrie, les trois autres auraient pu choisir de se serrer les coudes, mais apparemment c'était exactement le contraire qui s'était produit, comme si la mort de Cal avait projeté chacun d'entre eux au plus loin de lui-même. Ils lui manquaient tous, surtout Holly. Holly était la moins mystérieuse de ses enfants, la seule à qui il arrivait de grimper dans son lit, la nuit, en disant qu'elle avait envie de parler.

Tu peux venir me voir quand tu veux, lui écrivait Holly quand sa mère se plaignait, d'abord dans des lettres qui mettaient un temps fou à lui parvenir, et puis, Dieu merci, par mail, une fois que le centre zen, qui s'appelait le Zen-Dojo Tozan, eut son propre ordinateur. Le voir imprimé aidait Teresa à se rappeler le nom précis de l'endroit qu'elle ne parvenait jamais à mémoriser.

Qu'est-ce que je ferais en Suisse ? lui répondait sa mère.

Tu resterais assise avec moi, écrivait Holly.

Elle ne lui demandait pas grand-chose. Bien sûr qu'elle s'était assise avec Jeanette et Fodé et les garçons à Brooklyn. Elle s'était assise avec Albie dans des endroits innombrables, à commencer par son propre salon. Tellement d'années s'étaient écoulées que Teresa avait surmonté sa suspicion envers le bouddhisme et la méditation. Holly, à chacune de leurs rencontres, était restée Holly. Et toutes les bonnes raisons que Teresa avait eues de ne pas lui rendre visite, avant de partir à la retraite, se réduisaient désormais au fait qu'elle était trop vieille, que le voyage était trop long, le billet trop cher, et les correspondances trop inquiétantes. Aucune de ces raisons ne justifiait qu'elle s'abstienne d'aller voir sa propre fille.

Le vol Los Angeles-Paris durait douze heures. À chaque passage du chariot dans son allée étroite, Teresa accepta le vin gratuit, elle dormit contre le hublot par intermittence, et elle tenta de lire *Le Patient anglais*. À son arrivée en France elle avait pris vingt ans. Les procureurs devraient insister pour que les procès des meurtriers et des barons de la drogue aient lieu sur des vols transatlantiques bondés, en classe éco, où n'importe quel suspect serait prêt à avouer n'importe quel crime, en échange d'un lit moelleux dans une chambre silencieuse et sombre. Dès sa descente d'avion, les membres raidis et ralentis, elle se traîna dans le fleuve de la vie : les valises à roulettes que tiraient derrière eux, comme des chiens obéissants, les bavards-collés-au-portable, tout ce monde marchant avec une telle assurance que ne pas les suivre ne lui traversa à aucun moment l'esprit. Elle était trop confuse pour penser par elle-même, mais quand elle finit par y parvenir, ramenée brutalement à la réalité par la vision d'un bureau d'information, on lui annonça que sa porte d'embarquement était située dans un autre terminal, auquel on accédait par une navette, et que le vol pour la Suisse avait trois heures de retard.

Au bureau d'information, Teresa accepta une carte de l'aéroport surlignée des mains d'un Français d'une beauté saisissante, et elle entreprit de retourner à l'endroit d'où elle était partie. Ses pieds avaient gonflé durant le vol, et ils faisaient désormais une taille de plus que ses chaussures. Elle ne s'attendait pas vraiment à ce que quelqu'un surgisse pour l'accompagner jusqu'à l'embarquement, mais elle ne pouvait s'empêcher de repenser à la manière dont les choses s'étaient passées la dernière fois qu'elle s'était trouvée dans cet aéroport, cinquante ans auparavant : elle était une personne différente, dans des circonstances terriblement différentes.

Bert avait emmené Teresa à Paris pour leur voyage de noces. Il lui avait fait la surprise. Il avait réservé l'hôtel, commandé des francs à la banque, demandé à la mère de Teresa de préparer la valise de sa fille. Le matin qui avait suivi leur mariage, les parents de Bert les avaient conduits à Dulles pour qu'ils attrapent leur avion, et elle ignorait toujours leur destination. Elle était diplômée en littérature française de l'université de Virginie, et elle quittait le pays pour la première fois. Elle n'avait jamais parlé français en dehors des cours.

Elle s'arrêta à un petit café dans le hall, s'écroula sur la chaise en plastique moulé blanc et commanda un café au lait et un croissant, ce qui n'était pas trop difficile. Elle avait tout son temps devant elle. Elle avait beau savoir que c'était une erreur, elle soulagea ses pieds en libérant ses talons de ses chaussures. Ils allaient se dilater comme de la pâte à pain et elle n'arriverait plus jamais à les y fourrer. Pour la première fois depuis l'époque de ses vingt ans, elle repensa au jeune homme magnifique que Bert Cousins avait été, grand, blond cendré, avec des yeux bleu sombre qui la stupéfiaient chaque matin, quand il les ouvrait. Sa famille était aussi riche que Crésus, comme sa grand-mère se plaisait à le dire. Ses parents lui avaient offert une petite Fiat verte pour l'obtention de son diplôme à l'université.

Lors de leur rencontre, il était en deuxième année de droit à l'université de Virginie, le meilleur élève de sa classe, et elle était en dernière année. Un matin enneigé de janvier, alors qu'elle se hâtait de rejoindre les cours, elle avait glissé sur une plaque de verglas et elle avait fait une mauvaise chute, ses livres et ses papiers s'éparpillant autour d'elle, ses poumons expulsant l'air glacé. Elle avait atterri sur le dos, encore trop sonnée pour sortir de sa contemplation des flocons de neige qui flottaient dans sa direction, quand Bert Cousins s'était penché sur elle en lui demandant si elle l'autorisait à l'aider. Oui, bien sûr. Il l'aida à se remettre debout, cet inconnu l'aida à se remettre debout, et il la prit dans ses bras pour la porter jusqu'à l'infirmerie, ratant son cours pour attendre qu'on finisse de bander sa cheville. Un an plus tard, quand il la demanda en mariage, il lui dit qu'il désirait qu'ils s'installent en Californie lorsqu'il aurait fini ses études de droit. Il passerait le barreau de Californie et ils commenceraient une vie entièrement nouvelle ensemble, là où personne ne les connaissait. Il n'allait quand même pas passer sa vie à rédiger des contrats pour des ventes immobilières, alors qu'il voulait pratiquer réellement le droit. Et il désirait avoir des enfants, avait-il dit aussi, beaucoup, beaucoup d'enfants. Enfant unique, il avait rêvé d'avoir des frères et sœurs. Le regard de Teresa faisait des allers-retours entre Bert et la jolie bague à son doigt en pensant que tout son corps devait irradier de lumière tellement elle l'aimait. C'était troublant de se rappeler aujourd'hui, à soixante-douze ans, en étalant de la confiture de fraise à la pointe de son croissant, l'intensité de l'amour qu'elle lui avait porté. Cette pensée était presque insoutenable. Elle avait aimé Bert Cousins, et puis elle s'était habituée à lui, et puis il l'avait déçue, et après, quand il l'avait abandonnée avec quatre enfants en bas âge, elle l'avait haï de toutes ses forces. Mais à vingt-deux ans, à l'aéroport, son amour pour lui excluait toute possibilité que cet amour s'arrête un jour. Ils s'étaient dirigés main dans la main vers l'arrivée des bagages, et en attendant près du toboggan aux reflets argentés, il l'avait embrassée, totalement, profondément, indifférent aux regards extérieurs, parce qu'ils étaient mariés, parce qu'ils étaient à Paris.

Teresa regarda tous les voyageurs qui passaient devant sa table du café de l'aéroport, en se demandant combien entamaient leur lune de miel, combien étaient amoureux, et combien finiraient par cesser de l'être. La vérité, c'est qu'elle avait plus ou moins oublié Bert. Cela avait pris beaucoup de temps mais, de fait, des années pouvaient désormais s'écouler avant qu'elle ne songe à demander des nouvelles de leur père aux enfants, tout simplement parce qu'elle ne pensait pas à lui. Elle avait vécu suffisamment longtemps pour que Bert, et tout l'amour, et toute la rage qu'il avait engendrés aient disparu. Cal vivait encore en elle, Jim Chen n'était pas loin, mais Bert, vivant et bien portant en Virginie, avait disparu.

Ranimée par le café et le reste, Teresa fit rentrer à grand-peine ses pieds dans ses chaussures, et elle entreprit de rejoindre sa porte d'embarquement à pas lents. Peut-être finirait-elle ses jours en Suisse, peut-être deviendrait-elle bouddhiste. Elle ne se voyait pas entreprendre un tel périple une nouvelle fois.

Holly avait négligé de vérifier où en était le vol de sa mère en provenance de Paris sur l'ordinateur installé dans la pièce minuscule, sous l'escalier de la cuisine, qui servait de placard à balais autrefois. Elle découvrait seulement maintenant, devant les arrivées de l'aéroport de Zurich, qu'il avait trois heures de retard. Certes, il était rare qu'elle se rende à l'aéroport, mais il fallait vraiment être idiote pour rouler pendant des heures sans vérifier l'horaire au préalable. Comme la règle était qu'on n'empruntait jamais la voiture sans prendre aussi le téléphone, elle put envoyer un message d'explication à Mikhail. Elle savait qu'il s'en ficherait. Il lui avait dit qu'ils n'avaient pas besoin de la voiture mais elle ne put néanmoins s'empêcher de penser qu'elle dérangeait toute la communauté en la gardant aussi longtemps. Si l'horaire qui s'affichait actuellement était le bon, elles ne seraient pas de retour avant deux heures de l'après-midi. Elle avait demandé à sa mère de prendre un train depuis Paris. Personne ne faisait le trajet Paris-Lucerne en avion. Le train était très rapide. Mais sa mère avait été désespérée à l'idée de prendre un train depuis l'aéroport jusqu'à la gare de Lyon, et de devoir trouver un deuxième train pour Lucerne. Et peut-être qu'avec la fatigue du décalage horaire et les bagages à transporter, cela serait impossible. Holly aurait pu la rejoindre à Paris en train mais elle ne le lui avait jamais proposé. Elle ne voulait pas s'absenter aussi longtemps.

Holly avait fini tôt ses travaux de cuisine matinaux, lavant et épluchant cinq kilos de pommes de terre, les coupant en gros morceaux, et les laissant couverts d'eau froide salée, tout en s'efforçant sans cesse de se concentrer sur sa tâche. Dans la chambre d'amis où sa mère dormirait, elle avait vérifié qu'il y avait bien des serviettes et un gant de toilette près du lavabo, et une bouteille d'eau et un verre près du lit. Elle quitta la séance de méditation matinale avant la fin, contournant les coussins des autres le plus discrètement possible pour partir à l'aéroport, même si, évidemment, elle se rendait compte à ce moment qu'elle aurait pu s'en dispenser. Elle aurait pu rester. L'exaspération qu'elle ressentait contre elle-même était si ridiculement disproportionnée qu'elle finit par se demander si le problème, en fait, ne tenait pas à son manque d'envie de voir sa mère. Elle comprenait très bien l'importance qu'il y avait à laisser toutes les pensées se développer sans les juger, les contempler avant de les laisser partir, mais elle décida qu'il vaudrait probablement mieux étouffer cette pensée-là en elle.

Holly acheta une tablette de Toblerone au kiosque à journaux puis elle jeta un coup d'œil dans la salle d'attente pour voir si des journaux traînaient. Le chocolat et les journaux étaient les deux choses qui manquaient à sa vie. Et le sexe. Le sexe lui manquait mais elle possédait suffisamment de bon sens pour ne pas partir à sa recherche dans un aéroport. Elle trouva des exemplaires du *Matin*, de *Blick* (mais elle lisait mal l'allemand) et, merveille des merveilles, une édition complète du *New York Times* du mardi. Elle ressentit un apaisement immédiat. L'idée de passer trois heures à l'aéroport en compagnie de trois journaux et d'une tablette de Toblerone n'était rien de moins qu'un miracle. Elle détacha le papier aluminium et cassa un morceau de chocolat, le posant sur sa langue où elle attendit qu'il fonde lentement avant d'entamer la lecture des pages Sciences du *Times* : des diables de Tasmanie mouraient de cancer de la bouche ; il y avait des raisons de penser qu'il valait mieux courir sans chaussures de course ; et les enfants pauvres des quartiers déshérités avaient autant de chances de souffrir d'asthme que les enfants dans les zones de guerre. Elle tenta de se représenter ce qu'elle était censée faire de ces informations. Comment pouvait-elle sauver les diables, et les empêcher de se mordre les uns les autres, puisque apparemment c'était de cette manière que le cancer se diffusait, et pourquoi s'inquiétait-elle pour un petit marsupial violent en Tasmanie, alors qu'elle était quasiment indifférente au sort des enfants asthmatiques ? Pourquoi avait-elle lu tout l'article sur la course alors qu'elle ne la pratiquait pas, alors qu'elle avait sauté l'article sur l'énergie géothermique ? Jusqu'à quel point était-elle devenue superficielle ? Elle replia le journal sur ses genoux et médita pendant un moment sur ces informations. Elle pensa qu'elle devrait quitter le Zen-Dojo Tozan plus souvent, ou carrément en partir, et elle pensa qu'elle ne devrait jamais le quitter, comme Siobhán, que Holly n'avait jamais vu dépasser la boîte aux lettres au bout de l'allée.

Quand Holly repensait à sa vie en Californie, elle se souvenait qu'elle voyait tout en termes de qui possédait moins qu'elle, et qui possédait plus, qui était plus jolie, plus intelligente, qui avait une meilleure vie amoureuse (tout le monde, généralement), qui recevait une promotion plus rapidement, parce que la banque avait eu beau la couvrir de louanges, elle n'était apparemment pas la préférée. Elle passait son temps à se demander comment faire les choses mieux, comment faire les choses bien, et ce faisant elle avait commencé à grincer des dents la nuit. Elle mâchouillait un cratère moelleux qu'elle avait creusé à l'intérieur de sa joue gauche, et rongeait les cuticules autour de ses pouces jusqu'au sang. Elle prit rendez-vous avec un généraliste et lui raconta ses problèmes, avant de lui montrer l'intérieur de sa bouche. Il examina attentivement sa langue et ses dents à l'aide d'une lampe de diagnostic, observa ses mains, et puis suggéra la méditation. C'est du moins ce qu'elle crut qu'il avait dit. "Vous allez avoir besoin de méditation."

À l'instant où elle entendit le mot, elle sentit son cœur bondir, comme si son cœur avait attendu précisément ce moment. *Enfin !* lui dit son cœur. *Il était temps !* "Où puis-je apprendre à méditer ?" demanda-t-elle. Le simple fait de prononcer le mot remplissait sa bouche de joie.

Le médecin la regarda avec l'air de se demander jusqu'où allait sa folie. "Méd-i-*ca*-tion, répéta-t-il, plus lentement et plus fort. Vous avez besoin d'un traitement pour votre angoisse. Je vais vous faire une ordonnance d'Ativan. On ajustera le dosage, en fonction de ce qui vous convient le mieux."

Mais Holly jeta la feuille de papier blanc à la poubelle après avoir donné un billet de vingt dollars à la secrétaire pour sa participation aux honoraires. Même sans le savoir, le médecin lui avait annoncé qu'elle allait guérir. Elle ne comprenait même pas précisément ce que la méditation impliquait à ce stade, mais elle savait qu'elle allait le découvrir. Elle lut plusieurs livres, elle écouta plusieurs cassettes audio de leçons sur le dharma dans sa voiture, puis elle trouva un groupe qui se réunissait les mercredis soir et samedis matin. Elle commença à pratiquer la méditation assise chez elle, se levant plus tôt, avant son départ matinal à la banque. Six mois plus tard, des membres du groupe du mercredi l'invitèrent à un week-end de retraite. Plus tard, elle demeura assise en silence pendant une semaine dans un centre de spiritualité juste au nord de Berkeley. C'est là que sur le tableau en liège, elle vit une annonce au sujet du Zen-Dojo Tozan. Elle sentit la même accélération dans son cœur que lorsqu'elle avait mal compris le diagnostic du médecin. *Voilà ma place*, pensa-t-elle, en regardant la photo du chalet en équilibre sur un doux champ de fleurs de montagne. Elle décrocha la brochure punaisée sur le tableau et la fit glisser dans sa main.

Ce genre de choses arrivaient à Holly. Parfois elle avait la sensation d'être guidée, et elle l'attribuait à Cal.

Des années après sa mort, Holly se sentait encore ébranlée, elle regrettait qu'ils n'aient pas été plus proches (ce n'était pas la seule chose qu'elle regrettait). Mais depuis son arrivée en Suisse, elle commençait à comprendre que pour un garçon de quinze ans et une fille de treize, vivant dans des conditions stressantes, ils s'étaient plutôt bien débrouillés. Ils se hurlaient dessus mais ne s'en gardaient pas rancune. Ils se bousculaient mais ne se giflaient ni ne se pinçaient jamais. Ils se bagarraient à coups de coussins du canapé, jamais d'assiettes. Holly corrigeait les devoirs de Cal sans se montrer condescendante. Dans le souvenir lumineux de son enfance, Cal avait une fois tiré sur la queue de cheval d'une fille et le col du tee-shirt d'une autre, alors qu'elles essayaient d'enfermer Holly dans l'armoire de son vestiaire. "Espèces de salopes, lâchez ma sœur !" avait-il crié, tandis que les salopes reculaient en chancelant, avant de dévaler le hall en larmes. Il leur avait fait mal, il les avait terrorisées, il était comme un fou. Pendant ce moment magique, Holly, qui considérait que sa mission consistait à veiller sur tout le monde, s'était sentie protégée. Par son frère.

Parce qu'ils étaient les deux aînés, Holly et Cal s'occupaient ensemble d'Albie et de Jeanette, les tenant éloignés, quand ils étaient encore petits, de la cuisinière et des couteaux. Et ils s'occupaient aussi de leur mère, peut-être pas en tandem, s'efforçant d'alléger son fardeau, de la ménager autant que possible. Plus Holly ressentait la présence de Cal dans sa vie actuelle, plus elle savait qu'il l'aimait, qu'il lui pardonnait. Plus elle parvenait à mener une vie paisible, à ouvrir les yeux sur la beauté qui l'entourait de sa simplicité, plus elle était capable de l'entendre. Elle ne l'entendait pas d'une manière cinglée, elle n'hallucinait pas qu'ils se retrouvaient assis à parler politique. Elle ressentait plutôt un sentiment agréable, assez facile à atteindre au Zen-Dojo Tozan, mais à sa portée aussi en ce moment même, dans la salle d'attente de l'aéroport de Zurich. Elle était convaincue que la plupart des êtres humains n'utilisaient pas entièrement leur potentiel psychique. Ils vivaient dans un état de désordre mental, bombardés par des biens et des services, des informations et des combats. Ils seraient incapables de reconnaître le véritable bonheur s'il se tenait devant eux. Il lui avait été presque impossible d'entendre son frère quand elle était encore à Berkeley, à la Banque Sumitomo, ou autre part à Los Angeles, mais en Suisse, cet endroit où il n'était jamais allé, eh bien elle l'entendait mieux.

Holly reprit la lecture de ses journaux. Elle lut un article sur des pièces de Broadway. Elle lut la recension d'un livre et une tribune sur une inondation en Iowa. Elle lut un article sur le sort des femmes en Afghanistan. Elle termina la moitié de son chocolat et rangea l'autre moitié dans son sac pour plus tard. Quand elle vit l'heure qu'il était, elle se leva pour prendre place au milieu des familles et des chauffeurs brandissant des pancartes écrites à la main. En voyant Teresa marcher dans sa direction – si minuscule ! tellement plus vieille ! cela faisait combien de temps déjà ? dix ans ? plus ? –, elle fut inondée d'amour, une vague gigantesque réunissant son amour et celui de son frère. Elle tendit les bras. "Oh, maman", dit Holly.

Par quelle merveille commencer ? Holly d'abord, évidemment, avec ses cheveux noirs courts, qui grisonnaient, ses Birkenstock et ses chaussettes en laine. Elle rayonnait. Tous ces gens regroupés dans le même emballage, derrière la barrière de sécurité, tous ces gens formant une unique masse informe, et puis *boum !* Holly. Elle était entièrement différente des autres, c'était impossible de ne pas la remarquer. Quand Teresa tomba dans ses bras, elles eurent le sentiment qu'elles ne s'étaient jamais quittées. Elle était encore bouleversée au souvenir de l'infirmière entrant dans sa chambre, le matin de la naissance de Holly, avec ce bébé parfait dans ses bras, le bébé qui était devenu cette femme magnifique. Teresa embrassa son cou, pressa sa joue contre la poitrine de sa fille. “Je suis désolée de t’avoir fait attendre aussi longtemps”, dit-elle, sans savoir si elle parlait des trois heures de retard ou bien de toutes les années qu’il lui avait fallu pour arriver jusqu’ici.

“J’ai passé un bon moment”, dit Holly en caressant la tête de sa mère. Elle prit son bagage à main et son sac, et les passa sur son épaule comme s’ils ne pesaient rien, comme si elle avait pu tout aussi facilement porter Teresa en bandoulière. Elle la conduisit directement aux toilettes sans même lui demander si elle en avait envie, ce qui était le cas. Holly n’avait jamais cessé d’être ce genre de personne : responsable, prenant des décisions, se montrant serviable sans qu’on ait besoin de le lui demander. Quand Teresa montra sa valise du doigt à l’arrivée des bagages, Holly l’attrapa en riant.

“Tu voyages comme une vraie Californienne ! dit-elle, ravie par le petit bagage. Moi aussi.”

“Comment les Californiens voyagent-ils ?” Teresa riait sans avoir compris la blague, et elle souriait si largement qu’elle était sûre de montrer des dents invisibles depuis des années.

Holly brandit la petite valise noire à roulettes de sa mère. Elle était compacte et discrète, une note en bas de page comparé à toutes les valises géantes rose-fluo-parois-rigides, renforcées par des cordes élastiques, qui circulaient devant elles. “Les Européens font leurs bagages comme s’ils n’allaient plus jamais rentrer. Je pense que c’est lié à la guerre.”

Dehors l’air vif était froid, alors qu’on était le 1er septembre. Il faisait trente-cinq degrés à son départ de Los Angeles. Holly l’aida à enfiler son manteau. Teresa était fière d'avoir pensé à l'apporter toute seule. Chez elle, dans son salon, elle l'avait mis puis enlevé, elle avait verrouillé la porte d'entrée, s'était dirigée vers le taxi, avant de se raviser en rentrant récupérer le manteau. Depuis le parking, elle voyait les Alpes au loin. Elle les avait vus depuis l'avion, les pics enneigés. Elle resserra encore son manteau contre elle. Qui aurait jamais pu penser que Teresa Cousins verrait un jour les Alpes ?

La Citroën du Zen-Dojo Tozan que conduisait Holly ressemblait plus à une boîte de conserve qu'à une voiture. Le métal léger frémissait quand elle ralentissait dans les tournants, et le levier de vitesse était une longue tige sortie du plancher. Chez elle, en Californie, sur l'Interstate 405, une telle voiture serait soufflée par les gaz d'échappement d'un 4×4 de passage, mais sur cette route de montagne dangereuse, elle ressemblait à toutes les autres boîtes en fer. Elles pouvaient se rentrer dedans sans grands dommages, comme des passants qui se frôlent dans une rue bondée. Personne n'avait fait monter les enjeux par mesure d'auto-protection, en construisant un tank hors compétition en guise de véhicule quotidien. Elles étaient toutes unies là-dedans. La barrière de sécurité qui les séparait du ravin vertigineux semblait tout aussi peu apte à sauver une vie, mais quelle différence cela faisait-il ? De toute façon, ils allaient tous mourir, sans exception. Avant même son arrivée au centre zen – quel que fût son nom –, Teresa sentait déjà qu'elle allait à l'essentiel. Quel besoin d'avoir des airbags ? La cage en acier renforcé qui créait une barrière avec le monde ? Teresa abaissa sa vitre – l'abaissa avec une manivelle manuelle ! – et elle aspira l'air suisse vivifiant.

“Tellement beau”, dit-elle. Elles passèrent dans un tunnel en pierre creusé dans le flanc de la montagne : lumière, puis obscurité, puis pins.

“Attends un peu”, dit sa fille.

“Il faut que je te dise, Holly. Je ne comprenais pas jusqu'à présent. J'étais heureuse pour toi, bien sûr, mais au fond de moi je n'arrêtais pas de penser : *C'est quoi le problème avec Torrance ?*” Elles croisèrent deux chèvres de montagne hirsutes au bord de la route, leurs cornes arquées semblables à des couronnes. Pas de doute, elles attendaient Heidi et Grand-Père pour qu'ils conduisent leur troupeau dans les alpages. Teresa jeta un coup d'œil à Holly. “Quelle idée de vivre à Torrance !”

“Je n'ai aucun problème avec Torrance, dit Holly, heureuse que sa mère confirme son sentiment. Mais c'est plus calme ici. C'est mieux pour moi.”

“Je pense à Jeanette qui vit à Brooklyn avec Fodé et les garçons. Je crois qu'elle aime tout ce bruit, son minuscule appartement. Je crois que c'est ça qui l'aide à tenir. Et Albie, qui passe sa vie à chercher quelque chose dans un endroit avant de partir chercher du nouveau ailleurs. C'est probablement ce qui fonctionne pour lui. Maintenant il vit à La Nouvelle-Orléans.”

“Parfois il m'envoie des mails”, dit Holly, soudain envahie du désir de voir son frère et sa sœur, et qu'ils soient tous assis dans la même pièce en compagnie de leur mère.

“C'est bien.”

“Et toi ?”

“Quoi, moi ?” demanda Teresa, en tendant le cou pour jeter un dernier coup d'œil au panorama qui s'éloignait derrière elles.

“Ça t’a fait du bien de rester à Torrance ? C’était le bon choix ?”

Elles étaient en train de traverser une forêt. Les arbres, le bas des troncs couverts de mousse, commençaient à s’affiner, à grandir, à trancher la lumière tandis que les fougères envahissaient le sol. D’énormes rochers, des blocs carrément, semblaient avoir été disposés par un scénographe autour d’un torrent violent. *Crée-moi une forêt enchantée !* avait dû dire le producteur.

“Votre père voulait que je m’installe avec vous en Virginie quand il est parti avec Beverly, comme ça on aurait vécu pas loin. Sincèrement je ne l’ai jamais envisagé. J’aurais peut-être dû. Ça vous aurait facilité la vie. Je n’ai tout simplement pas été capable d’être aussi accommodante.”

“C’est le truc le plus stupide que j’aie jamais entendu ! dit Holly, en se détournant imprudemment pendant une seconde de la route pour contempler sa mère. J’ignorais complètement qu’il avait dit ça.”

“Et puis après, Cal est mort.” Teresa haussa les épaules. “Enfin bon, tu t’en souviens. On n’allait évidemment pas déménager en Virginie après la mort de Cal, même si je peux te dire maintenant que ça m’a vraiment dérangée qu’il soit enterré là-bas. À l’époque j’essayais juste d’avancer, un pas après l’autre, sans m’écrouler. Je ne me disais pas que je devrais changer ma vie, vu qu’elle venait juste de l’être. Mon seul but, c’était de tenir bon.”

“Et tu as tenu bon.” Holly ralentit. Elles roulaient derrière un camion, le long d’une côte interminable.

“Comme nous tous, j’imagine, chacun à notre manière. Tu crois que tu n’y arriveras jamais, mais finalement tu y arrives. Tu es encore en vie. C’est ça qui m’a frappée à la fin : j'étais encore en vie. Toi, et Albie, et Jeanette, encore en vie. Et comme ça ne durerait pas éternellement, il fallait que j'en tienne compte."

Teresa posa sa main sur celle de Holly, et elle la sentit qui tremblait à cause du levier de vitesses. "Écoute-moi ça ! C'est la première fois que je m'entends dire ce genre de choses."

"C'est la Suisse. L'effet de la Suisse sur les gens." Holly s'interrompit pour reformuler. "Ou plutôt c'est l'effet qu'elle a fait sur moi. En fait la plupart des gens que j'ai rencontrés ici sont très paisibles."

Teresa approuva de la tête en souriant. "Eh bien c'est positif. Ça me plaît."

Le Zen-Dojo Tozan n'était situé ni à Sarnen ni à Thoune, mais quelque part entre les deux, pas dans un village mais au milieu des herbes hautes et des fleurs bleues. Il occupait un grand chalet construit au sommet du versant d'une montagne. Le chalet avait été la résidence de vacances d'un banquier de Zurich. L'été, avec sa femme et ses cinq enfants, il nageait dans le lac, l'hiver ils skiaient, et entre les deux, à l'insu de leurs connaissances de Sarnen, Thoune ou Zurich, ils s'asseyaient ensemble sur des coussins zafu. Côte à côte tous les sept, ils fermaient les yeux et aéraient leurs esprits, aussi sûrement que l'air vivifiant de la montagne avait aéré leurs poumons. La maison fut léguée, ainsi qu'un trust, pour créer le Zen-Dojo Tozan, étant entendu que les enfants de la famille, leurs enfants, et tous les enfants à venir seraient les bienvenus. Katrina, la quatrième fille, désormais âgée de soixante-dix ans, vivait à plein temps dans la petite chambre à l'arrière où elle dormait quand elle était petite. Avec elle, le chalet comptait quatorze autres résidents à plein temps. Deux fois par an, ils accueillaient des retraites, et faisaient des allers-retours, depuis une auberge à Thoune, dans une petite navette de location. Mais la plupart de leurs revenus provenaient des bâtons de marche.

Tous les résidents participaient d'une façon ou d'une autre à la taille ou à la distribution des bâtons, soit l'art, soit les affaires, comme ils disaient. Les bâtons étaient très recherchés, surtout par les adeptes de la méditation américains et australiens, qui savaient qu'ils n'iraient jamais en Suisse. Holly, qui ne possédait aucun talent pour tailler le bois au couteau, s'occupait de la comptabilité. Elle avait découvert qu'il n'existait virtuellement aucun plafond de prix pour un long bâton en pin parasol suisse, avec un poisson sculpté en guise de poignée. Mets une boussole à cinq euros dans le dos du poisson, et le prix double, même si plus personne ne semblait désormais comprendre les principes de base de l'orientation. Ils achetaient le bois à une usine de Lausanne, et alors qu'ils auraient pu trouver un stock moins cher et plus important en Allemagne, ils prirent la décision de continuer à fabriquer des bâtons suisses. C'est ce qu'indiquait leur site web : bâtons de marche suisses, taillés dans du pin parasol suisse par des méditateurs en Suisse. Chaque jour, après la méditation et les tâches ménagères pour la communauté, ils consacraient plusieurs heures aux bâtons : Paul taillait le bois, Lelia sculptait le corps grossier du poisson à l'aide d'un couteau à découper, puis Hyla entreprenait le travail délicat des écailles. Ces bâtons, ajoutés à leur modeste capital, payaient le gîte, le couvert et les impôts. Ils avaient une liste d'attente de huit mois pour les bâtons de marche. Quant à la liste d'attente pour les résidences, elle s'était tellement allongée qu'elle ne servait plus à rien et ils l'avaient oubliée dans un tiroir.

"On a de la chance d'avoir une chambre d'amis disponible", dit Holly, en prenant sa mère par la main pour l'aider à monter les marches en bois escarpées. Sa mère avait beau être assez stable, elle aurait bien besoin d'un bâton contre le vent qui, certains jours, pouvait renverser quelqu'un. "Les gens viennent invités pour un mois et ensuite ils refusent de repartir. On a trois chambres d'amis et l'emploi du temps est une vraie pagaille. Les gens s'accrochent pour rester. Ils pensent toujours qu'un des membres va partir et leur laisser sa place."

Le chalet était entouré d'une immense terrasse en bois qui dominait l'univers cristallin. De lourds fauteuils en bois, taillés à la hache d'une main négligente, étaient disposés partout, pour permettre aux disciples de se reposer tout en admirant la vue. Les Alpes ressemblaient à un dessin des Alpes sur une tablette de chocolat, une version idéalisée destinée à fasciner les étrangers. Teresa s'immobilisa pour reprendre son souffle, bouleversée par la vue, l'air plus rare en altitude, et son incrédulité à l'idée d'être finalement arrivée jusqu'ici.

"Toi tu as eu cette chance", dit-elle, légèrement essoufflée.

Holly se tenait là, revoyant tout le paysage à travers les yeux de sa mère. "C'est vrai que quelqu'un est mort quand j'attendais de pouvoir rester. C'est à ce moment-là que je suis rentrée en Californie pour démissionner. C'était un Français qui s'appelait Philippe. C'est lui qui avait eu l'idée des bâtons de marche, des années plus tôt, quand ils étaient à court d'argent et qu'ils craignaient de devoir abandonner l'endroit. C'était un drôle d'oiseau, un vieux bonhomme délicieux. J'occupe encore sa chambre."

"Est-ce que les autres mères viennent aussi ?" demanda Teresa, en essayant de ne pas avoir l'air en compétition, ce qu'elle avait absolument le sentiment d'être. Elle était si fière d'elle-même.

"Ça arrive. Moins que tu ne le croirais."

À peine vit-elle le lit dans sa chambre que Teresa fit la sieste. Puis, avant le dîner, le discours sur le dharma et la dernière séance de la journée, Holly fit de son mieux pour donner un cours intensif de méditation à sa mère. Inspirer, expirer, suivre la respiration, laisser les pensées surgir et disparaître sans jugement. "Il suffit de le faire, conclut-elle, redoutant que trop d'explications ne nuisent. C'est très simple."

Alors Teresa, qui avait revêtu le même survêtement qu'elle portait le matin pour sa séance de marche active avec sa voisine, s'assit sur un coussin à côté de sa fille et ferma les yeux.

Au début il ne se passa pas grand-chose. Elle pensa à la douleur dans son genou droit. Puis elle pensa que les autres résidents avaient l'air gentil. Elle aimait bien Mikhail, le Russe qu'elle avait appelé Michael. Était-ce lui qui dirigeait l'endroit ? Très accueillant. Tous, avec leurs cheveux coupés court, comme Holly. Et pourquoi pas ? Quelle importance ? Ils n'avaient personne à impressionner. Elle voyait bien que Holly était heureuse ici, mais était-ce une vraie vie ? Et que ferait-elle, à l'âge de Teresa ? Prendraient-ils soin d'elle ? Elle pourrait poser la question à la plus âgée du groupe, la dame qui avait grandi dans cette maison. Imagine cet endroit comme une *maison*, un foyer pour une famille. Combien de domestiques avaient-ils pour l'entretenir ? Ses deux pieds étaient engourdis.

Elle se ressaisit. Quelle bavarde ! Teresa était choquée par l'oisiveté vagabonde de son esprit, comme si elle passait au crible les poubelles au bord de l'autoroute et qu'elle s'émerveillait face à chaque emballage en papier aluminium. Elle respira une nouvelle fois, et se retrouva à méditer sur la salade de haricots du dîner, un genre de haricots rouges locaux qu'elle n'avait pas vus depuis son enfance. Elle n'arrivait pas à se souvenir de leur nom. Sa mère lui demandait de trier les haricots avant de les mettre à tremper, et elle accomplissait sa tâche méticuleusement avant de se lasser, balançant les haricots non triés au sommet de ceux qu'elle avait déjà vérifiés, gâchant tout. Est-ce qu'aucun membre de sa famille avait déjà mordu dans un caillou ?

Une seule respiration ? Elle ne pouvait pas faire ça ? Elle pouvait peut-être commencer avec une seule inspiration dégagée du fardeau de ses pensées ? Elle essaya. Là. Voilà. Elle avait mal au dos. Soudain sa tête bascula en avant et pendant un court instant elle dormit profondément. Elle émit un petit bruit effrayé, comme un chien ou un cochon en train de rêver. Elle se redressa et ouvrit légèrement les yeux pour vérifier que personne n'avait remarqué. Elle observa les visages paisibles de ses voisins, de sa fille, autour d'elle, avec la sensation d'être capable de voir la clarté de leurs esprits sereins. Elle avait honte d'elle-même.

À la fin de la séance, Holly l'aida à se relever. Tout le monde vint lui serrer la main et l'étreindre légèrement. Tous, ils adoraient Holly et se réjouissaient que Teresa soit venue lui rendre visite.

"Ne vous inquiétez pas", dit une femme qui s'appelait Carol, en la regardant de ses yeux aussi placides qu'un lac glacé. "Au début la méditation n'a pas trop de sens."

"J'ai pratiqué la méditation tout seul chaque jour, pendant des années, avant d'arriver ici, dit Paul, qui fabriquait les bâtons. Mais méditer ici pour la première fois de votre vie ? Autant faire sa première course aux Jeux olympiques." Il tapota son épaule. "Vous devriez être très fière de vous."

Dans le lit simple de la chambre d'amis, Teresa, totalement réveillée, contemplait le plafond, les encoches régulières rythmant les moulures, telles des dents uniformément écartées. Elle avait traversé la moitié de la planète en avion pour ça ? Pour venir s'asseoir ? Elle était restée assise à son bureau la moitié de sa vie. Elle s'était assise dans sa voiture, dans l'avion. Qu'est-ce qu'elle avait bien pu penser ? Elle avait désiré voir sa fille. Bert était-il jamais venu ici ? Bert s'était-il jamais assis ? Pourquoi avait-elle oublié de poser la question ? Les rayons de l'énorme lune inondaient sa petite chambre, repeignant les murs et couvrant son lit. Elle repensa à toutes les femmes et à tous les hommes, principalement des hommes, qu'à sa modeste manière, elle avait aidé le bureau du procureur de Los Angeles à envoyer en prison.

Tous les dossiers qu'elle avait contribué à monter, afin que ces individus soient poursuivis et qu'ils passent leurs nuits dans des lits étroits et leurs jours dans le silence. Comment se pouvait-il qu'elle ne se soit jamais demandé, jusqu'à présent, ce qu'ils étaient devenus ? Des centaines de cas étaient passés par son bureau, tout au long des années. Des milliers, même. En ce moment, ces hommes étaient-ils en train de fixer les plafonds des cellules où ils vivaient, en tentant de vider leurs esprits ?

La même chose se répéta jour après jour, trois fois par jour. Teresa entrait dans la salle de méditation avec les autres et quelqu'un allumait le poêle au charbon en céramique bleue et ensuite tout le monde s'asseyait en cercle sur les coussins vert foncé, en attendant que Mikhail fasse résonner le petit gong signalant le début de la séance. C'était une folie. Elle serait partie – elle aurait emporté son exemplaire du *Patient anglais* sur le balcon du deuxième étage, ou elle se serait promenée toute seule dans l'herbe haute, pendant que les autres recherchaient la paix intérieure –, si Holly n'avait pas été tellement fière d'elle. Sa fille gardait un bras passé autour du sien, et elle rapprochait son coussin de celui de sa mère. Les autres résidents portaient sur les deux femmes un regard profondément admiratif – à la cuisine, pendant les repas, la méditation (il arrivait que Teresa triche et ouvre brièvement les yeux, entraînant les autres à les fermer aussitôt). Car les autres mères ne rendaient pas visite à leurs enfants, et si elles le faisaient, elles ne venaient pas s'asseoir avec eux.

Alors Teresa continua à s'asseoir.

Lelia donna une conférence sur le dharma, expliquant comment abandonner toute définition de soi-même : je ne peux pas faire ça à cause de ce qui m'est arrivé dans mon enfance ; je ne peux pas faire ça parce que je suis très timide ; je ne pourrais jamais aller là parce que j'ai peur des clowns, des champignons, ou des ours polaires. Le groupe fut parcouru collectivement d'un rire léger en se reconnaissant. Teresa trouva la conférence utile, comme si, durant la méditation, elle avait prolongé son dialogue intérieur à la question de l'inadaptation au bouddhisme des septuagénaires originaires de Torrance. La belle Hyla, dont les os fins étaient magnifiquement mis en valeur par son crâne chauve, l'emmena en promenade en lui indiquant le nom de chaque plante et de chaque arbre qu'elles croisèrent. Elles virent un bouquetin au loin. Hyla roula une baie de genévrier entre ses paumes et fit respirer à Teresa ses mains ouvertes, ces mains qui sculptaient un poisson à l'intérieur des poignées des bâtons. Hyla raconta à Teresa que sa mère était morte cinq ans auparavant, et qu'elle se sentait très seule. Après lui avoir fait cette confidence, elle tint la main de Teresa sur le chemin du retour. D'accord, pensa Teresa, je veux bien être ta mère pour aujourd'hui. Elles rejoignirent la cuisine où elles découpèrent des pommes en tranches pour faire une tarte.

"Je veux que tu coupes mes cheveux", dit-elle à Holly avant le dîner.

"Vraiment ?" Holly se pencha pour toucher les cheveux de sa mère. Elle avait une épaisse chevelure grise qu'elle coiffait en carré, tiré en arrière par des barrettes, à défaut d'une meilleure idée.

"Je me suis habituée à votre style, et de toute façon, je crois que ça m'aidera à m'adapter." Teresa ne l'aurait jamais fait si elle travaillait encore. Au bureau, sa nouvelle coiffure serait devenue un sujet de conversation, alors qu'à son retour en Californie, ses cheveux courts donneraient le signal de sa nouvelle vie. Quand ses voisins et les caissiers du supermarché la verraient, ils sauraient qu'elle avait changé.

Holly alla chercher la tondeuse électrique dans la petite boîte en plastique de la salle de bains du rez-de-chaussée. Elle emmena sa mère sur la terrasse et accrocha une serviette autour de son cou. Ils se coupaient les cheveux entre eux. Ils auraient pu le faire seuls, mais c'était agréable de sentir les mains de quelqu'un sur sa tête environ une fois par mois.

"Tu es sûre ?" demanda Holly avant d'allumer la tondeuse.

Teresa confirma d'un signe de tête. "Souvenir de Suisse."

Alors les cheveux se mirent à tomber, les épaisses touffes grises réunies autour de leurs pieds, tels des nuages d'orage dispersés. À la fin, Holly fit le tour pour évaluer son œuvre.

"À quoi je ressemble ?" demanda Teresa en souriant, en passant sa main sur ses cheveux ras veloutés.

"À moi", dit Holly, et c'était vrai.

Parfois Holly venait la rejoindre la nuit dans la chambre d'amis, la chambre où elle avait dormi à son arrivée vingt ans auparavant. Elle s'y plaisait. Teresa se poussait tout au fond du petit lit pour lui faire une place. Elles s'allongeaient chacune sur le côté, seul moyen de tenir à deux, et elles parlaient, ces deux femmes qui n'avaient plus parlé au lit avec personne depuis des années.

“Tu crois que tu vas rester ici ?” demanda Teresa, en remontant les couvertures sur ses épaules. Les nuits étaient très froides. Holly avait quarante-cinq ans, et sa vie avait beau être magnifique, il fallait qu’elle se demande si elle ne risquait pas de désirer quelque chose d’autre un jour, mari ou travail.

“Je ne vais pas rester ici toute ma vie, dit Holly. Je ne crois pas. Mais je suis incapable de me représenter mon départ. C’est comme si j’attendais que le destin ouvre en grand la porte du dojo un de ces jours, en disant : « Holly ! Le moment est venu ! »”

“Appelle-moi le jour où ça arrivera”, dit sa mère.

“Tu n’imagines pas à quel point cet endroit est beau sous la neige.”

Elles se turent pendant un moment, peut-être dormaient-elles déjà, et puis soudain Holly dit : “Tu n’as jamais eu envie de rester ? Tu pourrais être comme ces invités dont on se dit qu’ils vont repartir, et qui ne le font jamais.”

Teresa sourit dans l’obscurité, même si elle se rendit compte à cet instant qu’elle non plus ne se représentait pas son départ. Elle enlaça Holly en pensant qu’elle avait créé son corps, ce corps désormais totalement séparé d’elle. “Je ne crois pas”, dit-elle, puis elles s’endormirent.

Au huitième jour de sa visite au centre zen qui devait en durer onze, Teresa se rendit à la méditation matinale, s’assit sur son coussin près de Holly, ferma les yeux, et vit son fils aîné. Il lui apparaissait si clairement qu’elle avait la sensation qu’il n’avait pas cessé d’être avec elle dans la pièce, dans chaque pièce où elle s’était trouvée au cours de sa vie, sauf que jusqu’à présent, elle avait omis de regarder dans la bonne direction. Elle n'était pas en train de rêver ni de faire une expérience de sortie de son corps. Elle comprenait qu'elle se trouvait toujours au chalet, assise sur un coussin, mais en même temps elle était avec Cal et ses sœurs. Elle était avec les petites Keating, Caroline et Franny. Elle vit les cinq enfants sortir par la porte de la cuisine des parents de Bert, cette porte qu'elle avait franchie un nombre incalculable de fois, à l'époque où ils préparaient leur mariage.

Ernestine, la cuisinière, leur demande de ne pas embêter Ned à la grange, de lui obéir, et les filles disent "Oui m'dame". Au fond du frigidaire, elle extrait un sac à moitié rempli de carottes flétries et deux petites pommes qu'elle tend à Jeanette, qui en retour lui adresse un sourire reconnaissant. Personne ne donnait jamais rien à Jeanette. Cal a déjà dépassé le perron. Il ne dit pas un mot à Ernestine. Il n'attend pas les filles.

"Cal !" Ernestine crie son nom à travers la moustiquaire. "Ton frère est où ?"

Il ne s'arrête pas. Il ne se retourne pas. Il hausse les épaules et lève les mains, sans cesser de lui tourner le dos. *Cal*, voudrait dire Teresa, *parle-lui !* Mais elle ne dit rien. Elle contemple une journée qui a eu lieu trente-cinq ans auparavant, à l'autre bout de la planète. Elle ne peut pas rectifier son comportement. Elle ne peut pas modifier le dénouement. Elle a seulement le droit de s'asseoir pour regarder, et c'est déjà un miracle.

Les cinq enfants descendent l'allée en bitume derrière la maison, puis ils tournent dans un chemin poussiéreux qui ne se transforme pas en route, mais en deux voies pleines d'ornières, l'herbe poussant au milieu pour former un terre-plein. Holly et Caroline parlent, Jeanette et Franny écoutent. Cal est loin devant, et il marche tellement vite que, par moments, les filles doivent accélérer au pas de course pour le suivre. Elles veulent rester ensemble sans être avec lui, et chaque enfant a un sens de la distance précise à garder. Cal est grand et blond comme son père, mêmes yeux bleus, la peau brunie par les journées d'été passées dehors. Il a l'air de bouillonner de colère, comme d'habitude. Il n'a pas envie d'être en Virginie, pas envie d'être avec ses sœurs, avec les filles Keating, avec sa belle-mère, avec ses grands-parents. Il n'a pas envie de s'occuper des chevaux, d'être piqué par les mouches et les moustiques, de subir la puanteur du crottin et du foin, mais il n'y a rien de mieux à faire. C'est ça qui est dur quand on a quinze ans – on est obsédé par ce qu'on déteste. Il porte un tee-shirt UCLA et un Levi's malgré la chaleur. Quand Cal porte un pantalon, ça veut dire qu'il a encore pris le pistolet. Tous les enfants le savent.

Jeanette avait dit à Teresa que Cal attachait le pistolet à sa jambe avec des bandanas. Jeanette avait tout raconté à sa mère il y a longtemps, l'année qu'elles avaient passée seules, ensemble, dans la maison de Torrance. Sans la présence de Holly et d'Albie, elle se sentait libre de raconter le jour de la mort de Cal, la manière dont ils avaient gaspillé le Benadryl pour endormir Albie, le chemin qu'ils avaient pris pour se rendre à la grange, le fait qu'elles avaient ignoré Cal qui était en train de mourir, convaincues qu'il faisait semblant pour les contraindre à s'approcher et les frapper. Elles avaient attendu longtemps, très longtemps, assises dans l'herbe en faisant des guirlandes de pâquerettes, histoire de lui montrer qu'elles ne tombaient pas dans le panneau. Jeanette lui avait tout raconté, mais à l'époque Teresa n'avait pas vu la scène. D'ailleurs c'était la première fois de sa vie qu'elle visualisait quelque chose.

Holly, qui a la plus jolie voix du groupe des filles, la plus jolie voix de son école, commence à chanter, en balançant ses bras d'avant en arrière, "On va à l'église, et on va..."

"On va se marier." Caroline et Franny chantent avec elle.

"On va à l'église, et on va..."

"On va se marier." Caroline et Franny. Au début Jeanette ne chante pas mais remue les lèvres.

"Mince, c'est fou ce que je t'aime et on va..."

"Vous pouvez pas la fermer deux secondes ?" demande Cal, en se retournant sans cesser de marcher. Il est loin d'elles désormais, dans l'herbe haute, suffisamment loin pour que la chanson ne le dérange pas, mais en fait si. "Putain, c'est trop vous demander ?"

Telles sont les dernières paroles de son fils.

"On va se marier." Les quatre filles s'y remettent, même Jeanette chante à tue-tête, et soudain Cal fonce sur elles. Il est impossible de savoir s'il est réellement furieux, ou si c'est un jeu, mais les filles hurlent en s'éparpillant dans quatre directions. Cal, qui aurait pu les attraper facilement, doit maintenant faire son choix, et il s'arrête. Quelque chose est arrivé, il ressent une douleur violente dans son cou, tandis que les sœurs et les non-sœurs courent en l'encerclant. Il s'arrête et pose la main tout en haut de sa poitrine, à la naissance de sa gorge.

Teresa, assise sur son coussin en Suisse, éprouve la sensation de resserrement, sa propre respiration se fermant, parce qu'elle le regarde, lui, et qu'elle est lui. Les filles chantent et courent et elle veut qu'elles s'arrêtent. Il veut qu'elles s'arrêtent mais il est incapable de le dire. L'abeille est toujours posée à l'arrière de son cou, où elle rampe. Il la sent mais il n'arrive pas à la chasser. Il tombe, pas seulement sur l'herbe, mais dans un endroit beaucoup plus lointain, la rumeur des voix des filles emportée par une marée de sang, son cœur qui tambourine, la couleur de leurs tee-shirts qui part en lambeaux, le soleil et le ciel et l'herbe qui partent en lambeaux. Sa langue envahit sa bouche. Il tente de mettre la main dans sa poche pour y chercher le dernier Benadryl, s'il en reste, mais il ne trouve plus sa main. Il tournoie en arrière, de toute la force de la pesanteur, et la terre le cogne violemment, enfonçant l'abeille, emportant dans le choc ce qu'il reste d'air, ce qu'il reste de lumière. Il a quinze ans et dix ans et cinq ans. Il a l'âge d'un instant. Il vole vers elle. Il lui appartient à nouveau. Elle ressent son poids dans sa poitrine tandis qu'il vient dans ses bras. Il est son fils, son enfant adoré, et elle le reprend en elle.

9

Fix était toujours en vie à Noël, juste après la mort de Teresa. Incroyable mais vrai. Ce serait son dernier Noël, mais en même temps les deux Noëls précédents avaient été son dernier Noël, tout comme Thanksgiving venait d'être son dernier Thanksgiving. Franny n'avait pas envie d'abandonner encore une fois Kumar et les garçons pendant les vacances, mais elle n'avait pas envie non plus qu'ils l'accompagnent à Santa Monica. C'était trop déprimant. Franny et Caroline tenaient aussi compte de leur mère, qu'elles avaient de plus en plus négligée, au fil des années que leur père mettait à mourir.

"On ne devrait pas seulement s'occuper de papa", dit Caroline, en pensant au mari de leur mère. Leur mère se confiait désormais à Caroline, peut-être davantage qu'à Franny. C'était le bonheur de vivre longtemps : la manière dont certaines choses s'arrangeaient. Caroline et leur mère étaient devenues très proches.

"Pile ou face, dit Caroline au téléphone. Il faut juste que tu me fasses confiance."

"Je te fais confiance", dit Franny. Caroline était la personne au monde en qui elle avait le plus confiance.

"Pile tu vas chez papa à Noël, face c'est moi." Voilà comment elles avaient procédé, une seconde de silence avant le lancer des vingt-cinq cents, puis le tintement de la pièce retombant sur la table de cuisine de Caroline à San Jose.

L'avion avait été bloqué en attente, tournant en rond pendant quarante-cinq minutes avant de libérer Franny, Kumar et les garçons à Dulles, où il faisait un temps atroce – neige et nuit noire. Ravi, quatorze ans, et Amit, douze, s'assirent à l'arrière de la voiture de location, les écouteurs enfoncés profondément dans les oreilles, leurs têtes dodelinant doucement sur un rythme discordant. Les garçons étaient restés impassibles quand le train d'atterrissage avait dérapé sur la piste verglacée, tout comme ils demeuraient impassibles sur l'autoroute pour Arlington, qui était une soupe d'accidents et de verglas, les voitures rampant vers les banlieues tels des chiens battus, les vacanciers angoissés à l'idée d'arriver en retard, les vacanciers mourant d'envie de prendre la fuite. Franny appela sa mère et lui dit de ne pas les attendre pour le dîner. Il était impossible de prévoir le temps que ça prendrait.

"Prenez le temps qu'il vous faut, dit sa mère. Au pire, on mangera la sauce à l'oignon." Elle préparait toujours une sauce à l'oignon pour Ravi, qui aimait le salé, et un gâteau au caramel pour Amit, qui aimait le sucré.

"Comme si ma mère avait jamais mangé de la sauce à l'oignon", dit Franny à Kumar après avoir raccroché. Elle était au volant de la voiture qui avançait très lentement, pendant que Kumar lisait le mail professionnel qu'il venait de recevoir. Kumar travaillait au département fusions-acquisitions au sein du monstre Martin and Fox. Il était capable d'élaborer une stratégie pour défendre son client contre un rachat hostile, alors même que sa femme conduisait à travers la neige aveuglante. Il n'y avait aucune injustice là-dedans. S'ils étaient allés rendre visite à sa mère à Bombay, c'est lui qui aurait pris le volant.

"Je n'ai jamais vu ta mère manger quoi que ce soit, dit Kumar, ses pouces brûlant l'écran du téléphone. C'est la preuve absolue que c'est une déesse."

Quand Beverly et Jack Dine s'étaient mariés, elle était au début de la soixantaine, lui à la fin. Kumar avait uniquement connu la mère de Franny comme l'épouse de Jack Dine, l'impératrice des concessions automobiles d'Arlington. Par conséquent il voyait en elle l'incarnation du bonheur et de la puissance, une source de splendeur parée de bijoux. Kumar croyait que sa belle-mère était la personne qu'elle était en ce moment présent, libre de toute histoire passée, et en retour du cadeau qu'il lui faisait, Beverly l'aimait comme un fils.

La propriété de Jack Dine avait appartenu autrefois à un sénateur de Pennsylvanie qui avait fait quatre mandats. Elle était entourée d'un mur qu'à Noël ils décoraient de guirlandes en pin ponctuées d'énormes couronnes. La porte restait ouverte. L'immense allée circulaire était remplie de voitures. Toutes les lumières avaient été allumées aux fenêtres, ainsi que les éclairages accrochés aux plus hautes branches des arbres, et la neige reflétait la lumière et illuminait l'univers. Depuis la voiture, à travers les longues fenêtres ils apercevaient tous les invités rassemblés comme dans une gigantesque maison de poupées.

"Elle organise une fête en notre honneur ?" demanda Amit, depuis le siège arrière. Dans la maison de leur grand-mère, tout était possible. Il restait peu de places pour se garer au bout de l'allée, si bien qu'ils attrapèrent leurs bagages et se frayèrent un chemin dans la neige.

"Joyeux Noël !" dit Beverly en ouvrant grand la porte. Elle embrassa d'abord Amit, puis Ravi, avant de les enlacer, un dans chaque bras. À soixante-dix-huit ans, Beverly pouvait rivaliser avec n'importe quelle femme de soixante-cinq. Elle était restée mince et blonde, tout en ayant assez de bon sens pour ne pas pousser les choses trop loin. L'extrême beauté qu'elle avait possédée toute sa vie sautait toujours aux yeux. Derrière elle, la maison bondée débordait de lumières, de pommes de pin et de coupes de champagne. L'arbre de Noël du salon, qui semblait incrusté de diamants et de saphirs roses, effleurait le plafond de ses plus hautes branches. Quelque part à l'autre bout de la maison, quelqu'un jouait du piano. Les femmes riaient.

"Tu ne nous avais pas dit que tu faisais une fête", dit Franny.

"On fait toujours une fête la veille de Noël", dit Beverly. Elle portait une élégante robe rouge avec trois rangs de perles. "Dépêchez-vous d'entrer, vous me faites penser à une bande de témoins de Jéhovah, à rester plantés sur le perron."

Kumar et Franny poussèrent leurs bagages à l'intérieur et essuyèrent la neige sur leurs épaules et leurs cheveux. Au moins Kumar était-il en costume. En route pour l'aéroport, ils étaient passés le prendre à sa sortie du bureau. Mais Franny et les garçons, eux, ressemblaient aux voyageurs débraillés qu'ils étaient. Les garçons avaient vu que des invités se baladaient avec des assiettes remplies d'une montagne de nourriture, ils balancèrent leurs valises et se dirigèrent vers la salle à manger pour chercher le buffet. Ils étaient constamment morts de faim.

"On n'est pas la veille de Noël", dit Franny.

"La famille de Matthew va skier à Vail pour Noël, alors j'ai décalé la fête. Ça arrangeait tout le monde. Je crois qu'à partir de maintenant je la ferai toujours le 22."

"Mais tu ne nous as rien dit."

Kumar se pencha pour embrasser Beverly sur la joue. "Vous êtes splendide", dit-il, en changeant de sujet.

"Franny !" Un homme costaud, la cinquantaine passée, en veste à carreaux rouges boutonnée, s'approcha et la souleva dans une embrassade fervente, la secouant d'avant en arrière en poussant des grognements. "Comment va ma sœur préférée ?"

"Il dit ça parce que Caroline n'est pas là, dit Beverly. Vous devriez le voir avec elle !"

"Caroline me donne des conseils juridiques gratuits", dit Pete.

"Si on te fait un procès pendant les vacances, je serai heureux d'aider", dit Kumar.

Pete se tourna et le regarda avec un effort visible pour le remettre. Son visage s'illumina quand il parvint enfin à se souvenir. "Bien sûr, dit-il à Franny. J'avais oublié que lui aussi était avocat."

"Joyeux Noël, Pete", dit Franny. Elle finirait sans aucun doute par fondre en larmes pendant la soirée. Combien de temps tiendrait-elle jusque-là, c'était la seule question.

"Pete et sa famille vont à New York pour voir Katie et le bébé qui vient de naître, dit Beverly. Je vous ai dit que Katie avait accouché ?"

"Noël à New York." Pete sourit et, en voyant ses dents, Franny pensa à de l'ivoire, comme des défenses d'éléphant sculptées à la taille de dents humaines. Il buvait du lait de poule dans une petite coupe en cristal. "Tu imagines ? Oui, remarque, tu es une fille de la ville. Tu vis toujours à Chicago ?"

"Laisse-les monter dans leur chambre et s'installer, dit Beverly à Pete. Ils seront de retour dans une minute. Ils viennent juste de descendre de l'avion."

Mais Jack Dine venait de surgir en veste brodée, un motif de cerf bondissant reconstitué en petits points convaincants. Jack avait toujours eu un corps imposant, grand et large, mais désormais il ne semblait pas plus épais que sa femme. "Qui est la jolie fille ?" demanda-t-il, en désignant Franny.

Beverly enlaça son mari. "Jack, c'est Franny, ma Franny. Tu la connais."

"Elle te ressemble", dit Jack.

"Et Kumar. Tu te souviens de lui ?"

"Il peut s'occuper des bagages, dit Jack, en lui faisant signe de s'éloigner. Allez-y maintenant. Montez-les à l'étage."

Kumar sourit, un sourire difficile à décrypter. C'était un homme généreux, et les garçons n'avaient pas été témoins de ce qui venait de se passer.

"Jack, dit Franny, posant la main sur l'avant-bras tremblant de son beau-père. Kumar est mon mari."

Mais Kumar n'allait pas rater sa sortie. Il s'emparerait de tout ce qui était à sa disposition. "Monsieur", dit-il en hochant la tête. Par miracle, grâce à une incroyable prouesse d'équilibre et de force, il parvint à ramasser tous les bagages. Il enroula les sacs marins des garçons autour de son torse.

"Passez par la cuisine", dit Jack, dès que Kumar eut fait un pas en direction du grand escalier. Malgré les bagages qui le submergeaient, il se retourna pour les emporter dans la cuisine. Il y avait un étroit escalier de service que les domestiques empruntaient, à l'époque où il y avait encore des domestiques.

"Ils croient qu'ils ont le droit de passer au milieu de nos invités, dit Jack à Franny, en inspectant Kumar du regard. Il faut les surveiller en permanence."

"C'était mon mari", dit Franny. Était-elle en train de s'étouffer ? Elle avait une sensation très bizarre dans la gorge.

Jack lui tapota la main. "Dis-moi ce que je peux apporter à boire à la jolie dame."

"Rien du tout, Jack." Franny avait pensé qu'elle avait gagné à pile ou face. Quand elle avait entendu la pièce retomber sur la table de Caroline, quand Caroline lui avait dit d'aller passer Noël en Virginie, elle pensait que c'était elle qui s'en tirait le mieux. Et voilà que Franny regrettait son père agonisant, son père presque mort.

"Je vais te chercher un lait de poule", dit Jack Dine, puis il se tourna et s'engagea au milieu de la foule.

“Pire.” Pete suivit son père des yeux. “Au cas où tu n’aurais pas remarqué. Il a beaucoup empiré. Est-ce qu’il a déjà commencé à allumer des feux ?”

“Qu’est-ce que tu racontes ?” demanda Beverly, d’une voix soudain éteinte. Elle aimait Jack Dine, du moins elle l’avait aimé, à l’époque où il s’agissait encore de la personne qu’elle connaissait. D’un autre côté, ses fils avaient souvent besoin de plus de considération qu’elle n’avait le désir de leur en donner.

“Parce qu’un jour ou l’autre il va s’y mettre”, dit Pete. Il scrutait la foule, à la recherche d’une meilleure compagnie pour bavarder. “Matthew !” Il leva une main pour faire un signe à son frère. “Regarde ! Franny est arrivée !”

Sur sa veste noire, Matthew Dine avait accroché une chaîne de montre en or à laquelle était suspendue une petite décoration rouge, une simple boule de Noël qui lui donnait l’air plus festif que tous les autres invités. Franny avait oublié qu’aux fêtes de Jack Dine, les vestes étaient obligatoires pour les hommes. Elle jeta un coup d’œil à travers la pièce et devina le thème : femmes en rouge, hommes en vestes. Matthew prit les deux mains de Franny entre les siennes, et il l’embrassa sur la joue. “Tu n’as même pas réussi à t’éloigner de la porte”, dit-il sur un ton solennel.

Matthew était le préféré, pas seulement de Franny, mais de tout le monde. “Où est Rick ?” demanda-t-elle, en pensant qu’elle ferait mieux d’en finir avec les trois frères, avant de se frayer un chemin vers l’escalier.

“Rick est en colère à cause d’un truc, dit Beverly. Il a dit qu’il ne viendrait pas.”

"Il va venir, dit Matthew. Laura Lee et les filles sont déjà là."

Sur le chemin de St Ives, j'ai rencontré un homme qui avait sept femmes. Chaque femme avait sept sacs, chaque sac avait sept chats. Franny était incapable de tout mémoriser. Elle connaissait les garçons Dine, comme on les appelait alors qu'ils avaient la cinquantaine avancée, mais elle mélangeait leurs femmes et deuxièmes femmes, leurs enfants, parfois de générations différentes, certains adultes et mariés, d'autres encore petits. *Chatons, chats, sacs, et femmes.* Ils étaient membres de la famille Dine et la considéraient vaguement comme une sœur, une cou sine, une fille, une tante. Katie Dine à New York venait d'avoir un bébé. Franny n'arrivait pas à suivre toutes les lignes dans toutes les directions : tous ces gens auxquels elle était, du fait d'un mariage, mystérieusement apparentée. La première femme de Jack Dine, Peggy, était morte plus de vingt ans auparavant mais les sœurs de Peggy Dine, avec leurs maris et enfants et femmes des enfants et enfants des enfants, continuaient à être invités à la réception chaque année – chers invités ! Chaque année ils venaient et se tenaient dans la maison qui avait autrefois appartenu à leur sœur et ils répertoriaient les changements, tout en mangeant les petits fours que Beverly avait préparés elle-même – le nouveau canapé et une nouvelle couleur aux murs du salon et le tableau représentant des oiseaux au-dessus de la cheminée –, c'était une profanation de la mémoire de Peggy. Le remaniement d'objets leur était insupportable.

Les invités étaient en train de se rendre compte que la fille de Beverly était arrivée, et ceux qui la connaissaient étaient impatients de la voir, et ceux qui ne la connaissaient pas avaient tellement entendu parler d'elle. Matthew se pencha pour murmurer à son oreille : "Fuis."

Franny embrassa sa mère. "Je n'en ai pas pour longtemps", dit-elle.

Elle traversa la cuisine, où deux hommes noirs en pantalons noirs, chemises blanches et vestes et cravates empilaient des biscuits au jambon sur des plateaux en argent, tandis qu'un troisième homme disposait des crevettes bouillies autour d'un bol en verre taillé plein de sauce cocktail sur un plateau en argent massif. Ils ne levèrent pas la tête et n'interrompirent pas leur travail quand elle traversa la pièce. S'ils la virent, ils ne le montrèrent pas. Elle monta par l'escalier de service jusqu'à la chambre où elle dormait toujours avec Kumar. Tous les fils Dine vivaient en ville, chacun dans une magnifique maison, si bien que même à Noël, l'espace n'était pas un souci. À sa retraite, Jack Dine avait divisé son empire en trois, Matthew avait reçu les Toyota, Pete les Subaru et Rick les Volkswagen. Rick, qui était paresseux, était aussi amer, et il répétait souvent qu'il n'était pas juste que Matthew ait reçu Toyota. Personne ne pouvait rivaliser avec Toyota. Il enviait particulièrement la Prius à son frère.

Franny ouvrit doucement la porte et elle trouva son mari allongé sur le couvre-lit dans le noir. Sa veste et sa cravate étaient suspendues dans le placard, ses chaussures cachées sous le lit. Kumar avait toujours été soigneux, même à l'époque de la fac de droit. Elle balança son manteau et son écharpe par terre, et s'extirpa de ses bottes de neige.

"Je pourrais m'apitoyer sur moi, dit-il calmement, mains croisées sur son estomac, yeux clos, mais je suis surtout désolé pour toi."

"Merci", dit-elle, en rampant sur toute la longueur de l'immense matelas pour s'allonger près de lui.

Il mit son bras autour d'elle et embrassa ses cheveux. "Un autre couple serait déjà en train de faire l'amour."

Franny éclata de rire, le visage contre l'épaule de Kumar. "Un couple dont les enfants ne seraient pas susceptibles de faire irruption dans leur chambre d'un moment à l'autre."

"Un couple dont l'hôte ne tirerait pas sur son gendre pour cause de métissage."

"Je suis désolée", dit Franny.

"Ta pauvre mère. Il ne faut pas que j'oublie d'être aussi désolé pour elle."

Franny soupira. "Je sais."

"Retourne à la fête, dit-il. Je n'ai pas assez de courage pour t'accompagner, mais toi, tu dois y aller."

"Je sais", dit-elle.

"Demande aux garçons de me monter une assiette, d'accord ?"

Franny ferma les yeux et fit un signe de tête affirmatif contre sa poitrine.

Si Kumar avait son mot à dire, ils partiraient pour les îles Fidji tous les ans, juste avant Thanksgiving, et ils ne rentreraient pas avant le début de la nouvelle année et le retrait des décorations. Ils nageraient avec les poissons et resteraient allongés sur la plage à manger de la papaye. Quand ils seraient lassés de Fidji, ils iraient à Bali ou à Sydney, ou dans n'importe quel endroit ensoleillé au bord de la mer, dont le nom contiendrait un nombre égal de consonnes et de voyelles.

Mais l'école ? demanderait Franny.

On n'est pas capables de faire l'école nous-mêmes six semaines par an ? Et encore, même pas six semaines entières, en retranchant les week-ends et les jours de vacances.

Mais le travail ?

Alors Kumar lui lancerait un regard brusque, en abaissant ses sourcils noirs, et il dirait : *Participe au fantasme !*

La première femme de Kumar, Sapna, était morte le jour de Pearl Harbor Day, quatre jours après la naissance d'Amit. Il était facile de se souvenir à combien d'années sa mort remontait, vu qu'Amit avait douze ans. Sapna avait dix ans de moins que Kumar.

"Dix ans plus gentils, avait-il l'habitude de lui dire le jour de son anniversaire. Dix ans plus indulgents." C'était vrai, la joie de vivre de Sapna pouvait la faire passer pour une personne pas compliquée, alors qu'en réalité elle était probablement aussi compliquée que n'importe qui. "Rien de stupide dans le bonheur", se plaisait-elle à répéter. Elle aimait son mari, elle aimait ses fils. Elle aimait le fait d'avoir réussi à fuir le Nord du Michigan pour Chicago. Leurs vies avaient beau être bien remplies et affronter un froid glacial l'hiver, elles étaient belles. Son deuxième accouchement s'était passé sans problème. Ils étaient tous réunis à la maison. Ravi, deux ans et demi, faisait la sieste. Sapna était assise sur le canapé, le bébé dans les bras. Elle regarda Kumar droit dans les yeux en disant : "Comme c'est étrange." Puis elle ferma les yeux.

L'autopsie révéla une malformation génétique du cœur – syndrome du QT long congénital. Étant donné la gravité de son cas, la vraie surprise était qu'elle ne soit pas morte en donnant naissance à Ravi. Mais ça arrivait parfois. Il arrivait parfois que des gens passent toute leur vie en ignorant le destin qui les menaçait. Après avoir fait le test, ils découvrirent que la mère de Sapna portait le gène. Et sa sœur aussi.

"Pour l'écrasante majorité des habitants de cette planète, avait dit Fix, ce qui va les tuer est déjà à l'intérieur."

Moins d'un an après la mort de la femme de Kumar, Franny s'approcha de sa table au Palmer House pour lui demander ce qu'il buvait.

"Mon Dieu, dit-il en la fixant, incrédule. Tu travailles toujours ici ?"

Kumar, pensa-t-elle. Comment avait-elle pu l'oublier ? "De temps en temps, seulement le week-end, dit Franny, en se penchant pour l'embrasser sur la joue. J'ai un vrai boulot à la bibliothèque de droit de la fac de Chicago mais ça paye une misère. En plus j'aime bien bosser ici."

Kumar attendait un client qu'il devait emmener dîner. "Je te propose un travail, dit-il. Tu peux commencer lundi. Un seul travail mieux payé que tes deux boulots réunis."

Franny éclata de rire. Kumar n'avait pas changé. "Et je ferais quoi ?"

"Diligence raisonnable." Il inventait à mesure qu'il parlait. "J'ai besoin que tu compiles des bilans financiers en vue d'une fusion."

"J'ai jamais fini mes études de droit."

"Je sais parfaitement quand tu t'es arrêtée. On a besoin de quelqu'un de fiable. C'est notre entretien d'embauche. Ça y est, je viens de t'embaucher."

Un homme noir de haute stature, en pardessus gris anthracite, s'approcha de la table et Kumar se leva pour le saluer. "Notre nouvelle associée, dit Kumar à l'homme, en désignant Franny. Franny Keating. Toujours Keating ?"

"Franny Keating", répondit-elle en serrant la main de l'homme.

Plus tard, Kumar dirait qu'il avait tout mis au point sur-le-champ : il épouserait Franny, et par là même résoudrait absolument tout, excepté ce qu'on ne peut pas résoudre. Il l'avait aimée dans leur jeunesse – sinon l'année où elle avait vécu chez lui, du moins après, quand elle était partie avec Leo Posen. Si elle était libre, qu'est-ce qui pourrait bien l'empêcher de l'aimer à nouveau ? Seul le temps posait problème. Les parents de Sapna étaient venus du Michigan pour s'occuper de Ravi à la naissance d'Amit, et presque un an plus tard, ils habitaient toujours chez lui. Entre le travail et ses enfants, entre sa vie et le fardeau énorme du chagrin, il ne restait plus une seule minute de libre dans une journée. Son coup de génie consista à embaucher Franny, au lieu de sortir avec elle. De toute façon il n'avait pas envie de sortir avec elle. Il avait envie de l'épouser. Si elle venait travailler dans son cabinet d'avocats, ils se verraient tous les jours. Ils apprendraient à se connaître naturellement, dans l'ascenseur ou en échangeant des dossiers. Il pourrait vérifier que son intuition était la bonne avant de lui confier ses enfants et sa vie.

C'est réglé, pensa-t-il en lui tendant sa carte de visite tandis qu'il prenait congé, tout est réglé.

Des années plus tard, le bar passait toujours la même cassette, ou une remarquablement semblable à celle d'avant. Franny riait en se rappelant à quel point elle trouvait cela insupportable, à l'époque. Elle n'y faisait plus attention. Mais après le départ de Kumar et de son client, elle rangea la carte de visite dans la poche de son tablier, et alors elle entendit vaguement Ella Fitzgerald chanter, comme du fin fond de sa mémoire :

There's someone I'm trying so hard to forget
*Don't you want to forget someone too** ?

Allongée dans l'obscurité de la maison de sa mère, Franny essaya d'imaginer un monde dans lequel Sapna serait restée en vie. Peut-être Franny et Kumar se seraient-ils recroisés, par exemple dans une librairie, ils auraient éclaté de rire et se seraient salués et auraient bavardé un peu, mais jamais elle ne l'aurait épousé, et jamais ses fils n'auraient été les siens. Si Sapna avait survécu, alors sans aucun doute Beverly serait restée mariée à Fix, autrement dit plus de Jack Dine, plus de demi-frères Dine, plus de fêtes de Noël en Virginie. Mais cela signifierait aussi plus de Marjorie, ce qui serait une perte terrible car Marjorie avait fait cadeau à Fix d'un grand amour. Mais peut-être Bert serait-il resté avec Teresa dans ce cas, et cinquante ans plus tard il lui aurait sauvé la vie en l'obligeant à consulter un médecin à temps. Cal aurait évité l'abeille qui l'attendait dans l'herbe haute près de la grange de la maison des parents de Bert. Il aurait pu vivre encore longtemps,

* "Il y a quelqu'un que je voudrais oublier de toutes mes forces / Toi aussi, tu veux oublier quelqu'un ?"

à moins qu'une autre abeille n'ait réussi à le trouver ailleurs. Cal en vie, Albie n'aurait jamais allumé le feu qui l'avait conduit en Virginie, même si, de toute façon, il ne serait jamais venu en Virginie, car Bert aurait continué à vivre en Californie. Franny, à moitié endormie sur le couvre-lit à côté de son mari, était incapable de tisser tous les fils du futur, sans les ancrer dans le passé. Sans Bert, Franny ne serait jamais allée en fac de droit. Elle aurait obtenu une maîtrise en littérature anglaise, si bien qu'elle n'aurait jamais rencontré Kumar. Elle n'aurait jamais travaillé au Palmer House à Chicago, si bien qu'elle n'aurait jamais rencontré Leo Posen, qui s'était assis au bar il y a si longtemps et lui avait parlé de ses chaussures. C'était dans ce lieu que la vie de Franny avait commencé, quand elle s'était penchée pour allumer sa cigarette. D'une certaine manière, si elle examinait tout ce qu'elle avait gagné ou perdu, la pensée qu'elle aurait pu ne jamais rencontrer Leo était la seule qu'elle trouvait insupportable.

La respiration de Kumar était devenue plus profonde et plus lente, et elle se leva sans faire de bruit, chercha sa robe et ses chaussures dans sa valise, et se changea dans le noir.

Quand elle redescendit par l'escalier de service de la cuisine, Franny trouva sa mère assise toute seule à la table du petit-déjeuner, en train de disposer des petits fours sur un plateau.

"Tu sais qu'il y a des gens ici qui sont payés pour le faire à ta place", dit Franny.

Sa mère leva les yeux et lui fit un sourire exténué. "Je disparais une minute."

Franny hocha la tête et s'assit près d'elle.

"Cette fête a toujours l'air d'une excellente idée sur le papier, dit Beverly. Mais chaque fois que je me retrouve en plein milieu, je me demande ce qui m'a pris."

Ils entendaient les invités dans l'autre pièce, leurs voix de plus en plus hilares à cause du lait de poule et du champagne. Le joueur de piano s'était mis à jouer un morceau plus rapide, peut-être une version jazz de *The Twelve Days of Christmas*, Franny n'était pas sûre. Douze jours, pensa-t-elle, elle se serait déjà suicidée avant d'arriver aux cinq anneaux d'or.

Beverly sortit le dernier des petits fours carrés de la boîte, roses et jaunes et blancs, chacun couronné d'une rose en sucre. "Rick est venu finalement, dit-elle, en disposant les carrés en diamants. Et là il se soûle."

"Matthew avait dit qu'il viendrait."

"Tous en même temps, c'est trop pour moi, dit Beverly. Pris individuellement les garçons sont charmants, enfin plus ou moins, mais tous ensemble ils passent leur temps à vouloir tout organiser. Ils ont tellement de projets pour l'avenir : ce que je suis censée faire de Jack, ce que je suis censée faire de la maison. Apparemment ils n'ont aucune idée des sujets de conversation qui conviennent à une fête de Noël. Je ne sais pas ce qui va se passer dans l'avenir. Je ne sais pas pourquoi ils n'arrêtent pas de me poser la question. Et toi, tu sais ce que l'avenir te réserve ?"

Franny attrapa un petit four jaune pâle, de la couleur d'un poussin qui vient de naître, et elle l'avala en une bouchée. Ce n'était pas très bon, mais tellement joli que ça n'avait pas d'importance. "Aucune, dit-elle. Zéro."

Beverly regarda sa fille, son visage illuminé par une pure expression d'amour. "Je voulais deux filles. Toi et ta sœur. Je voulais exactement ce que j'ai eu. Les enfants des autres sont trop difficiles."

Si sa mère n'avait pas été aussi ravissante, rien de tout cela ne serait arrivé, mais on ne pouvait pas lui reprocher d'être ravissante. "Je vais me mêler un peu aux gens", dit Franny en se levant.

Sa mère baissa les yeux sur le plateau rempli de minuscules gâteaux. "Je vais les classer par couleur, dit-elle, en les poussant tous sur la table d'un geste de la main. Je pense qu'ils me plairont plus comme ça."

Franny trouva Ravi et Amit au sous-sol en train de regarder *Matrix* sur une télévision de la taille d'un matelas une place.

"C'est interdit aux moins de dix-huit ans", dit-elle.

Les garçons lui jetèrent un coup d'œil. "Pour la violence, dit Ravi. Pas le sexe."

"Et c'est Noël", dit Amit, en jouant sur la logique des souhaits.

Franny resta debout derrière eux à regarder les hommes en noir qui plongeaient en arrière pour éviter d'être coupés en deux par des balles, puis réapparaissaient à nouveau. Si le film devait leur donner des cauchemars, le mal était fait.

"Maman, tu l'as déjà vu ?" demanda Amit.

Franny secoua la tête. "Non, ça fait trop peur."

"Je dormirai avec toi dans ta chambre, dit le plus petit, si t'as peur."

"Si tu nous forces à arrêter, dit Ravi, on connaîtra jamais la suite."

Franny regarda encore une minute. Elle avait probablement raison, ça faisait sans doute trop peur pour elle. "Votre père s'est endormi, dit-elle. Attendez un peu et montez-lui une assiette pour son dîner, d'accord ?"

Enchantés d'avoir remporté une petite victoire, ils firent oui de la tête.

"Et lui parlez pas du film."

Franny remonta au rez-de-chaussée et elle fit un tour complet de la pièce mais il y avait si peu de gens dont elle se souvenait. Elle n'avait plus vécu à Arlington depuis son entrée à l'université. Les femmes des trois fils de Jack Dinc voulaient toutes lui parler mais aucune ne désirait spécialement parler aux autres. La femme du fils qu'elle aimait le plus était la femme qu'elle aimait le moins, et la femme du fils qu'elle aimait le moins était de loin sa préférée. Chose intéressante cependant, si tant est qu'il y eût quelque chose d'intéressant là-dedans, la femme du fils qu'elle avait le plus de mal à se rappeler était aussi la femme qu'elle avait le plus de mal à se rappeler.

À un moment, dans la soirée, avant même le départ du premier invité, Franny se retrouva à nouveau dans l'entrée, et là, sans l'avoir cherché, elle vit son sac à main par terre, juste derrière le porte-parapluies. Elle devait l'avoir laissé tomber là en entrant, quand elle avait posé ses bagages, et sans réfléchir elle l'attrapa et sortit.

La robe qu'elle avait apportée pour la fête, cette fête dont elle avait pensé qu'elle aurait lieu deux jours plus tard, n'était pas rouge. C'était une robe en velours bleu foncé avec de longues manches, mais pas pour autant adaptée au froid, tout comme ses chaussures. Aucune importance. Elle avait quitté la fête, elle s'était échappée après avoir salué tout le monde. “Où est Franny ?” allaient-ils demander, et la réponse serait : “Dans la cuisine, je crois. Je viens juste de la voir dans le salon.”

Les voitures étaient toutes couvertes de neige. La sienne était une voiture de location, prise à la nuit tombée. Si Franny ne savait pas de quelle couleur elle était, c'est tout simplement parce qu'elle ne l'avait pas vue. Dans son souvenir c'était un 4×4, mais il n'y avait que des 4×4, comme si les 4×4, avec les vestes pour hommes, faisaient partie du dress code. Elle descendit la colline au bout de l'allée, et quand elle se retrouva à vue de nez aux alentours de sa voiture, elle actionna la clé automatique. Elle entendit un klaxon à sa gauche et les phares s'allumèrent. Elle essuya les vitres avec son poignet et entra. À peine eut-elle mis le chauffage en route qu'elle appela Bert.

“Je me disais que je pourrais faire un saut pour t'embrasser s'il n'est pas trop tard.” Elle fit un effort pour prendre un ton désinvolte et dissimuler qu'elle se sentait au bord de la panique.

Bert se couchait toujours tard. Elle devait le dissuader d'appeler à la maison après vingt-deux heures. “Magnifique ! dit-il, comme s'il attendait son appel. Mais sois prudente avec la neige.”

Bert habitait toujours dans la dernière maison où il avait vécu avec Beverly, celle où Franny et Caroline avaient vécu à l'époque du lycée, où Albie était venu vivre, un an après le départ de Caroline. Elle n'était pas très loin de la maison de Beverly et Jack Dine, huit kilomètres environ, mais à Arlington, on pouvait vivre à huit kilomètres de quelqu'un sans jamais le voir.

Il l'attendait sur le perron quand elle gara la voiture, la porte d'entrée grande ouverte derrière lui. Il avait mis son manteau pour sortir. Bert était aussi vieux que les autres mais la vieillesse se manifestait à des rythmes différents, et de manière différente. Remontant l'allée dans le noir, Franny pensa que Bert Cousins, éclairé par la lampe du perron juste au-dessus de sa tête, n'avait pas changé.

"Le fantôme des Noëls d'antan", dit-il en la prenant dans ses bras.

"J'aurais dû t'appeler avant, dit Franny. Tout s'est fait à la dernière minute."

Bert ne la fit pas entrer, mais il ne la laissa pas repartir non plus. Il se contenta de la serrer contre sa poitrine. Elle n'avait jamais cessé d'être le bébé qu'il avait porté pendant la fête de Fix Keating, le plus beau bébé qu'il ait vu de sa vie. "La dernière minute, ça me va très bien", dit-il.

"Allez viens, dit Franny, je suis gelée."

Elle enleva ses chaussures à l'intérieur.

"Quand tu m'as appelé, j'ai fait du feu dans le salon. Il n'a pas encore vraiment pris mais ça commence."

Franny se souvint de la première fois qu'elle était entrée dans cette maison. Elle devait avoir treize ans. C'est pour le salon qu'ils l'avaient achetée, sa grande cheminée en pierre, assez grande pour accueillir le chaudron d'une sorcière, et la vue sur la piscine. À l'époque elle s'était crue dans un palace. Bert n'avait aucune raison de garder cette maison qui était beaucoup trop grande pour lui tout seul. Mais cette nuit-là, Franny ressentit de la gratitude à son égard, car en y restant, il lui avait offert la possibilité de rentrer chez elle.

"Je te prépare un verre", dit-il.

"Juste un thé peut-être, je conduis." Elle se tenait debout devant l'immense foyer de la cheminée et contractait ses pieds dans ses chaussettes sur les pierres chaudes. L'hiver, tard dans la nuit, quand il faisait trop froid pour sortir fumer, elle descendait avec Albie, à l'époque du lycée, et ils ouvraient le conduit de la cheminée. Ils se penchaient dans l'âtre avec leurs cigarettes pour souffler la fumée. Ils buvaient le gin de Bert et balançaient les bouteilles vides dans la poubelle de la cuisine en toute impunité. Si leurs parents avaient remarqué que les réserves du bar diminuaient, ou que les bouteilles vides s'accumulaient, aucun n'en avait jamais parlé.

"Prends un verre, Franny. C'est Noël."

"On est le 22 décembre. Pourquoi est-ce que tout le monde s'obstine à me dire que c'est Noël ?"

"Un gin tonic de barmaid."

Franny le regarda. "De barmaid", dit-elle sévèrement. Bert lui avait appris l'astuce quand elle était petite et qu'elle jouait à faire la barmaid dans leurs fêtes. Si un invité était déjà soûl, il fallait remplir un verre de tonic et de glaçons, puis verser un semblant de gin au sommet sans mélanger. La première gorgée serait trop forte, comme Bert le lui avait expliqué, et c'était ça l'important. Après la première gorgée, les invités bourrés ne faisaient plus gaffe.

"Si tu n'es pas en état de rentrer, tu peux dormir dans ton ancienne chambre."

"Ma mère serait ravie." Elle devait toujours ruser pour aller voir Bert. Car Beverly avait beau lui avoir pardonné, il était impensable pour elle que Franny et Caroline l'aient fait également.

“Comment va ta mère ?” demanda Bert. Il lui tendit son verre, et la première gorgée – du gin pur – alla droit au but.

“Ma mère est égale à elle-même”, dit Franny.

Bert serra les lèvres en approuvant de la tête. “Je n’en attendais pas moins d’elle. Mais j’ai entendu dire que le vieux Jack Dine se dégrade. Ça doit être dur pour elle. Je déteste imaginer qu’elle est obligée de vivre ça.”

“On devra tous le vivre un jour ou l’autre.”

“Je vais peut-être l’appeler pour prendre de ses nouvelles.”

Oh, Bert, pensa Franny. Laisse tomber. “Et toi ? demanda-t-elle. Comment tu vas ?”

Bert s’était préparé un verre, du gin avec une pointe de tonic par-dessus, pour contrebalancer celui de Franny, et il vint s’asseoir sur le canapé. “Pas trop mal pour un vieil homme. Je continue à voyager. Si tu m’avais appelé demain, tu m’aurais raté.”

Franny remua les bûches à l’aide du tisonnier pour raviver les flammes. “Tu vas où demain ?”

“À Brooklyn”, dit-il. Franny se retourna pour le regarder, tisonnier à la main, et il lui fit un énorme sourire. “Jeanette m’a invité pour Noël. Il y a un hôtel pas loin de chez eux. Plutôt agréable. J’y suis déjà allé plusieurs fois quand je leur rends visite.”

“Tu m’épates, dit Franny, et elle le rejoignit sur le canapé. Je suis contente pour toi.”

“Nos relations s’améliorent ces dernières années. J’échange aussi des mails avec Holly. Elle dit que je peux venir la voir en Suisse dans cet endroit où elle vit, la communauté. Et moi je lui réponds que je la verrai à Paris. Pour moi Paris est un bon compromis. Tout le monde aime Paris. C'est là que j'ai emmené Teresa pour notre lune de miel. Quand déjà ? Il y a cinquante-cinq ans ? Je crois que le moment est venu d'y retourner." Alors il fut interrompu par l'irruption d'un souvenir. "Tu étais là, n'est-ce pas, quand Teresa est morte ? Il me semble que c'est ce que Jeanette m'a dit."

"Avec Caroline on l'a accompagnée à l'hôpital. Papa était avec nous."

"C'était gentil de votre part."

Franny haussa les épaules. "J'allais quand même pas l'abandonner."

"Comment va ton père ?"

Franny secoua la tête, en pensant à son père. *Comment va ce vieux Bert ?* demandait toujours Fix. "Je pourrais te dire qu'il ne survivra pas jusqu'au Nouvel An, mais je me tromperais à coup sûr."

"C'est un dur, ton père."

"C'est un dur, mon père", dit Franny, en pensant à l'arme dans sa table de nuit, et à son refus de l'aider quand il le lui avait demandé. Elle avait fait pire. Elle avait rapporté l'arme au département de police de Santa Monica un peu plus tard, avec les balles.

"Je vais ajouter un peu de gin là-dedans", dit Bert.

"Juste un peu", dit Franny en tendant son verre. Elle n'était pas soûle, si bien qu'elle avait tristement conscience qu'il ne restait plus de gin.

"On n'en est même pas à la moitié d'un doseur." Bert se dirigea vers le bar du salon.

"Vas-y mollo."

"Je me souviens de la fois où j'ai revu ton père après ta fête de baptême. C'était au tribunal. J'en sais rien, peut-être que je n'arrêtais pas de le croiser sans le savoir, mais ce lundi-là, il est venu me voir et il m'a serré la main, en disant qu'il était content que je sois venu. « Heureux que tu aies pu venir à la fête de Franny », il m'a dit ça." Il tendit son verre à Franny.

"C'était il y a longtemps, Bert."

"Il n'empêche que ça me fait mal de penser qu'il est gravement malade. Je n'ai jamais rien eu contre ton père."

"Tu as des nouvelles d'Albie ?" demanda-t-elle, pour changer de sujet. Elle aurait pu poser la question à Albie, mais étrangement elle ne l'avait jamais fait. Ils ne parlaient jamais de Bert. Même il y a longtemps, quand ils vivaient ensemble sous ce toit, ils ne parlaient pas de lui.

"Rarement. De temps en temps, l'un de nous fait une tentative, mais ça n'a pas donné grand-chose. Albie était très attaché à sa mère, tu sais. C'est comme ça que ça se passe – les filles accrochées à leurs pères, et les fils à leurs mères. Je pense qu'il ne m'a jamais pardonné d'avoir quitté sa mère." Le passé vivait toujours en lui, et il était sûr que tout le monde ressentait la même chose.

"Tu devrais l'appeler. C'est une dure période, Noël, avec la mort de Teresa." Franny pensait à son propre père, et au Noël prochain.

"Je l'appellerai le jour de Noël. De chez Jeanette."

Franny avait envie de lui dire qu'il était trois heures plus tôt en Californie et qu'il pouvait appeler son fils ce soir, tout de suite, mais Bert n'appellerait pas Albie et ça n'avait pas de sens de le forcer à se sentir coupable. Elle pencha son verre et franchit la barrière du gin une seconde fois. Elle traversa la douceur pétillante du tonic et vida le verre jusqu'aux glaçons et au citron vert. “J’adorerais rester”, dit Franny, en partie sincère. Elle aurait aimé monter dans sa chambre et s’allonger sur son lit, mais quelles étaient les chances que son vieux lit soit encore là ?

Bert fit oui de la tête. “Je sais. Je suis content que tu sois passée. J’apprécie, vraiment.”

“Ton avion part à quelle heure ?”

“Tôt. Comme ça il n’y aura pas d’embouteillages.”

Franny se leva pour embrasser son beau-père. “Joyeux Noël”, dit-elle.

“Joyeux Noël, dit Bert, et quand il recula pour la contempler, ses yeux étaient pleins de larmes. Sois prudente. S’il t’arrive quoi que ce soit, ta mère me tuera.”

Franny sourit et l’embrassa, en pensant que Bert voyait encore le monde à travers le prisme de ce que Beverly lui pardonnerait, ou pas. Elle remit ses chaussures près de la porte d’entrée et sortit dans la neige. À l’intérieur Bert éteignait les lumières, et elle demeura sur le perron un instant à regarder la neige se poser sur les manches de sa robe en velours. Elle repensait à la nuit où Albie était introuvable. Bert travaillait dans son bureau en bas et sa mère faisait ses devoirs de français dans la cuisine. Ils avaient fini de dîner depuis longtemps. Il neigeait, tout comme ce soir, et la maison était totalement paisible. Franny se demandait où était Albie. En général, à cette heure-ci, il serait déjà venu dans sa chambre pour faire ses devoirs ou bavarder. Elle était allongée en travers de son lit et lisait *Le Retour au pays natal* pour une dissertation d’anglais. Il ne venait pas tous les soirs, mais quand il n’était pas dans sa chambre, elle l’entendait en général qui regardait la télé ou se baladait dans la maison. Elle avait continué à écouter jusqu'au moment où elle avait posé son livre et était partie à sa recherche. Il n'était ni dans sa chambre, ni dans la salle de bains, ni dans le bureau, ni dans le salon où, de toute façon, il n'allait jamais. Après l'avoir cherché absolument partout, elle était entrée dans la cuisine.

"Où est Albie ?" avait demandé Franny à sa mère.

Sa mère avait secoué la tête en faisant un petit bruit signifiant *Aucune idée*. Elle n'avait jamais réussi à apprendre le français.

"Tu me préviens si tu le vois ?"

Sa splendide mère, peut-être embarrassée à cet instant, avait levé les yeux de son manuel pendant une seconde et fait oui de la tête. "Bien sûr."

Franny n'avait pas eu l'idée de frapper à la porte du bureau de Bert pour lui demander s'il avait vu Albie, ou vérifier si Albie était avec lui. La pensée ne lui avait même pas traversé l'esprit.

Au lieu de quoi, elle était sortie par la porte à l'arrière de la maison. Elle portait encore son uniforme de l'école : une jupe à carreaux et des chaussettes aux genoux, des richelieus, un sweat-shirt d'athlétisme sur son chemisier blanc. Sa mère ne lui avait pas demandé de mettre un manteau, ni où elle allait, comme elle l'aurait fait plusieurs années plus tôt, si Franny était sortie de la maison par une nuit enneigée. Sa mère était perdue dans un océan de verbes irréguliers.

Franny avait regardé dans le garage mais Albie n'y était pas. Elle avait fait le tour de la maison puis descendu la rue, deux maisons plus bas dans un sens, trois dans l'autre. Elle avait cherché des traces de vélo dans la neige, en vain, et trouvé seulement les empreintes de ses pas dans toutes les directions. Elle commençait à avoir froid et ses cheveux étaient mouillés. Elle était un peu inquiète, seulement un peu. Elle était sûre qu'elle réussirait à le trouver. Elle décida de rentrer prendre son manteau à la maison et c'est en remontant l'allée qu'elle le vit, elle aperçut quelques centimètres de sa tête qui dépassaient des buis entourant la porte d'entrée. Il était enveloppé dans son sac de couchage rouge, et il fixait la neige.

"Albie ? Tu fais quoi ?"

"Je me gèle."

"Eh ben arrête. Rentre." Elle avait traversé le doux manteau de neige recouvrant la pelouse et s'était arrêtée juste devant lui.

"Je suis trop défoncé."

Chaque lampadaire, chaque lampe éclairant les perrons diffusaient un doux halo de neige. Tout le reste était plongé dans le noir. "Personne s'en rendra compte."

"Bien sûr que si, dit-il. Je suis vraiment totalement défoncé."

"Tu peux pas rester dehors." Franny frissonnait. Elle se demandait ce qui avait bien pu lui passer par la tête, quand elle était sortie sans manteau.

"Mais si je peux", répondit-il. Sa voix était si légère, si aérienne, qu'elle semblait appartenir à la neige.

Franny s'était avancée entre les buis, en se disant qu'elle devrait l'aider à se lever. Albie était plus grand qu'elle mais il était maigre, et de toute façon il la laisserait faire. Mais dès qu'elle se retrouva derrière les buissons avec lui, elle comprit la magie de cet endroit d'où l'on voyait tout sans être vu. Le surplomb du toit les protégeait en grande partie de la neige. De près elle sentait l'odeur de l'herbe, douce et forte. Il leur arrivait de boire ensemble, ou de fumer des cigarettes, mais des joints, jamais. Plus tard ça changerait.

"Fais-moi une place."

En un clin d'œil Albie avait levé le bras, sans cesser de fixer la neige, et elle s'était assise près de lui. Le sac de couchage était rempli de duvet et quand ils s'enroulèrent dedans, ils eurent très chaud. Ils restèrent assis comme ça, le dos appuyé contre les briques de la maison, la haie épaisse juste devant eux. Ils contemplèrent la neige tomber, tomber, tomber, jusqu'à ce qu'ils imaginent que c'étaient eux qui étaient en train de tomber.

"Ma mère me manque." Durant l'année où ils furent le plus proches, Albie le dit une seule fois, cette nuit-là, et uniquement parce qu'il était défoncé.

"Je sais", dit Franny, parce qu'elle savait. Elle le savait parfaitement, et elle avait resserré le sac de couchage autour d'eux. Ils étaient restés collés ainsi jusqu'à ce qu'elle ne sente plus ses pieds et qu'elle lui dise qu'il fallait rentrer.

"Ça fait longtemps que je sens plus mes pieds", avait dit Albie.

Ils s'appuyèrent l'un sur l'autre pour se relever. La porte d'entrée était fermée, alors ils redescendirent l'allée en traînant le sac de couchage derrière eux. La mère de Franny avait quitté la cuisine mais la lumière était toujours allumée sous la porte du bureau de Bert.

"Je t'avais dit que personne verrait que t'es défoncé." Pour une raison mystérieuse, cette phrase l'avait fait craquer. Il s'était assis par terre et avait recouvert sa tête du sac de couchage, hurlant de rire pendant que Franny sortait les céréales et le lait.

Franny brossa ses épaules pour enlever la neige et elle se dirigea vers le 4×4 de location. Elle n'avait jamais raconté cette histoire à Leo. Elle en avait eu l'intention, mais ensuite, pour une raison quelconque, elle avait décidé de la garder pour elle. Maintenant elle comprenait qu'à un certain moment, des années plus tard, il y aurait une nuit identique à celle-là, où elle se rappellerait cette histoire, en sachant que personne d'autre au monde ne la connaissait, à part Albie. Elle avait ressenti le besoin de garder quelque chose pour elle.

OUVRAGE RÉALISÉ
PAR L'ATELIER GRAPHIQUE ACTES SUD
REPRODUIT ET ACHEVÉ D'IMPRIMER
EN MARS 2021
PAR NORMANDIE ROTO IMPRESSION S.A.S.
À LONRAI
POUR LE COMPTE DES ÉDITIONS
ACTES SUD
LE MÉJAN
PLACE NINA-BERBEROVA
13200 ARLES

DÉPÔT LÉGAL
1re ÉDITION : JANVIER 2021

N° impr. : 2101258
(Imprimé en France)